飞影

愿 和 你 在 阔 经历 一 切

的 喜 乐、悲 的 以 神 之 旅。

山神

THE LORD of THE MOUNTAIN

飞影 著

北京联合出版公司

Beijing United Publishing Co.,Ltd.

图书在版编目（CIP）数据

山神 / 飞影著 . -- 北京：北京联合出版公司，
2021.6（2025.2 重印）
ISBN 978-7-5596-5242-3

Ⅰ.①山…　Ⅱ.①飞…　Ⅲ.①长篇小说－中国－当代
Ⅳ.① I247.5

中国版本图书馆 CIP 数据核字 (2021) 第 070343 号

山神

作　　者：飞　影
出 品 人：赵红仕
责任编辑：孙志文
封面设计：王　鑫

北京联合出版公司出版
（北京市西城区德外大街83号楼9层 100088）
北京新华先锋出版科技有限公司发行
大厂回族自治县德诚印务有限公司印刷　新华书店经销
字数262千字　787毫米×1092毫米　1/16　20印张
2021年6月第1版　2025年2月第2次印刷
ISBN 978-7-5596-5242-3
定价：59.00元

引 子

甲辰年，刀兵动，倭鬼罗刹闹关东。黑水乱，白山崩，欺我中华无英雄。

这段顺口溜，说的是一百多年前，在中国关东大地上发生的一场大战事。甲辰年，是大清光绪三十年，也就是公元 1904 年。这场战事是谁跟谁打呢？要说起来也算得上是世界战争史上的一桩奇闻，原来是俄国和日本这两个国家为了争夺权益，在中国的土地上打了一仗。这俄国，自打明朝末年开始就不断东侵，杀人放火，行径如恶鬼一般。蒙语将"俄罗斯"翻译过来的发音像极了汉文里的"罗刹"，因此中国人皆称这些俄国侵略者为"罗刹鬼"。到了清朝末年，中国国力衰弱，沙俄政府就想借机独霸中国东北。但这时候日本就不干了。日本原本国小力弱，却偏偏不老实，时常招惹我大中国，向来被我中国人称为倭寇。明治维新后，日本国力强盛起来，便吞并了朝鲜半岛，进而觊觎我国的白山黑水，这样不可避免地就跟俄罗斯产生了矛盾。

这罗刹鬼和日本鬼一开打，世界其他列强都摆桌子、搬椅子、切西瓜，当起了"吃瓜群众"。要说各国原本都看好家大业大的老牌帝国沙俄，不料令他们大跌眼镜的是，作为崛起新贵的日本却把沙俄打得大败亏输。在海上，日军攻占了长期被俄军盘踞的辽东旅顺港；在陆上，日军也节节胜利，在鸭绿江边击溃了俄军的防线，侵入中国东北。

闲话少叙，咱言归正传。

话说这一日，一支二十几人的俄军溃兵，在日军的追赶之下，慌不择路，逃进了茫茫的长白山。原本按照俄军司令官的命令，所有在鸭绿江防线溃散的部队应该于三日后自行到吉林的双甸镇重新集结，可这一队俄国兵倒霉地被日军拦截住了。一夜激战，他们好不容易突围出来，却跟大部队失去了联系。此时周围道路已被封锁，而日军大队人马还在后面穷追不舍。这支溃兵为首的是一名叫阿沙廖夫的中尉，无奈之下，他只好带着这点儿残兵，欲翻过长白山抵达双甸镇。

长白山在中国和朝鲜的交界之处，绵延上百里，山高林密，有气势磅礴的飞流瀑布、巨大的高山湖泊、一望无际的原始森林、奇异的火山地貌、珍贵的动植物，号称"关东第一山"，也被当地人称为"神山"。

进得山来，在老林子里面一转，俄国兵就迷了路。此时已是隆冬季节，大雪封山、滴水成冰，一群人衣衫褴褛、饮食无着，陷在这冰天雪地里，叫天天不应，叫地地不灵。阿沙廖夫把大家聚在一起，点着了火堆取暖，商量该怎么办。原路下山已不可能，日军就在山外面等着呢！可是在这长白山上也耽搁不起。这时候万木衰枯、鸟兽绝迹，在这里待上几天，不被冻死也会被饿死。

一群人商量了半天也没个结果。忽然，不远处的树丛里，传来一声惨叫。

"是尤里金！"阿沙廖夫听出是刚刚跑去解手的一名士兵的声音，急忙带人赶了过去，却见那名叫尤里金的士兵被一个兽夹紧紧夹住了一条腿，正一边大呼救命，一边拼命地用手掰那兽夹。

众人费了半天劲儿，才将他解救出来。他的那条腿已经连骨头都被夹断了，只剩下一些筋膜和血肉还勉强连在一起。

阿沙廖夫皱着眉头，看了半天他的伤势，叹了口气说："尤里金，对不起，我们带不走你了。"

这个叫尤里金的伤兵惊恐地看着他，眼里露出恳求的神色。阿沙廖夫别过眼睛，说："抱歉，如果带着你，我们都走不出这座被恶魔诅咒的大山。"他又转头对旁边另一名士兵说道，"彼得，尤里金留在这里也是受折磨，你送他一程吧！"

那名叫彼得·纳吉耶夫的士兵瞪大了眼睛看着他，颤声道："中尉——"

阿沙廖夫暴怒地打断了他："执行命令！难道你们都想死在这里吗？"

尤里金惨笑了一声，说："彼得，中尉说得对，我走不了了。你们抬着我，谁也走不出这座鬼山。来吧，伙计，打准一点儿，别让我受罪！"

一声枪响，尤里金哼都没哼一声就死去了。阿沙廖夫不再看他们，他走到兽夹的旁边，仔细地观察起来。

这是一副专门用来夹野猪或关东人称为"黑瞎子"的狗熊等大兽的兽夹，看起来是新设不久的。猎人只有长期在山林间潜伏，掌握到野猪或狗熊等大兽的活动规律，才会在它们经常来往之处设下这样的兽夹。这需要丰富的捕猎经验，以及耐心细致的工作。阿沙廖夫久在关东驻扎，知道中国的猎户在这天寒地冻的季节很少进山。即便进山，也是成群结伙、骑马架鹰搜寻猎物的踪迹，讲究的是快来快走，不会设置兽夹，因为这种捕猎方式比较耗费时间。何况此时这一带兵连祸结，周围中国人的屯子不是被烧杀抢掠一空，就是举屯往他乡逃难去了，哪有猎户在这个时候进山捕猎？

莫非有零星的屯户逃到山里避难，或者这长白山上原本就常住有猎户？如果真是这样，那就太好了！抓住他，叫他带路，自己一行就可以走出这片鬼山林，到达双甸镇了。那里也许有上好的伏特加等着自己，没有也可以找到中国人的关东烧，同样够劲儿。当然，说不定还有中国女人。

想到这里，阿沙廖夫兴奋起来。他把手下士兵都召唤过来，命他们小心搜查附近，如果见到中国人千万别把他们吓跑了。

阿沙廖夫所料不错，不久后他们便发现了一处当地人称为"撮罗子"的窝棚，并将其包围了起来。

"撮罗子"里面住着的是一家猎户。一对三十岁上下的壮年夫妻，带着一个七八岁大小的男孩儿。丈夫戴着一顶圆锥形的皮帽，穿着鹿皮夹袄和鹿皮靴，中等身材，眼神如猎鹰一般锐利。妻子则身着衣袖肥大的对襟长袍，皮肤白皙、宽脸、高颧骨、细眼睛。阿沙廖夫瞧他们的样貌和装束，并不像平时随处可见的汉人或满人，倒像是聚居在兴安岭中俄边界一带的"埃文基人"，中国的汉人又叫他们"鄂温克人"。不知道这一家三口如何会流落到吉林，并隐居在这长白山里。

面对着四周几十个黑洞洞的枪口，鄂温克猎户一家却并没有表现出慌乱的神色。他们笔挺地站在"撮罗子"的门口，静静地看着这一群入侵者。

阿沙廖夫咳嗽了一声，用俄语向男主人说话，叫他带路，领着自己

一伙儿走出这大山。男主人却只是冷冷地看着他，并不吭声。阿沙廖夫粗通汉语，又用汉语说了一遍，男主人仍然不答。阿沙廖夫向身边的几个俄国兵使了个眼色，这几个俄国兵便上前扒拉开这一家三口，钻进了"撮罗子"里。不一会儿里面传来了高兴的叫声，接着这几个俄国兵便将一些如鹿脯干、狍子腿、榛子、松茸、野蘑之类的东西都扔了出来。外面的俄国兵齐声欢呼，他们已经两天没有吃到什么像样的食物了，见到这些山珍野味简直像饿狼一样眼冒绿光，纷纷上前争抢。

紧接着，"撮罗子"里面的几个俄国兵又更为兴奋地狂叫了起来，这次他们发现了两大皮囊烧酒。要知道俄国人身居苦寒之地，酒是他们的最爱。饭可以不吃，但酒却不能不喝，而且度数越高的酒越受他们的青睐。

山珍野味填饱了他们的肚子，关东烧酒点燃了他们的神经，这群俄国兵变成了野兽。他们把鄂温克猎人的妻子拉进"撮罗子"里，想要轮奸她。俄国兵的大声欢笑和妻子的嘶声怒骂强烈地刺激着男主人的神经，他的眼珠子变得血红，拳头握紧得就像要攥出水来。

阿沙廖夫酒足饭饱，坐在一个树墩子上，抽着从猎户家抢来的关东烟草，思考着怎么才能带着部下摆脱目前的困境。他对"撮罗子"里正在发生的恶行听而不闻、视而不见。这种事情对于沙俄士兵来说是家常便饭。以前在驻地的时候，他们就时常到附近的屯子里抢掠中国女人供自己淫乐。老百姓告到衙门，中国官员不敢管。告到俄军上级长官那儿，那更是与虎谋皮。这些屯子的保甲长或大户无法，干脆跟附近的俄国驻兵私下约定，定期派送若干妇女到俄国驻地"服务"，以此来换取一方百姓的平安。而日俄战争一起，关东人民可就遭了大罪了，连这种用屈辱换来的平安都荡然无存。不管是俄国兵还是日本兵，到了中国人聚居的屯堡，基本都是烧杀掳掠一空。凡战事波及之地，可谓一片焦土，难见人迹。

突然，阿沙廖夫听到"撮罗子"里传来一声凄厉的惨叫，接着就是俄国兵的高声喝骂。然后他听到了一声枪响，一个姓叶什尼诺夫的俄国兵手里提着枪，另一只手捂着眼睛，跌跌撞撞地从"撮罗子"里走出来。他的左眼上扎着一根鹿骨磨制的粗针，血流满面。

阿沙廖夫大吃一惊，飞快地向"撮罗子"跑去。那名鄂温克猎人也听到了枪响，他狂吼一声，一拳打翻了旁边看押他们父子俩的一名俄国兵，拼命扑向"撮罗子"。但他还没跑几步，便被五六个俄国兵拦住，很快就被打倒在地。那个小男孩儿也在看管他的俄国兵手里拼命挣扎，但他毕竟人小力弱，又如何挣得开俄国兵那双粗壮的大手？

阿沙廖夫进到"撮罗子"里，只见那名鄂温克女人衣服已经被撕开，敞着怀，胸膛上中了一枪，瞪大着眼睛已经死去。看情形是这女人宁死不从，用缝制皮袍用的鹿骨针刺瞎了强奸者的眼睛。而强奸者暴怒之下，开枪打死了她。

阿沙廖夫阴沉着脸，从"撮罗子"里走出来。外面医护兵正在给瞎了左眼的叶什尼诺夫包扎止血。没有止痛药，剧烈的疼痛使得叶什尼诺夫不停地大声咒骂。还有几个俄国兵围着那名鄂温克猎人，用枪托砸，用皮靴踹，正在疯狂地殴打他。阿沙廖夫皱了皱眉头，开口让殴打的士兵停止。他们一行人想要走出这片大山，还得靠这名猎人带路，现在不是杀掉他的时候。

阿沙廖夫拔出手枪，顶在了那个小男孩儿的脑门儿上。小男孩儿自始至终都在沉默中，即便看着母亲被俄国兵拖进了"撮罗子"，看着父亲被俄国兵围殴，看着阿沙廖夫将枪口对着自己，他不哭也不闹，只是眼

睛里充满了怒火，嘴唇都被咬出了血来。

阿沙廖夫对躺在地上的鄂温克猎人说道："你，把我们带出山，带到双甸镇，我就放了你和你儿子。否则——"他用枪口杵了一下男孩儿的脑门儿，"我现在就开枪！"

鄂温克猎人死死地盯了阿沙廖夫半天，点了点头。

一群人出发。猎人打头，领着他们向长白山的西北方向走去。阿沙廖夫将那个小男孩儿带在自己身边，料想那猎人也不会不顾儿子只身逃跑。

长白山的天气一会儿一变，属于独特的山区小气候。他们一群人出发时正是中午，天气还不错，没有风，日头软软地晒在身上还算舒服。可当他们花了两个多小时，走出了那片把人转得五迷三道的老林子，来到一片高山草甸上时，日头却已经被彤云给遮住了。天色昏暗，还刮起了卷裹着细雪冰沙的白毛风。在关东地区，冬天不怕下雪，也不怕气温低，最怕的就是刮风。尤其是这种白毛风，一旦刮起来遮天蔽日，天地间只剩下白茫茫的一片，能见度极低。而且气温下降得也非常快，简直能把人的全身都冻透了，多厚的棉衣皮袍都挡不住。在这高山草甸子上，四处毫无遮蔽，要挖个雪洞子避风都难。如果不赶紧找个地方躲避，不消一个时辰，这群俄国兵就都得被这股阴风带到地狱里去。

阿沙廖夫知道厉害，急忙把那名鄂温克猎人叫过来商议。猎人指了指远处的一片黑色山壁，说那里可以躲避风雪，而且穿过那片山壁，就能找到下山的路，直达双甸镇。

阿沙廖夫手搭凉棚望去，那片山壁在一片雪雾中时隐时现，很难看清。他估算了一下距离，如果中途不耽搁的话，大概一个时辰内应该能够到达。眼见得这白毛风已经开始刮起来，容不得他有任何犹豫。他只好大声招呼手下的士兵，打起精神，尽快赶往那里。

风越刮越猛，天色也越来越暗，这一群俄国兵到达目的地时，已经是精疲力竭，手脚也冻僵了，不听使唤。

这里的风果然小了很多，积雪也很少。展现在众人眼前的是一片灰黑色的火山岩区，怪石嶙峋，被浓浓的烟雾笼罩着，到处散发着刺鼻的气味。阿沙廖夫抬头观望，原先在远处遥见的那堵黑色山壁就在火山岩区的尽头，距他们有五六百米。它高三四十丈，顶峰伸出了烟雾之外，傲然耸立。上面布满了黑曜石矿的结晶，光滑陡峭，猿猴难攀。

这群俄国兵站在岩区外，望着这地狱一般的诡异景象，胆战心惊。

阿沙廖夫愤怒异常。他拔出手枪对准了那名鄂温克猎人，喝骂道："你这头中国猪，竟敢把我们带到这样一片绝地来！我先打死你，再打死你儿子，让你俩给我们陪葬！"

鄂温克猎人摇了摇头，说："别担心，这股浓烟毒不死人。我们只要穿过这片烟雾，到达那堵山壁之下，就能找到进入山壁的入口。穿过去我们就能走出神山。"他不待阿沙廖夫再说话，便一头走进了浓雾当中。

阿沙廖夫望了望越来越暗的天色，现在应该接近黄昏时分了，而回首山下，狂风卷裹着雪雾，漫天肆虐，什么也看不清。他咬了咬牙，对士兵们说："这股烟里面含有硫黄，大家撕下布条用雪水打湿，掩住口鼻，咱们进去！叶什尼诺夫——"他又对那名被鹿骨针刺瞎了一只眼睛的俄国兵喊道，"你看紧这个小孩子，别让他跑了！"

一行人跟着阿沙廖夫走了进去，沿途浓烟刺激得人的眼睛都睁不开。不断有人被乱石绊倒，还有人不小心摸到了不知道是人还是动物的森森白骨，吓得大叫起来，更激起了人群的恐慌情绪。

他们好不容易才摸到了山壁跟前，却不见了鄂温克猎人的踪影。阿

沙廖夫又用枪抵住了小男孩儿的脑门儿，大声喊道："中国猪，快出来！我数三声，再不出来我就打死你儿子！"

一个声音在浓雾中说道："在这里。我已经找到入口了。"阿沙廖夫带着众人循声跟了过去，那名鄂温克猎人指着一整块巨大的黑曜岩石说道："就在这里。"

阿沙廖夫打量了半天，并未看到任何入口。他疑惑地看着鄂温克猎人，却见他转到了岩石的侧面，将一块同样是黑色的大条石挪到一边，露出了一个很狭窄的裂口。

猎人斜着身子，慢慢挤了进去。

阿沙廖夫眼见猎人已经消失在裂口深处，挥手让几个士兵跟上他，又让叶什尼诺夫押着小孩儿跟在自己后面，然后才往里挤。这个裂口实在太小，又被大条石挡住了，不仔细找还真发现不了。阿沙廖夫身躯比较高大，挤进去着实费了不少劲儿。好在往前蹭了几米后，空间逐渐变大，到十米之后，已经可以正常行走了。

这条伸手不见五指的山壁通道，是往下通行的。他们在黑暗中连走带爬了小半个时辰后，眼前豁然一亮，原来已经穿过了山壁。

眼前的景象，让他们惊呆了。

这里没有怪石、没有毒烟、没有狂风，也没有积雪，有的是草木葱茏、绿树参天、野花遍地、河水潺潺。隆冬腊月的长白山，外面是冰天雪地、万木衰枯，而这里却气候温暖，景色如同仙境一般。

这时天色已经快要完全黑下来了。一行人又累又饿，阿沙廖夫吩咐大家扎营。他们出发时随身携带了一些从猎户家抢来的未吃完的鹿脯干和一块狍子腿，但已经不多了，不够这二十多个人的嚼裹。好在这峡谷里野蘑野果到处都是，阿沙廖夫命士兵们采摘来，用溪水洗干净，放在从猎户家背来的一口铁锅里，连同那块狍子腿一起熬煮。

不一会儿，肉香混杂着野蘑的香味散发出来，诱得人涎水直流。众人一拥而上，抢着吃肉喝汤。叶什尼诺夫用行军饭盒盛了一盒，端给了阿沙廖夫。阿沙廖夫喝了两口汤，对火堆旁被绳子绑住双手的鄂温克猎人父子俩努了努嘴，意思是给他们也吃一些。

叶什尼诺夫的左眼被刺瞎了，虽然止血包扎了一下，但现在仍然感到钻心般的疼。他心里恨极了猎户一家，嘴里嘟囔着，不肯过去。阿沙廖夫骂道："你真是个愚蠢的家伙！我们还要靠这两个中国人带着我们走出去，不能饿死他们。等我们走出了这座鬼山，到时候你就是要对他们剥皮抽筋，那也由得你。"

叶什尼诺夫无法，一路骂骂咧咧地走过去，将饭盒端到猎人的嘴边，要喂他喝，猎人却闭着眼睛摇了摇头。他又端给小男孩儿。小孩子瞪着他看了半晌，忽然一口唾沫啐过来。叶什尼诺夫连忙躲闪，饭盒里的肉蘑汤洒了自己一身。他勃然大怒，站起身狠狠地踹了那小孩儿一脚，骂道："小猪猡！你爱吃不吃！等到了地方，看老子不把你割碎了当烤肉吃！"

等他回到煮着肉蘑汤的大锅边时，锅里连肉带汤都已经被人舀得干干净净，连点渣都不剩。叶什尼诺夫破口大骂，众士兵都哈哈大笑。他无可奈何，只好胡乱吃了些又冷又硬的鹿脯干，在火堆旁找了个空地，和衣躺了下去。

睡到半夜，叶什尼诺夫觉得身上一阵发冷，不由得醒了过来。他勉强睁开那只惺忪的独眼，看到身旁火堆里的火焰行将熄灭。微弱的火苗一跳一跳的，正在挣扎求生。他翻个身子，斜眼一瞧，见睡在他旁边的柳布申脸色发青，瞪大着眼睛正死盯着自己，而他的脖子上，竟横贯着

一把刺刀。叶什尼诺夫吓了一大跳，翻身坐起，张眼一望，只见周围躺着七八具尸体，而光影幢幢中，还有十几个同伴正在互相残杀。

他看见基里科夫一刀将费奥多罗夫的头劈飞了出去；他看见伊万诺维奇一枪爆了阿赫洛贝斯金的头；他看见那个鄂温克猎人将绑着的双手伸进火堆里，忍着剧痛烧断了绳子，然后捡起一把马刀割断了小男孩儿的绑绳，拉着他飞快地向谷口方向跑去；他看见阿沙廖夫中尉举起手枪向猎人父子俩逃跑的方向连连射击；他看见纳吉耶夫绕到了中尉的背后，恶狠狠地用刺刀捅了他一个对穿，而中尉却浑然不觉，回过头来一枪把纳吉耶夫轰了个脑浆迸射……

峡谷仙境在这一刻仿佛变成了人间地狱。叶什尼诺夫惊恐地大叫出声。不远处，正将加里宁的整只左胳膊像劈树枝一样劈下来的谢甫琴科转头看见了他，凶神恶煞般挥着马刀向他冲了过来。叶什尼诺夫看见谢甫琴科的脸色碧青，上面还长满了苔藓一般的斑块，一只眼珠子都已经脱出了眼眶，只剩一根筋还在那里勉强吊着。他吓得浑身发抖，完全挪不动身体。眼看着马刀的寒光已到眼前，忽然，谢甫琴科的脑袋分成了两半，只有一只胳膊的加里宁手里拿着一柄利斧，正在谢甫琴科背后狰狞地笑着……

上帝，这究竟是一场什么样的噩梦？！叶什尼诺夫脑子一阵晕眩，昏了过去。

第一章

一九二四年农历三月十六，长白山下，抚松城。

正是清晨时分。虽说关东的地面天亮得早，但在这春寒料峭的季节，人们贪享温暖舒适的被窝，是不愿早起的。不过今天却与往日不同，辰时刚过，城里最主要的一条大街——甸子街就已经热闹了起来。挎篮挑担的、拉车赶骡的、骑马坐轿的……都从四面八方云集于此。街道两边已经有不少人开始占地摆摊。而甸子街东头山神庙门前的空地上，更是搭建起了一个三丈见方的戏台子，有工匠正在那里做最后的装点和清扫工作。看来，今天有一出大戏将要上演。

一个四十多岁的中年汉子带着一个十七八岁的小伙子，也在这个时分随着人群进了城。这名汉子脸色黝黑、身材不高，却腰杆儿挺直、满身劲气，看起来像个练家子。小伙子要比他高出了大半个头，面容俊朗，英气勃勃。

两人穿着普通，棉布袍、狗皮袄，一副典型的关东客打扮，混在熙

熙攘攘的人群之中并不打眼。但过往客商见到中年汉子手中持着的一根五尺六寸长的黄檗木棍子时，无不注目而视，脸上露出敬慕的神色。不断有人拱手跟他打招呼，称他"金爷""金把头""老把头"，中年汉子偶尔回应一声，大部分时间只是微笑点头而已，并不停步寒暄。

那个跟着他的小伙子却不在意这些，满街的热闹景象早就吸引住了他的眼球。他一边不停地东张西望，一边兴奋地跟中年汉子说话。"爹，你看这个！这个好玩儿，咱买一个吧！""爹，那边在干什么？咱过去看看吧！""爹，你闻到香味儿了吗？是我最爱吃的熏肉！"……

中年汉子被他缠得没法，微微一笑，拍拍他的肩膀，说："好了，好了。咱们在这抚松城得待个好几天呢！热闹回头再瞧，咱们先到'长白楼'办正事要紧。一会儿该赶不上山神爷的祭礼了。"

这汉子姓金名不换，跟着他的那个小伙子是他的儿子，叫金十三。

金不换本不是关东人，他的老家原在直隶威县。庚子年闹拳乱，二十啷当岁的他跟着当地神坛大师兄、梅花拳掌门人赵三多进京"扶清灭洋"。那时候慈禧老佛爷要利用拳民对付西方列强，懿旨亲封他们为"义和神拳"，连京城里面的王爷见到他们都礼敬有加，真可谓威风八面。

老佛爷跟各国宣战，不敢派兵到各地去攻打列强的驻兵，收复主权，却唆使"义和神拳"的兄弟们去打洋人在京城的使馆和教堂。当时京城里来自各地的拳民有几十万人，"呼啦"一下就把洋人的使馆区围住了。按理说那里各国保护使馆的洋兵加起来也不过几百人，拳民们就是一人一口唾沫也能淹死他们，可偏偏打了一个多月，就是打不进去。这下老佛爷骑虎难下，心里发了毛，便偷偷派人给使馆里的洋人送西瓜、递信儿，暗送秋波。可这洋人也真是不解风情，非要给老佛爷教训不可。于是八国联军打进了北京城，老佛爷带着小皇帝仓皇逃跑，几十万"义和神拳"也作鸟兽散。

等到老佛爷跟洋人们谈妥后回了京，拳民们就变成了"背锅侠"，遭到朝廷无情地围剿镇压，兄弟们纷纷被抓被杀。金不换在老家藏不住，他想反正自己父母早都病死饿死了，仅有的一个哥哥又避他像避瘟神一样，不如离开家乡，到关东去闯一闯。

金不换跟着大师兄赵三多学过七八年"梅花拳"。到了关东，他先是给镖行当趟子手。镖行日渐没落，他又到大户人家去给人当保镖。这户人家是皇家参商，专给宫里贡参，家里有的是金山银山，富得流油。

俗话说："关东有三宝——人参、貂皮、乌拉草。"这人参，确切地说是野山参，便是"关东三宝"之首。它只生长于北纬33度至48度之间的深山老林里，取天地之精，吸日月之华，借灵禽异兽为媒，以霜露清泉为润。野山参被《本草纲目》称为"百草之王"，以之入药，能治百病，能延年益寿。更有神乎其神的传说，指它能生死人、肉白骨，堪称山中之精灵、人间之仙草。采参人往往在山林中苦苦寻觅数月，也难见此物之踪迹。自大清定鼎中原以来，采参一业向为官府所垄断。朝廷为防止私人采挖人参，还特意设立了"官参局"，派驻参丁，将盛产野山参的山林都封禁起来，只有皇室或朝廷贵胄才能派人采挖。嘉庆以后，官参局产参日渐稀少，品级又低劣，便干脆奏请朝廷批准，发行"参票"，指定皇家参商承包采挖，高等级人参进贡给大内或朝廷权贵享用，低等级的才可以进入民间流通。

金不换跟着东家进进出出，耳濡目染下，倒也学会了不少参行里的门道。庚子年后，国势颓败，俄国和日本的势力侵入东北，互相争斗，朝廷逐渐失去了对这块土地的控制。官参局如同虚设，私采之风大盛。采参之人蜂拥而至，大多来自山东、直隶等地。在这些流民眼里，关外

遍地是宝，尤其是采参，更是使人迅速发财的行当。

金不换便辞了东家，跟着一位原官参局出身的把头四处放山。这个行当还真不是一般人能干的，不仅需要丰富的经验和高超的技巧，更需要胆识和运气。毕竟成年累月在高山密林和黑洞深沟里面钻营，什么样的怪事都可能发生，什么样的危险都可能遇到，说是搏命来吃这一碗饭也不为过。金不换聪明伶俐，跟着把头勤学苦练，采参的本事逐渐提高。他有一身功夫，为人也仗义，颇得大伙儿的信赖，后来就自己当了把头，拉了一票兄弟跟着他干。

在关东，人参又被称为"棒槌"，进山采参的行当又叫作放山。想到大山里去挖大棒槌，一个人的力量太薄弱了，往往要拉帮结伙才敢进山。这件事一般由一名把头来组织，他就是这一伙儿放山人的首领。放山队伍一旦进山，少则两三个月，多则六七个月。队伍中每个人当年的收入如何，全都押在这一把上了。因此，把头的人选非常重要。能当把头的人，必须懂山规、讲仁义、有经验、晓技术，会观山景、看地势，知道在什么地方能找到棒槌。如果把头的活儿不精，很可能导致整支放山队伍颗粒无收，那他在整个参行的信誉就会大大降低，以后再想组织放山队伍进山，说话就不那么好使了。而活儿精的把头，在这参行的威信就高，不但放山人都愿意跟着他，心悦诚服地听他使唤，参商大户们也信赖他，收购时的参价往往能够提高不少。

九年前，金不换带着兄弟伙儿在长白山采到了一枝七匹叶、重七两一钱、参龄至少在七十年以上的"七仙女"，在当年抚松城的参王大赛中一举夺魁，获得了"参王"的桂冠。赫赫有名的关东玉王刘金海，竟出到两万大洋的高价收购了这枝参，一时震撼了整个关东参行。金不换也由此声名鹊起，成了参行内人人礼敬的"老把头"。在参行内，所谓老把头的这个"老"字，并不是指年纪，而是指他的经验老、技术精、威望高。哪怕你年纪轻轻，只要能够达到以上三条，也可以被人尊称为"老把头"。把头在放山队伍里又被称为"头棍"，因为他往往持一根索宝棍走在整支队伍的最前头，负责观山、探路、寻宝。而在抚松参王大赛中夺魁的老把头，更会获得一根以珍贵的黄檗木做料、粗头雕成野山参的芦头状、满身刻满铁线纹的索宝棍，作为身份的象征。

今天的抚松城，又到了每三年一届参王大赛举办的日子。

原本抚松城只是一个拥有数百户人家的大镇子，因镇子附近有两片大草甸，故名双甸镇。大清宣统年间，朝廷在此地增设县治，修城扩地，更名为抚松，归辖于长白府。虽然成为了一县之要，但彼时抚松仍不过是边陲一小城，地荒人稀，默默无闻。自打宣统皇帝退位、民国建立以来，小小的抚松城却忽然焕发了生机，商贾云集、人口暴增，一跃成了长白府甚至整个吉林省的首县，名声远至奉天、北京，乃至海外。

原因很简单，还是那两个字——人参。要说整个关东哪里的人参最好，还得说是长白山。而抚松城正处于长白山脚下，北可达吉林长春，西可至东三省中心奉天，南可通外邦朝鲜，地理位置得天独厚。自开了"参禁"以来，抚松城便成了关东乃至整个东亚最大的人参交易集散地。每三年一度，由关东整个参行公办的参王大会也在这里举行。

这些闲话暂时按下不表。且说金不换带着儿子金十三进了城后，来到了位于甸子街的长白楼。金十三站在楼前，不禁看傻了眼。只见它临街一面的主楼高有四层，算来除了城门楼子外，这应该是整个抚松城最高的建筑了。整座楼雕梁画栋、气势恢宏，连他们刚才路过的县衙门都比不上。

金十三正在惊叹，见父亲金不换已经一挑门帘迈步进了楼，连

忙跟上。

宽阔的一楼大堂四角各放着一个硕大的炭火盆子，烧得整个楼内暖意融融。二十几张八仙桌旁都坐满了客人，七八个头戴瓜皮帽、身着干净挺括的蓝布大褂的伙计正往来穿梭伺候着。见到金不换二人进来，客人们纷纷起身行礼，口称"金爷"或"金把头"。

金不换一一回礼，或大声招呼，或执手寒暄。正对门口的柜台里，一位掌柜模样的胖男人也赶紧迎出来，满脸堆笑着对金不换拱手："金爷，您可算是到了。杨八爷说您一准儿会来，果然没错。"

金不换笑了笑，说："孙掌柜，几年不见，你还是这么富态啊！杨八爷来了没有？"

孙掌柜笑道："谢您吉言！我是吃得香睡得着，不长心眼光长肉了。杨八爷他老人家还没来，您……"

金不换哈哈大笑："那你这是说我光长心眼不长肉喽！"

孙掌柜嬉笑着说："岂敢！岂敢！金爷，您二位请上二楼雅间稍候。这祭神大礼要到巳时二刻才开始，还早着呢！八爷说话就到。"他一边领着金不换二人上楼，一边絮絮叨叨地说，"您可是有些年头没来抚松地面儿了。八爷老念叨着您，说您歇棍这几年，长白山的这些个好棒槌都哪儿去了！上回参王大会您没来，八爷就说如果您出山，那'参王'之号就没有通化廖拐爷啥事了。您说您老好好的歇什么棍呢？"

金不换一路微笑着听他闲扯犊子，也不接话。上了楼，楼上一排雅间也都歇着杨八爷发帖请来参会的宾客，身份要比楼下大堂里的人贵重得多。金不换跟他们中的不少人算是熟识，一一进去言笑寒暄毕，然后跟着孙掌柜进了一间雅间。

早有伙计麻溜地过来沏好了香片，又摆上了四盘干鲜果品。待金不换二人坐下，孙掌柜说："今年还是老规矩，所有八爷出帖请来参会的贵客，都由长白楼接待，大会七天不收分文。我给您在后院的松鹤居留了一间上房，包您满意。"

金不换点了点头，说："烦劳尊驾了。你事忙，不必陪着我。连伙计也不必在这里专门伺候。一会儿杨八爷来了，知会我一声就是。"

孙掌柜答应着，又打了一拱，带着伙计出去了。

金十三破马张飞似的坐不住，满屋子转悠着打量。这房间内家具都是用南洋进口的上好酸枝木打造而成，雕龙刻凤，富丽堂皇。墙上还挂着名人字画，极为华贵高雅。又见这桌上的干鲜果盘内居然有几个鲜桃，他拿起一个就啃，嘴里呜呜嘟嘟地说："爹，这长白楼可真不含糊啊！一个县城的酒楼就这么气派！先别说这么多人几天的吃住，他长白楼说包就包了，就说这季节，上哪儿淘换这些鲜桃去？我看别说长春了，就是奉天、北京的饭庄子、客栈也不过如此了吧？"

金不换点着烟锅子，放嘴里"吧嗒"了一口，瞥了他一眼，说道："那鲜桃都是杨八爷专门让人在平谷搭了一片风障阳畦地包种，再用火车加快马运来的。这算什么！这整座长白楼都是杨八爷的产业。自打长白参帮发起参王大会以来，虽说是由关东全体参行公办，但其实连着这四届都是由抚松城的杨八爷主事。杨家号称'关东九城十八号'，你想想他家的参号开得有多广？他家的参不但内走京津沪粤，还外销朝鲜、日本乃至花旗国，连奉天的张大帅府上都常年用着杨家的参。这抚松城的参市，每年三月到十月开市，都会引得五湖四海的客商前来采买。碰上三年一度的参王大会那就更是热闹，全国各地乃至外国的参商豪客都会云集于此。长白参帮每年光这参货贸易中的抽头就赚得盆满钵满了。这整个长白山都算是他们长白参帮的禁脔，杨八爷本人更是长白参帮的帮主。

想到长白山放山采参，不到他杨家来上贡拜码头，那是不成的。"

金十三吐了吐舌头，说："我的天，这杨八爷还真是个了不得的人物！"又问，"爹，您老这歇棍都几年了，上一届的参王大会您也不来参加，怎么这次却来了呢？"

金不换一口接一口地抽着烟，望着雅间的门口出了好一会儿神，才说道："九年了，他终于肯拿出来了。"

这句话说得没头没脑，金十三实在听不明白，追问道："爹，你说的是谁？他肯拿出什么？"

金不换叹了口气，说："当年我凭一枝'七仙女'夺得了那一届参王大赛的桂冠，玉王刘金海以前所未有的两万大洋高价购买了参，可谓出尽风头。赛后杨府的'百人宴'上，我位在首座，与杨八爷、刘金海等人同席，不免得意扬扬，吹嘘了几句。谁知旁边的刘金海却泼了我一盆冷水，说：'老金，"七仙女"固然可称得上是参中珍品，但还不能算真正的参王。杨八爷府上的那枝"凤凰单滴泪"才算得上真正的参王呢！'我一听便愣住了，对刘金海说：'刘爷，"凤凰单滴泪"可是百年难出的参中极品，我入这参行十几年了，也未曾听闻有谁采得过，你莫不是逗我吧？'那刘金海却说当然是真的，他不但亲眼所见，而且出到五万大洋的价钱，外加在抚顺的一座玉石矿百分之三十的干股要买，可杨八爷愣是不卖。我转头问杨八爷是否真有此物，他却说刘爷喝醉了，只是随便说说，不必当真。刘金海见杨八爷不肯认，也就不再说，只说自己开了个玩笑。席上大家一哄闹，这事也就过去了。"

金十三听得大感兴味，问道："爹，什么是'凤凰单滴泪'？"

金不换道："在我们放山人眼里，最好的向导就是棒槌鸟。此鸟最爱吃人参籽，放山人如能有幸见到此鸟，追随它的踪迹，必能找到大棒槌。

不过，这种机会十难逢一。而金头棒槌鸟更为罕见，我们都叫它'金凤凰'。它最能辨参，也最挑食，不是四十年以上参龄的棒槌籽不食。这金凤凰衔食喂子，偶尔将棒槌籽遗落于树洞或被雷劈开的树缝中，经腐叶、雨水滋养，借树木之精华长成，其参名为'凤凰单滴泪'。传说此物能生死人、肉白骨，可谓参中之仙品，可遇而不可求。即便有人万幸遇到，也十有八九会走了棒槌，采摘不到。"

金十三知道"走了棒槌"是放山人的行话，意思是说本来明明在远处看到了大棒槌，但好不容易绕到跟前，棒槌却不见了；又或者是找到了大棒槌，可天色已晚或人手、工具不够，你准备回头再来挖，谁知回来这棒槌就不见了。当然放山人会用两头系着铜钱的红绳或红布条绑住它，以防它走了，但对于某些参宝来说，也往往不起作用，挖出来的要么只有一点参皮，要么就只有一些腐烂的参须。因此放山人说这些参宝受天地之精、日月之华，年深日久有了灵性，能够顺着地脉逃走。

金十三赞叹地说："原来这'凤凰单滴泪'如此神奇，难怪这杨八爷不肯卖，也轻易不肯示人。那这次他如何又肯拿出来给爹您瞅瞅了？"

金不换道："那天宴后，我心里老念叨着这枝'凤凰单滴泪'，无论如何都想见一见。我并无他意，只是放山之人得闻此宝而不能见，就好比沙漠旅人见甘泉而不能饮一般，那种感觉别提多难受了。我便备下重礼，私下上杨府拜望，希望能探问一个究竟。如真能见到此宝，那也算是得慰平生了。那杨八爷倒也不再隐瞒，承认确有此物，但如此重宝岂能轻易示人？拒绝了我的要求。我只得怏怏而回，心灰意懒之下，就此歇棍不再放山。这次参王大会杨八爷给我发了帖子，请我务必前来，担任大赛的评判之一，并允诺将'凤凰单滴泪'借我一观。我虽不明白他为何改变了主意，但熬不住心痒，便带你前来了。"

金十三还要再问，却听得楼下一阵骚动，请安的、寒暄的，一片闹哄哄的。不知道谁说了一句笑话，引得一串尖利如金属刮擦般的笑声传了上来。金不换道："是杨八爷到了。我在此踞坐不恭，得下去迎一迎。"他将烟杆在地上的一个痰盂沿口敲了敲，将烟锅中的烟灰抖落干净，重新别回腰上，看了看墙上的挂钟，时针已快指向九点，又说，"现在已经快巳时了，一会儿杨八爷就要率领大伙儿去山神庙祭神。今天这山神庙只有杨八爷发了请帖的人才有资格进去，我带不了你。你第一次来抚松城，人生地不熟，不要乱走，先跟伙计到客房去歇息。下午未时在山神庙前的空场上举办参王大赛，你再来瞧热闹吧！"说完拄着那根黄檗木索宝棍就往外走。

金十三听得外面一阵忙乱，楼上众人大概都听到了动静，纷纷下楼。接着又听杨八爷的声音在大声说："老金，你果然来了，太好了！这次可要借你的慧眼，好好选出这一届的'参王'。"金十三听这杨八爷的声音尖锐刺耳，微微皱了一下眉头，心道这真是闻声不如闻名了，怎么这嗓音跟夜猫子一样。他正想下去瞧上一眼，却有伙计进来领他去客房休息。

去客房不必经过楼下大堂，从二楼的一个回廊下去即可到达后院。长白楼的主楼后面还有好几重院子。金十三跟着伙计一路行来，沿途有池塘、有假山、有花园，楼宇重叠，占地足有一二十亩。金十三看得咋舌不已，心道听别人说起过的江南园林的精致美景也不过如此吧！

在客房里待了不过一盏茶时分，金十三年轻人心性，哪里闲得住？心想这抚松城如此热闹，我却在这客房里"坐牢"，岂不是二虎吧唧吗？一个县城能大到哪里去，自己一个大小伙子还能被人拐跑了？老爹也真是过虑！他摸了摸身上，还有金不换给他的几块大洋和一些东北官银号发行的奉票，便出了客房，径直往长白楼外走。经过大堂的时候，诸位客人和孙掌柜都不在，看来都跟着杨八爷去祭神了，只有几个伙计在那里没事闲磕牙。长白楼这几日除杨八爷请来的贵宾外，不接待任何外客，这些伙计自然也乐得偷这一时半会儿的闲。

金十三来到大街上，寻思着先到山神庙去看一看，自己没资格参与祭神大典，瞧瞧热闹总可以吧！他一路寻问着过去，这山神庙其实离长白楼并不远，就在甸子街的东头，走过去用不了一刻钟。但让他没想到的是，这山神庙外竟然里三层外三层的，被人围得水泄不通，连庙前几棵大槐树的枝丫上都坐满了人，乌泱乌泱的，都是各地来抚松参会的散客和本地瞧热闹的百姓，压根儿就挤不过去。

人群的东侧是一个临时搭建的戏台，台上锣鼓喧天演得热闹，却不是关东人最稀罕的二人转，也不像全中国都流行的京戏。金十三问旁边的一位老者这演的是什么戏，怎么唱腔台词一股山东味儿。老者看了他一眼，说："那可不！这是山东柳子戏，杨八爷特意从济南府请来的班子，演的就是咱山神爷的故事啊！"

金十三当然知道山神爷，今天就是他老人家的生日。与一般神话传说中的山神不一样，在参行之人的心中，这个山神是实有其人的，那就是他们供奉的闯关东放山的祖师爷孙良。

孙良是明朝末年山东莱阳人，为治母病，从胶州半岛乘船跨海来到关东采参。他在长白山的老林子里遇到了同样是来采参的老乡张禄，两人意气相投，于是就搂土为炉、插草为香，结拜为生死弟兄，结伴放山。

匆匆数月已过，两人仍未能找到能治孙良母病的大棒槌。孙良担忧母亲病情，长吁短叹，张禄便建议两人扩大范围分开寻找，约定时间碰头，无论谁先采到都先交给孙良带回医治母病。功夫不负有心人，孙良终于采到了所要的大棒槌。可张禄却没有依约回来。孙良担心他出事，

便满山遍野地去寻找张禄，可没日没夜地找了十几天，所带的干粮都已吃完也没能找到他。断粮后的孙良三天只吃了一个蝲蝲蛄，又累又饿，终于撑不住，倒在了一块卧牛石旁。他用尽最后的力气，咬破手指在石头上写了一首绝命诗："家住莱阳本姓孙，漂洋过海来挖参。路上丢了好兄弟，沿着蛄河往上寻。三天吃个蝲蝲蛄，你说伤心不伤心。再有进山迷路者，我当作为引路神。"

几天后，一位石匠路过此地，发现去世后的孙良和这首诗，大受感动。此时天已经快黑了，他决定暂且回家，第二天再回来好好安葬孙良。这天夜里刮了一夜大风，把林子刮得呜呜直响，就像有人在哭泣一样。第二天一早，石匠带上工具回到卧牛石旁，发现孙良的尸首竟已被旋风卷来的土埋葬了。石匠心中感叹：孙良这是成神了，老天爷亲自给他下葬啊！于是他用錾子将孙良的那首诗刻在了卧牛石上面。回来后，他逢人就讲孙良的感人故事。人们听了故事后，都很敬佩孙良的为人，常常来到他的墓前叩头祷告。说来奇怪，这之后不少放山人都梦见一个白胡子仙人帮助自己，按仙人的指点，就会挖到人参或走出困境。大家都认为，这位白胡子仙人就是孙良的化身。有好事之人还专门去到山东莱阳，打听到了孙良的生辰是农历三月十六，于是这一天便成了整个参行定下来的"山神节"。放山人都要祭祀过"山神"孙良后，才会进山采参。

这个故事金十三很早就听他爹金不换说过。且不管传说是否真有其事，金不换说，放山人尊孙良为山神，尊的其实是"孝义"二字。人参是上天赐给我们放山人的财富，可人心在财富面前，最容易失去的恰恰就是这两个字。

金十三听山神庙内一会儿鞭炮声响，一会儿钟鼓声起，知道这祭神大典一时半刻完不了。他觉得无趣，就从人群里挤出来，沿着甸子街随意闲逛。

此时的抚松城可谓人山人海、热闹非凡。人一多生意也就好做，各种小买卖都像赶庙会时一般沿街摆开了，有卖各色小吃的，有卖衣料布匹的，有卖各种洋玩意儿的，也有打把势玩杂耍的……金十三这锅前吃一碗焖子，那摊上吃两块打糕，见到时髦的玩意儿也买上两个，看到新鲜的把戏就停下瞅两眼，逛得不亦乐乎。

这会儿，他蹲在一个卖烟杆烟具的摊子前，对一个短把大头、头上还有个大洞的玩意儿产生了浓厚的兴趣。摊主是个精瘦的中年汉子，嘴皮子那是相当利索："这位小爷，你真是好眼力！知道你手里拿着的这个是什么吗？叫烟斗。那是以前俄国大鼻子的王爷将军们专门用来抽烟的家伙。你瞧瞧这烟斗的身子，是用石南根做的。知道石南根不？那可是在地里埋了两百年以上的东西，比人参的年头还长呢！你再看看这烟嘴，那镶的可是上等的和田黄玉。你看我这摊上，烟枪烟具货品齐全，可烟斗就这一个。那也不是我做出来的，是我老父亲当年到通辽给俄国大鼻子修路，从一个俄国司令官的帅帐里偷出来的……"

金十三心中冷笑，这瘪犊子真把自己当成任事不懂的乡下傻小子了。他爹金不换闯关东这么些年，见闻广博、阅历丰富，家中积累也颇为厚实，金十三耳濡目染下倒也见识不浅。石南根是什么自己虽不知道，但这烟斗材质明显就是普通的麻栎疙瘩，只是做了一些假纹理，又上了一层桐油，看起来不一样而已。而这所谓的和田黄玉烟嘴就更不对，明明是辽东产的岫玉。至于什么从俄国司令官帅帐内偷来的就权当听他扯犊子。不过这烟斗是个新鲜玩意儿，爹喜欢抽烟，买了这个孝敬他老人家倒真不错。

他懒得跟这汉子废话，说："十块钱奉票，你卖不卖？"

那汉子瞪着眼珠子说："小爷，您可真会开玩笑，我这烟斗可值得五十块呢！"

金十三哼了一声，说："别以为小爷我四六不懂，你这麻栎疙瘩做的孬货还想卖五十块？做梦吧！小爷我不计较你三吹六哨的，给你十块钱，那已经够你至少半个月的嚼裹了，你还贪心不足！得，你留着自个儿玩吧！"

他站起身来就要走，那汉子忙喊住他："别呀小爷，您好歹添补点儿！"

金十三正要说话，却听旁边一个清脆的声音说道："小姐，这个烟斗挺别致的，不如你买了送给老爷吧！"

他转过头一瞧，原来是两个年轻姑娘。一个穿着花绸缎面的棉袄，圆脸，眉眼挺周正，就是鼻子旁边散落着几点雀斑。而另一个就不同了，她个子要稍高一些，鹅蛋脸，杏眼樱唇，头发梳成两条乌黑的小辫，上面还扎着蝴蝶结式的头花。身上穿的衣服也大不同，是一身西洋式的驼色毛呢大衣，修身掐腰，越发衬托得她修长的身体风姿绰约、亭亭玉立，真跟洋画上的那些明星似的。

说话的是那个圆脸姑娘，她见金十三直眉愣眼地盯着她们不放，白了他一眼，嘟囔道："看什么看，跟个傻狍子似的！"

金十三脸一红，忙转过了头。圆脸姑娘对卖货的汉子说道："你这个烟斗咱小姐买了。多少钱？"

那汉子一脸堆笑，说："哟，两位姑娘可真识货。我这烟斗可是石南根打磨，镶着和田玉，要卖五十块呢！"

鹅蛋脸姑娘点点头说："行，就买这个吧。"

金十三眨了眨眼，说："啥呀你就买了？这玩意儿是我先看上的。你要买也得先问问我吧？"

鹅蛋脸的姑娘还没说话，圆脸的姑娘便嚷嚷道："你看上的？你不是不买吗？你不买还不许我们买？我们小姐买定了！"

金十三一梗脖子，说："谁说我不买？老板，五十块，我要了！"

圆脸姑娘说："六十块！"

金十三说："七十！"

圆脸姑娘冷笑一声，说："一百！"

金十三哈哈大笑，说："行啊！就这麻栎疙瘩，做了个假，镶个普通的岫玉，你们居然花一百块钱买！得了，小爷就让给你们。老板，她俩要不掏钱别让走啊！"

圆脸姑娘一愣，气愤地说："小姐，这小子可真是蔫坏蔫坏的。咱找人来教训教训他！"

那鹅蛋脸姑娘却一笑，说："鹃儿，别胡闹了，是你非要跟他抬杠的。一百就一百吧，咱们走。"她从一个款式别致的皮包里掏出一张一百元的奉票递给卖货人，转头对金十三微微点了点头，牵着鹃儿走开了。

金十三闹了个没意思，站在那里看着两位姑娘远去的身影愣了半天。他没心思再逛下去，随便到街边的小摊上吃了两个熏肉大饼，喝了一碗片儿汤，看看已快到参王大赛开始的时间，便又折回了山神庙前。

祭神大典已经完成，山神庙外东侧的戏台上，戏班子也都撤了下去，摆上了一顺溜的长案，案后坐着几个看似评判的人物，中央主位尚空着。而主位右边第一个位子上坐着的便是金不换。

司礼官向台下的观众一一介绍在座的评判，都是参行内了不得的大参商、老把头，然后才隆重邀请参王大赛的主评判杨八爷出场。在台下一片热烈的掌声和欢呼声中，一位五十岁左右的瘦小男人拄着一根文明

棍，施施然地走上了台。他剃了个秃瓢，脸上尽是疮疤，已经完全破相了。颌下稀疏地长了一些山羊胡子，穿着旧式的长袍马褂，脸上却戴着一副新式的洋墨镜。金十三看得差点笑出声来，想不到大名鼎鼎的杨八爷居然是这副丑陋怪诞的模样。

台上众人纷纷起身致意。杨八爷在中央主位坐下，又向台下摆了摆手，喧闹的人群立时安静下来。金十三心想，别看杨八爷貌不惊人，可在这抚松城、在这参行之内，的确是威望卓著。

参王大赛开始。不断有人用红布托着系了红绳的棒槌上台，恭敬地放在长案上。有伙计先将这些棒槌量出尺寸、称出重量，把不符合基本要求的棒槌先行淘汰，然后才将入围的棒槌分别挂上号牌，送给在座的评判们一一品鉴。评判们协商好意见后，再由杨八爷将结果写在红纸上，交给司礼官向台下的观众宣读。

司礼官向台下观众一一报出每枝参赛人参的参号、参种、参品、参龄、尺寸、重量、产地等信息。金十三听了半天，似乎今年参赛的棒槌品质都差一些，没有什么特别的参宝。台下的观众也都议论纷纷。金十三听他爹金不换说过，这些年来由于人们采挖无度，真正上品的老山参越来越少。有些人甚至将尚未长成的幼参都给挖走了。他还说，这放山采参，不但要讲一个"采"字，还要讲一个"放"字。就像咱吉林的查干湖，那渔民捕鱼，做的渔网网眼都是有讲究的，只能网住够年头、有分量的大鱼，而那些小鱼就自然从网眼中漏掉了。这样才能维持住查干湖出产的鱼的品质，也才能让渔民们世世代代能靠那一方水土养活自己。而放山采参，由于它所给人带来的暴利，人们往往竭林而采，贪得无厌，只向山林需索，却不养护，终有一天，"山神爷"会将给人们的馈赠全部收回。每说到这里，金不换总是会摇头叹气，说他之所以歇棍几年不再放山，这也是原因之一。

参王大赛进行了近两个时辰，即将截止的时候，终于有一枝棒槌引发了人群的轰动。这枝棒槌重六两四钱，六匹叶，参龄在四十年左右，却是一枝产自朝鲜国的高丽参。它的主人也是一名来自朝鲜的参商。大赛评比结果，这枝高丽参获得了本届"参王"的桂冠。而赛后的"参王"拍卖中，这枝参最终被杨八爷以八千大洋的高价购得。

金十三知道他爹和一些贵客会后还得去赴杨府的宴席，便一个人回到了长白楼。匆匆吃了伙计送来的晚餐，他百无聊赖，躺在床上想着爹是否能在杨府见到那枝"凤凰单滴泪"，又想起了今日在街市上遇见的那名鹅蛋脸姑娘，不知不觉睡着了。

不知睡了多久，他醒了过来，见房里亮起了灯火，他爹正一个人呆坐在桌前抽烟。

他揉了揉眼睛，看了看墙上的挂钟，居然已经快十二点了。他起身给金不换倒了一杯水，问道："爹，这么晚了你咋还不睡呢？"

金不换眼神愣愣的，不知道在琢磨什么，好一会儿才说："十三，咱们明天一早就回家。"

金十三说："是，爹。可为啥呢？明天抚松就正式开市了，咱不是说还得在抚松待上几天，把带来的棒槌卖了才走吗？"

金不换说："这点儿棒槌卖不卖的不算啥。我要开始放山了，得尽快回去准备准备，还得邀约一下你杠子叔、老闷叔他们。"

金十三一听大喜，说："太好了！爹，你终于要放山了。以前我央求你带我去放山，你总说我年纪还小，不能带我去。后来你又歇棍了，我更没机会跟你一起去放山了。但这回你不能不带我去了吧？"

金不换慈爱地看了他一眼。是呀，儿子跟山神爷孙良同一天生日，

今天刚好满了十八岁，该是带他放山的时候了。

其实金十三并非他的亲生儿子。金不换无儿无女，来关东后先后娶了三个老婆，都未曾生养就病死了。算命先生说他命里克妻克子，金不换也就断了续弦的念头，觉得一个人逍遥自在也好。七年前，一个十来岁的小乞丐冻倒在他家门口。原本他想叫人拖到化人场了事，不想那孩子在他抱起来的一刻却微微睁开眼睛叫了声爹，这一下倒激起了他的恻隐之心。但那孩子已是奄奄一息，按常理难以救活。幸好金不换本是采参人家，人参恰是吊气续命之物，经过一番调养，终于救回孩子一命。

金不换在孩子的身上找到一个金丝编成的护身袋，打开后里面却是一张桑皮纸，上面有用血画成的符箓一道，还写有孩子的生辰八字——三月十六日子时，竟与采参祖师爷孙良的生辰八字巧合。护身袋中另有五帝钱一套，分别是"秦半两""汉五铢""唐开元""赵宋元""明永乐"。金不换大感奇特，觉得这也是冥冥之中的缘分，再加上看孩子聪明伶俐，便收了他为养子。因救他那天是正月十三，便给他起了个名字金十三。

这些年来，金不换送他到私塾读书识字，教他拳脚功夫，有时候也给他讲讲参行的规矩和放山的故事，却从没有带他放过山。但金十三这孩子天生聪明，对辨参一道有着奇特的天赋。家中所藏之参，略加指点，他便能一一辨出参龄、年份、品级。有外人携参上门请金不换鉴别的，金不换也常会先拿去考校金十三，他十有八九也不会走眼，这让金不换心中惊讶又欣慰不已。孩子天生就是吃这碗饭的人！如今他渐渐大了，金不换想着自己也该重新起棍放山了。不为别的，自己一身的本事不能带到棺材里去，不传给他还能传给谁呢？

金十三见爹迟迟不说话，又急着问道："爹，您老倒是说句话呀，能不能带我去嘛。"

金不换"嘿嘿"一笑，拍了拍他的头，说："猴崽子，急什么急！我说不带你去了吗？"

金十三大喜过望，立地翻了一个筋斗，眉开眼笑地摇着金不换的手臂，连声说"谢谢爹"。

金不换却又板起了面孔，说道："你可别以为放山是什么新鲜好玩的事儿。如果到时候你吃不了那份苦，就给我滚下山去，今后永远别再跟我提'放山'两个字。还有，到了山上处处危险，你得听我的招呼，我说啥就是啥！你要敢不听，跟我整什么幺蛾子，那也滚下山去，从此不准再跟我放山。哼！别说是你了，就是你老闷叔他们，哪个敢不听我招呼？到了山上更是如此，否则就别跟着我挣饭吃！"

金十三嬉笑着说："知道了爹，哪儿能呢！别说上了山，就是在家里，那不也是你说二我不说一，你说东我不说西，你说吃鱼我不说吃鸡，你说……"

金不换拿烟锅敲了一下他的头，嗔道："别在这耍贫了。到了山上，你要真犯了规矩，别怪老子削你！"

金十三缩着脖子，收敛了嬉笑，说："是，爹。孩儿不敢。"他知道爹对大山秉持着敬畏之心，尤其看重放山的各种规矩，谁要敢犯，轻则被揍，重则会被逐出队伍。

过了一会儿，金十三又问道："爹，那枝'凤凰单滴泪'，您今儿瞅见了没有？"

金不换却不答，脸上又恢复了那股怔忡的神情，好一会儿才说："别问了，天儿不早了，赶紧睡吧。明儿一早我们还得赶路呢！"

第二章

　　书接上文。话说金不换与金十三父子二人到抚松城参加"参王大会"，这金十三好不容易碰上这么一回热闹，原本想着能在城里多玩几天，不料他爹从杨府赴宴一回来，忽然就说要尽快赶回家去，准备到长白山放山。金十三虽然不知道他爹歇棍都几年了，为啥一下就改变了主意，但金不换答应这次带他进山，让他大喜过望，兴奋得一夜都睡不踏实。

　　第二天一早，天刚蒙蒙亮，金不换就起来了。金十三年轻人原本贪睡，这回也跟着一骨碌爬起来，打来热水，两人草草洗漱了一下，胡乱吃了几块干粮，也不跟孙掌柜打招呼，便迎着凛冽的寒风，匆忙赶回了距抚松城三十里的靠山屯。

　　不几日，刘老闷、赵二驴、胡瞎卖、李大耗子，还有陈杠子、陈棍子这些老兄弟，除了刘老闷原本就跟金不换同住在靠山屯，其他几个人也都接到了金不换传来消息，先后聚到了他家。

　　这些父亲的老兄弟，金十三也都很熟悉、亲切。他们不曾提起自己的大名，父亲也没有介绍过，金十三只管照着他们的外号老闷叔、杠子叔这样叫。那时候放山人出身微贱，也没几个人有文化，互相之间少有叫大名的，不少人压根儿就没有，都是以外号相称。像胡瞎卖，据说他卖棒槌不会要价钱，瞎卖一气，得了钱就去泡堂子、逛窑子，钱花光了就当东西，直到把家里值钱不值钱的东西都当得一干二净。他也不争价钱，当铺说多少就是多少，故而得了这么个名号。而李大耗子，身子肥硕硕的，偏偏长了个尖脸小豆眼，像只吃得脑满肠肥的大耗子。但他做事情却很精细。赵二驴脾气倔得像头驴。刘老闷平时闷头蔫脑的不爱说话。陈杠子、陈棍子则是亲兄弟，都长得五大三粗的，一跟人干仗，最喜欢的就是操杠子使棍子。

通常来说，一支放山队伍的人员并不固定。把头拉队伍进山前，临时放出风去，有愿意加入的可自愿报名，把头再择优选取。人数也可多可少，少则数人，多则二三十个。可这几个人，却一直跟着金不换放山，从没有换过。一来是金不换技艺高超，这几个人跟着他放山，总能逢凶化吉，年年都收成不错；二来金不换慷慨仁义，别的放山队伍采到了棒槌，把头是要独占一半以上收成的，可金不换却将所有的收成给队伍里的每一个人平分。当年金不换采到了那枝"七仙女"，夺得了参王桂冠，卖出了两万大洋的天价，他同样将钱平分给了大家，自己绝不多占。就这一条，多少人都想加入金不换的队伍，其中不乏技艺优秀、经验老到之人，可金不换都不同意，每每进山都只带他们哥几个。彼此知根知底，他带着放心，这哥几个也对他忠心耿耿。再加上合作多年，互相之间也深有默契，用起来顺手。

这几年金不换歇了棍，老哥几个不好说什么，纷纷散去自谋生路，但每年也都会备上礼物来靠山屯瞧瞧他。只有刘老闷无儿无女，便在靠

山屯住了下来，买了几亩好地，雇人耕作，跟金不换做了伴。这次金不换重新起棍放山，几位老兄弟一接到信就马不停蹄地赶来。刘老闷更是兴致高昂，忙前忙后地张罗准备。

放山启程的日子也是有讲究的，得选黄道吉日。一行人连金十三在内一共八个，选在了二十八日这天卯时出发。往年他们都是就近从北坡的黑龙河这边进山，可这一回金不换却带着他们多走了几十里地，绕到了大风口。这里山势险峻，进山只能翻过一个左右两座绝壁耸立的垭口。虽说这时已是春天，但大风口仍然积冰盖雪、北风猎猎，难以通行。几位老兄弟心有疑惑，但他们向来敬服金不换，他既然不说，众人也就不敢问，只管跟着走就是了。

大风口果然名副其实。一近垭口，狂风卷裹着细雪冰砂扑面而来，打在人脸上一阵生疼。金不换弓着身子走在最前面，后面依次跟着赵二驴、胡瞎卖、李大耗子、陈杠子、陈棍子，刘老闷和金十三拖后，众人将各自手中的索宝棍各持一头，一个接一个地连成了一串，以抵抗呼啸而来的狂风。金十三几次被风吹得站不住脚，幸亏有刘老闷照顾着，才没有滚下山去。

金十三喘着粗气，大声说："老闷叔，咱们干吗要从这鸟不拉屎的鬼地方进山啊？"

刘老闷回过头来，声音在狂风中飘忽不定："不知道。把头说走哪儿咱们就走哪儿，这是咱放山队伍的规矩。你别说话了。这种时候一说话气儿就散了，更走不动道。"

金十三只好把满肚子的疑问憋回去，拉着索宝棍的末端，脚步蹒跚地跟着刘老闷往上爬。

一行人好不容易爬到垭口，往下却又是一段几乎成 60 度角的长长的陡坡。俗话说"上山容易下山难"，何况是这打哧溜滑的雪道冰坡？金十三喘息未定，看见下面坡道如此陡峭，不由得胆战心惊。金不换一干人却不慌不忙，从背囊里掏出了"仙人住"——用狍子皮做成的睡袋，裹住了身子，只露出头来。随着金不换一声呼喝，众人躺在"仙人住"里顺着坡道"哧溜、哧溜"地就往下滑，很快就只剩下了几个小黑点。

刘老闷捅咕了金十三一下，朝下面努了努嘴，示意他有样学样。金十三定了定神，心想自己平时老吵着要跟爹来放山，不能刚进山就被一条陡坡吓住了，便也学着用"仙人住"裹住了身子，眼睛一闭，屁股一使劲儿就滑了下去。一路上激起的冰碴雪片打在他脸上、灌进他嘴里，他也不敢睁开眼睛。忽然他屁股似乎硌到了什么东西，身体失去了平衡，在山道上翻滚起来。这一下滚得他天旋地转，肚子里的七荤八素似乎都要翻上来。正没做奈何间，他的身子猛地一震，好像被什么挡了一下，停了下来。

金十三感到一身骨头都像要被撞散了，挣扎着爬起来，却见陈杠子正笑眯眯地看着他，说道："小十三，咋样？这一路的驴打滚儿不好受吧！"

金十三呸呸地吐出了嘴里的冰碴雪片，说道："这有啥？小爷我不耐烦这么磨磨唧唧地哧溜，还是滚着快！"一旁的众人都笑了。

不一会儿，刘老闷也滑了下来。他拍了拍金十三身上的雪，着急地问："咋样？没事儿吧？"

金十三还没说话，金不换哼了一声，板着脸说："能有什么事儿！小孩子要跟着咱们老哥几个放山，不摔打几回能成？"他不再搭理金十三，掏出一块怀表看看时间，说，"现在已经过了午时了，咱们先扎营吃饭。"

他们滑下来的这道雪坡，正连接着一片一眼望不到边的密林，远眺

则能看到高耸入云的双目峰。气温转暖，林子的地势低，又被两侧的山壁挡住了寒风，林中的积雪已基本化开。众人在林边垒石为灶，拾柴生火，架起一口铁锅，将皮囊里携带的肉干煮熟，就着干粮吃。

吃完饭，将东西收拾停当，金不换带着众人垒起三块大石头，搭成老爷府的模样。刘老闷告诉金十三，这是放山人的规矩，进山之后先拜山神，也就是老把头孙良，祈求他老人家的保佑，然后才能开始采参。

祭拜完毕，金不换却并不带着大伙儿进林。他观察了一会儿地势，选了左面山壁下一块背风向阳的所在，领着大家开始搭建地炝子（一种简易窝棚）。众人伐木做架，再用树皮铺顶防雨，里面再铺上乌拉草——东北三宝之一，防潮又防寒。地炝子搭建完毕后，这里就算是放山人白天去采参，晚上回来睡觉的营地了。放山不是一天两天的事情，有这么个地方，也算是大伙儿临时的家。

日已偏西，夜色将临。众人又在地炝子前生起了一堆篝火，以驱赶蚊虫、防止野兽，还能给远处迷路的人指引方向。放山人对这烧篝火也是有讲究的，所有的木柴必须顺着摆放，再堆上乌拉草，这预示着放山顺利。头一把火必须由把头来点，而且要烧得越旺越好，预示着今年的放山收成红红火火。

吃过晚饭，众人聚集在篝火旁，抽着烟袋，等待金不换给队伍里的每个人排位分工，行话叫作"排棍"。金不换是把头，自然是这支队伍的"头棍"，负责探路、找参。后面的队伍按照顺序一字横排。走在"头棍"身后的是"腰棍"，一般是两名，负责替"头棍"拾遗补漏，他们的采参技术也相对高超，找到参后主要由他们协助头棍进行采挖。金不换指定了胡瞎卖和李大耗子两人担任。"腰棍"的左右就是"边棍"了，人数若干，除了负责打边围找参，也要负责整支队伍的警戒，防止有什么虫蛇猛兽袭击队伍。队伍中的每个人相隔距离，以手中的索宝棍伸出来棍尖能搭在一起为限，不放过一块砖的距离，拨草缓行，寻找棒槌，讲究的就是"宁落一座山，不落一块砖"。金十三被指定在队列最左边，挨着刘老闷。金不换叮嘱他跟紧了老闷叔，别自己一个人乱走。

八个人带了一短一长两把喷子（东北人将枪、铳一类的火器叫作喷子）。短喷是德国产的"二十响"，就插在金不换的腰里。长喷是俄国军队的制式装备莫辛纳甘步枪，中国人称为"水连珠"，交由刘老闷背着。这两把枪是金不换当年用三百块大洋从流落到中国东北的俄国溃兵手里买来的。其实枪在放山人手里用的时候不多，贵且不说，扛着也累赘，打完了还难找地方淘换子弹去，所以以往放山金不换都懒得带，但这次却不嫌麻烦地带上了。刀斧绳索则是放山人必备的武器和工具，既能防身，还能逢山开路、遇水搭桥。每个人都分了一把砍刀或斧头，连金不换也揣了一把匕首。

金不换安排完毕，吩咐大伙儿早点歇息，明天一早出发。众人犹豫着互相看了看，却都没有起身。一向不爱说话的刘老闷"吧嗒"了一口烟，闷闷地说："把头，哥几个每回跟着您放山，从来都是您指哪儿我们打哪儿的，没有二话。按理来说，这回我们也不该问，跟着您走就是了。只是这回咱们放弃了往年自西坡和北坡进山的惯例，绕到了这从没走过的大风口，大家伙儿心里多少有些不踏实。这里山势险峻，林子我们也不熟悉，隔壁的朝鲜人又常常偷越边界跑到这面来采参，碰上了难免起冲突。因此大伙儿想请您给说道说道，究竟是个什么盘算？"刘老闷的话一落，包括金十三在内，所有人都把目光投在了金不换身上。

金不换用树枝拨拉着篝火，火苗一下蹿得老高，映照得他的脸上阴晴不定。过了好一会儿，他才缓缓说道："老闷说得不错，大家跟着我进

山，把收成的希望乃至性命都交付给了我，我自然要把打算告诉大家。老实说吧，这回进山，我是奔着'二层楼'来的。"

"二层楼！"众人都瞪大了眼珠子。放山人在近千年采参挖参的过程中，逐渐形成了一套独特的民间习俗，包括暗语、技术、禁忌、工具等。金十三常听金不换给他讲解这些东西，知道根据人参生长年代的不同，从外观上划分为三花儿、巴掌、二角子、灯台子、四匹叶、五匹叶、六匹叶、七匹叶等。一般来说，四匹叶以上的即可被称为"大棒槌"，价值不菲。像金不换当年采得的那枝"七仙女"，更是一枝七匹叶的珍品棒槌。但参行内有记录最大的则是八匹叶，行内称之为"笑八仙"。而主茎如果长出两层四个杈的四匹叶，则又是"笑八仙"中的上品，行话叫"二层楼"，仅凭此外观，就能断定这必是一枝百年以上参龄的极品棒槌，价值巨万。

"把头，你是在哪儿得到'二层楼'出现的消息，又怎么断定'二层楼'就在大风口这边的？"李大耗子抢着问道。

金不换说："你们知道我前些日子去抚松城参加了参王大会。这一届参王被一个朝鲜参商给夺走了。晚上杨府设宴，席间那位朝鲜参商得意扬扬，大肆吹嘘他们朝鲜国出产的高丽参甲于天下。其实高丽野参与咱们的长白野参本属于同一个品系，细微之处稍有不同，不是内行人难以区分。朝鲜参商的那枝棒槌参赛时，报的产地是朝鲜的江原道，但我细加观察，发现它其实应该是我关东的长白参。我本欲在当时说破，却被杨八爷暗使眼色制止了。赛后杨八爷还以八千大洋购得了这枝参。我知杨八爷必有深意。杨府的宴席散后，八爷单独召我到书房，拿出了那枝'高丽参'，说：'老金，这枝棒槌实为我长白参，在大赛时我已经看出来了。'我问八爷既然已经识破，为何不在当时就点那朝鲜人的水？杨八爷说：'老金，你难道没看出来？这枝棒槌其实还未完全成形，就被挖出来了，按它的芦头和线纹来看，这参本该是一枝"笑八仙"的。'我其实早就看出来了，但没想到杨八爷竟然也有此眼力，心中暗暗佩服。杨八爷又说：'一年前，我的放山队伍到过大风口，在那里见到了"二层楼"。'听到他这句话，我大吃一惊，没想到长白山真会有'二层楼'出世。细问杨八爷，他说当时他的人虽见到了'二层楼'，但使尽了招数，终究还是'走了棒槌'。原本他以为今生也许与'二层楼'无缘了，不料从朝鲜参商参赛的这枝参身上，他又看到了采到'二层楼'的希望。"

众人听到这里，均感不解，这杨八爷怎么就从那枝"高丽参"身上看到了采到"二层楼"的希望了呢？金十三却一拍大腿，说道："我知道了！爹，这大风口在长白山的南坡，杨八爷的意思是，这南坡该到了出大棒槌的时候了！他们长白参帮自己没本事采得这'二层楼'，便想请爹出山，带队伍来采。"

金不换看看他，赞许地点了点头："十三说得不错，杨八爷正是这意思。我们这些放山人向来不愿意到这南坡来放山。一来这长白山的南坡，这么多年来未曾出过什么了不得的大棒槌，绕一大圈子到这边来采参不值当；二来这边地势恶劣，这一带的老林子荒无人迹，危险四伏，听老人说这片山林中潜藏着被山神爷镇住的恶鬼，连猎户都不愿意到这边来打围，我们放山人也更不必来此地冒险；三来这地界挨着朝鲜国，跟咱中国也没个明确的界限，朝鲜人来长白山采参，往往活动在这一片。这些人不讲放山规矩，易与咱们中国人产生冲突。只要他们不到咱中国人的地盘上来偷采，咱也没必要跑到这边来跟他们起争执。咱们关东的山林，包括这长白山，每一片林子的大棒槌都是有数的。六匹叶以上的大棒槌，被采完一轮后，一般要等十五至二十年才会再次出现。这长白山

的南坡从迹象上看，正是到了出大棒槌的时候了。那些个朝鲜人不讲放山的规矩，见参就采，可惜了那枝原本再有一两年就该成形的'笑八仙'了。唉——"他叹息着摇了摇头。

陈杠子大声说："如果真有'二层楼'，那咱们这趟来得就真值了！什么恶鬼，老子从来不信这玩意儿，就是有，老子也照削不误！那些朝鲜人老子更不放在眼里，敢抢老子的棒槌，老子一杠子就放翻了他。"

李大耗子的小豆眼转了一转，问道："把头，杨八爷如何知道这南坡到了出大棒槌的时候，难道他一年前就派了人来这边放山？"

金不换点了点头，说："老李这话问得好。自九年前咱们在北坡采得那枝'七仙女'后，这些年来，放山人常去的西坡、北坡，大棒槌越来越少，别说'笑八仙''七仙女'踪迹全无，就是四匹叶以上的棒槌都难寻见，我已经在怀疑山神爷是否已经将它们转场了。而见到杨八爷收藏的那枝'凤凰单滴泪'后，更坚定了我的判断。"

金十三惊道："爹，你见到那枝'凤凰单滴泪'了？"

未等金不换回答，李大耗子條的一下站了起来，激动地搓着双手，嘴里喃喃地道："老天爷，原来这世上真有'凤凰单滴泪'！原来'凤凰单滴泪'在杨八爷手里真不是传闻！"其他人的眼珠子也瞪得更大了，死死地盯着金不换不放。

金不换点点头，说："不错，我确实见到了那枝'凤凰单滴泪'，果然是参中至宝。咱们放山人这辈子莫说能够采得，就是能够看一眼那也是福分。杨八爷说，这枝参中至宝，是有人十八年前在这长白山的南坡采到的，被他有缘购得。据此推算，这南坡应当到了再次出大棒槌的时候。实际上，他五年前就开始每年都派人到这南坡来放山，直到去年在这里见到了'二层楼'，更加印证了他的判断。可惜他的人没本事，也没这福分，入宝山却空回。"

众人听了大为兴奋。陈杠子摩拳擦掌地说道："他们没本事，咱哥几个可有这本事！这面山的大棒槌，甭管是'笑八仙'也好，'二层楼'也罢，咱兄弟们都包圆儿了！"

李大耗子想了想，又问道："把头，杨八爷既然让您见到了这枝'凤凰单滴泪'，又把我们指引到了这块宝地，当然是为了让您替他采得那枝'二层楼'。但咱们既不是他长白参帮的人，也不是他的'清份'（大户人家豢养的放山队伍），替他干这个勾当，总得有个说道吧？"

金不换说："那当然。一来杨八爷说，这长白山的参宝都是咱们中国人的，他身为关东参业公会的会长，不希望被那些朝鲜人给偷走了；二来他与我约定，如果采得这枝'二层楼'，只能出售予他，他愿出五万大洋的高价。"

五万大洋！大伙儿听得眼睛又直了。好家伙，这么大一笔钱，在关东可以买下一座矿或者再在抚松城起一座长白楼了！围在篝火旁的每个人顿时都眉飞色舞、喜笑颜开。

天已不早，金不换定下了明天出发的时间，大家纷纷到地炝子里休息。金十三和刘老闷睡在一个地炝子里。老闷叔本就是个闷嘴葫芦，金十三找他说十句话他也回不了一句，后来干脆就打起了呼噜，睡着了。

金十三却翻来覆去地睡不着。头一次放山，竟然就有可能采得"二层楼"，这是多么好的一次机遇啊！如果能够如愿采得，对于放山人来说，这又是多么大的荣耀啊！他又想起了他爹说起的那枝百年一遇的"凤凰单滴泪"，不禁悠然神往，不知自己何时有缘能得一见。而那位能采得这枝参中至宝的人，又究竟是个什么样的人？这么漫无边际地想着，他的思维逐渐模糊起来，朦朦胧胧中正要入睡，却忽然听见了一阵婴儿"哇

哇"的啼哭声。

这荒山野岭的，怎么会有婴儿啼哭？金十三脑子一激灵，翻身坐起。地炕子内一片漆黑，老闷叔还在酣睡，呼噜声时起时伏。他从"仙人住"里钻出来，披衣走出地炕子。

夜阑俱寂，外面篝火还在闪烁着火苗，其他的地炕子里都悄无声息。天气晴好，下弦月直挂中天，坡道和山壁上未化的积雪反射着微光，沿着眼前的密林边缘勾勒出了一个影影绰绰的轮廓，但深处仍然是黑乎乎的一团，什么都看不见。春天的风在山外是姑娘温柔的小手，但在这长白山里，尤其是这大风口，却是一把割肉的刀，捌得人脸上生疼。

金十三裹紧了袍子，侧耳再听，那阵婴儿的啼哭声变得细若游丝，似有若无，却分明仍然萦绕在他的耳边。他想叫醒其他人，却又怕是自己听岔了，惹得父亲责骂他大惊小怪，惊扰大伙儿的好梦。他仔细辨别了一下，那哭声似乎是来自林内。难道这林子里还住有人家？是猎户还是伐木的工人？年轻人好奇心重，胆气也壮，他拾起一根涂满了松脂的火把在篝火上点着，一步一步向密林深处走去。

夜幕中的树林一片漆黑，松脂火把发出的微弱光芒，在寒风的吹拂中挣扎着，好像要熄灭了，又突然亮起。树木的粗干细枝交错着、缠绕着，在火光的跳跃中时隐时现，就像一双双向他伸来的鬼手。偶尔传来一阵瘆人的"叽叽咯咯"的声音，那是夜猫子的鸣叫。金十三已经深入了密林几百米，却仍然没有找到婴儿哭声发出的地方。那哭声仿佛消失了。他犹豫着站定，想要往回走，但那哭声又响了起来。他心里一紧，加快脚步出林，但走了几百米，不见营地的篝火，又走了几百米，还在林子里。

金十三暗呼不妙，莫非自己遇着鬼打墙了？他想起爹说过，这长白山的老林子不一般，漫无边际，也没有路，林子又密，几步之外彼此就可能看不见，人进去后走着走着就会迷失。想要原路返回，但往往走了一阵后又回到了原地。就是放山人在自己熟悉的山林里也容易迷失。因此在"压趟子"（放山人把在山里寻找人参的过程叫作"压趟子"）时，头棍和边棍一边探路寻参，一边要在不易辨识环境的地方"打拐子"，就是将细树枝用索宝棍打折成 90 度，作为记号，既为大伙儿返回时指路，又可避免重复搜寻。如果是在不熟悉的林子里，放山人还会每隔一段距离在打拐子的树枝上系一根红绳。传说这生林子人来得稀，阴气重，野鬼、山魈会故意引人走上岔道，即便打了拐子也会被他们抹去，只有系上这种用来定参的红绳，那些野鬼、山魈才不敢动。

金十三在老林子里转了半天，仍然走不出去，手中火把的火苗已经越来越弱，眼看就要熄灭，而那阵婴儿的哭声还时不时地回荡在耳边，而且越来越大，仿佛就在左边不远的地方。他心里一阵烦躁，胆气反而壮了，咬牙道："不管你是真人还是野鬼，小爷我非把你揪出来不可！"

金十三循着声音走走停停，手中的火把早已熄灭。他拔出怀中的那把匕首，砍割着树枝藤蔓，摸索前进。好在天边已经出现了一抹晨曦，天色越来越亮，前边的树木也越来越稀。不一会儿，他眼前豁然开朗，来到了一处空阔的草甸子上。

金十三停下来喘息了一会儿，心中稍感放松，可抬眼一看，却吓了他一大跳。不远处，一只竖耳尖嘴、全身皮毛呈蔚蓝色的异兽，正趴在一头卧倒的雄鹿身上。

他连忙后退，矮身藏在一丛灌木后。定睛细看，这只异兽颇似狐狸，身量却比一般狐狸还要小一圈，也就跟一只猫差不多大小，趴在两三百公斤体重的雄鹿身上，二者简直不成比例。它的尾巴也不似狐狸那般蓬

松，只有稀稀拉拉的几撮毛，但尾骨却很粗壮，在后半部分开始分叉，变成了九节。尾端呈圆球状，上面竟然布满了尖刺。

这会儿，这只九尾异兽正用尖利的獠牙咬住那头雄鹿的脖子，却并不撕扯，身体微微地颤动着，似乎正在吸血。被咬的雄鹿还没有死亡，眨动着眼睛，嘴里低低地哀鸣着，却一点儿都不挣扎，似乎已经完全丧失了活动能力。更奇怪的是，雄鹿的身上竟结了一层冰霜，好似被冻僵了一般。可现在天气已趋暖，四周的积雪浮冰都已融化得差不多了，这鹿身上的冰霜又从何而来？况且鹿还未死，身体的温度尚在，更不可能结冰。

金十三的眼睛往四处一扫，却见不远处还趴着十几头鹿。这些鹿既不上前驱赶那只异兽，拯救自己的同伴，也不逃走，只是趴着不动，垂着头，身体还微微地颤抖着，好像非常害怕。他正疑惑不已，接下来发生的一幕让他心中一震。只见那只异兽放开了地上那只雄鹿的脖子，仰起头"哇哇"地鸣叫起来，声音正是一晚上萦绕在金十三耳边的那种婴儿的啼哭声。而在这啼哭声中，趴在异兽不远处的另一头鹿颤颤巍巍地站了起来，走到它的跟前自动卧倒，仰起了脖子。那异兽一口咬住了这头鹿的脖子，又开始吸血。而这头鹿的身体也同样开始慢慢结冰，直到原本灰黄的皮毛上披上了一层白霜。

不一会儿，异兽就吸完了这头鹿的血，它再次昂起头，这次却不再"哇哇"地啼哭，而只是轻轻地"呜呜"了两声，周围剩下的那十几头鹿顿时如蒙大赦，站起来掉头就跑，飞快地消失在了林中。

金十三蹲在灌木丛后看得目瞪口呆，身体都忘了挪动一下，这时感到膝盖又酸又麻，不由得跪了下去。他连忙用手撑地，不想却撑在了灌木枝上，发出了"啪嗒"一声折断的声响。

金十三暗道不妙，再看时，那只九尾异兽的眼睛已经射向了他藏身的地方。金十三转身就跑，可刚跑十几步，他只觉得一股冷气笼罩住了自己的全身，如坠冰窟。接着身边一道蓝影如闪电般掠过，停在了他前面一米远的一根树干上。

金十三立即停步，本能地从怀中掏出了匕首，摆好梅花拳中的一招防御架势"落地生根"，严阵以待。

那只异兽却不立即发动攻击，只是用眼睛死死地盯着他。金十三只觉得周身奇寒无比，身体似乎都僵住了，动一动都困难。他心中暗暗叫苦，眼睛却眨也不敢眨地与那只异兽对视着。只见它的眼睛是一层死鱼一般的白色，不仔细看都看不到中间的那点黑色的瞳仁。忽然间，那一点黑色的瞳仁如石子投入水中，在眼白中荡起了一圈又一圈的波纹。金十三感到一阵晕眩，连忙晃了晃脑袋，重新盯住那只异兽。可越盯就越觉得眼皮子打架，困意一阵一阵袭来。而身体也越来越冷，冷得整个人都麻木了。

这时，那只异兽裂开了嘴，脸上的神情似乎在笑，嘴里却发出了"哇哇"的婴儿啼哭声。

金十三从身体上、意志上都完全失去了抵抗，手中的匕首也掉落在地。脑中的最后一丝神志迫使他奋力睁开眼睛，只见那只如鬼魅般的九尾异兽龇出了它的獠牙，向他猛扑过来。

第三章

上一回书我们说到，金十三跟着义父金不换等人放山，夜宿大风口，半夜里却被林子里一阵婴儿的哭声惊醒。这金十三年轻胆大，只身一人进林去寻找哭声的所在，不料却见到一幕鹿群自动送上门给一只九尾异兽吸食血液的怪异景象。而偷窥的金十三也被那只异兽发现，异兽向他发动了攻击。金十三被一股奇异的力量迷失了神志，身体也被冻住，动弹不得，只能眼睁睁地看着那只异兽向他猛扑过来。

金十三正自暗叹我命休矣，忽然听见一声低喝："孽畜，不可伤人！"金十三眼前一花，那道飞扑过来的蓝影从耳边闪过，倏忽不见。

金十三渐感神志回复清明，身体也不像刚才那般如坠冰窟般冷得难受。他回过头来，见一位老者牵着一个四五岁大的男童，正站在自己身后。

老者须发皆白，可脸上的皮肤却红润光滑，皱纹也很少，看不出到底有多大年纪。那小男孩儿扎了个朝天髻，粉妆玉琢的十分可爱。奇的是他们的穿着十分单薄，在这个季节的长白山里怎么看都不适宜。他们的衣饰也不像是现在人的打扮，倒像是金十三在戏台子上看到的那些古人的模样。

那老者和气地问道："这位小哥，为何此时来这林中？"

金十三惊魂未定，讷讷地不知如何回答，结结巴巴地说："我……我……不是……"

那小男孩儿"咯咯"一笑，说："老爹，这是个结……结……结巴，话都说不清楚。"

金十三瞪了他一眼，说："你才是结巴！"转过脸来对老者行了个礼，说，"老大爷，我是到这儿来放山的。晚上睡觉听到有婴儿啼哭，感到奇怪，循声而来，不想却遇到了那只……怪物。"

那老者叹了口气道："这畜牲自从被人放出后，就一直在这一片山林里游荡。幸得被我拘着，才不致到其他地方去祸害人畜。可这片山林里的飞禽走兽，可就遭了殃啰！唉，这也是劫数啊！"

金十三诧异道："大爷，这是只什么怪物？您二位又是什么人？"

那老者不答，却道："快回去吧小哥。记住以后不可在午夜之后留在林中，如今后再闻此兽啼哭，可以用乌拉草塞耳，可不受其惑。"他拉着那小男孩儿转身要走，小男孩儿对老者说："老爹，这个人身上有五枚帝钱……"老者打断了他的话，说："知道了，他也是有缘人哪！唉，'五帝钱聚，山神临世'，这又是一个劫数了。"

金十三听得莫名其妙，问道："大爷，你说什么临世，又是什么劫数？"那老者和小孩儿却不再吭声，携手悠然而行。金十三追在后面喊道："大爷！等等！我迷路了，该怎么回去？"他拼命追赶，可明明见那老者和小孩儿就在前面慢慢地走，却总是追不上。再追一会儿，他惊讶

地看见那老者和小孩儿的身影越来越淡，最终消失不见。

金十三心中恐慌，着急地大喊："喂！喂！"蓦然觉得耳根子一疼，睁眼一瞧，却是杠子叔蹲在他的身前，正笑嘻嘻地看着他。他猛然一下坐了起来，四处张望，见自己还在地炝子里。他脑子一片混乱，心想，怎么回事儿？我怎么又回到这地炝子里了？刚才那一老一小两个人哪儿去了？难道我是在做梦？

陈杠子见他呆坐不语，又使劲儿扯了一下他的耳根子，说道："怎么了小十三，发什么愣？快点儿起来，我们要出发了，再耽误你爹该生气了！"

金十三耳根子被扯得生疼，"哎哟"叫了一声，对陈杠子说道："杠子叔，我是啥时候回来的？"

陈杠子一愣，拍了一下金十三的后脑勺说："你睡糊涂了吧？你不一直赖在这儿不肯起来吗，能去哪儿？"

金十三摸了摸被扯得发红的耳根子，心想，看来真是在做梦。可这梦也做得太真切了吧？

他穿好衣服，拿上索宝棍出来，见大伙儿都已经收拾停当，准备出发了。他脸一红，急忙站到了队伍里。金不换正眼都不瞧他，自顾对大伙儿交代各种注意事项，按照他事先就观好的山景和择定的区域"压趟子"。

刘老闷偷偷将两块咸饼子塞给金十三，说："没吃早饭吧？一会儿路上自己垫补点儿，别让你爹瞅见。"

金十三接过来，不好意思地说："对不住，老闷叔，我这一'拿觉'就过头了（放山人将睡觉叫拿觉）。"

刘老闷笑笑说："年轻人贪觉，不是啥大毛病。我起早起惯了，见你睡得香，就没叫醒你。不过下回别再起晚了，你爹是最讲规矩的，谁要误了他的时辰，那是要挨棍子的。今天是你第一天放山，大伙儿给你求了个情，下回可就保不齐了。一会儿进了林子警醒着点儿，别'麻达山'（放山人将在山里迷路叫作"麻达山"）。这里的林子太密了，我'叫棍儿'时你记得回个声儿。"

金十三点点头。他知道"压趟子"的规矩，进了林子是不许乱喊的，怕惊了什么山猪野怪，更怕惊走了棒槌。可林子有时候太密，互相之间看不到人影，为了保持"压趟子"的步调一致，也为了防止人走失，要用索宝棍敲击树干的办法联系彼此，称为"叫棍儿"。敲一下树干，每人依次回敲一声，既示意自己的位置，又示意旁人平安无事，然后大伙儿继续"压趟子"。

众人按照昨天"排棍儿"的顺序进林。这林子太大了，也太密了，几个人进去后就如粟米掉进了沙坑，完全被吞没了。金十三回想起昨晚的梦，兀自心有余悸。好在他的里边是瞎卖叔，外侧是老闷叔，时不时地"叫棍儿"联络他，让他安心不少。他按照爹教给他的方法，眼睛盯着地面仔细地搜寻。原想着很快就能发现棒槌，可是走了一上午，脚都走酸了，手背上也被划破了几个口子，连个"灯台子"都没有发现。

到了晌午时分，金不换"叫棍儿"把大家招呼到一起，互相通报了一下情况，然后喝水吃干粮休息。胡瞎卖见金十三蔫蔫的样子，笑着问："小十三，怎么没精打采的？早上看你兴致挺高的嘛！这会儿怎么成霜打的茄子了？"

金十三嘟囔道："走了一大上午了，连根棒槌毛都没瞅着。这要寻到'二层楼'，不得猴年马月啊！"

金不换狠狠地瞪了他一眼，说："你以为挖棒槌是这么容易的事儿啊！

别说就这一上午，我们十天半月没'开眼儿'（放山行话，指发现首枝棒槌）那也是常事儿！你要是捺不住，就干脆滚回家喝奶去，以后别再跟着我出来。老子丢不起这人！"一番话骂得金十三面红耳赤，不敢吭声。

胡瞎卖打圆场说："算了算了，十三还小嘛！又是第一次放山，有些不习惯那也没啥，过一段就好了。这孩子聪明伶俐，将来会接你的班，成为一个好把头的。"

金不换哼了一声，说："要成为一个好把头，可不是靠他那点儿小聪明的。首先就要吃得下苦、经得住事儿！山神爷赏的这碗饭，不是那么好吃的！"他不再搭理金十三，打火点了一锅烟，蹲下来"吧嗒、吧嗒"地吸着。一会儿，他把烟锅里的烟灰倒在地上，用脚踩灭了，对赵二驴说："二驴，这里的地脉跟西坡、北坡不太一样，是降龙势。两边峰峦起伏、形势耸秀、峭峻险拔，中间由大风口的狭窄入口进来，越往里越敞亮，如入朝大座，勒马开旗。此地势最易藏风聚气，我昨日观山景时便有所感。因此我猜测，离风口越远，离气眼越近，则寻见大棒槌的机会越大。咱们所处的这片林子，虽已离风口颇远，但还不是气眼所在。这长白山南坡的地方太大，方圆足有几十里，如果一片一片地寻过去，恐怕到得收山之季，也未必能够寻到'二层楼'。但只要找到气眼所在，我们的搜寻范围将小得多。"

赵二驴是金不换的头号助手，多年来跟随金不换放山，对观山景也颇有一些心得。他点点头说："把头，你说得不错，这里果然是降龙势。只不过这气眼究竟在哪里呢？"

金不换摇了摇头说："现在我也不知道。咱们且寻着棒槌，待我慢慢思量。"他站起身来，招呼大家继续"压趟子"。

金十三又走了一个多时辰，两条腿越来越酸麻，眼睛长时间聚精会神地盯着地面寻找，也感到胀痛不已。他没精打采地用索宝棍随意地扒拉着，忽然眼前一亮，大喊一声"棒槌"！

放山规矩，如果见到棒槌就要喊出来，这叫"喊山"，一来可以迅速通知同伴聚过来；二来据说这一声喊能将眼前这枝棒槌的魂镇住，使得它不能偷偷溜走。金十三这一声喊出来，离他十几米开外的金不换立即问道："什么货？"这叫"接山"，接下来金十三应该马上说出喊住的棒槌是几匹叶。可众人等了半天，也没听见金十三的回答，诧异着纷纷围了过来，却见金十三呆呆地站在那里，脸涨得通红，一声不吭。

李大耗子凑上去瞄了几眼，立即明白了，呵呵一笑，说："小十三这是'诈山'了呀！"放山规矩，喊了山却发现不是棒槌，叫"诈山"。喊诈山的人，把头轻则让他当场给山神爷磕头谢罪；重则令他回地炝子，不能再跟着队伍继续放山。

刘老闷却说："十三喊的这个虽然不能算是棒槌，但也是个'二角子'，不能说是诈山。"

赵二驴也对金不换说："是啊，把头，'二角子'虽然不值钱，也不能挖，但我们这次毕竟来的是生林子，十三又是首次放山，第一天就能发现一支'二角子'，是个好兆头。我看十三应该焚香磕头，向山神爷谢恩才是。"

金不换哼了一声，不再说话。刘老闷急忙从背囊里抽出一支香来，点燃后插在地上，让金十三赶紧磕头。

金十三这才知道，放山不是什么容易的事，轻轻松松就想发现一枝大棒槌，那更是痴人说梦。接下来他不敢嫌累，也不再掉以轻心，瞪大了眼珠子仔细搜寻。但直到日头落下，他也没能发现棒槌。不只是他，整个队伍这一天都一无所获。金不换领着大家原路折返，回到了地炝子。

晚上睡觉时，金十三想起昨天的梦，心有余悸，卷了两团乌拉草，塞在了耳朵里。

之后近一个月，众人早出晚归，已经将眼前这片上百顷地的林子"压"完了，别说"二层楼"，连根像样的棒槌都没有发现。他们转到了东边靠鹰嘴崖的一片山林，继续"压趟子"。原来的地炝子距离太远，往返不便，自然废弃了，又在鹰嘴崖下重新搭建起了几座地炝子。

金十三头一回在荒山野岭待这么长时间，天天风餐露宿、辛苦奔波。这寒已去暑未来的换季时分，山里的气候变幻莫测。他虽然自小跟随金不换练习梅花拳，打熬得好筋骨，却又如何比得上各位老放山人的皮实？不觉就病倒了，一连几日头疼脑热、身体滞重，只好独自躺在地炝子里休养。这种风寒之症在放山人眼里不是什么大事，也有应对的方子，山中草药俱各齐备，采来熬好给他服食，便日渐好转。

这一日，金十三感到头热减退，身子也轻快了不少，便披衣起身，到地炝子外晒太阳。

已近晌午，他爹早带着大伙儿进林子去了，外面一个人都没有。空山寂静，只有偶尔的鸟叫虫鸣陪伴着他。在地炝子周围转了几圈，他渐感无聊，突然一阵鼻痒，忍不住打了个大大的喷嚏。忽然，他身前的灌木丛里一阵响动，接着一只黄色的小兽蹿出，挺着一对弯角冲他直顶过来。

金十三吓了一跳，虽然身子还没完全好利索，但学了几年的拳脚功夫还在，使了个"燕子回翔"，便闪在了一边。他不等冲过头的那兽转身，拾起一块大石头，砸了它一个趔趄。那兽吃痛，转身就跑。金十三这时看清，这兽原来是一只野羊，足有四五十斤重。他心中灵光一闪，如果能捉到，这只羊够大伙儿好好吃几顿的了。这些日子天天吃肉脯干粮，嘴里都淡出个鸟来了，眼见到这自动送上门来的美味，他怎么能够放过？

金十三在后面追赶，那羊慌不择路，向鹰嘴崖方向跑去。金十三大喜，那鹰嘴崖险峻陡峭，这羊是自入绝地，无路可走了。他却不知这羊是一只岩羊，最擅长的就是登山爬坡。那羊来到崖下，三跳两跳，便已上去了好几米。金十三想起烤好的羊腿外焦里嫩、滋滋冒油，咽了一口唾沫，一咬牙，手脚并用跟着攀爬而上。

一羊一人追逐着，不觉就上到了十几丈高的地方。金十三好几次伸手都差点儿扯到那只羊的后腿，却总是被它逃脱了。那羊转到了一块巨岩背后，金十三跟了过去，却再也不见那羊的踪影。他沿着巨岩后面一条不能叫作路的山间夹缝摸索寻找，又转过一块山壁，眼前的一幕让他呆住了。只见那山壁前的一个石台子上，盘着一条长蛇。那蛇约茶碗口粗细，近两丈长短，背上鳞片呈铁灰色，杂以暗红的花纹。头部有成人拳头大小，却是扁平状的。更令人惊奇的是，它的头顶上还长着一排血红色的肉瘤，高低不平地凸起，让人看了既恶心又毛骨悚然。

金十三听他爹说起过这种蛇，为长白山独有，身具异象，口喷毒雾，比较罕见。放山、采药、伐木、淘金或打围之人都谓之"神龙"，偶然见之，都纷纷逃避，回来后还要顶香膜拜，求其宽恕自己冲撞之罪。但像他眼前所见这条蛇这般巨大的却是闻所未闻。通常来说，毒蛇的身体并不长大，除了南方的眼镜王蛇。因为它们捕食的都是体积较小的动物，致命的武器是毒液，不像蟒那样需要靠巨大的身体力量来制伏较大型的动物。事实上，即便是南方巨大的眼镜王蛇，也大多以蜥蜴和蛇类为食，或者吃一些小型动物。但长白山"神龙"却大小通吃。它的嘴里除注射毒液用的獠牙外，还长有锯齿般的细牙，遇见小兽可一口吞之，遇见大兽则先喷毒雾将其熏倒，再用细牙将肉撕扯吞下。

此时，这条"神龙"却无暇理睬金十三，因为它正在跟一只鸟搏斗。

那只鸟只有喜鹊般大小，圆头短尾，身上的羽毛呈灰褐色，但头部却是金色的。它的动作比一般的鸟类要迅捷得多，围着"神龙"上下翻飞，偶尔伸嘴一啄，又立即飞开。但那"神龙"防守十分严密，即使偶被啄中，但仗着身躯长大、皮糙肉厚，也不以为意。

那鸟见攻不破"神龙"的防御圈，改变了战术，开始在"神龙"伸出的头部附近不断盘旋。"神龙"的头也跟着它的飞行轨迹转动，几次张嘴去咬，都被那鸟险险地避开了。

金十三目不转睛地看着这一幕蛇鸟恶斗的奇景，全身血脉偾张。他不知道这只鸟为何要舍生忘死地与这凶恶的"神龙"搏斗。或许是这条蛇吃掉了它的孩子，或许是这条蛇毁掉了它的窝。但这只鸟和"神龙"比起来，力量太悬殊了。照这么相持下去，恐怕难逃丧身蛇口的厄运。

当鸟围着"神龙"转了几十圈后，"神龙"的动作渐渐迟钝了下来，跟不上鸟转圈的速度。"神龙"见势不妙，忽然从嘴里吐出一团一团淡粉色的毒雾。那鸟看起来颇为忌惮，振翅高飞，一下不见了踪影。"神龙"趁此机会伸展开了身体，蜿蜒着顺着山壁就要溜走。

忽然，一道金色的影子直冲而下，速度快得不可思议，正啄中了"神龙"的眼睛。金十三大声叫好，想不到小小的一只鸟儿，竟然会玩这么高明的战术。但顷刻间他就不敢叫了，只见那"神龙"吃痛，尾巴突然如闪电般扫来，正好抽在那只金头小鸟的身上，立时将它打飞了出去。

"神龙"的一只眼睛被啄瞎，痛得在地上翻滚扭动。那只金头小鸟似乎也受了伤，在地上扑棱了几下翅膀，却没有飞起来。不一会儿，"神龙"停止了扭动，吐着墨黑的长信，恶狠狠地向小鸟扑来。

金十三暗叫不妙，一股热血直冲头顶，无暇多想，几步上前，一把揪住蛇尾就往后拖。他却不懂捕蛇的诀窍，应制其头，打其七寸。这一揪蛇尾，却恰恰给了蛇最好的攻击机会。那"神龙"正要将金头小鸟一口吞下，尾巴忽然被人揪住，便立即旋回身体，冲着金十三的腿部咬去。好在金十三反应敏捷，急忙放开蛇尾，向后就退。不料那蛇看着身子粗夯，竟昂起首，中段拱起，如弹簧一般跳起在半空，向他的面门飞扑过来。金十三从来没见过蛇能用这种方法攻击人的，情急之下向后一个弯腰，蛇头堪堪从他的面门上方飞过，一阵腥风扑面，中人欲呕。电光石火间，金十三来不及作任何思考，他下意识地用双手紧紧掐住了"神龙"的颈部。一人一蛇倒在地上，滚了几滚。那蛇已经将身体在金十三的身上缠了几圈，开始使用它的必杀技——缠绞。金十三顿感呼吸困难，全身骨骼咔吧作响。但他不敢松手，一旦松手，这"神龙"必然会伸过头来咬他。他双手狠命使劲儿，想要先折断"神龙"的脖子，但显然"神龙"绞缠的力道要大得多，直绞得他面容紫胀，进气少出气多。那"神龙"张大的嘴里还不断吐出毒雾，金十三闻到，只感觉腥臭无比，眼冒金星，耳旁响起"嗡嗡"的蜂鸣声，双手也越来越没力气。他正暗叹今天小命休矣，忽然感觉身体的缠绕松了一松，转头一瞧，只见那金头小鸟奋力飞起，一口又啄住了"神龙"的另一只眼睛。

金十三趁此机会，放开一只手，伸到腰间，拔出那把随身携带的匕首，照着"神龙"头顶的血瘤直刺下去，将蛇头狠狠地钉在了地上。那"神龙"的身子软耷了下来，扭了一扭，就此不动了。

金十三筋疲力竭，伸展开身体躺在地上一动不动，嘴里喘着粗气。那只金头小鸟挨到他的脸前，用嘴摩擦着，似乎在表示感激。金十三躺了好一会儿，慢慢恢复了力气，可脑子却越来越晕，而且还直犯恶心。他知道自己刚才吸进了一些"神龙"喷出的毒雾，这是中毒的症状。那

只金头小鸟"咕咕"地叫着，看看他，用嘴啄了啄"神龙"的肚皮，又看看他，再啄一啄"神龙"的肚皮。金十三醒悟过来，可能这鸟在向他示意，这"神龙"的肚子里有什么东西。他奋力抵抗着头晕目眩的难受劲儿，爬起身，将"神龙"白花花的肚皮翻过来，用匕首沿着脖子一路划下去，一肚子的货水立时全都滚了出来。他扒拉了一下，从蛇肚子里滚出了一颗鸽子蛋大小的珠子。这东西他从未见过，颇感诧异。他拾起来，用衣服擦干净，仔细瞧了瞧，这珠子呈白色，还有一些血丝隐在表皮上，捏一捏，质地颇为坚硬。他拿到鼻子前嗅了一嗅，并无什么明显的气味，试着用舌头舔一舔，却有些苦涩感。忽然，他感到肚子里一阵翻江倒海，不由张开嘴"哇哇"大吐。这一吐不要紧，简直要将他的胃液胆汁都吐光了。好不容易止住了吐，他无力地坐了下来，却觉得脑中的晕眩感完全消失了，反而神清气爽。他惊奇地看了看手中的那颗珠子，心想莫非这东西有解毒的功效？自己只是稍微舔了一下，就完全没有了刚才中毒的那些症状。

那只金头小鸟见他无碍，"咕咕"地又叫了几声，飞起来在他的头顶盘旋了一圈后，向远处飞走了。

金十三将那颗珠子放入了贴身的护身袋中，看了看地上的蛇尸，又将蛇胆割下来，血淋淋地生吞了下去。他这几天病着，上午起来本就吃不下多少东西，今天折腾了一天，刚才又把肚子里的那点存货吐了个干干净净。这时候一枚蛇胆下肚，引得他饥火猛烧，仿佛连石头都啃得下去。他的身上没有带任何干粮，这山壁上也没有野果可摘食。但饥饿这事儿不能想，越想越饿。他心想这鹰嘴崖的峭壁，往上攀不易，往下爬更难，刚才杀蛇用尽了力气，手软脚软，不吃点东西，恢复一些体力，这山壁是无论如何都下不去的。

他没头苍蝇似的转了两圈，什么吃的都没找到，忽然一拍脑袋，心想真傻，这条"神龙"不就是吃的嘛！他从来没吃过蛇，关东人也没有吃蛇的习惯，但他听爹说过，南方那边的人就吃蛇，蛇肉并没有毒，而且煲汤来吃还非常鲜美，也可以烤着吃。可他身上没有带火，没法烤蛇。肚子里的饥火越烧越猛，他一横心，将那蛇头用匕首切掉，抓起蛇身就啃。这蛇肉腥味重，又没有任何油盐酱醋来调味，生吃如何咽得下去？他刚咬了一口就觉得恶心。但那蛇血入口倒是咸咸的，腥味儿也没那么重。他闭着眼睛，仰着头强忍着往嘴里滴。几口蛇血下肚，蓦然腹中一团暖意升起，而且越来越热。这股热气散往全身，让他感到周体通泰，说不出地舒服。原本没有力气的手脚不但完全恢复过来，还感到精力旺盛，似乎能一拳打死一匹马。

金十三想不到这蛇血如此管用，大口大口地吞咽着，直到蛇身上的血都已滴尽。

这条"神龙"足有四十斤重，剥了皮烤了，也能吃个几天。金十三将蛇尸缠在身上，原路下山。喝了蛇血后，他的身体异常轻快，爬下峭壁竟比攀上来更感到轻松。

回到地炝子，天已经擦黑了。父亲和各位叔伯都已经回来了，没有见到金十三，大伙儿正在着急，不知道他一个人上哪儿瞎逛去了，会不会迷路，正商量着是不是到林子里寻一寻。见他安然无恙地回来，大家松了一口气，见他身上竟然缠着一条巨大的蛇尸，更是惊奇。

虽然这蛇尸没有头，但赵二驴翻看了一下蛇身，便认出这是一条长白山的"神龙"。只是这"神龙"如此巨大，他也是见所未见，闻所未闻。他惊讶地问金十三这蛇尸从何而来，金十三便跟大家讲了一下自己见到鸟蛇相斗，并助鸟杀死"神龙"的经过。众人听得目瞪口呆。陈杠子重

重地拍了一下金十三的肩膀，说："行啊！小十三！都说这'神龙'是长白山的巡山使者，旁人遇见，躲都躲不及，你小子竟然敢上前，还把它杀了。好，是个爷们儿！"陈棍子也笑着说："不错不错，这份胆气我陈棍子也佩服！将来是个当把头的料。"

金不换微笑道："行了行了，你哥俩好勇斗狠惯了，就别在这种事儿上面夸他了。"他详细问了问金十三那只鸟的模样，沉吟道，"看来，这是一只'金凤凰'啊！"

金十三瞪大了眼睛，问道："爹，你说这只鸟就是一只金头棒槌鸟？"

金不换点了点头，说："这金头棒槌鸟十分罕见，也极有灵性。凡有它出没的山林，必有大棒槌出世。看来，我们来这南坡是没有错的。"

众人在这长白山的南坡转悠了已近一月，除了几枝不值钱的"灯台子"，可谓一无所获，不免有些灰心丧气，甚至对这南坡是否真的有出大棒槌心存疑惑。现在听到这附近有"金凤凰"出没，大家精神都为之一振。

关东人不吃蛇，何况金十三带回来的还是条"神龙"。众人商量了一下，找地方挖了个坑，把蛇尸埋了。老闷叔还在埋蛇尸的地方点了三炷香，跪下拜了几拜。金十三见此情景，也就不敢提自己吞蛇胆、喝蛇血，还藏了一颗"神龙珠"的事情了。

倏忽又过半月有余，已是初夏季节，正是长白山气候最为怡人的时候。山林层嶂叠翠，樟子松、落叶松、白桦、杨树、云杉、椴树等树种交错生长、枝繁叶密。出没的野兽也多起来，马鹿、驯鹿、紫貂、野鸭、獐子、狍子、野猪、雪兔都有，还有各种各样的木耳、松茸、蘑菇……大自然的慷慨馈赠，倒是让金不换他们不用再为食物发愁。但他们除了挖到一枝勉强还说得过去的四匹叶棒槌外，其他仍然可说一无所获。这个季节长白山多雾，再加上这南坡的地势起伏大，裂谷沟壑的分支众多，容易迷路，更增加了他们放山的困难。

这一日，他们"压趟子"的区域，已经到了天鹅岭一带。金不换站在山坡上，看了看四处的山景，惊喜地对赵二驴说："二驴，你看看这里，群山环抱，后高前低，中间这块林地，日照不透，罡风不侵。上面还有一条瀑布飞流直下，山脊的走势如龙吐水。这是块阴地，大概就是气眼所在了。"他看了看林木的种类，以椴树为主，又抓起一把土壤扒拉了一下，土质黏而细腻，呈棕黑色，还夹杂着些枯枝败叶，满意地点点头说："错不了，这片林子里，一定能出大棒槌！那'二层楼'也多半藏在这里。"

赵二驴说："把头说的是。'三桠五叶，背阳向阴，欲来求我，椴树相寻'，这里果然是棒槌最喜欢的地方。"

众人听了，各皆欢喜。金不换便吩咐胡瞎卖带一个人回去移营，将原来在十五道沟营地那边的粮食、工具等都搬到这里来，就在林中搭建地烆子。胡瞎卖尚未答话，忽然听陈杠子大喝一声："谁？妈了个巴子的给老子滚出来！"

第四章

前文说到，金不换等人放山，多日都无收获。而金十三因追一只岩羊，误上鹰嘴崖，偶见一只金头棒槌鸟与一条巨蛇争斗。眼看金头棒槌鸟不敌，金十三仗义出手，杀死了那条被放山人称为"长白神龙"的巨蛇，金头棒槌鸟感恩而去。金十三剖蛇身，食其胆，饮其血，还得到了一颗神奇的蛇珠。回来后，他向众人说起这件事情，金不换说这金头棒槌鸟放山人都称之为"金凤凰"，极为罕见，也极有灵性，专以参宝之籽为食。凡有金头棒槌鸟出没的山林，必有大棒槌出世。众人精神为之大振。当他们放山至天鹅岭一带时，金不换看出这片山林是一块极佳的阴地，必出大棒槌，命令大伙儿移营此地。不料正在这时，队伍中的陈杠子却忽然发现附近有人窥探，大声呵斥。

一片"沙啦、沙啦"的响动，他们的身后，陆续出现了二十来条身影。金不换看这些人的衣饰与中国人不同，似乎是些朝鲜人。从他们携带的工具上来看，也是来放山采参的。这林子里没有杠子、棍子，陈氏兄弟各自抽出了别在腰上的斧头，对着这群突然出现的不速之客怒目而视。这两兄弟向来打架不要命，从不管对方人多人少。眼下只要金不换一声令下，两兄弟立马就会扑上去开干。其他几人也纷纷拔出了随身携带的砍刀，刘老闷卸下了背着的长枪，连金十三也掏出了匕首，严阵以待。

金不换沉着脸不吭声。放山规矩，讲究的是先来后到。他们进入这片林子时，不但一路打了拐子，还系上了红绳，表明这片林子他们已经先到了，那么后来的人见到就必须转场去别的山林。但朝鲜人却常常破坏规矩，因此屡与中国人发生冲突，甚至还会仗着人多抢掠中国人的货物，双方发生死伤的事情并不鲜见。

金不换此时并不想发生冲突。一来对方人太多，二来他们带来的火器也多。张眼望去，对方至少有五支长枪、两支短枪。要是冲突起来，自己这方肯定会吃亏，保不齐就会有死伤。放山人不是好勇斗狠、杀人越货的胡子，做的是正行买卖，吃的是辛苦饭，为的是采参挣钱。他把大伙儿带进山里，就有责任把大伙儿安全地带出山去。

金不换向陈杠子他们使了个眼色，示意大家不要轻举妄动，然后咳嗽了一声，大声问道："对面的朋友，谁是把头，请出来说话。"

一个三十多岁的汉子走上前来，拱了拱手，说道："我就是。请问阁下尊姓大名？"

这汉子容貌古怪，刀削脸、扫帚眉，下颌像把铲子一样向外突出。他说的是一口流利的关东话。朝鲜与中国的东北毗邻，两国的渊源颇深。朝鲜一直使用汉字作为官方文字，中国人历代移居到朝鲜的也不少，因此朝鲜人会说汉语并不稀奇。

既然对方愿施以礼，那就至少有了说和的余地。金不换略略放下心

来，也拱了拱手说："不敢言尊，鄙人金不换。"

那汉子一惊，问道："莫非是九年前凭一枝'七仙女'夺得参王桂冠的金把头？"

金不换点点头，说："些许微名，不足挂齿。敢问尊驾贵姓大名？"

那汉子道："原来真是金把头，失敬失敬。金把头的名望和仁义公道，我们朝鲜参行之人也素有所闻，都表佩服不已。在下也姓金，名赫勇。"

金不换说："这位金兄弟，此处山林是我中国地界。诸位朝鲜国人越界到此，与我争抢，这是什么道理？"

金赫勇道："金把头，此处山林界限不明，我们朝鲜人常到这一片来采参，为的是讨生活，何来与阁下争抢一说？"

金不换正色道："金兄弟这话就不对了。我前朝大清早已在这一片山林勒石为碑，定为界限。只是这些年中国内乱、纷争不断，对这边界问题不免疏于管理。但这片区域的界限两国文献档案上俱有记载，白纸黑字，哪里有什么不明的说道？"

金赫勇听了这话，无从反驳，哑口无言。他不欲在这国界问题上与金不换过多争执，便道："这国界问题是官家的事，我们这些平头百姓管不了那么多。这长白山参是老天赐给我们放山人的钱粮饭碗。大路朝天，各走一边，你们采你们的，我们采我们的，两不相干，岂不甚好？"

金不换摇摇头说："金兄弟这话又不对了。凡事'没有规矩，不成方圆'。当年我关东参行因各种采参乱象而公定规矩，贵国参行也派人参与其事。其中就言明了先入林者为上，后者见标识必须避之，就是为了避免共采一林，权利不明，从而发生混抢争斗之事。莫非贵国参行如今连这点儿规矩都不讲了吗？"

金赫勇被金不换一顿话说得面红耳赤，但他眼见得这片椴树林是块好地，出大棒槌的机会比较大，他现在人多势众，又有火器，怎么肯轻易放手！他用眼睛扫了一圈金不换一群人，见他们人虽少，但个个都不是软蛋尿包。尤其那两个手持斧头的大汉，人高马大，气势汹汹，一副要跟人拼命的架势。而且对方也有火器，真要硬干，自己一方虽不至于输，但也一定会有损伤。干这一行，求的是个"财"字，不到万不得已不能舞刀弄枪。再说如果见了血光，出了人命，万一冲撞了山神爷，弄得己方这次放山颗粒无收，那也很不值当。目前最好的结果就是再压一压对方，让对方自动撤出为妙。

他又对金不换拱了一拱手，说："金把头，本来冲着你的名头，我们让一让也无妨。可我带着这些兄弟出来也有一个多月了，连枝四匹叶的参都没有采到。这么空手回去，我们这么大一伙儿人，一年的衣食就都没有着落了。你是行家里手，我也不是生瓜蛋子，这片林子有大棒槌都看得出来。说不得，只好请诸位赏口饭吃了。兄弟保证，这其他的山林，我们绝不再跟各位争。"说完，他使了个眼色，手下的弟兄都纷纷持刀端枪，一副不同意就要马上下手的样子。

金不换冷冷一笑："嘿嘿，果然是好大一伙子人！诸位这是想以多欺少吗？"

金赫勇默不吭声。金不换忽然拔出腰中的"二十响"，也没见他怎么瞄准，只听一声枪响，十几米外的一棵大树上，掉下来一只山雀。金赫勇一干人没料到金不换一个放山把头，竟然会有这么高明的枪法，一个个都看呆了。金不换吹了吹枪口冒出的青烟，淡淡地说道："我这把'二十响'，刚才开了一枪，现在弹匣里还有十九发子弹。"

金赫勇心想，双方如果真打起来，这金不换枪法如此精准，到时候一枪一个点名，自己一方恐怕大半人都躲不过去。可就这么灰溜溜地撤

走，将马上要到手的肥肉拱手相让，却实在是不甘心。他迟疑了一会儿，说道："老把头的枪法果然高明，兄弟我佩服。我也并不愿与诸位发生争斗。刚才已经言明，我们这伙子人讨生活不易，希望老把头能赏碗饭吃。还请您划个章程，也让我对众兄弟有个交代。"

陈杠子吼道："什么章程！我们的章程就是请你们从这里滚出去，否则老子手里的斧头不客气！"

金不换挥手制止住他，抬头看了看天，对金赫勇说道："金兄弟，你看这样如何？请诸位暂时退出这片山林。今儿天已经不早了，从明天算起，给我们三天为期，三天过后我们出林，将这里让给你们。"他身后的金十三听了这话一怔，靠近他想说话，金不换却摆了摆手。

金赫勇想了想，拱手说道："就依老把头的章程！多有冒犯，得罪莫怪。"他回头招呼了一声，二十来人都纷纷跟着他退去。

等他们走远，金十三急道："爹，三天时间咱们怎么够？"

金不换不答，转身吩咐大家："还按我刚才说的，瞎卖，你跟棍子回去搬东西，其他人找一块开阔的地方搭建地炝子。"

众人轰然应诺，分头忙开了。刘老闷过来拍了拍金十三说："放心吧，你爹说三天就三天，他肯定有办法。"

晚上吃过饭，大家扯了一阵闲篇，纷纷到地炝子里歇息，准备明天一早"压趟子"。金不换却不睡觉，一个人蹲在篝火旁，闷着头抽出了烟杆子。金十三过来，给他的烟锅子里点着了火，蹲在他的旁边，问道："爹，您老人家真有把握三天之内就采到那'二层楼'？这片林子可也不小，足有上百顷地呢！没有个十天半月的可趟不完。"

金不换望着黑漆漆的林子深处，"吧嗒、吧嗒"地抽了两口烟，忽然问道："十三，你说说看，这放山的门道有哪些？"

　　金十三没想到爹居然在这个时候考校起他来了。虽说平时在家里爹经常给他讲这些，但爹这个时候出其不意地一问，他还真不知道从哪儿说起。他在心里捋了捋，先说了如何观山景、察地势，又背了一些口诀，如"背阳向阴，椵树相寻""细芦下圆上马牙，锦纹深顺序不杂"之类，再讲了一些放山的规矩以及挖参的诀窍。金不换点点头，又摇摇头，说："这些都是寻常采参把头都会的玩意儿，不足为奇。你爹我能够笑傲这参行，靠的却是几样别人没有的道行。"

　　金十三愣了一愣，眼睛猛然放出光来，知道爹这是要给他传授独门绝活了。

　　只听金不换继续说道："这观山景、看地脉、察林貌，固然是需要掌握的重要手段，可真正要采到七匹叶、八匹叶的大棒槌，还要学会'观星、观气、观势'。《春秋运斗枢》一书有云：'摇光星散而为人参。人君废山渎之利，则摇光不明，人参不生。'这'摇光'就是我们所说的北斗七星之一。这北斗七星位在太微北，枢星为天，璇星为地，玑星为人，权星为时，玉衡星为音，开阳星为律，而摇光星位于斗阵之末，主天地之和，滋养万物。这摇光星如果晦暗，则地上难出'参宝'。而如果摇光星明亮，则'参宝'必出。我这些天一直夜观星象，唯这两日摇光星光彩熠熠，便断定必有了不得的'参宝'临世，十有八九就是一枝'二层楼'。而今日又找到了这藏风聚气、青龙吐水之地，我心中更有了底。这'参宝'出没时间只在这数日间，如不能采得，待摇光星转暗，再多耗时日也是无用，因此我才与那些朝鲜人定下了三日之期。"

　　金十三听得心醉神迷，抬头仰望了一阵北斗七星末尾的摇光星，果然比平时明亮不少，甚至比其余六颗星更加明亮。

　　金不换又道："观星以知天时，而更重要的则是观气。《礼纬·斗威

仪》云：'君乘木而王有人参生。下有人参，上有紫气。'这百年山参，乃草木之王，自然有王气，也就是紫气。越是极品的棒槌，紫气越盛。我今日观此片山林接近龙吐水的那一带，有紫气蒸腾而起，沛然不息，想来'二层楼'应该就在那里。我既已知天时，又已明地理，三日之内还不能采得这枝棒槌，那我金不换从此永久闭关封棍，再不问这参行之事。"

列位看官，恕作者在这里插句闲语。就这紫气一说，古已有之，以为帝王、圣贤临世之兆。传说老子过函谷关之前，关令尹喜见有紫气从东而来，知道将有圣人过关，果然老子就骑着青牛而至。这就是"紫气东来"一词的出典。这金不换所言，看似玄之又玄，其实从我们今天的角度来看，也是有一定科学道理的。这紫气可能跟野山参的特殊生长环境有关，野山参是喜阴植物，偏爱阳光斜射，尤其对光谱中的紫光最有感应。阳光经过特殊地理环境的折射，再加上周围水汽幻化或地气蒸腾，则容易形成所谓的紫气。这样的环境比较利于野山参的生长。

金十三听了兴奋不已，急问道："爹，那这'观势'又怎么讲？"

金不换呵呵一笑，说道："你这猴崽子就是心急！这'观势'嘛，观的是林中草木之势。方才我说过，这百年山参乃是草木之王，与一般参不同。它临世之时，周边的树木小草俱会以它为中心弯曲，就像是在向它参拜行礼。这也有个讲究，叫作'万木参仙'。如果见到某一处草木之势如此，则其中必有极品棒槌隐匿。"

金十三听罢，搓手拍腿，欢喜赞叹，对父亲金不换更是崇拜得无以复加。不过他也听说过父亲的身世，祖上在直隶务农为生，跟这采参八竿子都打不着。父亲自小跟随梅花拳掌门人赵三多练拳，庚子年拳乱后他流亡关东，干过镖局趟子手，也做过大户人家的私人保镖，后半路出家做了放山把头。要提起他的拳脚功夫和放山的经验，那没的说。但父亲识字不多，也就跟着乡间的私塾先生启了个蒙，平日里看个信、念个告示都勉强，更不用说读书作文了。这些别的放山人都不知道的独门绝活不知他是跟哪位高人学的，而且今日说起来还引经据典，连古书上的原文都能背诵下来。

金十三就这些疑问向他爹问起，金不换闷着头抽烟，半晌才说道："二十年前，那时候我还没入这参行，跟一位奇人有过一段交情。这位奇人人品俊雅、学问高深，尤其在这采参上面的能耐，这么说吧，那简直就是山神爷转世。你爹我即便到现在，也是不能望其项背的。这'观星''观气''观势'的独门绝技，就是他传授给我的。"

金十三大为好奇，问道："爹，这位奇人是谁？他现在在哪里？"金不换却摇了摇头，说："算了，过去的事儿就不提了。你快去睡觉，明天一早还得出发呢！"

金十三见爹不再搭理他，自个儿在那抽着烟发呆，只好回到地炝子里。老闷叔已经睡熟了，一如既往地打着呼噜。他躺在乌拉草做的垫子上，琢磨着爹说的"三观"之术，觉得仿佛开启了一个新的境界。忽而又想起爹说的那个传授他"三观"之术的奇人，不知究竟是个什么样的人。听爹说那枝参中至宝"凤凰单滴泪"也是一位不知是何方神圣的奇人采得的。看来这参行之中藏龙卧虎，奇人异士还真是不少啊！

第二天一早，金不换向大伙儿说了"二层楼"可能所在的位置，领着他们往"青龙吐水"的方向进发。众人虽然不知道金不换为何与那帮朝鲜人许下三天的期限，又如何这么快就知道了"二层楼"的大致位置，但他们知道金不换为人向来谨慎，没有把握的事情从来不说也不做，都对他深信不疑，高高兴兴地跟着他出发。

一路上他们颇有收获，竟然采到了一枝五匹叶的"五魁"，这让多日

不见大棒槌的众人喜笑颜开，更增添了找到"二层楼"的信心。

又走了一会儿，林子越发茂密，不知何时还起了一层雾，一米开外就难见他人。众人"压趟子"的步伐也越发缓慢。这时，走在最前的金不换忽然"叫棍儿"，敲击声为三下，这是召集大家都聚拢到一块儿的信号。

李大耗子见到金不换，第一句话就问："把头，你是不是也发现这路不对劲儿？"

金不换脸色凝重地点了点头，说："不错，我们又走回来了。"

赵二驴惊讶地说："不能吧？"这种事情他们还从来没有遇见过。要知道金不换探路的经验十分丰富，他们这一伙儿人也都是老放山人了，这一路走来都没忘了"打拐子"，还系了红绳，怎么可能出现整支队伍都"麻达山"的情况呢？

可他走上前一看，就不说话了。可不是吗，那棵高达六七丈的椴树下面，都是刨完了又盖上的新土，正是他们方才挖到"五魁"的地方。

众人面面相觑，不敢言声。好半天，李大耗子说："我早觉得这片林子很邪门儿。你们看这些树的树冠部分，都是弯曲的。连地上的草都是。而且无缘无故的，林子里就起了雾。难道这南坡真的有妖物在作祟？"

金不换看了李大耗子一眼，点头说："老李果然精细，这些树木确实有些奇怪。咱们先不管妖物不妖物的，先顺着这些树冠弯曲的方向走，看看再说。大伙儿都聚到一起，别走散了。尤其要注意那些被打了拐子、绑了红绳的地方。"

他当先而行，众人紧随而上，发现有打拐子或绑红绳的地方就依记号的指示而行。可走了大半个时辰，他们又转回了原地。

到了这会儿，连金不换的脸色都变得难看起来。在这深山老林里"麻达山"，那是很要命的事情，不少人就是这样陷在长白山里，再也没有出来。胡瞎卖不怕人，却最怕鬼，对于那些神神道道的事情也信得最真，此时他面色煞白，颤抖着嘴唇，说了一句："是，是……鬼打墙！这鬼连咱们定参的红绳都不怕，一定是厉鬼！"金十三听了他这话，想起那晚做的梦，也是这样陷在林子里怎么也走不出去，不禁一阵心慌。

列位看官，咱们这里再插一句嘴。这"鬼打墙"的现象其实在现实中我们也经常碰到。比如黑灯瞎火的晚上我们在旷野上行走，走了一大圈却发现又回到了原地，就好像有鬼砌成一道无形的墙，把我们圈回来了一般。其实生物学对此现象已经给出了答案，那就是因为我们的两条腿的长度总是存在或多或少的差异，两条腿迈出的距离也就有着一长一短的些微差异，如果眼睛不能进行修正，那么我们走路时就会沿着短腿的那边进行圆周运动，这样转一个大圈后就又会回到原地。其实不光是人类，所有的动物如果不能进行视觉修正，都会做圆周运动而不是直线运动。有人做过实验，将一只大雁蒙上眼睛放飞，因为两个翅膀的力量和肌肉发达程度有细微的差别，它飞行的轨迹同样是一个圆圈。也有人在固定的地带，比如坟场，会遇到鬼打墙，这好像更神秘。其实这是因为这些地方的标志物，容易让人混淆。因为人认清方向和位置，主要靠地面的标志物，这些标志物有时候会造成假象，也就是让你的大脑产生错误的信息。这样，你觉得自己仍有方向感，其实已经迷路了。古代的风水术士，其实早就掌握了这个秘密，他们在建造陵墓的时候，会运用这个规律，人为布置一些地面标志物，让人很容易在此迷路，感觉遇到了"鬼打墙"。古代的一些兵家，善于布列各种阵法，其实运用的也是这个原理，在特定的地点人为地设置一些标志物、障碍物，干扰人的视觉

和大脑判断，这样敌人一走进阵中，就转不出去了。

放山人对长白山有一种出自骨子里的敬畏，遇到"鬼打墙"的时候，往往会认为这是因为自己冲撞了"山神爷"，所以受到了他的惩戒。又或者是撞到了什么野鬼、山魈，而被它们施妖法困住。金不换对这些逸闻传说却并不放在心上，他仔细观察周围的林木和地脉，觉得看似杂乱无序中又好像隐藏着什么章法，只是他搞不明白其中的奥妙。最糟糕的是作为指路标识的拐子和红绳均不起作用，如果再这么走下去，他们既到不了"二层楼"所在之地，连退出这片林子都办不到，只能陷在这片老林子里，死了连尸骨都找不着。

林子里一片可怕的静谧，众人的眼睛都看着金不换，等着他拿主意。金不换头一次感到这么无措，额头上渗出了一层细密的汗珠。但他不能让众人看出自己的慌乱，便点着了一锅烟，蹲下来慢慢地抽着，心里转着主意。

一声"啾啾"的鸟叫声从不远处传来，金十三抬起头，便看到了树上的一只金头棒槌鸟。那只鸟扑扇着翅膀飞下来，停在了金十三的肩膀上，用自己的喙摩擦着他的脸颊，显得十分亲热。金十三认出这就是在鹰嘴崖上他救下的那只鸟，又惊又喜。他伸出一只手，将鸟从自己的肩膀上接了下来。

金不换看到这一幕，猛然站了起来，失声道："金凤凰！"众人转过头来，看着金十三手掌中的那只鸟，也都惊讶无比。

那只鸟偏着头看了金十三一眼，忽然低下头啄了一下他的手掌心，然后飞了起来。金不换叫了一声："抓住它！"众人纷纷伸手，但那只金头棒槌鸟的速度很快，已经飞到了不远处的一根树枝上，对着金十三继续"啾啾"地鸣叫着。

众人慢慢靠近那棵树，但那鸟又扑扇着翅膀飞走了，却不飞远，而是飞到了另一棵树上，继续对着金十三鸣叫。金十三好像明白了什么，转头对金不换说："爹，它好像是让我们跟着它走。"金不换点了点头，吩咐大伙儿跟上那只鸟。

"金凤凰"飞飞停停，带着一干人在密林中穿梭，走了一个多时辰，金不换隐隐听到了轰隆隆的水声，知道前面不远就是"青龙吐水"的所在，心中大喜，再抬头看那只"金凤凰"，却已经不见了。

金不换叹道："今天要不是碰到这只'金凤凰'，我们不但找不到这里，就此困在了林中也说不定。"他又转头对大家说，"既然'金凤凰'带我们来到这里，就更说明了不出这方圆一里之地，必有大棒槌。大伙儿排好棍，小心着了，千万不可放过了'参宝'。"众人应诺，按照原先定好的位置和秩序开始"压趟子"。

不一会儿，在队列最右侧打边棍儿的胡瞎卖忽然叫了一声"钱串子"。众人听到，都喜气洋洋叫了一声"谢山神爷赏"。放山规矩，"压趟子"时见到蛇不能叫蛇，而要叫"钱串子"，这是好兆头，预示着即将"开眼儿"。这是山神爷赏饭吃了，所以其他人都要喊谢赏。

但紧接着胡瞎卖却忽然惊叫了起来："蛇！我被蛇咬了！"众人听到都吃了一惊。在这长白山上，一般蛇是不会主动攻击人的，尤其是放山人身上还常带着雄黄等驱蛇杀虫之物，索宝棍的拨拉也会打草惊蛇，故而被蛇咬的概率很低，除非是遇见了"神龙"。"神龙"是有主动攻击性的，且不惧寻常的雄黄等克毒之物，而且一旦被它咬中，不消半个时辰必死，无药可解。

众人纷纷围到胡瞎卖的身边，查看他的伤势。他的左小腿肚上被蛇咬了，咬他的那条蛇也被他打死了，就扔在一边。金不换看了看蛇尸，

松了一口气，只是一条常见的"铁树皮"，长约一米，虽有毒但毒性不大。

金不换挤出了胡瞎卖腿上的蛇毒，又分别在伤口的上下位置捆扎了一道红绳，刚要吩咐站在外围的李大耗子去采一些"蛇不过"来给胡瞎卖治伤，忽然听他声音惊恐地喊道："蛇！蛇！"

陈杠子笑道："你怕真是属耗子的，见到蛇就吓成这个熊样了！"他话音刚落，一条长约两米的"野鸡脖子"从灌木丛里游出来，上半身高高昂起，向他的大腿部位狠狠咬去。陈杠子身手敏捷，手中索宝棍伸出，将那蛇挑飞了出去。他正要说话，却听到李大耗子又叫了起来，这次声音都变了形："快走！快走！好多蛇！"

前方那片林子里响起了一片"沙沙"响声，众人面面相觑，不知道有多少条蛇正在向他们游来，急忙扶起胡瞎卖往后退。可才退了十几步，后面林子里也响起了一片"沙沙"声，接着左右林子里同样如此。这是被群蛇包围了！金不换叫道："先上树避一避！"说着他叫李大耗子就近爬上一棵高大的落叶杉，自己把胡瞎卖顶起，李大耗子在上面连拖带拽，先将胡瞎卖拉了上去，再将他也拉了上去。

其余众人也纷纷找树攀爬。这时一大群蛇从树丛里蹿了出来。陈杠子将金十三顶上一棵椴树后，自己却晚了一步，被群蛇包围住了。他背靠着树，右手持索宝棍一阵乱挑，连续挑飞了好几条蛇。这时一条小蛇忽然弹起，向他的面门急咬。陈杠子无处躲闪，忽然拔出了腰中的砍刀一挥，那蛇头被砍飞了出去，身子掉在地上，还在蠕动。

地上的陈杠子身陷蛇阵，树上的众人也不轻松。那蛇是善于攀爬之物，一条条沿着树干蜿蜒而上。树上众人纷纷伸出索宝棍去挑，可挑落一条，更多的蛇又爬了上来，前仆后继，弄得大家手忙脚乱。

　　金不换放眼望去，积聚在这方圆几十米内，怕有上千条蛇。各种蛇都有，"铁树皮"、极北蝰、"野鸡脖子"、赤链、乌苏里蝮、双斑锦、白条锦……挤挤挨挨的，吐着长信，面目狰狞地望着树上的众人，让人起一身鸡皮疙瘩。如此可怖的场面，金不换放山多年，别说见过，连听都没听说过。这长白山虽不乏有蛇，但在如此狭小的空间内聚集了这么多，却不合常理，仿佛全长白山的蛇受到了某种神秘力量的召唤，都跑到这里来了似的。

　　胡瞎卖受到了蛇咬，虽然经过了一番清理，但余毒尚存。他挑了几条蛇下去，已经是手脚麻木，身手迟缓。这时从旁边的树枝上忽然游过来一条双斑锦，狠狠地在他撑住树枝的右手背上咬了一口。胡瞎卖手一颤一抖，将这条双斑锦抛了出去，身子却失去平衡，就要向地上跌落，幸亏金不换一手扯住了他。

　　这时往树上游来的蛇越来越多，整个树干上都密密麻麻缠满了蛇，绞缠着、蠕动着。李大耗子面色煞白，忽然发一声喊，撇下金不换和胡瞎卖，只身向树干更高处爬去。金不换一手扶着胡瞎卖，一手用索宝棍不断扑打和挑飞靠近他们的蛇，已是左支右绌，险象环生。其他树上的人也好不到哪里去，都在奋力与蜿蜒而上的毒蛇搏斗。只有金十三的处境好一些，他待的那棵树上暂时没有蛇爬上来。这全靠了树下陈杠子的竭力抵挡。但陈杠子的处境却是最危险的，被群蛇层层包围，承受着一波又一波的攻击。他正将一条爬到自己脚边，张嘴就要狠咬的乌苏里蝮一脚踢飞，却不防一条双斑锦从树后绕了过来，一口就咬在了他的脸上，死死不放。陈杠子大叫一声，抓住蛇身一扯，连蛇头带自己脸上的一块肉都扯了下来。他舞起索宝棍一阵乱打乱挑，形如疯魔。但又有一条蛇沿着他的右腿绞缠而上，一口咬了下去。陈杠子再也

支持不住，踉跄了几步，一头栽倒在地上。众蛇纷纷爬到了他的身上狠咬。

　　金十三见此惨状，热血冲顶、双眼通红，大喊一声"杠子叔"，从树上跳了下来。

第五章

　　前文我们说到，金不换等人寻到了一块能出大棒槌的山林，却与一伙儿朝鲜人争执不下，双方几近动武。朝鲜参帮人多势众，金不换亮出了一手好枪法，镇住了那些朝鲜人，又以三日为期，如采不到参则将此片山林拱手相让，暂时劝退了他们。金不换用"观星""观气"之术确定了参宝的位置，带着众人前往"青龙吐水"。但路上他们遇到"鬼打墙"，陷于前进不得、后退不能的困境，幸得"金凤凰"引路，不但走出了"鬼打墙"，而且接近了"青龙吐水"。正当他们开始搜寻参宝之时，胡瞎卖却遭遇蛇咬。紧接着蛇群出现，他们一干人分别被围困在几棵树上，作殊死抵抗。而陈杠子却没能爬上树，在地上遭到蛇群的攻击，被咬多处，倒在地上。正当他即将被群蛇吞噬之时，金十三从树上跳了下来。

　　这棵椴树也不矮，金十三从两三丈高的地方一跃而下，幸亏林中的土质松软，又铺了一层枯枝腐叶，脚踝才没有受伤。饶是如此，他也站立不稳，在地上滚了两滚。他心中叫苦，这地上满布毒蛇，自己不被咬

才怪。可他站起来摸了摸头上、身上，却并未有任何被咬中的地方，也没有毒蛇缠在他身上。他暗自庆幸，无暇细思，手中的索宝棍连连挥动，将陈杠子身上爬着的蛇都一一挑开。树上的人都大惊失色，大喊叫他回来。金十三全然不顾，将陈杠子从地上扶起，见他已经是双目紧闭、脸色青黑，没有任何呼吸了。

金十三眼中含泪，将陈杠子的尸身轻轻放下来。他环顾了一下四周，见群蛇都游到了距他约一丈远的地方，拥挤地蠕动着，却并不往上扑。他大感奇怪，试着往前走了两步，那些蛇见他靠近，似乎颇为畏惧，纷纷四散游走。他又向别的方向试了试，凡他所到之处，皆如劈波斩浪一般，群蛇辟易。

他走到了金不换所在的那棵树下，原本正盘旋而上对人发动攻击的蛇竟然都从树干上掉落下来，然后迅速地游走了。他如法炮制，将其他树上的蛇都纷纷赶走。

金不换等人从树上下来，都非常惊讶，不知道为什么这些蛇都害怕金十三，只要他接近就都躲开了。但这时大伙儿死里逃生，心有余悸，来不及细究根由，纷纷围到了陈杠子的身边。金不换仔细检查了他的身体，长叹了一口气，摇了摇头。众人明白陈杠子被蛇群撕咬多处，毒性发作，已经无力回天了。陈棍子是他的亲弟弟，哥俩父母双亡，从小就相依为命，感情至深。十多年来又双双跟着金不换放山，多少艰难险阻都闯过来了，如今就在即将采到那枝"二层楼"，发上一笔大财的时候，哥哥却不幸命丧蛇口。他想起哥哥说过，这一次放山分了钱，就给他买上十几亩好地，娶个媳妇，过过安生日子之类的话，不禁放声大哭起来。其他人都是跟陈杠子相交多年，也同甘共苦多年的伙伴，见他惨死，皆感伤不已。金十三心中尤为惨痛，杠子叔外表凶猛，从小就喜欢捏他脸蛋，扯他耳朵，脾气上来还会骂他几句，踢他两脚，但其实对他是极好的，每次来看他都要带些好吃的、好玩的，还喜欢带着他到附近的山里去捕鸟捉貂。这次也是为了掩护他才身陷群蛇的包围。见棍子叔哭得伤心，他也不由得哭出声来。

金不换内心沉痛，但他知道现在大伙儿还没有离开险境，周围树丛里沙沙作响，蛇群还没有离开，于是招呼大家抬起陈杠子的尸身，背上中毒几近昏迷的胡瞎卖，继续往"青龙吐水"的方向进发。

这次由金十三打头而行，众人跟着疾走，果然没有再遇到蛇群攻击。而原先听到那阵隐隐约约的"轰隆"声越来越近、越来越响。不一会儿，众人眼前豁然一亮，已经走出了林子，来到了一条大瀑布前。

要说长白山的瀑布其实不少，但像眼前这条落差如此高、水量如此大的瀑布，众人却是第一次见。水从山崖上一个十几丈高的向外略略突出的洞口流出，注入壁下深潭，发出雷鸣般的撞击声，真有李白诗中"飞流直下三千尺，疑是银河落九天"的气势。山崖上遍是生着苔藓的大石和一簇簇的羊齿草，周围的林木比较稀落，葛藤却生得异常茂密，有许多手臂粗的葛藤从崖边垂向崖下去，好像是纠缠滚窜的巨蟒一样。金不换看了看四周的山势林貌，心中有了主意。

众人就地挖坑，埋葬了陈杠子。放山人一生与山结缘，死后葬身山林也是题中之意。这"青龙吐水"之地藏风聚气，是一块上好的阴地，陈杠子能够埋骨于此，算是一个极佳的归宿。

人死一了百了，现在更需要考虑的是活着的人。胡瞎卖中毒太深，昏迷不醒，采来的"蛇不过""铜锣草"等专治蛇伤的草药已难起效应。众人眼睁睁地看着他一只脚已经迈进了鬼门关，却束手无策，只能扼腕叹息。情急之下，金十三忽然想起了在鹰嘴崖上得到的那颗"神龙珠"。

自己被"神龙"吐出的毒雾所迷，幸得舔了一舔那颗从"神龙"腹中剖出的珠子，立时就解掉了毒。这瞎卖叔不过是被普通的毒蛇所咬，想来这"神龙珠"应该也能对付。他急忙解开贴身而藏的护身袋，取出那颗珠子。但此时的胡瞎卖昏迷不醒，牙关紧咬。金十三想了想，用刀在"神龙珠"上刮下一点粉末，和了一些水，让老闷叔撬开胡瞎卖的嘴，灌了下去。

不一会儿，只听胡瞎卖嘴里哼了两声，同时肚子里"咕噜、咕噜"响起。金十三知道他这是要呕吐，连忙扶起他的上半截身体。胡瞎卖张开嘴大吐特吐，良久才止住，接着睁开眼睛看了一下大伙儿，想要说话，却又倒了下去。金十三大喜，知道这"神龙珠"起了效果，他又刮下来一些粉末，分别撒在胡瞎卖被蛇咬伤的两处伤口上。奇迹发生了，胡瞎卖伤口处开始往外汩汩地流出黑紫色的血液。俄而，流出的血液逐渐变少，而且颜色也转为鲜红，他脸上的一层黑气也慢慢退去，几近正常，只是较为苍白。金创药是放山人进山时的必备之药，金十三让刘老闷取出来，给胡瞎卖止血包扎。胡瞎卖再次睁开了眼睛，只是因为中毒时间长，再加上失血过多，身子非常虚弱，只能对大伙儿点点头，却还没有力气说话。

众人大出了一口长气，知道胡瞎卖这条命算是救回来了。接下来，他们的眼神都转到了金十三身上。李大耗子眨了眨小眼睛，问道："小十三，你这是什么宝贝？打哪儿来的？"

金十三只好说出自己杀蛇后在金头棒槌鸟的指点下剖蛇取珠，解掉自己所中之毒的经过。李大耗子听罢一拍大腿，说道："这就对了！'长白神龙'乃万蛇之王，它的这颗内丹有克毒解毒的奇效，能救被蛇咬伤的胡瞎卖自然不在话下。就连刚才被蛇群围困，也是因为十三身上的这颗'神龙'内丹，我们才得以逃生。这颗内丹就是'神龙'的魂魄，其他的蛇类见之自然畏惧臣服，退避犹恐不及。"他从金十三手中取过此丹，放在眼前细细观看。此时夜幕已经悄悄降临，原来在白天呈灰白色的"神龙珠"，现在却散发出一层绿色的荧光，照得周围的人脸上一片碧绿。

李大耗子爱不释手，一边把玩，一边嘴里啧啧称赞道："真是好宝贝啊！这宝贝跟'夜明珠'似的漂亮至极，还有克群蛇解蛇毒的神效。你们说，这东西能值多少钱？比起那枝'二层楼'来如何？"

刘老闷却从他手中夺过珠子，还给金十三。他板着脸对李大耗子说："这玩意儿是十三的，你可别打主意！"

李大耗子"嘿嘿"一笑，说："自然是小十三的，我就是拿来看看，怎么会打他的主意？别看我老李平时有点贪财图利，可对把头、对咱们这伙儿兄弟可一直都是敞敞亮亮的，从未起什么坏心眼儿。把头，你说句公道话，是不是这样？"

这倒是一句实话，金不换听了一笑。这些兄弟各自虽有这样或那样的毛病，可跟着他十几年，风里来雨里去，说得上肝胆相照。他说："都是自家兄弟，谁不了解谁？玩笑一句，都不要当真。十三得到的这颗蛇丹自然是不可多得的宝贝，但也止于克毒解毒，比不得大棒槌能医百病，使人延年益寿。这挖棒槌才是我们这些放山人的立业之本和存身之道。"

众人听了都点头称是。说起今天的遭遇凶险，大家都觉得不可思议，不知为何会先遭遇"鬼打墙"，接着又遭遇到蛇群的袭击，这在他们以往的放山经历中是从来没有遇到过的。看来冥冥中有一股神秘的力量，在阻止他们接近那传说中的"二层楼"。但这也恰恰说明了，那"二层楼"就在这附近。他们历经千辛万苦到达这里，还失去了一位好兄弟，更不可能就此放手。

众人燃起了篝火，就在这深潭的边上和衣卧倒休息。好在一应工具在"压趟子"时按例都是随身携带的，用不着回营地那边去取。天已入夏，夜晚不甚寒冷。既然金十三身怀"神龙珠"，也不担心蛇群再至，但密林深处或有其他野兽出没，不可不防。金不换让金十三跟着自己值守上半夜，又指定了刘老闷和赵二驴值守下半夜。众人折腾了一天，均感疲累不堪，一横躺下去就都睡着了，即便瀑布的轰鸣声也惊扰不了。

金不换往篝火中添了一些柴，在潭边坐了下来，抽着烟袋，望着眼前的悬崖瀑布呆呆出神。金十三坐到他旁边，问道："爹，您说咱们明天能采到那枝'二层楼'吗？"

金不换点了点头，说道："当然！我们现在就在它的下面。"

"在它下面？"金十三顺着金不换的眼睛所视的方向望去，惊讶地说，"您是说，那枝'二层楼'就在前面瀑布所在的那面山崖上？"

金不换不答他的问题，却反问道："十三，你看一看这四周的草木，有什么不一样？"

此时皓月当空，眼前的山崖和四周的林木都依稀可辨。金十三四处打量了一会儿，狐疑地说："这林子以椴树为主，还夹杂着柏树、杉树，崖上的林木比较稀疏，但也只是一些普通的树，再加上一些常见的羊齿草和葛藤……我知道了！"他忽然惊呼，"爹，你看！这林子里和山崖上的树木花草，都朝着前面山崖上的瀑布弯腰点头！"

金不换点点头，说："不错。观草木之势，就能确定这'参宝'所在。我料定那瀑布后面，就是我们要采的'二层楼'。"

金十三惊奇地问道："爹，这瀑布里面怎么会长出棒槌来？"

金不换说："我仔细观察过了，这面山崖的中部凹进去了一大块，而飞流直下的瀑布就如同一道门帘，正好将这块凹进去的地方挡住了。我们要找的'参宝'，必定就长在那里。"

金十三呆呆地望了一阵那瀑布，说道："那地方上不着天，下不着地，还有瀑布水流的阻碍，如何才能进得去？"

金不换说："当然不容易。这面山壁陡峭光滑，中间连个落脚的点都没有，还有激流的冲刷，无论从上往下或从下往上都难以攀爬。唯一的办法，就是砍割藤蔓编成长绳绑在身上，估算好长度，然后在瀑布上方的山崖上起跑冲出，随着藤蔓回收的惯性，就能荡进瀑布中去。这需要好身手，也需要一些运气。如果测算有误，撞在了石壁上，能否保住一条命很难说。但咱们吃的就是这碗饭，既入宝山怎能空回，就是有阎王爷拦路咱也要闯一闯！明天爹一个人进去，你们都在外面接应。"

金十三吃了一惊，道："不！爹，儿子年轻，您让我去！"

金不换微微一笑，道："你是觉得爹老了，身手不灵活了？嘿嘿，小子，就再来几个你也不是爹的个儿。何况论这采参的活儿，你们这些人谁及得上我？他们都不行，就更别说你这初出茅庐的毛头小子了。"

金十三道："那……我跟你一块儿进去。"

金不换摇摇头道："多一个人就多一份危险，何必呢？你别争了！如果爹真的失了手，你们不可再冒险，赶紧寻路出山去吧！"

金十三还要再说，但见爹态度坚决，只得作罢，心中暗自打着主意。

第二天一早，众人起身，金不换跟大家说明了"参宝"就在瀑布之后，自己打算只身进去采参的事情。所有的人都面面相觑。

沉默了一会儿，赵二驴道："把头，既然如此危险，那'参宝'我们不采也罢。就我们在这林子里采到的这枝'五魁'，也值一些钱，加上其他采到的参，够大伙儿一年的嚼裹了。咱们也不算是空手而回。"

金不换摇头说："不成！咱们这次放山，就是冲那枝'二层楼'来的。

既然已经到了这儿，不进瀑布后面去看看，我这辈子都不会安心。何况杠子兄弟这次连命都搭上了，咱们如果不采到这枝'参宝'，怎么对得住他？"

众人听了无话。金不换留下陈棍子照顾受伤的胡瞎卖，带着大伙儿绕路爬上山崖，砍割藤蔓，计算好长度，编成缆索，一头在一棵大柏树上缠了几圈，一头绑在自己的腰间。他背上了装有采参工具的皮囊，手枪采参时用不着，就交给了赵二驴保管。

一切准备停当，金不换仔细测算好了距离后，深吸了一口气，右手持登山爪，左手持刀，距崖边二十米开始助跑。到了崖边，他使出全身力气，使劲一蹬，犹如一只大鸟般飞了出去。金十三等人急忙跑到崖边往下看，只见金不换身子坠到测算好的高度后，缆索绷直回弹，他借着这股惯性，"唰"的一下消失在了瀑布之中。

众人看了半天，并未见他的身影在底下深潭中浮出，拉起缆索，见索头已断，断面齐整，想来是金不换荡进瀑布那一刻砍断了绑在身上的缆索，以免因钟摆效应重新被缆索扯出瀑布。众人略略放下了紧绷的心弦。李大耗子拍了拍胸口，长舒一口气，说道："阿弥陀佛！无量天尊！上帝耶稣！看样子把头是进去了。"

大伙儿等了一会儿，见瀑布中毫无动静，心想站在这山崖上反正也帮不上他的忙，只能干着急，便循原路下崖，回深潭边去等金不换。按计划，他采到棒槌后自会从上面跳下深潭，然后游回岸边。

刘老闷走在队伍的后面。走了几百米后，他不经意地回头一瞧，原本跟在他身后的金十三却不见了。他急忙唤住前面的几个人，大伙儿一齐又跑回崖顶，正好见到金十三身绑另一根备用的缆索，像金不换一样从崖边飞了出去。

　　金十三飞扑出去后，身子急速坠落，只觉得风呼呼地往脸上拍来，不由得一阵心慌，下意识地闭住了眼睛。猛然，他觉得腰上一紧，缆索已经绷直，一股大力传来，手中的刀和登山爪不留神间都脱手飞出。接着他的身体横着往瀑布飞荡过去，一阵激流砸在他身上，耳听得"哗啦"一声，身体已经穿过了瀑布。他还来不及反应，缆索又开始往外拉扯他的身体。他手中的刀和飞爪都已经丢失，既无法斩断缆索，也无从借力稳住身体，只得张牙舞爪地四处乱抓，想要揪住一根"救命稻草"。

　　手忙脚乱间，有一只手忽然抓住了他腰部的缆索，紧接着身子一松，人一个倒栽葱，栽倒在地。他抹了一把脸上的水珠，刚要说话，却被一只手捂住了嘴巴。金不换在他耳边轻声而急促地说："别出声，小心惊着了'神龙'！"

　　金十三一怔，睁开眼睛，眼见这处凹陷进去的山壁，方圆不过数丈，到处长满了苔藓和羊齿草以及一些低矮的灌木。而距他不到两丈远的地方，盘着一坨硕大的物事，铁鳞红纹，头生肉瘤，不是"神龙"又是什么？

　　金十三吃了一惊，再定睛细看，却见那神龙盘旋之处，有一株草木非同一般，主茎顶上长着一簇鲜红的参籽，颗颗圆润饱满，竟然有蚕豆大小，参叶呈倒卵形，缘有锯齿，一匹五叶，两层八匹，正是传说中的"二层楼"。

　　金十三转头正要向金不换询问，金不换"嘘"了一声，轻轻地在他耳边说："这'神龙'好像睡着了，我下来这一会儿，它一直盘在那里没动静。咱们分两边包抄过去，我在前边吸引它的注意，你趁它要攻击我时，从后面一刀将它的头砍下来。"说着将手中的刀递给他，"记住，动作要轻，要憋住气。'神龙'对活物的气息是很敏感的，只要进入距离它

四五步的范围，它就能闻到你。"

金十三点了点头，提着刀，跟金不换一左一右，蹑手蹑脚地向"神龙"包抄过去。这条"神龙"虽然比他在鹰嘴崖杀死的那条"神龙"要小一些，但也长一丈有余、有茶杯粗细。

两人分别摸到距"神龙"不到三步的地方时，金不换见它仍然闭着眼睛一动不动，向金十三打了个手势，示意他先别动，然后蹲下来，慢慢伸出双手，想要掐住"神龙"的脖子，将它一下摁住。

就在金不换的手距"神龙"只有一尺远近的时候，那畜牲忽然睁开了眼睛，上半身如离弦之箭般飞快地向他的面门咬过去。

金不换吓了一大跳，没想到这畜牲竟然会装睡诱他接近，然后发动突袭。好在他一直都在全神戒备，立时一个"铁板桥"，身子后翻，险险地让过了"神龙"这一咬。"神龙"一击不中，上半身自然回缩。在它身后的金十三怎容得它对爹做第二次攻击，大喝一声，一刀就向它的后脖子挥去。那"神龙"却仿佛早已料到后面有人偷袭，头一低，避过了金十三这一刀，然后转首就吐出了一团淡粉色的毒雾。金十三只觉一股腥臭气息扑面而来，呼吸窒了一窒，身子一晃，往后连退了几步。

金不换见金十三被毒雾喷到，大吃一惊，急忙问道："十三，怎么样？"

金十三晃了晃脑袋，并没有头晕目眩之感，身体也没感到有什么异样，回道："爹，我没事儿！"随即踏前一步，右手砍刀作防御架势，眼睛死死地盯着正向他昂首吐信的"神龙"。

但"神龙"却没有继续向他发动攻击的意思，见他逼近，反而将头往后仰了仰，然后不停地晃动着，似乎在向四周打量退路。金十三心中一动，莫非这条"神龙"感应到了我身上的这颗"神龙珠"，因而心生惧意？他试探着又往前踏了一步，"神龙"看了他一眼，忽然展开了盘旋着的身体，也不顾守在一旁的金不换，迅速向石壁角落中的一条罅隙游去，很快就消失在里面。

金不换见状一怔，接着也猜到了原因，长舒一口气道："好在有你这颗蛇丹，连这条'神龙'也不敢冒犯，否则咱爷俩还真不一定对付得了它。看来你杀掉的那条大蛇，应该是'龙王'了。"

金十三惊魂方定，拍了拍胸口，说道："好险，好险！想不到这'二层楼'居然会有'神龙'看守。"

金不换听他这话，又是一怔，忽然面露狂喜之色，急急地说道："十三，快把爹的家伙什儿拿过来！"

金十三答应一声，过去将装工具的皮囊提了过来。

金不换先取出一根红绳和两枚铜钱。金十三看那铜钱，却是两枚康熙通宝。他知道这叫定参钱，拴在红绳的两头。红绳要在棒槌的主茎上缠几圈，判断是几匹叶的参就缠几圈，两头的铜钱则搭在旁边的索宝棍或树枝灌木上。定参钱上的年号越吉利越好，品相越光亮清晰的也越好。民国时放山人用的定参钱绝大多数都是清朝的铜钱。大清自努尔哈赤算起，历经十二帝，而乾隆一朝是大清最鼎盛的时期，年号自然也最吉利。乾隆一朝也是发行铜钱数量最大的朝代，钱币流传后世的最多，搜集起来比较容易，故而放山人最常用的就是乾隆通宝。乾隆通宝以下，嘉庆通宝倒也使得。而自道光帝始，洋人屡屡寇境，冲犯紫薇；咸丰、同治、光绪三朝更是内忧外患、生灵涂炭，连皇帝本人都年命不久。宣统则是末代皇帝，早已被逼退位，软禁在紫禁城里。因此这几朝皇帝的钱就不怎么好使。自乾隆皇帝往上溯，太祖努尔哈赤、太宗皇太极在世时天下大乱，刀兵四起，他们既未能一统中国，自身也都不得善终，他们的大

钱也用不得。世祖顺治帝、世宗雍正帝虽然皆死因成谜，但他们是治世之明主，因此顺治通宝和雍正通宝也都勉强使得。只有圣祖康熙帝的康熙通宝堪可与乾隆通宝相比拟。不过康熙通宝流传后世的很少，搜集不易，即便能找到也因为年代久远，大多品相不清晰，故而放山人一般也不用。

金十三见他爹前些日挖参用的定参钱都是乾隆通宝，而这次拿出的却是康熙通宝，颇为惊讶，问这是为什么。金不换呵呵一笑，说道："一般人只道乾隆通宝年号最吉利，定参最好，但他们其实只知其一，不知其二。这乾隆通宝虽最有贵气，含铜量最高，制造也最精良，但却缺少了那么一股煞气。想那乾隆爷是守成之帝，接下了父祖给他留下的大好江山。要说他前期倒也算英明，可后期却好大喜功、骄奢淫逸，大清自此走上了下坡路，给后世子孙留下了一个烂摊子。因此他的钱贵气中也就带了一丝败气。而康熙爷则不同，他一生擒鳌拜、平三藩、定西北、收台湾、镇罗刹，在位时海晏河清、国泰民安。康熙帝名为守成，实同开创，故虽非开国皇帝，也被奉为'祖'。他的文治武功大清历代皇帝无人能比、神化难明，谓之'圣'，故他死后的庙号称'圣祖'。也因此，康熙通宝不但带贵气，还带有煞气，不仅能祈天之福，更能镇妖邪鬼精。那乾隆通宝能定六匹叶以下之参，而六匹叶以上之参，则非用康熙通宝不可。"

金十三听金不换引史论钱，说得头头是道，肃然受教，不过心中却在猜疑，此诀窍莫非又是爹遇见的那位奇人所授？金不换却理会不到他的这些小心思，他已经将钱和红绳拴好。此时那枝"二层楼"的主茎忽然莫名晃动了起来。

这里处于瀑布之后，被水帘遮挡，又是一块没有通路的绝壁，不太可能有风吹进来。眼见得那"二层楼"的枝叶晃动得越来越厉害，金不换眉头一皱，叫道："不好，要走参！"他急急忙忙地又从囊中掏出四枚铜钱。哪四枚？分别是顺治通宝、雍正通宝、乾隆通宝、嘉庆通宝。金不换以人参为中心，以三尺三寸为距，将顺治、雍正、乾隆、嘉庆四枚通宝按东木、西金、北水、南火的五行方位——布设，康熙通宝则居中占土位。

金十三第一次见到这样的阵势，看得目瞪口呆，刚要开口询问，却见金不换神色凝重地向他摆了摆手，一言不发地死死盯住那枝"二层楼"。那棒槌的茎叶摇晃了一阵，慢慢地静止了下来。金不换长舒了一口气，说道："想不到这参如此难采，我用五枚帝钱布下五行阵才将它定住。"他转头对金十三说，"好了，把我的快当（放山人在发现棒槌，并报出匹叶数目时，其他同伴都要大喊"快当、快当"，关东话就是顺利如意的意思）刀、快当剪、鹿骨钎等一应家伙什儿都拿出来，现在可以挖参了。你在旁照应着，替我防备蛇鼠虫蚁，别让任何事情干扰到我。"

挖棒槌参是很复杂的细活儿。先要用手扒去棒槌周围的乱草树叶，开出盘子，再用"快当锯"锯断棒槌周围的树根，不能用斧子砍，树根有弹性，会震坏棒槌。不过这绝壁上没有大树，只有小灌木，快当锯作用不大，只需用快当刀和快当剪剪除细枝即可。接下来就要用到快当铲和鹿骨钎了。这鹿骨做的钎子用来采挖人参，一者不粘黑土，二者不刮伤参体，能最大程度保护人参。金不换从相距棒槌一尺六寸的地方挖起，以主茎为圆心，挖了一个圆坑，把棒槌圈在里面，再沿着外围的圈子慢慢地往棒槌的下方松土。

当棒槌的身体刚露出小半截来，金不换忽然停住了，半天不动。金十三在旁边觉得奇怪，见他爹眼睛瞪得大大的，鼻翼一张一翕，呼吸急

促，正要询问，忽然眼神也被坑中的棒槌身体吸引住了，忍不住轻声呼道："双芦头！"

金不换不说话，继续全神贯注地挖参。越往下挖越难，因为棒槌的根须一点都不能断，断了就不值钱了。到得后来，金不换连鹿骨钎都不用了，而是用手指一点一点地将每根须子都清理出来。待得整个参体连根带须都露出来后，金不换轻轻地用手指捏住芦头，急促地吩咐看傻了的金十三道："快！苔藓皮！"

金十三回过神来，迅速从皮囊中取出一大块来，摊开在地上。

金不换将棒槌小心翼翼地从坑中取出，放在了苔藓皮上。他长吁了一口气，仰天大笑："哈哈哈，想不到我金不换有生之年，居然还能采到'神龙二炷香'！哈哈哈……"笑声未毕，他忽然跪了下来，冲着石壁连磕三个响头，嘴里喃喃自语。待抬起头来时，已经是泪流满面了。

金十三从未见过他爹情绪如此激动，骇然问道："爹，你这是咋的了？"

金不换抹了一把脸上的泪水，把他的头按了一下，说："快！你也赶紧跪下给山神爷磕三个响头！"待金十三莫名其妙地磕完头站起身来，金不换笑道："你看到了这棒槌上的两个芦头了没有？你看到了这棒槌上的纹理了没有？那不是铁线纹，也不是蟋蟀纹，而是蛇纹啊！这可是一枝百年难遇的'神龙二炷香'啊！我说那条神龙怎么会出现在这条瀑布后，而且守着这枝棒槌不挪窝呢！哈哈哈……"

金十三又惊又喜，问道："爹，什么是'神龙二炷香'？"

金不换轻轻地抚摩着参须上如珍珠点一般的参苧，赞叹地吟诵道："'星点毛细双头芦，人字菱形短龙足。深兜细鳞蛇纹皮，龙缠须上缀珍珠。'古书上的这段辨参口诀，说的就是这'神龙二炷香'。你看这枝参双芦星点、蛇纹龙须，不是它又是什么！如果说'二层楼'已经是参中奇宝，那这'神龙二炷香'就是参中至尊！放眼天下，恐怕只有杨八爷手里的那枝'凤凰单滴泪'勉强可以比一比。"

金不换将这枝"参宝"用苔藓皮捆包好，放入皮囊中，扎紧口子，紧紧系在了身上。父子二人跃出瀑布，坠入底下深潭。这潭水表面上试不出来，深处却是奇寒无比，冻得二人连血液都仿佛停止了流动。金十三跟金不换学过游泳，水性不错。饶是如此，因为入水太深，巨大的压力也压得他眼睛充血、耳膜生疼。金十三用手捏住鼻子不停鼓气，嘴也微微张开，同时双腿使劲踩水，但距水面还有三尺左右时气已用尽。幸得金不换游过来，在下面顶了一把，才将他顶出水面。

二人奋力游到岸边，都已经是筋疲力尽、气喘吁吁了。刘老闷等人赶忙将他们拖到岸边生起的篝火旁，给他们脱下湿衣，擦干后再换上干衣。赵二驴又端来了煮好的参姜二合汤给他们喝下，补气驱寒。人参自不必说，这生姜也是放山人的随身携带之物。人在山中数月之久，免不了涉水淋雨，避不开寒暑之气，这参姜二合汤最能补元神、驱寒气。虽然酒也能驱寒，但性子太烈。尤其像金不换父子二人刚从奇寒彻骨的深潭中出来，五脏六腑都被冻住了，如用烈酒来逼，冰火相激下，人体根本就受不住，身子骨弱的立时就送了命也说不定，因此只能用参姜二合汤慢慢温化驱散。

足有半个时辰，金不换父子二人才缓了过来。金十三毕竟是年轻人，身体强、火力壮，很快就恢复了活力。他眉飞色舞地说起自己进入瀑布后的惊险，众人都赞叹不已。当他说到父子二人采到了一枝比"二层楼"更为难得的"神龙二炷香"时，众人都瞪大了眼睛，不敢置信。李大耗子急忙打开皮囊，拿出苔藓皮包着的棒槌，略略一观，说话时连声音都

颤抖了："是真的！果……果然就是'神龙二烓香'！"他转过头问金不换，"把头，这'神龙二烓香'能值十万块大洋吧？"

金不换一笑："老李，瞧你这耗子胆，就这么不敢猜？我告诉你，它要碰到大买家，至少值这个数。"说着，他伸出了五根手指头，又用双手食指交叉比了个"十"字。

众人大喜，激动得连话都说不出来，互相你一拳我一掌地拍打着傻笑。但金不换却收敛了笑容，慢慢地说道："可惜，杠子兄弟没能见到这枝'参宝'。"众人默然。金不换又说，"既然采到了这枝棒槌，我们算是发了一笔大财。往年规矩，不管我们的棒槌最终卖出去多少钱，咱们兄弟伙儿都是按人头平分的。但今年我想改一改规矩。"

第六章

上一回我们说到，金不换一行在去往"青龙吐水"的途中却遭遇蛇群的袭击，陈杠子不幸身亡。幸得金十三身上的"神龙珠"镇住了群蛇，众人才得以逃脱险境。他们来到"青龙吐水"之所在，金不换算定参宝就在瀑布之后的山壁内，并只身犯险潜入瀑布采参。金十三不放心他爹独自前往，也潜入瀑布之中。二人历经凶险，竟然采到了一枝百年难遇的参中至尊——"神龙二炷香"。众人大喜过望，正欢庆发了一笔大财，每人分到的钱足够下半辈子吃用不愁时，金不换却说，这次要改一改分红的规矩。

众人听了金不换的话，都默不作声。李大耗子嘴唇动了动，但最终也把话咽了回去。按规矩来说，放山所得的收成，都由把头来分配。当然，行内也有一个大致的分配比例，但一般来说，把头肯定是要占一大份的。只不过金不换为人慷慨，这些年来一直是跟自己的兄弟平分而已。因此即便这一回他提出要多吃多占，众人也是无话。

金不换扫了一圈众人的脸色，呵呵一笑："哥几个这是咋的了？都哭丧着个脸？"

刘老闷说："把头，你是咱兄弟伙儿的主心骨，这'神龙二炷香'也是你和十三冒着危险采来的。你说怎么分就怎么分，兄弟们没二话。"

金不换摆了摆手，说："大家听我把话说完。现在咱们这里一共是七个人，按见者有份的规矩，自然是平分成七份。可是咱们不能忘了死了的杠子兄弟，因此他的那一份，自然是要得的。杠子兄弟家里还有老婆孩子，今后无依无靠，因此本该得这一份。我想把十三的那一份分给他。十三——"他转头对金十三说，"你没意见吧？"

金十三大声回道："我没意见！"

陈棍子却说："把头，我哥虽死了，你却仍然记着他的那一份，已足见你的仁义公道。但十三跟着你出生入死才采得的棒槌，你却把他该得的那份给了我哥，这实在是不合适。"

金十三又大声说："棍子叔，你别说了，我是自愿将自己的那份让给杠子叔的。要不是他先将我顶上树，自己也不至于身陷蛇群当中，以致送了命。我将自己的这份送给杠子婶和弟妹们，那也是应当应分的。"

金不换看了金十三一眼，赞许地点了点头。他继续对大伙儿说道："瞎卖兄弟这回也算是丢了半条命，估计回去身体得调养个一年半载的。我这一份呢，回头再分出一些来给瞎卖兄弟，算是对他的一些补偿。"

胡瞎卖身子虚弱，原本躺着闭目休息，闻听金不换这话，睁开眼睛，使尽力气抬起半截身子，说道："不行！不行！我能分得自己一份就心满意足了，怎么能再从你那占一份！你爷俩要这么一来，自己还能剩下什么？"

金不换笑笑说："你赶紧给我躺回去！行内规矩，放山一切都要听把头的不是？我既然这么说了，就这么定了！咱们得了这枝‘神龙二炷香’，就算分得再少，这辈子也够吃够喝了。你们不用替我和十三可惜。”

所有人都感激地看着他爷俩，更无他话。

金不换又说道："既然咱们已经采得了‘神龙二炷香’，就可以下山了。原路返回，恐怕还得经过‘鬼打墙’的那段，没有‘金凤凰’领路，不知道咱们还走不走得出去。再说出林可能还会碰到那伙子朝鲜人。这帮人心存不善，又人多势众，说不准就会动手抢货。因此，咱们还得另寻道路出山。"

众人纷纷点头称是。

李大耗子说："这潭水转过山壁，流向东南，咱们只要跟着水流走，总能够出山。"

金不换却摇头说："东南恰恰走不得。昨日咱们遭遇‘鬼打墙’时，我就在观察，林中的树木花草，看似杂乱无序，隐隐中却又似乎暗含着什么章法。今日登上‘青龙吐水’的崖顶，我遍观山势林貌，忽有所悟，此地原来竟是一个天然造化的八卦阵。我们进林的入口，为‘伤门’，《移山倒海诀》中有云：‘伤门值震，位在正东，主疾病灾殃。临二八宫为迫，不吉。变而失利。’‘临二八宫’在八卦中是以震克艮，不是什么好兆头。而口诀中特意用了个‘迫’字，说明会有外力的干扰压迫。朝鲜参帮的咄咄相逼、‘鬼打墙’导致的迷路、群蛇的出现、杠子兄弟的身亡都已经印证了这点。而这‘青龙吐水’位在‘生门’。《移山倒海诀》中又云：‘生门值艮，位在东北，主育生万物。育水则水活，育人则人茂，育物则物发。’果然我们便在这瀑布后找到了‘神龙二炷香’。以此论之，则杜门值巽，位在东南，主闭塞不通；景门值离，位在正南，主鬼怪亡遗；死门值坤，位在西南，主死丧埋葬；惊门值兑，位在正西，主惊恐奔走。

这些地方都是险路、死路、绝路，不能走。要想安然走出这片山林，须转西北，走'开门'，'开门值乾位，位在西北，主行向通泰。通而能达，虽变而不扰，谓之泰。'"

刘老闷、陈棍子等人都是大字不识的文盲，听金不换吟诵口诀，云山雾罩的，不明其意，只知道他的意思是要走西北方向。但大伙儿进山的时候走的是大风口，位在长白山东南，如今却要往西北方向走，岂不是越来越深入大山之中？众人心中虽有疑虑，但把头本来就是放山队伍的领头羊，他说走哪儿便走哪儿。大伙儿又都对金不换感激佩服，因此谁也没有二话，纷纷按照他的命令行事。只有金十三心中琢磨，这些口诀莫不又是那位奇人所授？心中更是对其高山仰止。

一行人轮换抬着胡瞎卖，风餐露宿，在人迹不至的山谷密林中穿行。没有路就自己开路，遇到水就自己搭桥，这倒也难不住这些放山人。众人一想到金不换绑在腰间的那枝"神龙二炷香"，就欢欣鼓舞，谁也不觉得疲累，只想快点走出大山，将参宝换成白花花的大洋。

这一日傍晚，他们在一片坡地上扎营。大伙儿轻车熟路地按照金不换的分工砍树割草，准备搭建地炝子。走了有七八日了，虽说无惊无险，但他们仍然没有找到出山的路。而且人毕竟不是机器，一路跋山涉水很困乏了，需要好好休息一下，想想下一步该怎么走。

金十三正在用斧子砍一棵碗口粗的杉树，杉木质地疏松，易于砍伐，适合用来搭建这种临时居住的地炝子。金十三几斧子下去，这棵小杉树就折断了。他闪到一旁，正在等待这棵树自己倒下，却听不远处陈棍子在大喊："十三，快躲开！"金十三一愣，忽听得身后草丛里一阵"唰啦、唰啦"的响声。他刚回过头，便见一团黑乎乎的物事向他直冲过来。金十三一闪身，那物事在千钧一发之际从他的身旁急冲而过。他这才看清，这家伙头生鬃毛、长鼻獠牙、膘肥体壮，是头足有三四百斤重的野猪。

金十三知道野猪的厉害，身沉力大、牙尖皮厚、性情凶悍，连老虎、豹子等轻易都不敢招惹它。这头野猪冲出几米远后，转过身来，死死地盯了他一眼，哼哼两声，又低头向他冲来。金十三身子略一让，一斧子就砍在它的背上。不料这夯货背上除了多了一道印痕，一点事都没有，还拿獠牙使劲儿地往金十三的肚子上豁。要知道，野猪这东西最是皮糙肉厚，平时喜欢在泥地里打滚，在树干上蹭痒，一身皮毛裹着厚泥树脂，就像是穿上了厚厚的铠甲，几近于刀枪不入。

金十三手忙脚乱，连连退避。正在他狼狈不堪之际，忽听一声枪响，那野猪尖叫一声，头部已经中了一弹。开枪的是老闷叔，他正拉动那杆"水连珠"的枪栓退壳压弹，准备再开第二枪。却不料那野猪中枪后不但没死，反而凶性大发，撇下了金十三，转身就向他扑去。莫辛纳甘步枪威力还不错，可是就是压弹慢，准确度也不高。没等刘老闷开第二枪，那野猪已经冲到了他跟前。

眼见刘老闷已经躲闪不及，行将被野猪撞到，众人大惊失色，举斧持刀，纷纷赶过去想要救他，却已是远水解不了近渴。就在大伙儿以为刘老闷不可避免会被野猪撞死或撞残的时候，忽又听得两声枪响，这次却是金不换手里的"二十响"开的火。那野猪闷哼一声，就在刘老闷身前不到三步远的地方一头栽倒在地。

众人慢慢靠近，见野猪躺在地上一动不动，心中大喜。从启程往"青龙吐水"采参开始，到如今转向西北寻路出山，近十天的时间里大家没有吃过一顿好饭。大多数的物资都留在了原来的营地里，他们随身只带了必要的工具和不多的一些干粮。而干粮早在三天前就已经吃完，这些天众人一直靠采野果、挖薯根为食，勉强维持着。如今老天送了这么大

一头野猪给他们，足够大伙儿美美地吃上几顿了。可惜这时候已是夏天，长白山中虽然较山外凉爽，但每天的平均气温也有二十多度，又没有足够的盐巴和香料腌制猪肉，否则这头野猪供大家吃上半个月都没问题。

金十三蹲下身子，正要将野猪的身体翻过来仔细瞧瞧，不料那野猪哼哼了两下，身子扭了扭，忽然站了起来。金十三吓了一大跳，一屁股蹲儿坐在了地上。那野猪受伤严重，顾不上攻击他，撒腿就跑。众人都没想到这野猪中了三枪居然还没死，还能逃跑，一时都愣在那里。金十三却如何肯让这到嘴的肥肉又跑掉了？爬起来就追。他追出去足有一里多地，那野猪毕竟是身受重伤，血流不止，越跑越慢，最后摇摇晃晃的站立不稳，又一次栽倒在地。金十三赶到它身旁，踢了它一脚，这回野猪除了轻微地哼了一声，再也不动弹了。金十三怕它又诈尸，用膝盖死死顶住它的头，拔出匕首，对准它的脖子一下扎了进去。野猪的后腿蹬了两下，身体一阵抽搐，就此了账。

金十三高兴地站起来，正要召唤大家抬猪，却见后面追上来的赵二驴忽然回身大叫："把头，把头！前面就是黑龙河啊！"耳听众人一阵欢呼，金十三迷惑地回头张望，果然见前方不到百米远处有一条不过两三丈宽的水流。说它是河也行，说它是溪也不错。水清流缓，人可涉渡。

不一会儿，众人纷纷赶到河边。金不换手搭凉棚四下张望，已经能够看到长白山西坡之脊"老虎背"的身影，"老虎背"的下面则是大峡谷，那是他们往年放山必去的地方。"果然是'老虎背'，这里果然是黑龙河，看样子我们算是走出来了。"他嘴里喃喃道，脸上绽开了久违的笑容。众人欢呼雀跃，互相拥抱着、拍打着，哈哈大笑。在长白山的南坡周旋了这么长时间，他们不但采到了"神龙二炷香"，还走出了那片要人命的老林子，心中的激动不言而喻。

当晚，众人便在黑龙河边扎营休息。吃完烤得香喷喷的野猪肉，众人沐浴着满天星光，聆听着流水潺潺，在凉爽的夜风中酣然入梦。

第二天一早，大伙儿吃罢早饭，即刻收拾好东西下山。沿着黑龙河的流向往南走，不消一日就能走出长白山。众人心情松快，边走边开着各种荤的素的玩笑。赵二驴打趣李大耗子，这回有了钱，该把他在长春府芸香楼看中的头牌宝姑娘赎出来了吧？刘老闷则说要给陈棍子说个媳妇，他们靠山屯韩大脚家的二闺女正当妙龄，人也长得标致。连在担架上躺了多日的胡瞎卖也精神健旺，不断地跟大伙儿说笑，说是分了钱，要把孩儿他娘的一副玉镯子从当铺里赎回来还给她，还要到通化城把一直欺负他的张大财主家的院子都买下来……

金不换却有些心神不宁，究竟是因为什么，他自己也不清楚。按理来说，作为放山人，挖到了参中至尊"神龙二炷香"，这辈子都不会有遗憾了。虽说是折了一个兄弟，但放山人生死有命，富贵在天，谁都有这个心理准备。至于杨八爷那边……对了，这次放山，缘起于他的邀约，自己也答应他进山去采"二层楼"。但自己毕竟不是长白参帮的人，更不是他豢养的"清份"，上山挖棒槌已按例向长白参帮缴纳规费，所得参货自己有权处置。况且自己采得的是一枝远超过"二层楼"价值的"神龙二炷香"，无须按原约定以五万大洋的价格售卖于他。当然，如果他出得起价钱，自己也愿意忍痛割爱……

他正闷着头边走边思谋着，忽然听到了一声清脆的枪响。他一惊，手脚却不慢，德国"二十响"已经抄在了手上。众人也都停止了说笑，纷纷拔出身上的家伙四处张望。

刘老闷提着长枪赶上两步，向金不换问道："把头，有情况？"

金不换绷着脸点了点头，还未说话，旁边林子里一阵"唰啦、唰啦"

的响动，钻出来二三十个人，阻住了他们的去路。为首的一名三十多岁的汉子，刀削脸、扫帚眉、下颌突出，正是那朝鲜参帮的首领金赫勇。

金不换皱了皱眉，对金赫勇说道："金兄弟，你们这是要干什么？"

金赫勇"嘿嘿"一笑，说道："老把头，对不住了。兄弟们来请老把头赏口饭吃。"

金不换怒道："我已将那片山林让与诸位。你们不去林中采参，却来阻住我等的去路，是什么道理？"

金赫勇冷笑道："既然是老把头去过的山林，哪还会有什么大棒槌留下来？兄弟们没本事，什么也挖不到，不得已只好再来叨扰老把头了。怎么样？识相的就把货都交出来吧！"说着他右手一扬，那二三十个人都剑拔弩张，只要他的手一放下，他们就会扑上来。

金不换没想到这些朝鲜参客竟然真敢拦路抢劫，而且还是在中国境内。他沉着脸想了想，转过头对赵二驴说："把袋子给他们！"

赵二驴气得浑身发抖，但也不敢违拗金不换的意思，气哼哼地走上前，将肩上装棒槌的袋子往金赫勇的身前狠狠地一掼，退了回去。

金赫勇却看都不看一眼，一脚将袋子踢到了一边，笑笑说："老把头，就这些东西，哪能配得上你的本事啊？我劝你还是痛快点儿，把那枝'神龙二炷香'交出来吧！"

金不换心头一震，不知道他怎么会得知自己采到了"神龙二炷香"。一刹那他心中转了几个念头，说道："看来你对我们的情况了如指掌啊！不过你也忒贪心了，就不怕我跟你们拼个鱼死网破吗？"

金赫勇忽然哈哈大笑，说道："我倒忘了，老把头枪法如神，指哪儿打哪儿。不过你只有一把枪，我们却有这么多人、这么多枪，你还能真的把我们全撂倒不成？"

金不换咬牙说道："但我至少可以先撂倒你信不信？"

金赫勇摇了摇头，说："我不信。"

这时，金不换的身旁也有一个声音说道："我也不信。"随后，他的太阳穴上，顶上了一个黑洞洞的枪口。

金不换慢慢地转过头来，叹了一口气，道："想不到，原来是你！"

赵二驴、李大耗子、陈棍子还有躺在担架上的胡瞎卖都被这突然的变故惊得呆住了。金十三怒喝道："老闷叔，你干什么？你是不是疯了？"

刘老闷喝道："你们谁都别动！动我就开枪打死他！"他下了金不换的枪，插在自己腰间，退开两步，仍然用长枪对准金不换，说道，"对不住了把头，我也是出于无奈。"

金不换冷笑道："出于无奈？是谁威逼你还是利诱你？要说威逼你，你刘老闷光棍一条，平时看着也是条硬气的汉子，究竟是谁威逼你，拿什么威逼你？要说利诱，你分的钱不够花吗？不够花你为什么不找我要？"

刘老闷脸一红，语塞道："我……"金赫勇却走上前来，呵呵笑道："老把头，他的窟窿，你可补不上。这些年，他在抚松的'赢来赌坊'前前后后恐怕输了不下五万大洋吧！"

金不换心中一动，缓缓道："原来是杨八爷收买了你。"

刘老闷脖子一梗，说道："不错。既然你已经猜到了，那我也就不隐瞒了。我在杨八爷开的'赢来赌坊'不但把以前挣的钱都输掉了，还倒欠了他三万多大洋。杨八爷说，只要我能帮他得到'二层楼'，以前的赌账就一笔勾销。可我没想到你居然能采得'神龙二炷香'。只要我能得到这枝参宝，不但三万大洋的赌债不用还了，我还能再管杨八爷要一大笔钱，谅他也不能不给。"

这时胡瞎卖强撑着从担架上坐起来，骂道："呸！你这卖友求荣的狗东西！把头有半分对不住你的地方没有？你好赌，兄弟们私下凑钱给你还账，还帮你瞒着把头，你竟然为了几个臭钱，这样对待大伙儿！妈巴羔子的你还有点儿人性没有？有种你现在就打死我，否则老子迟早会找你算账！"

刘老闷铁青着脸，忽然将枪口转过来，对准胡瞎卖就是一枪。胡瞎卖闷哼一声，就此死去。刘老闷又将枪口对准了金不换，说道："把头，事到如今，这'神龙二炷香'你还是乖乖地交给我。看在多年的情分上，我可以饶你们一命。否则，胡瞎卖就是你们的下场！"

金不换死死地盯了刘老闷一眼，缓缓说道："你，不该杀自己的兄弟的！"他不再搭理刘老闷，转过头又对金赫勇说道："那么，你也不是什么朝鲜参客了？你究竟是谁？长白参帮的人我十有八九都认得，可没见过你和你手下的这帮兄弟。"

金赫勇哈哈一笑，说："金把头果然是老江湖，几句话就能猜出个八九不离十。跟你说了也不打紧，老子是野云岭的'火烧天'！"

这"火烧天"姓皮名三蛋，是横行二道江一带的胡匪，老窝在野云岭，手下有几十号人、十几条枪，专做砸窑（黑话，指聚众抢掠大户）绑票的勾当。关东绺子（黑话，指土匪的队伍）众多，"火烧天"一伙儿不算是什么大绺子，却是最恶名昭著的一股。一般的绺子多少还讲些江湖规矩，比如劫财不劫命、劫富不劫贫、劫疏不劫亲、劫远不劫近等。但"火烧天"是上劫天，下劫地，中间劫空气，管你是富是贫、是远是近、是疏是亲，能劫的都劫。不但劫财，连命也不放过，死了连衣服还要扒个精光。他还最喜欢折磨绑来的肉票，各种各样的手段都上，只把人折磨得鬼不像鬼、人不像人，以此来取乐。赎票钱稍微送慢了一些，晚一天他就割肉票一根手指，手指割完了就割脚趾，然后是耳朵、鼻子、眼睛等，直到把人零割碎剐了完事。又最喜欢劫女票，劫上山去糟蹋够了就叫人来赎，没钱赎的一律撕票，甚至给了钱还撕票。按我们今天的说法，这种人叫变态狂。所以闹得远近怨声载道，无人不对其咬牙切齿。附近的富户也凑钱请官军去剿过，可这野云岭地势险要，小股官军剿不动。如果出动大股官军围剿，"火烧天"便用钱来买通当官的，然后假装撤离，官军也就睁一只眼闭一只眼，开个口子放他们一伙儿人下山，只把山上的破屋烂棚烧掉交差。待得官军收兵回城后，"火烧天"便又带着兄弟们重占野云岭，变本加厉地祸害地方。其实官军比胡匪原本也好不到哪里去，胡匪是明抢，官军是暗要，反正都是从老百姓身上剥皮刮油。胡匪要真都被剿灭了，那要官军还有啥用？下回他们又上哪儿去刮油去？所谓"养寇自重"，自古以来就是他们的拿手把戏。

金不换听说对面这人竟然是"火烧天"，心中吃了一惊，面上却不动声色，对他拱了一拱手，说："原来是皮大当家的，请恕我眼拙，失敬了！"

"火烧天"一撇嘴，说："不敢当呀！金把头。到了这个份儿上，这'神龙二炷香'你是交也得交，不交也得交了。我数三声，如果你还不交，就别怪我用枪一一点名了。一……"

金不换在心里紧张地打着主意，既然幕后主使是杨八爷，他知道今天这关无论如何是过不去了。杨八爷收买了刘老闷做内应，又请动了"火烧天"带人拦路来劫，那是志在必得。看来自他们进到这长白山以来，刘老闷就不断地在暗中给"火烧天"传递消息。在那片林子里陈杠子偶然发现了跟在他们后面的"火烧天"一伙儿人的行藏，这伙儿人便假装是来争地盘的朝鲜参客，又故意装作被自己的枪法吓住，暂时退出了林

子，其实仍然是偷偷地跟在他们后面的。甚至他们在林子里遭遇"鬼打墙"，连打拐子绑的红绳都不见了，多半也是刘老闷伙同"火烧天"干的，目的就是不让他们退出林子，直到挖到参宝为止。自己临时决定另寻道路出林，打乱了"火烧天"在原路等待、拦路劫宝的计划。但怎奈队伍中有刘老闷这个内应，沿途传递消息，指引他们追来，并在这半路上设下埋伏，只等自己一干人进入圈套。

对这个"火烧天"，金不换也素有耳闻，是个杀人不眨眼的主儿。杨八爷请他来劫宝，原本就没有留下自己这一干人活口的意思。今天交出"神龙二炷香"是个死，不交也是个死。既然如此，就只能跟这伙儿人拼命了。可是己方人数远远少于对方，一长一短两把喷子也都落到了刘老闷这个内奸手中，这该怎么拼？

"三！""火烧天"手中的枪毫不犹豫地打响了。金不换心中一震，转过头一瞧，却见刘老闷瞪大了眼睛，正不敢置信地看着自己的胸口，那里绽开了一朵大大的血花。他手中的长枪无力地垂落在地上，身子晃了两晃，向后就倒。

"火烧天"轻轻地吹了吹枪口冒出的青烟，向刘老闷的尸身白了一眼，说道："就你这小样，居然还痴心妄想跟杨八爷要钱？呵呵，要钱那也得我去要，对不？"他又转过头，用猫戏老鼠的眼神看着金不换说："金把头，该你了。需不需要我再数三声？"

金不换叹了一口气，说："不必了。既然落在你皮大当家手里，我们认了。"他撕开袍子，将贴身而藏的一卷苔藓皮掏了出来，举在手中，说道："这参宝再值钱，那也是身外之物。我用它来换自己和众兄弟一条命，想来皮大当家不会不答应吧？否则我就在手里将它给撅断了！这断了的参就跟碎了的玉一般，一文不值！"

　　"火烧天"笑眯眯地说道："金把头，瞧你这说的是什么话！我敬重你还来不及呢，怎么会要你的命？再说我只是求财，要的是这枝参，要你的命又有何用？"

　　金不换点点头，说："皮大当家一方豪杰，想来说话算话。接着——"他将包着棒槌的苔藓皮扔向"火烧天"，但捆扎苔藓皮的红绳已被他暗使内劲儿捻断了，苔藓皮在半空中散落开来。金不换大叫一声："不好，参宝沾土就会走！"

　　"火烧天"虽不是参行中人，但跟杨八爷打交道的时间长了，多少也听说过"走棒槌"的传闻，说是这大棒槌会土遁，所以越是有灵性的大棒槌越难采。他担心这"神龙二炷香"会跟《西游记》里的人参果似的，落地就不见，急忙抢上两步，伸手去接棒槌。

　　金不换等的就是这个机会，他团身一滚到了刘老闷的尸身旁，从他的腰间抽出了那支德国"二十响"，大声喝道："动手！"手中的枪同时打响了。那"火烧天"的反应也不慢，棒槌一到手，身子立即在地上滚倒，金不换的子弹擦着他的身体飞过，击倒了他身后的两名持长枪的匪徒。而"火烧天"手中的短枪也几乎同时开火，击中了金不换。

　　这一下变起仓促，众匪徒都来不及反应。但赵二驴等人蓄势待发已久。他们长年跟随金不换，风里来雨里去不知经历过多少危险，向来配合默契，这时候情急拼命，下手更是绝不容情。赵二驴往前急冲，左手中暗藏的一柄快当刀同时脱手飞出，正扎在一名持长枪的匪徒胸口。那匪徒仰天而倒，手中的扳机虽然已经扣动，却只是朝天放了个空枪。李大耗子、陈棍子也都手持刀斧往上猛扑，场面一时大乱。"火烧天"一个翻身站起来，抓着那枝棒槌急忙后退。

　　金十三扑到金不换的身边，着急地叫了一声"爹"，发现他的右肩膀

和左肋处各中了一枪。金不换挣扎着将他推开，吼道："别管我！去跟他们拼了！能拼出去一个是一个！拼出去的人，将来再给大伙儿报仇！"

匪群中剩下的两支长枪和一支短枪都打响了。陈棍子的胸、腹部各中了一枪，但他身强力壮、天生悍勇，浴血冲入匪群，一斧子就将一名手持短枪的匪徒的脑袋劈成了两半。赵二驴的右腿也中了一枪。他摇摇晃晃地冲进匪群，抱着那个开枪的匪徒摔倒在地，掐着他的脖子滚了两滚，旁边三名匪徒一拥而上，在他身上乱砍。金十三随后冲到，和身将一名正在围砍赵二驴的匪徒撞飞了出去。他一骨碌爬起来，顺手又将手中的匕首捅进了另一名匪徒的身体。李大耗子也冲了进来，挥刀砍翻了一名正在砍杀赵二驴的匪徒。金十三急忙去看赵二驴，却见他满头满身是血，瞪大着眼睛，已经死去，而被他掐住脖子的匪徒也早已断气。

金十三悲愤地放下了赵二驴的尸身，抬头一瞧，棍子叔和耗子叔都已身陷重围。尤其是棍子叔，已经是多处带伤，虽然又干翻了两名匪徒，但自身也是步履蹒跚，难以支撑了。这时一名匪徒绕到了他的身后，一刀就从他的背后捅了进去。陈棍子发出一声惊天动地的怒吼，轰然倒地。李大耗子大叫一声"棍子兄弟"，一分神间，左臂被一名凶神恶煞般的匪徒一刀就劈断了，鲜血直喷，摇摇晃晃几欲晕倒。

金十三看得目眦欲裂，如弹丸一般跳起，一匕首就扎进了那名凶神恶煞般的匪徒的脖子。那匪徒也是凶悍，双手扣住了金十三的匕首，不让他从自己的脖子里拔出来。他喉咙里"咯咯"地响着，嘴里一股一股地喷着鲜血，就是不撒手。金十三情急之下，松开匕首，飞起一脚将他踹飞了出去。他正要去扶住耗子叔，却听到中枪躺在地上的金不换大喊了一声"小心"。金十三正要看时，李大耗子却转过来挡在了他的身前，只听又是两声枪响，李大耗子身体一颤，倒了下去。

　　开枪的正是"火烧天"，他打死了李大耗子，移动枪口，正要继续对金十三开枪，不料金不换挣扎着用左手捡起了掉在地上的"二十响"，扣动了扳机。只是他左手用枪不惯，加之身受重伤，子弹失去了准头，只是打中了"火烧天"的右边大腿。那"火烧天"大怒，对准金不换连续开了好几枪，眼见他已是不活了。

　　金十三脑子轰地一响，热血冲顶，眼睛随即变得通红。他不顾一切地向"火烧天"冲去。可人再快又怎能快得过枪？在他离着"火烧天"还有一丈远的时候，黑洞洞的枪口已经调转来对准了他。"火烧天"嘴角扯出一抹阴狠的狞笑，眼神里充满了嘲弄，毫不犹豫地扣动了扳机。

第七章

上文说到，金不换等人往西北方向出林，一路历经千辛万苦，终于到达了黑龙河，找到了出长白山的道路，不料却陷入了金赫勇一伙儿人的埋伏。而金赫勇根本就不是什么朝鲜参客，而是杨八爷请来劫宝的关东悍匪"火烧天"。更令众人没想到的是，刘老闷竟是杨八爷收买的内奸。杨八爷既想要参，还想要金不换一干人的命。金不换只好带着众兄弟拼命。可毕竟是人少势孤，胡瞎卖被刘老闷开枪打死，而刘老闷又死在了"火烧天"的枪下。紧接着赵二驴、陈棍子、李大耗子等人纷纷被胡匪所杀，而金不换为了救金十三，也死在了"火烧天"的枪下。金十三悲愤交加，赤手空拳扑向"火烧天"，眼看就要命丧在他的枪口之下。

忽然，一道金色的影子如闪电般袭来，只听"火烧天"发出一声凄厉的惨叫，左眼变成了一个血淋淋的大洞。金十三一呆，认出来啄瞎"火烧天"左眼的正是那只金头棒槌鸟。它一击即中，翻身振翅高飞，迅速地消失在林中。"火烧天"乍遇飞来横祸，眼中剧痛，心神慌乱，手中短枪漫无目的地发射。众匪徒走避不迭。金十三也一个团身滚到了地上，堪堪避过了"火烧天"发射的子弹。他脑中忽然清醒过来，知道爹和众位叔叔都已经死了，就凭自己孤身一人，目前这个情况下根本没办法为他们报仇。义父说得对，拼出去一个是一个，留得青山在，不愁没柴烧，将来他们的仇，全靠自己来报了。他心念一定，趁着众匪徒纷纷躲避"火烧天"的乱枪，无暇他顾之际，身子突然跃起，蹿入了旁边的密林之中。

金十三在林中拼命奔跑，耳听得"火烧天"在背后大叫："别放过那个小兔崽子，去给我弄死他！"接着他听到身后一片"唰唰"的响声，剩下的匪徒都追了进来。他们一边跑，一边开枪射击。金十三忽然觉得背后一痛，好像是被子弹击中了，不由得闷哼了一声。后面有人高兴地叫道："我打中他了！小子，别跑了，再跑你死定了！"金十三充耳不闻，他无暇查看自己的伤情，也无法辨别方向，只顾往林子中最密的地方钻。

天已经黑了下来，还下起了淅淅沥沥的小雨。这样的天气对放山人来说，原本是很讨厌的，可是对于正在逃避追杀的金十三来说，却是天赐良机。背上的枪伤越来越痛，眼前也一阵阵发黑，金十三强撑着一口气，一刻也不敢停地在雨夜的密林中穿行。又走了小半个时辰，后面追兵的动静越来越远，似乎已经被他给甩掉了。金十三松了一口气，正要停下来歇息一会儿，忽然，他一脚踩空，从一个高坡上滚了下去。这个高坡又长又陡，金十三没有丝毫力气挣扎地滚到了坡底。他全身骨头好像都要摔碎了，每一寸皮肤也像要裂开了一般，脑子里天旋地转，很快就晕了过去。

不知过了多久，金十三醒了过来。他睁开眼睛，发现自己正趴在一张豹子皮上，皮下垫着的是乌拉草，松松软软的很舒服。他费劲儿地想要撑起上半身，背上忽然传来一阵剧痛，让他回忆起自己昏迷前所受的

枪伤。他不敢再挣扎，半抬着头四处打量了一下，这里似乎是一个猎人居住的"撮罗子"，陈设很简陋，倒是墙上挂着的几张狼皮狐皮式样完整、毛色漂亮，彰显着主人的本领。靠门口的柴灶上吊着一个瓦罐，里面煮的不知道是什么汤，已经开了，往外咕嘟着水汽，香气浓郁。

金十三不知道自己怎么到了这里，又昏迷了多久，正自惊疑不定，"撮罗子"门口的草帘子忽然被掀开，一个高大魁梧的身影钻了进来。

金十三吓了一跳，刚想挣扎着起来，全身又酸又痛，只好趴了回去。那个身影开口说道："朋友，别动，你受伤很重，动，枪伤裂开了。"

金十三听他说话的口音虽然是汉语，但发音古怪，而且好些词是一个一个往外蹦的，问道："你是谁？"

那汉子道："我，乌力楞。"

金十三道："你姓乌？"

那汉子摇头说："不知道。我就叫乌力楞。你别说话了，难受。"

金十三咧着嘴，嘶了一声，苦笑说："没事儿，这点伤我还扛得住。不管你姓什么，我叫你乌大哥吧！乌大哥，是你救了我？"

那个叫乌力楞的汉子点点头说："是。我打猎，你摔在山崖下，我背回来。"

金十三强抬起头，看了乌力楞一眼。这汉子身材高大，穿着宽大的斜襟长袍，已经很破旧了。满脸的络腮胡子，显得颇为粗豪。眼睛细而长，眼瞳呈褐色，眉毛淡，颧骨突出，与汉人的模样颇有区别。他感激地说："乌大哥，谢谢你救了我一命。改日我一定报答。"

乌力楞全然没有理会金十三的客气，他取下吊在柴灶上的瓦罐，盛了一碗汤，端到金十三的面前，说："蘑菇麅子肉汤，喝吧！"

金十三闻到瓦罐中的香味，早已饥火中烧，但汤太烫，他只好小口啜吸着，一边又问道："乌大哥，我昏迷了多久？"

乌力楞说："三天。"

金十三吓了一跳，想不到自己昏迷了这么久。他转头看自己的肩上、背上，都敷上了草药，心想幸亏乌力楞救他回来，还给他治伤，否则他早已经横尸坡下，成了狼虫虎豹的腹中餐了。

乌力楞待他喝完肉汤，又给他盛了一碗，说："你刚醒，吃肉不好，多喝汤。我再去打些野味给你补身体。"说完，他提起斜靠在墙边的一杆猎枪，掀开帘子出去了。

到得傍晚，乌力楞回来，手里提着一只灰毛兔和一只锦鸡。他将锦鸡去毛后剁成碎块，和着松蘑煮了一锅，又将兔子在外面的篝火上烤得油亮金黄、香气扑鼻。金十三几天未进食物，全靠乌力楞喂汤续命，此时胃口大开，不但吃鸡喝汤，连烤兔肉也吃了几块。乌力楞更是食量巨大，一只三四斤重的肥兔他几乎是一个人连肉带骨头全消灭掉了，还吃了不少鸡肉。

金十三和他聊天，乌力楞虽然话不多，但金十三还是知道了他是鄂温克猎户，就出生在这长白山中。八岁那年父母就都去世了，他便一个人在这山中打猎过活，一年中除了下山一次，用野味、松蘑、兽皮跟汉人换回些火药、铁弹以及生活必需物资外，几乎不与外界接触。所以他虽然从小跟着父母学会了说汉话，但由于跟人交流得少，所以语调生硬、词不达意。

金十三也跟乌力楞说起自己如何跟着父亲到长白山来放山，如何采得了那枝价值连城的"神龙二炷香"，又如何被胡匪半路劫杀，父亲和叔叔们都死于非命，只有自己侥幸逃脱的经过。乌力楞听了，沉默半晌，说道："山外边的人坏得很。你且住下，等养好伤了再说。"说罢，他便起

108

身睡觉去了。金十三哑然失笑，心想这乌力楞真是心直口快，张口就说山外面的人都坏得很，殊不知连他也骂进去了，他金十三不也是山外面的人吗？

见乌力楞铺开兽皮制成的褥子，已经躺了下去，金十三说："乌大哥，我是山外面的人，可我不是什么坏人。我的父亲和叔叔们更不是什么坏人。他们只是一些苦命的放山人，跟你一样，靠山神爷赏一口饭吃。我父亲讲仁义、守规矩，只帮人，从来没有害过人。我原本是个孤儿，饿倒在他家门口，是他老人家收留了我，并认我为义子。"他想起爹爹以及众位叔叔对自己的好，如今却为人所害，曝尸荒野，不禁泪如泉涌，央求乌力楞道："乌大哥，还有一件事情我要恳求您。我爹和几位叔叔被胡匪杀死在黑龙河旁，无人为他们收尸，迟早为野兽啃食，为人子的心中怎么能安？我想劳驾你去找一找他们的尸身，替我寻个地方埋了他们。你的大恩大德我金十三铭记于心，永不敢忘。"说着便强撑起上半身，在铺上连磕了三个响头。

乌力楞躺在那里迟迟不吭声，金十三心中忐忑，不知道他会不会答应，又担心他是不是已经睡着了。半晌，却听他长叹了一口气，说："歇吧。明天，我就去。"金十三知道乌力楞为人淳朴耿直，话虽不多，但一口唾沫一颗钉，心中大感安慰，又大为感激。

从这天起，金十三就在乌力楞的"撮罗子"里住了下来。乌力楞每天都出去打猎，从不空手回来，还采来草药给他换敷。在他的精心调养下，金十三的伤势日渐好转。

这天，金十三自感已经能够起身了，精神也颇健旺，便走出了"撮罗子"，到外面晒晒太阳。

此时的长白山，已经进入了秋季。阳光正好，微风不燥，高天流云，层林尽染。远望过去，山色林貌极为丰富，绿的、红的、黄的、褐的、白的……一层一层，互相依靠，又互不干扰。凉风吹来，沁人心脾，让人为之一爽。长白山的秋美得大气，美得让人荡气回肠。

金十三坐在树墩上，半眯着眼睛，正在惬意地享受阳光带来的暖意，忽听树枝上有鸟鸣啾啾。这长白山上鸟类繁多，能听到鸟叫并非是什么新鲜事。可金十三的眼睛却一下子睁得大大的，惊喜地抬头寻找鸟鸣的来源，因为这叫声他太熟悉了。

他很快就找到了。一只金头棒槌鸟在一棵岳桦树的枝头上正瞅着他欢叫，见他的眼睛看过来，它扑棱着翅膀，飞到了他的左肩上，侧着头看他。金十三笑着说："原来是你啊！我真的要谢谢你。要不是你把那胡匪头子的眼睛啄瞎了，我还逃不出这条命来呢！我真是从没见过像你这么有灵性的鸟儿。哎，我给你取个名字，叫'金灵儿'好不好？"金头棒槌鸟仿佛听懂了他说什么似的，点了点头，嘴里啾啾地叫了两声。金十三大乐，伸出手去摸了摸它的头，那鸟毫不躲闪，反而用嘴轻轻地啄了啄他的手，又啾啾地叫了两声。金十三叹了口气，遗憾地说："可惜我听不懂你在说什么。不过我想你愿意把我当朋友的，是不是金灵儿？"金灵儿又点了点头，忽然张开翅膀，箭一样飞走了。

金十三正在诧异，身后一个声音说道："这金头棒槌鸟的警惕性很高，我稍一靠近，它就知道了。"

金十三回头见是乌力楞，笑着说："乌大哥，你回来了。"

乌力楞这段时间有金十三天天陪着说话，语言表达上自然流畅了许多。他走到金十三身边，说："看来你没什么大碍了。刚才那只金头棒槌鸟好像跟你挺亲近的，你们原来就认识吗？"

金十三便将自己在鹰嘴崖上为救这金灵儿，杀死了一条巨大的"长

白神龙"，吞胆喝血，还得到了一颗能驱虫蛇、解百毒的蛇丹的事说了一遍。乌力楞惊讶地说："原来如此！我说呢，救你的时候你全身都是伤，身上的骨头断了好几处，尤其是背上的枪伤几乎致命，可你居然在坡下风吹雨淋了一夜都没死！而且这才不到一个月，你居然可以起来活动了。这身体可不是一般人可以比的。小时候我听我爹说过，这'长白神龙'生具异象，一身都是宝。你吞蛇胆、喝蛇血，身体慢慢发生了改变也说不定。"

金十三愣了一下，回想起自己在与胡匪搏斗时，身手确实比往常矫健了不少，力气也好像异乎寻常的大，莫非还真像乌力楞说的那样，是拜这神龙所赐？

乌力楞又说："我今天在红松林那边下了套子，十有八九能套得一头大野猪，够咱们吃几顿好的了。剩下的腌一腌，风干了留到冬天吃。"

金十三大为兴奋，说："乌大哥，我跟你一起去看看！"

乌力楞呵呵一笑，说："兄弟，别着急，这下套逮野猪也不是一天半天的事。我费了好长时间，才摸到了那窝野猪的出没规律，在它们可能来往的兽道上布下了套子。这野猪看着身子蠢笨，其实非常聪明，警惕性也非常高，一般的单套很容易被它发现后破坏。这次我设了个复套，就是故意让它发现并破坏掉第一层套。它以为没事了，下次再从那里过就会放松警惕，这样第二层套才能套住它。再说，这野猪性情凶悍，被套住之后更会垂死挣扎，放套人这时候接近它有危险。困它两天，待它筋疲力尽了咱们再动手，就容易收拾得多。"

金十三佩服地点点头，这乌力楞是他见过的最优秀的猎手，说的当然不会错。

第二天一早，乌力楞又出去打猎去了。长白山的冬天来得早，而且时间漫长。一旦大雪封山，不但出入不便，而且采摘和打猎都会变得非常困难。在这之前，他需要储备足够多的猎物，囤积足够多的物资。

金十三继续在"撮罗子"里沉睡。睡梦中，他又回到了那个可怕的杀戮现场。眼见着他的父亲和叔叔们一一惨死，眼见着"火烧天"向他举起了枪，眼见着杨八爷站在远处狞笑着，他却动也不能动。正在着急万分的时候，他忽然感到有个毛茸茸的东西在搔他的脸，弄得他直痒痒。他费力地睁开眼睛，却见金灵儿不知什么时候进来了，正站在他的头侧，用脑袋挤擦他的脸颊。金十三高兴地说："是你呀，金灵儿，你怎么来了？昨天你一下就飞走了，我还以为你再也不回来了呢！"忽然，他注意到金灵儿的嘴里叼着一颗红红的圆珠子，奇怪地问道："咦，你嘴里叼的是什么？"金灵儿却一伸嘴，将那颗红珠子送到了他的嘴边，示意他吃下去。金十三疑惑地含住，轻轻嚼碎，感觉味道甜甜的，还有股人参的药香味，原来是一颗人参籽。只不过这颗人参籽大得出奇，红润透亮，像一颗红宝石似的。金十三猜至少要六匹叶以上的棒槌，才会结出这样的籽来。

一颗人参籽下肚，金十三觉得浑身舒泰，伤口处的疼痛感大大减轻，肚子也不觉得饥饿了。金灵儿啾啾地又叫了两声，张开翅膀，从门口草帘的缝隙中飞走了。

接下来的几日，金灵儿每天都会衔来一粒奇异的人参籽给他吃，跟他玩耍一会儿。有几次被乌力楞撞见，金灵儿见乌力楞不伤害它，又是金十三的朋友，也就放下了戒心。这金灵儿衔来的人参籽果然是宝，有调理阴阳、补元益气、疗伤养身的奇效。金十三的身体不可思议地迅速恢复，不但能够下地走动，就是一套梅花拳打下来，也是眼不花、心不慌。

这一日，乌力楞说野猪已经上套了，今天就要去收拾它。金十三大喜，说什么也要跟着乌力楞去。乌力楞见他身体已经无碍，便答应了。

两人进入了红松林。乌力楞原本神情悠闲，说那头野猪已经被困了两天两夜，现在应该已是奄奄一息了，收拾起来不费劲儿。可快到下套的地方时，他用鼻子嗅了嗅，神情忽然一下变得很紧张，低声对金十三说道："不对劲儿！咱们小心！"

金十三莫名其妙，正要问什么情况，乌力楞却示意他别吭声。两人小心翼翼地在林中潜行了十几丈，到达一棵粗有两人合抱的红松树后面时，乌力楞示意金十三藏好身形。他将插在腰中的一把猎刀交给了金十三，自己将带来的一杆短铳竖起来，开始填装火药和铁珠。金十三好奇地从树后伸出半个脑袋，偷偷往前瞧去，忽然吓了一跳，差点儿叫出声来。

他看到的，是一只山魈。

这山魈长有一人多高，身上长满了钢针一般的短毛，头上毛发却长而浓密，完全遮住了脸庞，看不清它的面貌。它只有一只脚，但两只上臂却比成年男人大腿还要粗。此刻，它正将那只被套住的野猪按倒在地，放肆大嚼。那头野猪有四五百斤重，比金十三他们上次在黑龙河附近打死的那头还要大，现在小半个身子都被吃没了。

金十三虽然以前从未见过山魈，但却听父亲和众位叔叔们描述过它的样子，正与他今日所见的这头怪物类似。传说这种怪物还会施法迷惑人，将人引入它的巢中然后吃掉。放山人一般很少能遇见它，可是一旦遇见，那只有赶紧逃命的份儿。

列位看官，容作者在此插一言。我们今天说到的山魈，有人认为确有其物，其实就是狒狒的一种。要按狒狒的特征来说：形似人，体型粗壮，尾部短粗，脸长，鲜红鼻梁，颌下一撮山羊胡子，头部掩映于长毛之中，果然是貌如鬼怪。而且这种动物性情凶猛、动作敏捷，能捕食中型的如羚羊这类的动物，甚至敢于和花豹打斗，弄死个把人自然也不在话下。所以现代动物学家将山魈又称为鬼狒狒。但狒狒这个灵长类物种，不管是哪一亚种，都只分布于非洲，而且如猴子、猩猩一般，是群居性动物，少则几十，多则数百。而在我中华大地上却从未有其群落出现的科学考察记录。倒是我国的古代典籍中，多有山魈出没的记载。《山海经·海内经》里就提到的："南方有赣巨人，人面长臂，黑身有毛，反踵，见人笑亦笑，唇蔽其面。"唐代段成式在《酉阳杂俎》中记载："山萧，一名山臊……青色，亦曰治鸟。巢大如五斗器，饰以土垩，赤白相见，状如射侯。犯者能役虎害人，烧人庐舍，俗言山魈。"唐代戴孚《广异记·斑子》中也有记载："山魈者，岭南所在有之，独足反踵，手足三歧。"类似的记载还有很多，笔者就不一一引用了。但总而言之，这些记载中所指的山魈（或作山臊）是确实存在的。至于它究竟是个什么物种，各种记载语焉不详，但总归是个人形怪物，身长体黑，力大无穷，可徒手撕裂虎豹，乃是山中霸王。蒲松龄的《聊斋志异》、纪晓岚的《阅微草堂笔记》中，都有山魈害人的故事。方志中也多载春节燃爆竹以驱山魈事。如《商河县志》："正月元旦，五更燃爆竹，以驱山魈。"照这样看来，中国过年习俗中传说的年兽，也很有可能是从山魈演变而来的。

　　闲话少叙，咱们再来说金十三。他见到山魈吞食野猪，正在吃惊，忽然闻到了一股浓烈的臊味，接着有一团黏液滴落在他的头上。他用手一摸，放在鼻子边一闻，臭得差点儿让他把早饭都吐出来。他急忙抬头一看，却见又有一只巨大的山魈，正沿着树干倒爬下来。这回他看清楚了山魈的样貌，长脸上满是恶心的疙瘩，面色青绿，没有鼻梁，只有两

个硕大的鼻孔，眼如铜铃，放着赤红的光，嘴极其阔大，几乎占了整张脸的一半，里面锯齿獠牙，着实可怖。这怪物从树顶一步一步地向二人接近，嘴里还往下滴答着腥臭的唾液。

金十三吓得连退两步，那山魈作势欲扑，乌力楞急抬短铳，轰然发射。这种老式火铳射程不过十几丈远，远远比不过步枪，但因为打出的都是铁珠铁砂，射击覆盖面呈扇形，因此在近距离上倒比一般步枪的威力更大。那山魈纵横山林，连虎豹熊罴都闻风丧胆，怎料到树下这两个已是口中食的猎物居然敢抢先攻击它。猝不及防，它无从躲避，已被乌力楞的猎枪当头轰了个满脸花。山魈皮糙肉厚，这铁珠铁砂打在身上原本难造成什么太大的伤害，但任你是什么野怪巨兽，眼睛都是弱点。这山魈的两只眼睛同时被打中，狂吼一声，从树上跌了下来。

乌力楞打完一枪，退到另一棵树后，急换火药铁珠。这就是老式火铳的不便之处了，换药装弹太慢。一般的猎人是不敢用这种火铳去打猛兽的，因为你只有一次开枪的机会，如果不能一枪命中将猛兽打死，那么受了惊或者受了伤的猛兽反击起来将更加厉害。偏偏这火铳伤害面积虽大，但伤害程度却较低，几丈外即便打中了，也难以将猛兽一枪毙命。

乌力楞经验老到，当然知道这些。但既然山魈已经瞎了双眼，反击难以找准目标，他倒也不太担心。第二枪他准备打山魈的腹部，那里较为柔软，能够对山魈产生更大的伤害，甚至能让它丧失行动能力。

但他忘了，不远处还有一只山魈。

那只正在啃食野猪的山魈是只公的，与被打瞎双眼的这只原本是夫妻。山魈的耳力与嗅觉远远超过人类，也超过一般的野兽。乌力楞和金十三距离它们还有几十米远的时候，它们就已经探查到有猎物接近了。这俩怪物的智力极高，竟然设下了圈套，由公山魈假装啃食野猪诱敌，而母山魈却埋伏在红松树顶，等待金十三和乌力楞自投罗网。

公山魈听到母山魈的狂吼，立即转身向这边扑来。这怪物虽只有一足，但弹跳能力极强，单足一点，就飞越了两三丈，再一点，已然扑到了金十三的身前。金十三反应迅速，不等公山魈站稳脚跟，一招"白虹贯日"，右手猎刀向它张开的大嘴里直刺进去。公山魈负痛，用牙齿将猎刀紧紧咬住，金十三再使劲儿，却怎么也捅不动了。公山魈两臂环抱，将金十三的身躯连左臂都圈在内，死死箍住。金十三只觉得一股巨力传来，连忙运劲儿抵抗，可山魈的双臂仍然越箍越紧，勒得他身上的骨骼咔咔作响，脸涨得通红，肺中的空气正一点一点地被挤压出来。这也得亏金十三机缘巧合下服下了"神龙"胆和"神龙"血，具有异乎常人的体质和力量。要换了别人，就凭山魈这能生裂虎豹的力量，只一下就将人挤成一摊烂泥了。

饶是如此，金十三也渐渐感到支撑不住，全身骨骼都像是要碎裂了一般。他正感叹我命休矣，那只瞎了双眼的母山魈忽然从地上跳起来，从背后抱住公山魈，一口就往它的脖子上咬去。公山魈痛得张嘴大吼，双臂也略微松了一松。金十三得此良机，右臂猛地一使劲儿，猎刀竟直透公山魈的后脑而出。

那公山魈双臂松开了金十三，往后就倒。那母山魈却状似疯狂，扑在公山魈的身上，咬住它的脖子继续撕扯。乌力楞赶上来，短铳顶住母山魈的脑门儿直接开火，只听轰的一声巨响，那母山魈的头被打得跟个血葫芦似的，倒在地上挣了一挣，就此死去。

金十三全身酸痛，费尽力气站了起来，心有余悸地看着死在地上的两只怪物，说道："好险，好险！不过不知道为啥这只山魈会发了疯似的去撕咬那只山魈呢？它俩不是一伙儿的吗？"

乌力楞皱了皱眉头，蹲下身子，仔细观察了一下这母山魈的面色，又翻开它的眼睑看了看，站起来，却一句话都不说，又去翻那只公山魈的眼睑。半晌，他才说道："是'黄泉菇'。"

金十三奇道："什么'黄泉菇'？你是说这只瞎了双眼的山魈是吃了'黄泉菇'吗？"

乌力楞点点头，说："它吃了'黄泉菇'，毒性发作，变得连自己的同伴都不认识，所以才会做出这样疯狂的举动。"

金十三倒吸了一口凉气，说："这'黄泉菇'是什么玩意儿，这么厉害？"

乌力楞不答，转头望向西北方向，好一会儿才开口道："'黄泉菇'，它当然来自黄泉地狱。这山魈，也多年未在这山里出现了。看来，地狱之门又将打开了。"

金十三听他这话说得没头没脑，想要再问，但看乌力楞的样子失魂落魄的，似乎想起了什么可怕的事情，张了张嘴，终于还是把问话咽了回去。

两人挖了一个大坑，将两只山魈和半截野猪的尸身都埋了。回来后，乌力楞又变得沉默寡言起来，常常一个人坐在那里发愣，金十三问十句他也往往答不了一句。两人再出来打猎，乌力楞也刻意不去那片红松林，就好像那两只死了的山魈会突然还魂，从地下再钻出来似的。不过乌力楞的确是一个打猎的好老师，在他的指点下，金十三明白了许多打猎的诀窍。金不换原本就教过金十三打枪，家里一短一长两支枪他都玩过，而且玩得不赖。金十三跟着乌力楞打猎，用的是他那杆老式的长猎枪，更难操作和瞄准。但乌力楞长年在山中打飞鸟走兽，这些动物警觉性高、行动敏捷，不少还会主动攻击猎手，这可比打固定物体要困难得多，因此练出了一手比金不换还要高明的枪法。他把这些诀窍再传授给金十三，金十三勤加练习，枪法也是越来越纯熟。有时候，乌力楞懒得出猎，坐在那里望着远山发呆，金十三便一个人去，也大多能够满载而归。

忽忽数月，冬天已至，长白山飘下了今年的第一片雪。

金十三的身体已经恢复如初，想起大仇未报，义愤难平，便决定在大雪封山之前下山。

他独自来到乌力楞帮他埋葬义父和众位叔叔的地方，做了最后一次祭奠，回来便跟乌力楞请辞。

乌力楞什么话也没说，给他装了一大袋干粮肉脯，披上一件上等狐皮缝成的大氅，又送给他一把一尺六寸长的猎刀。

金十三心中感激，对乌力楞鞠了一躬，说道："乌大哥，救命之恩不言谢。如果我得报大仇，此身还在的话，一定会再回来看你！"言罢，他转身大步而去。

第八章

上文说到，金头棒槌鸟从天而降，啄瞎了"火烧天"的眼睛。趁着匪众大乱之际，金十三逃入了密林。但身中枪伤，摔下高坡，幸得山中鄂温克猎人乌力楞相救，又得金头棒槌鸟每日衔来珍贵的人参籽为其疗养，身体很快恢复过来。金十三便在长白山中住下，跟着乌力楞学习打猎，操练枪法。一日他跟随乌力楞去收取下套套住的野猪，却遭到两头山魈的袭击，眼看就要毙命，不料两头山魈自相攻击，金十三和乌力楞抓住机会，杀掉了那两头山魈。过后乌力楞的一些举止让金十三心中产生了疑问，却又无法得到答案。秋去冬来，金十三执意要为冤死的义父金不换以及众位叔叔报仇，便向乌力楞请辞下山。

半个月后，金十三来到了抚松城。

数月之前，他还是个懵懂少年，跟着义父来到这里参加参王大会，瞻仰参行领袖杨八爷的风采。数月之后，义父已经埋骨深山，而他身负血海深仇来到这里，要向杨八爷讨还公道，夺回那枝本属于义父金不换的"神龙二炷香"。

物虽是，人已非。

入得城来，他除了吃剩下的半袋干粮和一把猎刀，身无分文。

已是隆冬季节，东北的冬天滴水成冰，露宿街头是无法过夜的。他只好先到当铺，将狐皮大氅当了五块大洋，找了一个小客栈权且住下。

第二日，他向人打听到了杨府的地址，将猎刀藏在袖中，寻摸了过去。

当他到了杨府门口时，就知道自己过于天真了。那杨府深宅大院，占地足有上百亩。大门口有八名家丁，身着黑衣黑裤，身背长枪，雁翅般排开，威风凛凛，闲杂人等漫说进去，连靠近一步都会遭来盘问呵斥。金十三绕着杨府走了好几圈，见那院墙高达三丈有余，都用大块水磨青砖砌就，溜光水滑，猿猴难攀。墙上有炮口（关东将枪也称为炮，大户人家雇来护院的枪手又称为炮手，院墙上的射击孔也就称为炮口），四角还有碉楼，驻有专人无分昼夜看守。更要命的是，时不时还有家丁绕着院墙巡逻。金十三去了几天，被盘问驱赶了两次，知道再去一定会引起怀疑，便不敢再去。何况即便能够潜入杨府又当如何？豪门大宅深似海，里面住了怕不下数百人，可能不等找到杨八爷，自己就会露了行藏。

那么就只能等杨八爷走出杨府的时候再动手了！金十三日日上街打探消息，耐心守候。杨八爷当然要出门，可他是一方豪强，出入皆以马车代步，还有众多随从卫扈警跸，他自己也是枪不离身，常人要靠近比登天还难，更别提行刺了。金十三在抚松城守了近一个月，根本无从下手。

不能下手也不要紧，大不了再多守几个月就是了。可金十三坐吃山空，身上只剩下了十几个铜元，还欠了客栈三天的房钱。掌柜的早已面

色不虞，说是再拿不出房钱来，就要送他去见官。

金十三央求掌柜的再缓几日，掌柜的摇头不允，后来看他实在是没有钱，自认倒霉，只想尽快轰走他了事，便给他指了一个去处。原来此时已近春节，为彰显抚松城的太平气象，那杨八爷与县太爷商定，开放参行的公产山神庙，让无家可归的乞丐流民入住，直到元宵灯会散后方罢。在此期间，杨八爷还会每日派人在山神庙前的空场上设粥棚舍粥。消息一出，满城无不称颂杨八爷为大善人、活菩萨。

金十三心中踌躇，但眼见掌柜的毫无通融余地，几名伙计也都横眉愣眼地瞅着他，似乎只要他说半个不字，就会被暴打一顿，接着被扔到大街上去喂狗。这乱世年头，"朱门酒肉臭，路有冻死骨"。今年夏秋之际，吉林省内松花江、头道江、二道江流域先是发生了百年难遇的洪灾，接着粮食歉收、瘟疫流行，有些受灾严重的屯子死亡人口甚至达到了十之八九。乡下人纷纷向四周城镇逃难，涌入抚松城的灾民也着实不少。这一入冬，每天街上路边的倒尸不计其数，也不差他金十三这一具。百般无奈，他只得搬去山神庙暂住。

到了那里金十三才发现，这山神庙内早已住满了人。他好不容易才跟一位老乞丐商量妥，挤出来一小块空地。他也没有什么家当，铺开一件破袄当褥子，和衣卧倒。

老乞丐闲来找他唠嗑，金十三说乡下遭了灾，家里人饿的饿死、病的病死，自己逃难来了抚松城。老乞丐唉声叹气，说如今这世道，老百姓活着就是遭罪，连老天爷都不公道，还要来雪上加霜，亏得杨八爷心善，否则这些灾民十成里有两成恐怕熬不过这个年关。金十三听了心中冷笑，默不作声。

老乞丐嘴碎，又絮絮叨叨地说起正月初十杨家嫁女，传出话来，叫花子届时凡去杨府大门外唱莲花落恭喜颂德的，每人能领两个白面馒头外加两个铜元。劝金十三也去领。

金十三问道："这杨八爷有几个儿女？"

老乞丐说："杨八爷有一个儿子、两个女儿。这回是杨府头一次嫁女，出嫁的是他家的大小姐，夫婿就是咱抚松守备团的团长徐松仁。听说徐团长这回是续弦，不过杨大小姐嫁过去那是正房太太，倒也不算吃亏。"

金十三点点头说："那杨府自然是要好好热闹一番了。"

老乞丐说："谁说不是呢！杨八爷有的是钱，嫁妆的丰厚是不必说了。徐家的婚宴放在长白楼，订了几十席，连宴三天。这抚松地面上有点面子的人家都请到了，由县太爷亲自主婚，听说奉天的张大帅都要派代表来出席。这杨家也没闲着，在自己府上还要另开几十桌宴席，遍请同业及客商。关东参行内谁敢不给他这个会长面子？稍有点头脸的人都会来道贺。还叫了堂会，不但请了本地的班子唱二人转，听说还专程到北京请了名角来唱京戏，连演三天。我老叫花子在这抚松城混了几十年，见过的热闹多了，恐怕哪一回都比不上这回杨家的。"

老乞丐在那儿摇头晃脑、啧啧称羡。金十三听着忽然心中一动，问道："这马上就要过年了，过完年杨府就要嫁女，这么连着大操大办，恐怕人手上使不过来吧？"

老乞丐一拍大腿说："还真叫老弟你说着了！明儿杨府的外院管家韩四爷会来这山神庙挑人，去府里临时帮工，男的女的都要。我这老胳膊老腿的人家指定看不上，倒是老弟你年轻力壮的，可以去试试。杨家出手大方，不但包吃包住，十天半个月下来，挣的工钱足够你两三个月的嚼裹了。"

听了这话，金十三心里有了主意。他身上还有十几个铜元，出去买

了两张大饼，还剩十个铜元。他将这点钱塞在怀里，分了一张大饼给老乞丐，吃毕倒头就睡。

第二日上午，果然有一个三十来岁的汉子带着几个人来山神庙挑人。这汉子五短身材，头上长秃斑，小眼睛，左脸颊上还有一块青色的胎记。老乞丐说这人叫肖三癞子，是杨府外院管家韩四爷的外甥。大约这种事韩四爷懒得亲自来，就都交给他外甥来办了。

肖三癞子相貌猥琐丑陋，但脸上却是一副神气活现的模样。进得山神庙来，众人一拥而上围着他。他先是破口大骂乞丐流民们都是贱皮子，把这山神庙弄得乌烟瘴气的，又吼着让众人按男女分开站成两堆。他挺胸凸肚，背着双手，在女人堆里挤来挤去，专往大姑娘小媳妇的身上下手，不是摸摸屁股就是捏捏脸蛋，弄得那些女人面红耳赤，躲也不是骂也不是。他好容易选了十来个眉眼周正的年轻女人，这才走到男人这边挑人。当他经过金十三的身边时，金十三将身上剩的那点钱悄悄地塞到了他的手里。肖三癞子一愣，转头看了金十三一眼，不动声色地过去了。待会儿他叫人，金十三果然在被选中的人之列。登记时，他不敢说自己姓金，便捏造了一个名字，说自己是陈家屯人，叫陈十三，家乡遭了大灾，家里人都饿死了，自己孤身一人逃难到抚松来的。

一群男女跟着肖三癞子进了杨府，韩四爷出来见了见，训了几句话，便让肖三癞子把他们安排到各处干活。不知是那十个铜元起了作用，还是肖三癞子看金十三人年轻，长得也端正，只安排他做一些迎来送往的活儿。有时候肖三癞子承办采买运输之类的肥差，也常带着他。金十三聪明伶俐、做事稳当，替肖三癞子办妥了不少事。肖三癞子本就是个市井无赖，手脚不干净，偷点东西，揩点油那是家常便饭，金十三也常帮着遮掩。肖三癞子对他越来越信赖。临时帮工的工钱那是一天一结算的，每天发了工钱，金十三就拉着肖三癞子去喝酒。几顿大酒喝下来，两人就称兄道弟，无话不谈了。

金十三虽然进了杨府，但活动的范围仅限于外院。内院的门禁更为森严，他一直没有办法进去。除夕那晚杨八爷倒是在外院露了一回面，给吃年夜饭的大伙儿敬了一杯酒，说了几句吉祥话就又回去了。他跟前的人多，金十三只能远远地看着，根本就没有机会近身。那枝"神龙二炷香"想来已经落在了杨八爷手里，可究竟藏在哪里，他还没能打探到，像肖三癞子这等小角色对此自然一无所知。

转眼已是正月初六，准姑爷徐松仁派人来下了大定。什么大洋现钞、金银首饰、山珍海味、绫罗绸缎自然不在话下，最奇的是还送来六把短枪、十二支长枪，外加一挺最新式的布拉格 I-23 型轻机枪。在这个乱世年代，有枪就是草头王，枪就是硬通货。徐松仁一介武夫，以枪下聘，不但不显唐突，反倒很得杨八爷的欢心。

下大定之后，杨家就该过嫁妆了。这是个很隆重的事，过嫁妆要有过嫁妆的队伍，而且要故意招摇过市。实际上在中国的旧婚俗里，这也是一种炫耀财富的方式。在关东，嫁妆是按抬来计数的，依据女家财力的厚薄，有四抬、八抬、十六抬、二十四抬、三十二抬不等，但必须是双数。一般十六抬以上的，已经是相当殷实的人家。二十四抬以上，女方家境则称得上富甲一方了。而杨家过的嫁妆，是一百零八抬。更令围观群众啧啧称奇的是，其中有两抬只是两个二尺见方的礼盒，但礼盒的盖子上却堆着土坯。有见多识广的老人便跟旁边的年轻人解释，这礼盒中装的是地契，盖子上一个土坯就代表十亩地，而杨家这两抬礼盒上共二十个土坯，那就是二百亩地。还有两抬嫁妆更稀奇，竟是两块店铺的老匾。这代表杨家将自己的两处店铺当成嫁妆，过到了徐家。

金十三也在杨家过嫁妆的队伍里。他看到街道两旁的围观民众鼓掌欢呼，啧啧称羡，心里很不是个滋味。

过嫁妆的队伍到达守备团团部后，徐松仁亲自出来给杨家来的人发喜钱。徐松仁的老家在山东，但婚礼却在抚松办，杨大小姐嫁过来后，也住在抚松城守备团团部，不必回到山东老家去伺候公婆。要按老规矩来说，徐松仁算是半入赘，这是很给杨八爷面子了。

金十三是第一次见到这抚松城威名赫赫的守备团团长，不禁吃了一惊，接着哑然失笑。这徐大团长看年纪足有四十好几了，比杨八爷也小不了几岁。人胖胖的，头发也已经半秃，鱼泡眼，酒糟鼻，脸上油光发亮。金十三猜自己如果一巴掌呼上去，回来能洗出半盆油来。他虽未见过杨大小姐本人是何模样，但听说她年方二十，正当妙龄，不知怎么会同意嫁给这个面相滑稽、满脸油腻的半老头儿的？想来可能也是因为自身长相不佳，拿不出手。这只要看杨八爷那个长相就知道，他的女儿能漂亮到哪里去？

初十是正日子，徐松仁不同一般的新郎那样头戴礼帽、身着马褂。他穿着笔挺的军服，骑着高头大马，只有斜披在身上的红缎红花，才显示出他是今天的主角。他的身后除了喜娘、吹鼓手、轿夫等一干人外，还跟了一个连的护兵。这股声势自然不是寻常的接亲队伍可比的。

杨家送亲的队伍自然也不能马虎，除了族中两位德高望重、地位超然的长者带队外，所选的家丁也一个个都要求面相端正、精神抖擞。金十三自然又在送亲队伍之列。他远远地见到新娘子从门内出来，一身红袄红裙，头上披着霞帔。虽然看不到模样，但金十三看她身材曼妙，走路袅袅婷婷，上花轿时手扶轿门，十指葱葱，肤色白腻，实在不似丑女模样。

锣鼓喧天，鞭炮齐鸣。新人起轿上路，队伍依序而行。金十三正低头跟着队伍往前走，忽然听到有个清脆的声音凄楚地唤了声"姐姐"。他自人丛中回头望去，依稀见得一名身着锦袍的女孩儿正倚门翘首而望。金十三觉得她似曾相识，却又想不起在哪里见过。

三天的热闹不必细表。到席终人散，杨府上下像过足的鸦片瘾消退殆尽，一个个都懒散无力。杨八爷深居内院不出，外院在韩四爷的主持下，开始清退临时雇用的帮工。金十三送了一份厚礼给肖三癞子，请他帮忙向韩四爷说话，让自己能够正式留在杨府。韩四爷倒也还记得这个聪明能干的小伙子，又有自己的亲外甥作保，杨府这么大的家业，多一张嘴吃饭那根本就不叫事儿，便留下了他。金十三被分配到外院厨房打杂，属于低等下人，离着杨府的内院上房还有十万八千里。

这一日吃过午饭，掌勺师傅李大头封了火，指使手下伙计把下午要用的几十斤土豆都削出来，便到房里挺尸去了。厨房里的其他伙计欺负金十三是新人，把活儿都撂给了他，聚在厢房里玩牌赌博。金十三忍着气，一个人正削着，忽然一个好听的声音在他背后问道："李师傅不在吗？"

金十三回头一看，不禁呆住了。问他话的是个姑娘，穿一袭锦袍，长得真跟洋画里的美女似的。金十三见过她，就是那天倚在门口呼唤姐姐的那个女孩儿。他再仔细瞧了瞧，忽然认出来了，她不就是那个在参王大会那天和自己争买烟斗的姑娘吗？只是那天她穿的是一身西式的呢子大衣，发型也跟今天不一样。

那女孩儿见金十三傻傻地盯着自己，抿嘴一笑，说："喂，我问你呢，李师傅不在吗？"

金十三说："你是杨家二小姐？"

那女孩儿点点头，说："我是杨如意。你是谁？"

金十三回过神来，说："啊，我叫金……啊不，我叫陈十三。"

杨如意没有认出他来，说："你是新来的吧？怎么厨房里就你一个人？李师傅呢？我让他给我收集的鲶鱼须，不知道他放哪儿了？"

金十三说："李师傅睡午觉去了，其他的伙计也都歇着了。你要什么，我给你找。"

杨如意说："好呀，谢谢你。"

金十三翻遍了厨房里的坛坛罐罐，在一个盛着白醋的罐子里发现了一些灰白色的须状物体。他拿给杨如意看，问："是这个吗？"

杨如意欢喜道："就是它！"

金十三惊奇道："这就是鲶鱼须吗？你要这玩意儿干啥用？"

杨如意道："我用来做菜啊！这东西用白醋泡过后，加些花椒、蒜末、姜末爆炒，又脆又香，还略带些酸咸口感，可好吃了。"

金十三瞠目结舌，说："就为了吃这个菜？那得杀多少条鱼啊！"

杨如意笑笑说："也用不着专门杀鱼。我平时叮嘱各个厨房的师傅，在用鲶鱼做菜时留心替我单独留下须来。时间一长收集够了就能做了。"

金十三感叹说："那你可也真够有耐心的！你很喜欢做菜吗？"

杨如意得意地说："我是跟我妈学的，自己也喜欢琢磨这个。我姥爷原来是宫廷的御厨，伺候过慈禧老佛爷呢！可惜他没有儿子，一身手艺只好传给了我妈。我们家也只有我对这行感兴趣，我妈又传给了我。咱家长白楼的好几个招牌菜，都是我研制出来的。"

金十三说："你是说太太？我还从来没见过她呢！"

杨如意的声音低沉了下来，说："我妈……三年前就过世了。我爸也没再续弦正娶。咱们杨家现在只有姨太太，没有太太。"

金十三抱歉地说："啊，我不知道。勾起你的伤心事了吧？"

杨如意摇了摇头，又笑笑说："没事儿。我这道菜现在还没完全研制成功，总觉得还差了些什么。等我完全制成了，第一个请你试吃吧！"

金十三说："好啊！荣幸之至。你这道菜叫什么名字？"

杨如意说："我还没来得及起呢……哎，你说叫龙须菜怎么样？这鲶鱼须长长的，跟龙须也差不多，叫龙须菜显得高贵得多。"

金十三想了想说："这个名字太直白，而且我听说山东人也把一种野菜叫作龙须菜，你这个和它重名，不好。我看叫'鱼跃龙门'吧，鱼化龙后，鱼须也就变成龙须了。"

杨如意高兴地拍手说："好，就叫'鱼跃龙门'！"她偏着头看了金十三一眼，说道，"喂！我看你好像读过一些书，不像那些普通的下人。"

金十三说："呃……我在乡下的私塾里读过几年书。也读得不好，不过识得些字，不是睁眼瞎罢了。"

杨如意问："哦？你家是哪里的？"金十三便将进杨府登记时捏造的身世又说了一遍。杨如意同情地点点头，说："今年咱关东好多地方都闹了灾，吉林尤重，我爹也为这事儿犯愁呢！你既来了咱家，就且把心放宽，把我当好朋友吧。我走了，下回再来找你玩儿。"她冲金十三嫣然一笑，转身去了。

金十三心潮澎湃，杨如意巧笑嫣然的样子在他脑海里总是挥之不去。他还不懂这就是少年人的情窦初开，只觉得杨二小姐人长得好看，性子也很亲切随和，让他油然而生亲近之心。不过他一想到自己的身份，又想起自己潜入杨府的目的，不知道和杨家二小姐的这朋友，还交不交得下去。

这之后，杨如意果然经常来找他玩儿，给他试吃各种自己发明的菜，

并请他品评。杨家等级分明、门禁森严，外院和内院间除了必要的物资输送和消息传递外，是很少沟通的。杨家二小姐跟一个外院低等下人情好日密，被别人知道了，那更是不得了的事情。因此两人的交往都在背地里偷偷进行。

这段时间，金十三仍然很少见到杨八爷，更别谈能近他的身了。而那"神龙二炷香"的下落，他仍然不知道。有时候他拐弯抹角地向杨如意问起，杨如意却很茫然。她不怎么关心家里的生意，对人参一道也无兴趣，家里有哪些参宝，她也从不费心打听。

冬去春来，关东已是雪化冰消。这天杨如意又来找金十三，她高兴地对他说："十三哥，我爹答应我去奉天了！"

金十三惊奇道："去奉天？你去那儿干什么？"

杨如意说："去念书啊！张大帅在那里办了专门的女子学校，我想去念。"

金十三听了，只说了一句"哦"，就不吭声了。杨如意奇怪地问他："怎么了，十三哥？你好像不太高兴的样子。你是不愿意我去吗？"

金十三吞吞吐吐地说道："你一个女孩子家，去那么远的地方念书，万一碰上点难事咋办？我……不放心。"

杨如意听他关心自己，心中感动，挽住了他的胳膊，把头靠在他的肩膀上，轻轻地说："十三哥，你别担心，我大哥要去奉天分号查账，还有几枝上好的人参要从这边带过去，顺便送我过去上学。你放心，新式学堂是有寒、暑假的，我一放假就会回来。十三哥，我真的很想去上学。你知道吗？我还未出生时，我妈妈就在京城的新式学堂里上过学，虽然她只上了一年学就嫁给我爹了，但她跟我说，那一年是她过得最充实快乐的时光。因为那里有一个让人心灵自由的世界。可是我从小就待在杨府里，很少出门，也没什么谈得来的朋友。除了这抚松城，我哪里都没去过。小时候我爹爹虽然也请了先生教我念书，可只念了那些《三字经》《百家姓》《千字文》什么的，再长大些就是念《女诫》《内训》《女论语》之类的书。我多想去看看妈妈说的那个心灵自由的世界啊！"

金十三听得一阵心疼，他轻轻地拍了拍杨如意的手背，强笑着说："去，当然要去，谁说不让你去谁是王八犊子！"

杨如意也笑了，她嗔怪地拍了金十三一掌，说道："讨厌！刚才你就是王八犊子！"

金十三心中又酸又甜，什么话都说不出来。但他心里打定了一个主意。

十天后，杨家兄妹收拾好了行李，准备上路。杨八爷让外院的头号炮手鲁九刀选了十个精干的手下，一路护送。鲁九刀原来当过兵，兵败后流落绿林，拉起了一股绺子。后来他那一股绺子内讧，鲁九刀被人围攻，他拼命杀了几个人，带伤逃了出来，为杨八爷所救，从此就死心塌地地跟着杨八爷。据说他不但枪法准，还有一门飞刀绝技。他身上暗藏九把飞刀，一般人不出三刀就能解决，如果九刀出尽，再厉害的人也是他刀下的亡魂。

杨家参号在关东号称"九城十八号"，总号自然是在抚松，而最大的分号，则在奉天。每年各城的分号都要跟总号对一次账。以前奉天分号都是杨八爷亲自去巡视对账的，近两年他把这个差事交给了长子杨庭轩。杨庭轩二十八岁，是杨八爷在热河老家所娶第一任妻子生的儿子。这位原配夫人是个本本分分的乡下女人，杨八爷去闯关东后，她便在乡下老家耕种庄稼，伺候婆婆，养育儿子。后来杨八爷发达了，却娶了北京的一个漂亮女学生当太太，还生下了两个女儿，很少回老家。不知是

因为操劳过度还是积郁成疾，这位可怜的乡下女人在儿子十岁那年就死了。杨八爷回来将老娘和儿子接到了抚松，给他起了个大名叫杨庭轩。等杨庭轩读完了中学，老太太也去世了。杨八爷把杨庭轩送到了保定军校，原本指望他今后能当个带兵将军，光耀门楣。谁知杨庭轩这些年在抚松被老太太宠溺过甚，养成了好逸恶劳的毛病，到军校里根本吃不了那份苦，还敢犯军令私自出去寻花问柳，结果不到一年就被军校开除了。杨八爷又花重金送他到欧洲留洋，先学土木工程，后转学政治，最后又转到法律。这杨庭轩兴趣广泛（主要是声色犬马方面的兴趣），心得全无（跟女人谈恋爱的心得还是有一些的），在欧洲混了几年，什么文凭都没拿到，就灰溜溜地回来了。但他好歹也是喝过洋墨水的人，这在抚松算得上是头一份。他平时西装革履、头油锃亮，说话间还喜欢夹杂几个洋词，满城士绅不知根底，都把他当个什么了不起的人物。杨八爷年纪日增，又只有这一个儿子，便将一部分买卖交给他打理。

杨庭轩和杨如意分乘两辆马车。马车顶棚上分别插了一面绣着"长白杨氏"字样的小旗。这关东地面上绺子虽多，但任何一股绺子都不敢小觑这面小旗。杨八爷财雄势大，又是参行领袖、长白参帮的帮主，后面还有官军撑腰，不少绿林豪杰或受过他的恩惠，或跟他有利益上的勾连，等闲之辈谁敢动他？

除了两名家养的车夫和鲁九刀带的十名炮手，杨如意还带了一名叫鹃儿的贴身丫头，沿路使唤。

鹃儿扶着二小姐刚上车，忽然"咦"了一声。杨如意把头伸出来，问她怎么了，转眼一看，一下就愣住了。

她看到了站在车后队伍中，黑衣黑裤、一身炮手打扮的金十三。

原来金十三得知杨如意要去奉天上学后，便想跟随护送她。他备了一份礼去找韩四爷，借口自己有个亲戚在奉天做小买卖，想趁着庭轩少爷去奉天分号对账的机会，跟他一起去一趟，顺便探一下亲。韩四爷却说，这次跟去的人鲁九刀说了算，挑的都是炮手，你一个厨房伙计那哪儿成？金十三索性直接去找鲁九刀，向他提出想当炮手。

鲁九刀乜斜着眼睛看了他一眼，摇了摇头。这种不知天高地厚的小屁孩儿他见多了，以为当炮手很威风，每天也不需干什么累活，东家还得好吃好喝地供着，工钱和年节赏钱也比一般下人高出不少，便都想来干炮手。殊不知"养兵千日，用兵一时"，有土匪来砸窑，东家就全指着你玩命。跟着东家外出，碰上仇家或者土匪劫道，你就是舍了命也得护住他的安全。这都是刀头舔血的活儿，没两下本事能成？

金十三却说："鲁爷你试试我，要是真不成，我立马抱住脑袋滚出杨府。"

鲁九刀听他说得斩钉截铁，心说试试就试试，你小子要是自己砸了饭碗可别赖我。他叫来一个枪法不赖的炮手，在东院演武场的三个木桩上分别摆了三个碗。那炮手在三十米外瞄准，弹无虚发，将三只碗全都打碎。炮手得意地将手枪递给金十三，金十三微微一笑，也不摆碗，却将三只碗向三个不同方向一一用力抛了出去，然后他手中短枪连响，三只碗不等落地就都被打碎了。金十三这一手技惊四座，围观的其他炮手都看呆了。一来他打的是移动物体，这比打摆在那儿不动的碗可难多了；二来他手中的三只碗是一只一只抛出去的，在空中的飞行时间、轨迹和方向都不一样。他左手抛碗，右手中的枪马上就要预判出碗的飞行时间、轨迹和落点，从而将其击中，这一手枪法，不仅仅是迅捷精准，几乎已经到了随心所欲，眼到手到的境地了。

鲁九刀心中惊讶，他也是玩枪的高手，知道即便是自己也不见得能

玩出这一手绝活儿，但表面上却不动声色，说道："枪法嘛，倒也还不错。可光会玩枪还不行，敌人如果近身偷袭怎么办？还得会玩拳脚！"

金十三一拱手道："鲁爷您说得是。还请鲁爷指点！"

围观众人轻声地鼓噪起来。鲁九刀身为杨八爷的头号炮手，平时也难得亲自下场与人过招，今儿这乳臭未干的毛头小子竟然敢挑战他，这令大伙儿既感兴奋又满心都是嘲笑。再看两人的身板，金十三的个子虽不矮，身材也不算瘦，可跟膀大腰圆的鲁九刀一比，简直就是鹿跟熊的差别。有好事者甚至在暗中下起注来，当然赌的不是谁赢谁输，输赢是明摆着的，他们赌的是金十三会在多长时间内败下阵来。

鲁九刀沉着脸，脱下外衣，露出一身黝黑发亮的腱子肉。众人看了尽皆喝彩。金十三又是一拱手，右臂一招梅花拳中的"开敌炮"，当面打来。鲁九刀头一偏，侧步向前，左手去拿金十三的腕关节，右手去抓他的腰眼，准备用一个大背跨将他摔出去。金十三这一招却是虚招，不等鲁九刀近身，他已换了"马步沉桥"，接着转"魁星踢斗"，右脚飞踢鲁九刀的脑门儿。鲁九刀只得收手后撤，饶是他退得快，金十三的脚尖也已从他的眉头扫过，让他感到一阵火辣辣的疼。

鲁九刀想不到金十三的身手如此敏捷，不敢大意。他心想你不过是仗着灵活多变，我"一力降十会"，只要稳扎稳打，步步为营，将你逼入死角，你便什么招式都施展不出来了。他这一招果然奏效，金十三不管怎么变招，都突不破鲁九刀的防御。转眼间两人已经过了十几招，金十三忽然大喝一声，一个"车身挂挤"，近身扣住了鲁九刀的左臂，接着就是"扭身反撞"。鲁九刀大喜，心想就怕你小子老是游走躲闪，你现在送上门来跟我拼力气，看我不把你的胳膊都拧断了！他也一把扭住了金十三的右臂，两人顿时纠缠在了一起，互相使劲儿，就看谁将谁的胳膊扭反转来。但令鲁九刀感到诧异的是，无论他怎么发力，金十三的一双胳膊就像铁铸的一般，纹丝不动，反而从他双臂中传来一股巨力，令自己招架不住。鲁九刀双臂的肌肉块块绽起，额头上渗出了一层细密的汗珠，眼看自己的左臂就要被金十三拧废了，内心焦急，又无可奈何。

忽然，他感到双臂一松，金十三已经如游鱼般脱离了他的纠缠。鲁九刀正在迷惑，金十三却一抱拳说："鲁爷，是在下输了。在下被鲁爷的神力逼住，再不撒手认输，恐怕这只手就要断了。"

鲁九刀尴尬地笑了笑，也抱拳道："好说，好说。阁下年纪轻轻，却有如此身手，当真是难能可贵。"他明白金十三是故意认输，给他找回面子，心存感激，又说道，"阁下这般身手，却在杨府当一个厨房杂役，真是屈才了。如果你不嫌弃，就请屈尊在我这里当一个二炮手如何？"

金十三微笑道："谢谢鲁爷了。不过兄弟我初来乍到，年轻识浅，二炮手实在不敢当，能在鲁爷您手下当个普通炮手，我就心满意足了。"

鲁九刀见他谦和退让，心中更是感佩。围观众人却理会不到其中的蹊跷，都以为是鲁九刀占了上风。但金十三竟能在他手底支撑这么长时间，也确实难得，都不敢再小觑这个少年。金十三向鲁九刀说起自己想趁着大少爷去奉天的机会顺道探一探亲，鲁九刀自然是满口答应。有这么个好手在自己左右，他心里也更加有底气。

临上车时，鹃儿发现了金十三。她倒是对这个跟他当街抬杠的小伙子记忆犹新，见他忽然出现在护送队伍里，自然吃了一惊。不过杨府不时会招雇人手，这小伙子不知搭了哪条线进来的，倒也并不稀奇。金十三也认出了这个圆脸姑娘，微笑着向她点了点头。又见杨如意伸出头来看他，金十三眨了眨眼睛，示意她不要作声。杨如意脸一红，缩回了头去。她虽然不知道十三哥怎么会成了炮手，但知道他是为了能亲自来

护送她，心中又是欢喜、又是甜蜜。

春光正好，景色宜人，一行人并无急事，走得甚是悠闲。杨如意第一次出远门，事事都觉新鲜有趣，又有金十三一路相伴，更是不觉旅途艰辛。唯一的遗憾就是为了避嫌，她不能跟十三哥多说说话。

这一日，忽有一骑迎面而来，见到他们一行的马车上插着杨字旗号，急忙拦住了他们。那人被鲁九刀带到杨庭轩的车前，说了一阵话，杨庭轩便下车来到后面马车，跟杨如意说奉天分号来人告知要事，他必须要先返回抚松一趟与爹商议。杨如意不知他有何事，也不在意，便说大哥尽管自便，自己一个人去奉天好了。杨庭轩见杨如意态度坚决，只好吩咐鲁九刀好生保护二小姐，到了奉天即速派人回来报平安。又叮嘱他马车里那几枝上好的棒槌价值不菲，要小心看护，安全送到奉天分号。然后他上马与奉天分号的人急回抚松。

杨如意没了大哥的监护，更觉自由自在，与金十三的说话时间也更多了。鲁九刀等一干糙老爷们倒没觉出什么，鹃儿这女孩子却心细，总觉得二小姐对这个年轻炮手的态度不同。她想问出点什么，杨如意却死不承认。她是小姐，自己是丫头，又能拿她怎么样？

又走了七八天，鲁九刀来二小姐车前禀报，说前面三十里便是凤凰集。这里是吉林省界内的最后一个大集镇，过了凤凰集就进入奉天省的地界了，请示今晚是否在那里住店打尖，并说人困马乏的，不如索性明儿歇上一天，后日再精精神神地启程。杨如意说这种事全凭鲁爷做主便了，她无可无不可。鲁九刀便吩咐金十三，这凤凰集最大的客栈是凤来客栈，你先行一步去号定房屋，叫店家洒扫准备。

金十三打马来到凤来客栈，甩手就给了掌柜的十个大洋作定钱，说自己人马众多，还有女眷，要包一处单独的院落。掌柜的头一回见着这么敞亮的主顾，连忙说东院正好，原本就是为接待贵客修建的，有十几间房，里面还套了一个内院，专供女眷居住。目下那里虽然住了几个客人了，但他可以去跟他们商量，让他们挪到别院去。金十三点了点头，说自己的人马一会儿就到，贵店精心准备，不可怠慢，伺候好了房饭钱加倍给之外，还另外有赏。掌柜的眼睛都笑成了一条缝，赶紧吼着让厨子、伙计、粗使婆子都动起来，洒扫的洒扫、烧汤的烧汤、备菜的备菜，又让人将所有房间的被褥都换了，内院主客房的被褥更直接打发人去买新的来。然后他领着金十三到东院一处一处检查，看看还有什么需要安排添置的。

金十三看这东院依着浑江拐弯处而建，两面环水，一面靠着进客栈大门后的场院，一面靠着前厅，要进入东院只能通过前厅。墙高两丈有余，安全性颇佳。他先进到内院查看，里面只有一套主客房，分内外两室，收拾得非常雅致干净。金十三满意地点点头，又出来四处逡巡着查看，忽然察觉到院门口有人在探头探脑地窥视，立即转身喝问："什么人？！"

第九章

　　上一回书我们说到，下得山后的金十三来到了抚松城，想要给义父报仇，并夺回那枝"神龙二炷香"。但他观察了数日，杨八爷财雄势大，门禁森严，出入皆有家丁随扈，自己也是枪不离身，要想刺杀他难比登天，更别提夺回那枝"神龙二炷香"了。正在无计可施间，抚松城忽然传出杨府大小姐大婚的消息，需要临时招收帮工。杨八爷有一子二女，大小姐要嫁的夫婿是抚松城守备团的团长徐松仁。金十三混入了杨府当临时帮工。他聪明伶俐、做事稳当，又懂得孝敬管事的，婚宴后他便由临时帮工成为了杨府厨房的正式伙计。杨家二小姐杨如意到厨房来寻找做菜原料，遇见金十三。金十三认出她就是参王大会时与自己抢买烟斗的女孩儿，二人暗中交往，渐生情愫。开春后杨如意要去奉天上学，金十三通过了杨府的炮手考验，奉命随行护卫。他们一行人路经凤凰集，金十三先行进镇打点安排，包下了镇上最大的凤来客栈的东院。正当他由掌柜的领着查看一应客房时，却发现有人在暗中窥探。

金十三喝问道:"什么人?!"门口那人原本已经闪躲开了,听见金十三喝问,他迟疑了一下,低着头走了进来,对掌柜的说道:"掌柜的,李婶儿来回话,说张老蔫的店子关门,他回乡下给儿子操办婚事去了,您要的新被褥没能买着。"

掌柜的一笑,说:"我当是什么要紧的事儿呢。马栓,你让李婶儿去跟太太说,让她把陪嫁过来一直舍不得用的那套缎面鸭绒被褥拿来就是了。"

叫马栓的伙计答应一声就出去了。金十三觉得这个人的身影很熟,但又想不起在哪里见过。掌柜的笑着说:"我们店里的一个伙计有事回乡下了,这马栓是他介绍来顶班的,才来几天,笨头笨脑的不会办事,客官莫怪。"

金十三问道:"他是你们镇上的人吗?"

掌柜的摇头说:"不是。不过我那个伙计说是他的一个乡下亲戚。这等人客官不必理他。您看还有什么需要的,我立马叫人置办。"

金十三说:"就这样吧。一会儿我们家小姐来了,不在前厅用饭。你叫婆子送几样精致的小菜到主客房来便是。"掌柜的连忙答应了。

忽然外头一阵人喊马嘶,金十三说:"大概是我们的人到了,我去看看。"他走出客栈,见果然是自己的队伍过来了。他眼睛一瞥,见那叫马栓的伙计正站在门口,盯着鲁九刀一行人傻看。看到他的眼睛扫过来,这人把头一低,匆匆忙忙地走了。

金十三把杨如意一干人迎进来,领到东院住下。他把鲁九刀拉到一边,问道:"鲁爷,您的江湖经验丰富,您说在这凤凰集上会不会有绺子盯上我们?"

鲁九刀想了想,摇头说:"不会。这凤凰集我来过几次,从这儿往南

不到十里就是大金沟，那里有好多座金矿。这凤凰集上的大户十有八九都是那里金矿的矿主。其中最大的几座金矿便是金王马殿臣和张大帅的把兄弟汤二虎的产业。矿上有护矿队，镇上有警备队，往东三十里的兴京城还长期驻扎着汤二虎一个团的兵。哪股绺子作死，敢打凤凰集的主意？”

金十三点点头，心想可能是自己有点疑神疑鬼了。

吃过晚饭，杨如意叫金十三过去说了会儿话。鹃儿叽叽喳喳地说这凤凰集的黄米打糕名扬四海，可惜今晚没能吃到。杨如意笑着打趣她就惦记着吃，再吃这张圆饼脸就会变成饭盆脸了。鹃儿跟她名虽主仆，但情同姐妹，噘着嘴不依，说："以前我哥来看我，给我捎过一回，真的很好吃嘛！不信你尝尝看，保证你不会失望。”

金十三笑着说："得，既然鹃儿想吃，我去买点儿回来。不过现在天儿不早了，不知道还有没有卖的。”鹃儿拍手笑道："还是十三哥会疼人，那就劳烦你了。”

金十三出了客栈，在街上转了一圈，店铺大多都歇了，没地方买去。他正要回去，忽然看见前面不远处，那个叫马栓的伙计揣着个衣袖蹲在地上，似乎正在等人。一会儿，有一个汉子走过来，跟他说了一句话。马栓便站起来，跟着那汉子走了。

金十三心中一动，远远地跟着他们俩。拐过了一个街口，金十三见他们进了一座小破庙。他赶到庙门口，偷偷地往里窥视，却见里面还有几个人，其中一个瘦高个男人，似乎是为头的，正在向马栓问话。

他问道："马栓，点子都踩到了吗？”

马栓说："踩到了。他们寅时到的，一共是十五个人，两张‘红票’（黑话，指要绑架的女眷），十一个‘崽子’（黑话，指护卫），两个车把式，都住东院。'观音'（黑话，指耍绑架的女眷中的正主儿）住的是内院那套主客房。他们明儿还要在凤凰集歇一天，后天才赶路。"

金十三吃了一惊，这些人说的不就是自己这一行人吗？那叫马栓的伙计果然是胡子的眼线！

他凝神再往下听。瘦高个男人说道："大当家的算得果然不错，点子要去奉天，这凤凰集是必经之地，而他们也必然会在凤凰集歇脚。凭他们杨家的气派，当然是要住这镇上最大最好的凤来客栈。大当家的带人亥初时分就到，原本计划连夜动手。既然点子要后天才离开，咱们就从容多了。"

马栓说："三当家的，点子扎手（黑话，指对方难对付），咱们不可大意。"

被称为"三当家"的瘦高个男人冷笑道："听说那姓鲁的也是出身绿林，对咱们的道儿不陌生，这一路来防备得甚是严密。不过他怎么也不会想到，会有人在这凤凰集对他们下手。这回大当家的带了二十几个兄弟过来，他姓鲁的再厉害，也是双拳难敌四手。至于其他的小崽子，老子才不放在眼里。"

马栓谄笑着说："那是自然，我看就算是那姓鲁的，也未见得是三当家您的对手。不过警备队在这镇上也有几十号人……"

三当家的摆摆手说："警备队那边大当家的自会安排，你不必操心。"

马栓说："是，是，大当家的是孔明在世，自然都算计好了。"他迟疑了一下，又说道，"三当家的，还有个事儿，今天先行来客栈号房子的那个小崽子跟我打了照面。我看他面熟，好像是咱们在长白山劫的那个金不换的人。"

金十三脑子里轰的一声响，他想起来了，这个马栓就是半年前在长

白山"火烧天"带来劫杀义父和自己的匪徒之一。难怪今天见到他的身影总感到有些眼熟，却想不起在哪儿见过。那天胡匪人数众多，场面又混乱，自己跟这家伙打过几个照面而已，印象不深，所以认不出他来了。原来要来抢掠二小姐的那个大当家的是"火烧天"，这真是冤家路窄啊！这个三当家的自己没印象，想来那天并没有在劫杀义父和自己的队伍里。

那三当家的听了马栓的话一愣，说："你看清楚了吗？"

马栓犹豫着说："看着是像。可我们那天明明开枪打中了他，循着踪迹又跟到了一处高坡，断定他已经摔下去了。那晚黑咕隆咚的，又下着雨，大伙儿认为这小子必死无疑。大当家的又受了伤，我们急着赶回去，所以并未下去搜查这小子的尸身。"

三当家的又问："那他认出你来了吗？"

马栓摇头说："这倒没有。那天在长白山人很多，场面又乱，我想他根本注意不到我这个小角色。"

三当家的沉吟道："如果他是金不换的人，怎么会跟杨家的人在一起？……不管了，是他也好不是他也好，都不重要，反正咱们一块儿都收拾了。重要的是这个杨家二小姐，大当家要用她来换那龙凤双参。嘿嘿，这两枝参到手，咱们兄弟就再也不用过这刀头舔血的日子了。"

原来"火烧天"劫二小姐是为了换龙凤双参。这凤参大概是杨八爷所藏的那枝"凤凰单滴泪"，龙参则是被杨家设计从义父手里抢走的"神龙二炷香"无疑。但金十三却想不明白，这"神龙二炷香"本来不就是"火烧天"抢走献给杨八爷的吗？怎么他现在又要从杨八爷手里夺回去呢？

他接着往下听，却听那三当家的问马栓："那'观音'你照过面了吗？确认是大当家要的人吗？"

马栓嘿了一声，说："绝错不了！这'观音'的盘儿亮极了（黑话，指女人容貌漂亮），真跟画里的仙女似的。嘿嘿，大当家的真是艳福不浅哪！"他淫笑着，连口水都快流出来了。

三当家的一笑，说："大当家的自上回从杨府回来后，就一直惦记着杨家二小姐。这回他不但要那两枝参，还要杨家二小姐的人。你先回客栈，按计划行事。这趟差事你办好了，说不定大当家的就把另外那张'红票'赏给你了。"

金十三听到这里，怒火中烧，真想现在就进去把那几个胡匪都弄死。但正主还没到，他不敢打草惊蛇。见马栓正往外走，他急忙撤身离开。

金十三回到客栈，见杨如意房里的灯火已熄，想来她已睡下了。鲁九刀的房里灯倒还亮着，这个时段是他值夜。金十三移步过去，快到门口却又停下了，心想这事不能跟鲁九刀说，说了保不齐自己的真实身份就会泄了底。

他回到自己的房里，耳朵支棱着听外面的动静，心里却在琢磨，这"火烧天"要算计的是杨八爷，这个自己可以不管，最好他们斗个两败俱伤，自己就能够趁机夺回那枝"神龙二炷香"。但二小姐绝不能落在"火烧天"的手里，这倒是个难题。

一夜却无事。第二天一早，鲁九刀等一干人到前厅吃饭。正吃着，那个叫马栓的伙计领了一个穿着讲究的年轻人过来，对鲁九刀说道："这位爷，叨扰您了。我介绍一下，这位先生是镇北十里姚家堡子的少东家。他家老爷子病重，今儿眼看就不行了，可是还有些遗言没能交代，却又说不出话来，急需用上好的人参吊一下命，让老爷子把话交代完，好安心地去。可咱们这凤凰集是小地方，哪有什么好货色。我想爷们儿是长白杨家的人，正好带的有好参，这不是天降救星吗？能不能请爷们儿行

个方便，拆几枝卖给他，也算是件积德的好事。"

鲁九刀不耐烦地挥手说："去去去！那些人参是我们要运到奉天去的，不卖！"

马栓尴尬地站在一旁，不肯离去。那年轻的少东家不停地哀肯央告。旁边一名富商模样的客人看不下去，帮腔说："听说长白杨家是咱关东参行的领袖，杨八爷素来最讲仁义。这人参运到奉天去也是卖，在这里也是卖，还能帮人一个忙，你又何必推脱！"这番话说得饭厅里吃饭的客人纷纷点头，都随声附和。鲁九刀被缠得没法，只好说："这人参是我们东家的，我去请示一下我们家小姐，她要说卖就卖。她要说不行那就只好请你另想办法。"

他进到东院，把这事儿跟杨如意说了。杨如意说，既然是行善积德的事情，为何不卖？也不要趁机抬价，市价多少就卖多少好了。鲁九刀得了话，回来跟那少东家说，我家小姐肯卖了，这次我们带的最好的棒槌是四匹叶的老棒槌，也不要高价，就按一般市价，一千二百块大洋一枝。但必须是现洋，奉票不收，当面钱货两清。那少东家鞠了个躬表示感谢，说钱不是问题，而且他要两枝，只不过他出来得匆忙，也没带着这么多现洋，可否请尊驾派人带上货，跟他回到家去，在那里钱货两清。

鲁九刀正在踌躇，那叫马栓的伙计又说："这位爷，姚家是簪缨世家，知书达礼，在咱们凤凰集无人不知，无人不晓。如不是因为老爷子等着这人参吊命，自然应该请姚少东家先回去拿钱来买参。如今还请爷变通一下，行个方便。"鲁九刀无奈，点头说："那好吧！"

金十三一见马栓领着人来，就知道不对劲儿。他不清楚"火烧天"究竟在玩什么把戏，一直在冷眼旁观。听鲁九刀答应了那少东家，他扯了扯鲁九刀的衣袖，低声说："鲁爷，小心有诈。"

鲁九刀摇头说:"无妨,我叫冯连庆和赵连海两个人去。他俩江湖经验足、枪法好,身上的功夫等闲四五个人近不了身。"说罢,他叫冯、赵两人去房里把那两枝装有四匹叶棒槌的锦盒拿出来,叮嘱他们一切小心,快去快回。

不料冯、赵两人去了不到一个时辰,忽然急匆匆地跑了回来,哭丧着脸对鲁九刀说,那两枝棒槌丢了!

鲁九刀急问是怎么回事。原来冯、赵二人跟着姚少东家刚要出凤凰集,那姚少东家忽然说,这镇口的绸缎铺就是他们姚家的产业,不如先去柜上问问,看是否能凑齐这两千四百块现洋,有的话就不用劳烦二位大驾跑远路跟他回家去取了。冯、赵二人便跟着姚少东家进去,一问还果真有。姚少东家便请冯、赵二人先去内室喝茶稍歇,他与账房先生去钱库里点钱。

冯、赵二人将锦盒贴在手边放着,心说不管你怎么说怎么做,反正不见到现洋自己绝不会把这锦盒交出去。那姚少东家去了一会儿,提了一个大兜子进来了,说:"实在抱歉,我们将整个钱库搜罗遍了,总算是凑齐了这个数。只是事起仓促,钱来不及装封,还请海涵。"

冯、赵二人打开兜子一看,果然是白花花的现大洋。姚少东家又说:"既然钱已经拿来了,这棒槌我就先拿走了,家里还在等着呢!"说着就伸手去拿锦盒。冯连庆却伸手拦住了他,说:"慢着!少东家,也不急在这一时嘛!您这钱是不是够数,里面是不是有假,我们还得查验一下不是?"姚少东家苦笑了一下,坐到椅子上,说:"唉,二位如此不相信在下!好吧,请你们如数点清,我在此恭候。不过家父的病实在是拖不了太久,还请二位体谅,点快一些。"

冯、赵二人也觉得有些不好意思,但事关这么大一笔钱,马虎不得。

两人正准备开始清点，忽然，那账房先生闯了进来，着急地对姚少东家说道："大少爷带着人快到镇口了！您快出去迎迎！"姚少东家腾的一下站了起来，脸涨得通红地说："我哥怎么来了？准是来封这边的钱库的。好嘛！他巴不得爹尽快咽气，生怕再说出什么对他不利的遗言来。可这会儿爹还没咽气呢，他就开始动手了！"他转头看了一眼茶几上的兜子和锦盒，忽然打开靠墙放着的一个木柜，把一兜子钱和两个锦盒都塞了进去，然后对冯、赵二人说："对不住，这是我的家事，我得去处理一下。这些钱和人参千万不能让我大哥看见了，拜托！拜托！"说完就拉着账房先生急匆匆地出去了。

冯、赵二人面面相觑，不一会儿就听到外面一阵争吵打骂之声，似乎是有人要闯钱库，姚少东家拦着不许。这种家族子弟之间争夺产业的事他俩也见过不少，并不稀奇。两人悠闲地坐下来喝茶，心想你们家怎么打仗咱们管不着，可这柜子里的大洋和人参不掰扯清楚了，谁也甭想动一下。

又过了一阵儿，外面的争吵声渐渐停止了。冯连庆一笑，说："也不知道他们是谁争赢了？最好是两边都别伤了和气，要不然这笔买卖还真不好做。"赵连海说："管他做不做呢！又不是咱们非得卖给他棒槌。不给钱咱们就把棒槌拿回去，他们谁还敢拦着咱哥俩不成？"冯连庆点头说："那是！"他又听了听外面的动静，忽然说："不对吧，怎么连一点声儿都没有了？"他拉开内室的门往外一看，偌大的绸缎铺里竟然一个人都没有了。他大喊一声"不好"，转身回到木柜前一把将门拉开，里面竟然空空如也，再一摸柜壁，应手而倒，露出一面破了个大洞的后墙。他颤抖着嘴唇说了一声"上当了"，一屁股跌坐在了地上。赵连海也惊得面如土色，他还算稍微撑得住，连忙拉起冯连庆，一路疾跑回来报信。

鲁九刀听完冯、赵二人的诉说，气得七窍生烟，对着两人的屁股连踢几脚，大叫着说："你们两个把人叫齐了，给我去追！不把那两枝棒槌夺回来，我扒了你俩的皮！"

金十三急忙拦着鲁九刀，说："鲁爷，您先消消气儿，这会子这伙'念秧儿'（黑话，指设圈套诈骗财物的人）早跑远了，追也追不上。丢了两枝好参固然心疼，但我们的首要任务还是保护好二小姐的安全。这凤凰集有镇公所、警备队，拿这伙'念秧儿'的事还是交给他们的好。"

鲁九刀听金十三说得有理，恨恨地对冯、赵二人说："去，把这儿的镇长给我请来。这棒槌追不回来，我让你们俩赔！"

这时客栈内的其他客人都听说了杨家的货出了事儿，议论纷纷，也有人来表示安慰的。鲁九刀坐在前厅里又气又羞，他还从没栽过这样的跟头。丢的两枝参值两千四百块大洋，对于一般人家来说自然是笔令人咋舌的巨款，但对于长白杨家来说也算不上什么大事儿。问题是这杨家的面子可丢不起。他思忖了半天，想自己毕竟只是个下人，这事儿还得请主家拿个主意。可目下杨八爷和庭轩少爷都不在，他只好觍着脸到院子里向二小姐报告这事儿。

杨如意听了，却淡淡地说："鲁爷，是我让你卖给他们的，不怪你。听你这么说来，这伙子贼确实太狡猾了。人参既然丢了就丢了，你也不必过于责难下面的人。唉，没想到凤凰集这么大一个市镇也不太平，我原本还想和鹃儿到街上走走呢！"

鲁九刀惭愧地说了声"是"，又说："二小姐还是不要上街的好。咱们把这事儿交给镇公所办，明儿一早就赶路吧！"

他回到前厅，冯、赵二人已经把镇长请来了。镇长姓姜，跟他来的还有镇上警备队的常队长。听说丢了货物的是长白杨家，二人丝毫

不敢怠慢。

姜镇长说镇口那家绸缎铺原本是家空铺，主家长年在奉天做买卖，压根儿就没回来过。这伙"念秧儿"声称跟主家租赁了这家铺子，还拿出了契据，要做绸缎生意。这才开张了一天。如今看来他们为的就是要设这个局，那张契据也未必是真的。摆在铺子里的十几匹做样子的绸缎都是些低档货，也值不了几十个大洋。至于镇北十里，确实是有个姚家堡子，可姚老爷硬硬朗朗的，时常到镇上来，从未听说他生了什么重病。而且他只有一根独苗，哪有什么兄弟之间争产的事。

常队长说，自己已经把手下人都放出去到四面追踪查探了，一有消息就会回报。鲁九刀叹了口气，知道这样茫无头绪的查探，不过是聊尽人事而已，不会有什么结果。金十三却说，那个店伙计马栓呢？他恐怕跟那伙"念秧儿"脱不了干系。鲁九刀先前是有点气蒙了，他也是老江湖，此刻猛然醒悟，说对对对，还有这凤来客栈的掌柜，还有其他的伙计，保不齐都跟"念秧儿"是一伙儿的。常队长把店里的人都召集拢来讯问，众人都叫起撞天屈来。而掌柜的在后街新娶了个美貌小妾，大约是贪恋温柔，这时候还没来客栈。姜镇长让一个伙计去把掌柜的叫来。至于那个马栓，人早就跑了。

掌柜的此时刚刚起床，听了伙计的传话，连声叫苦，也顾不得洗漱，急急忙忙赶回客栈。听了鲁九刀的喝问，他打躬作揖、指天发誓，说自己绝不知道此事，就是马栓也是原来伙计介绍来的乡下亲戚，才干了几天，他并不熟悉。姜镇长也替掌柜的作保，说他是凤凰集的老人了，这凤来客栈也是开了十几年的老店，不可能是黑店贼窝。

鲁九刀细思，这伙"念秧儿"如此设局，说明不是临时起意，而是早就盯上了他们一行，马栓是他们事先安插进来的眼线。此案虽然不是凤来客栈做的，但跟他们也脱不了关系。那个回乡下的伙计就是查案的线索。

常队长说，既然有了这条线索，他会再派人去一趟乡下那个伙计的家里，把他抓来讯问。凤来客栈自掌柜的以下，任何人不得擅自离开凤凰集，随时配合查案。这会儿他跟姜镇长先告辞，杨家一行人明天要动身赶路请自便，他一旦查清案情会派人专程去杨府禀报。

鲁九刀谢过，并言明损失了货物固然要追回，但更重要的是杨家的脸面不能丢。如果常队长能够拿住贼人、夺回货物，杨府必然会有重谢。

此时已过午时，掌柜的急叫人安排饭菜，小心伺候。吃罢饭，鲁九刀怕再生事，严令众人不得上街，就在客栈小心看护。

花开两朵，各表一枝。却说"火烧天"设了这个局，原本想鲁九刀丢了棒槌，必定出动所有人出来追，自己派几个人故意在镇上被他们发现，且打且走，不但要把他们引到镇外，而且动静闹得越大越好，这样镇上警备队的人也会被引过去。然后他就可以带着余下的胡匪大摇大摆地闯入客栈，将杨家二小姐劫走。

不料他等了半天，凤来客栈里却没有丝毫动静。再等一会儿，一名富商模样的汉子匆匆跑来，正是早上帮着"姚少东家"说话，让鲁九刀卖参的那个客人。原来他也是"火烧天"事先安排，以客人身份住进凤来客栈的眼线。这名汉子气都顾不上喘匀，便断断续续地说道："大当家的……他们……他们不追了。"

三当家的站在旁边，奇道："怎么会不追呢？难道这两枝上好的棒槌他们就不要了吗？刘三儿，你说清楚了，怎么回事儿？"

那叫刘三儿的说道："他们二小姐说棒槌丢了就丢了，不怪下面的人。那鲁九刀把那姓姜的镇长和警备队的常队长都请去，把找回棒槌的事儿

交给他们了。警备队倒也不敢怠慢，已经分散去追查我们了。咱们还得小心，别被这些狗缠上。姓鲁的还严令手下人不得外出，在客栈里小心看护，等明天一早就动身。"

三当家的对"火烧天"说："大哥，这姓鲁的还真是个角色啊！栽了这么大一个跟头，他居然还能忍得住！"

"火烧天"皱了皱眉头，说："鲁九刀原本在咱们绿林里也是有字号的，自然不是等闲之辈。倒是杨家二小姐，大气！丢了两千四百块大洋的货，说不找就不找了，也不为难下人。看来我们还得另想办法。"

三当家的说："既然警备队的人都被支开了，我们不如现在就杀个回马枪，直入客栈，把'观音'接走！"

"火烧天"摇头说："不行。要这么硬干，我们何必到得这凤凰集上再动手？这鲁九刀手底下可不含糊，那些个小崽子也不孬。真要硬碰硬，我们即便能赢，也必然损失很大，犯不着。"他想了想，说，"这样，你派两个兄弟故意露出点蛛丝马迹，把警备队的人引得越远越好。咱们还得再做一场戏，把蛇给引出来。"

再说鲁九刀这边。等到傍晚，姜镇长派人来传话，说在镇南发现了贼人的踪迹，常队长已经亲自带着警备队的人追过去了。鲁九刀听了，愁眉稍展，对金十三说："想不到这警备队还能办点事，我还以为他们只会混吃混喝、欺压百姓呢！"

金十三却知道这伙子贼的贼首是谁，他们的目的是什么。但他又没法对鲁九刀细说这些，只好说这伙子贼没那么简单，搞不好又在玩什么把戏，这棒槌追不追回来不打紧，关键是要护好二小姐。鲁九刀不吭声，心里却颇不以为然。他想这"念秧儿"江湖上多有，专以骗取钱财为目的，得手了自然就要远走高飞，不像胡匪以砸窑、劫道、绑票为生。胡匪如果要抢掠自己一行，在荒郊野岭才好下手，跑到这凤凰集来动手，那是作死。再说自己一行又不是商队，所带最值钱的货物就是那两枝四匹叶的棒槌，既然已经被人骗走，那还有什么好抢的？为了绑票这么大费周章他更没见过，何况正主是杨家二小姐，哪股绺子不开眼，敢冒犯杨八爷的虎威？就是敢来，他鲁九刀也不是吃素的！

吃罢晚饭，他们回到东院。二小姐和鹃儿在院子里憋了一天，气闷得紧，找金十三去说话。鹃儿噘着嘴说想去街上走走，金十三说警备队正在查案，已经发现了贼人的踪迹，这时候外面不安全，还是不要出去的好。他又对杨如意说："二小姐，今晚你警醒着些，最好和衣而卧。我总觉得会有什么事。"杨如意惊道："怎么，还有贼人会来吗？"金十三摇了摇头，说他觉得今天的事情不简单，总之小心提防，过了今晚再说。

正在这时，忽然有人将东院的门拍得山响。金十三拔出枪来，走到院子里。鲁九刀也提着枪从自己房里大步走出来，向门口大声喝问："是谁？！"

门外有个声音急道："是鲁爷吗？我是警备队常队长的人！"

冯连庆、赵连海等一干炮手也都从房间里出来了。鲁九刀打开枪机保险，向冯连庆使了个眼色。冯连庆过去将门打开，一个穿着警备队衣服的人撞了进来，说："鲁爷，常队长已经在镇南将那伙贼人给围上了。可没想到贼人人数不少，有十好几个，还人人带着枪。常队长一时拿他们不下，还伤了几个弟兄。他命我回来告知鲁爷，请您老带人去支援。"

冯连庆等人一听，大为兴奋，立即就操着家伙要跟那人去。鲁九刀正在踌躇，金十三却道："鲁爷，不可轻动，万一再中了贼人的圈套怎么办？"

冯连庆不悦地说："陈十三，你缩头缩脑的没种我不管，可这两枝棒

槌是从我和赵连海手里失落的，要是追不回来，先不说是不是着落在我俩身上赔补，就说栽了这么大一个跟头，咱们这些人今后还怎么在杨府立足？"他又对鲁九刀说："大哥，好不容易找着这些贼人了，咱们可不能再让他们溜掉。贼人也就十几个，他们警备队拿不下，咱们手里的家伙可不是吃素的！"其他人也群情激奋，纷纷要求去打贼人，亲手夺回那两枝棒槌。连两个杨府家养的车把式也都摩拳擦掌，跃跃欲试。

鲁九刀一扬眉，刚说了声"好"，金十三抢着说："既然如此，咱们派人去支援也是应该的。不过不能都去，毕竟二小姐在这里，总得有人守护。鲁爷你也不能去，你是我们的头儿，必须坐镇在这里。"

冯连庆大叫："不用鲁爷亲自去，我们就能够将那伙子贼人收拾了！大伙儿走啊！"众人纷纷响应，随着他往外走。院子里只剩下了鲁九刀和金十三两人。

金十三对鲁九刀说："鲁爷，我总觉得警备队这么快就围住了这伙'念秧儿'，事有蹊跷。您想想看，'念秧儿'既然设下这么周密的局，就一定事先想好了退路，哪有那么容易被警备队的人追上。再说了，'念秧儿'不是绺子，手里怎么会人人有枪，你听说过这样的'念秧儿'吗？还有，警备队好歹也有几十号人，既然围住了贼人，就算不能抓住他们，把他们困住总是可以的。这镇南不远就是大金沟，大晚上的枪声只要一响，那边就一定能察觉得到，护矿队就会赶来支援，到那时贼人必定插翅难逃。又何必费事派人报信，让我们赶去支援？"

鲁九刀沉吟道："大概常队长觉得这货是我们丢失的，所以我们也应该出一份力吧？不过你说的也不无道理，咱们小心一些并没有错。"他又说，"我今夜就在前厅坐等消息，你在这院子里守护二小姐。万一真有什么不测，贼人要到这东院也必须经过前厅，有我鲁九刀在，想过去除非踏过我的尸体！"

金十三点头说好，他等鲁九刀去了，关上了东院的门，走回主客房。鹃儿紧张地问道："十三哥，出什么事了？"

金十三沉着脸说道："有人来报信，说围住贼人了，除了鲁爷和我，其他的人都去帮忙拿贼了。"

鹃儿拍了拍胸口，长舒一口气儿道："吓死我了！我还以为贼人打过来了呢！"

杨如意心细，见金十三的脸色十分凝重，疑惑地问道："怎么，十三哥，有什么不对吗？"

金十三皱了皱眉，说："恐怕这是贼人的调虎离山之计。我猜他们的目标不是那两枝棒槌，而是你。"

杨如意吃惊地道："是我？为什么？"

金十三道："这个我也一时说不清。不过我看这股贼人布下这么周密的局，绝不会只是为了那两枝四匹叶的棒槌这么简单。要知道，你是杨家的二小姐，可比那两枝棒槌贵重千倍。"

鹃儿不敢置信地道："真有人敢打咱们二小姐的主意？就在这凤凰集上？"

金十三说："杨八爷虽然在这关东手眼通天，黑白两道都吃得开，但毕竟是树大招风，有些亡命之徒铤而走险要绑二小姐的票去向杨八爷勒索，那也不是不可能。他们既然敢动手，就一定有安排，这凤凰集上也并不像鲁爷说的那样安全。刚才我就在怀疑警备队的人是被贼人引走了，然后贼人又借支援为名引走了咱们的人，然后今晚乘虚动手。唉，可惜冯连庆他们太冲动，不听我的劝阻。"

鹃儿着急地道："那咋整？要不我们现在就走，回抚松去。他们总不

敢到杨府来绑人吧？"

金十三道："奉天看来是去不成了，我们是得回抚松去。可现在我们恐怕走不了了。冯连庆他们如果真是被贼人引出去的，毫无防备下，这会儿说不定已经遭了毒手。贼人也肯定派了人监视着这家客栈，我们只要一出去，同样会中了他们的埋伏。"

杨如意紧张地问道："十三哥，那我们就只能在这里等着贼人上门吗？"

金十三点点头道："对，我们现在只能是以静制动。这里毕竟是凤凰集，不是荒郊野外。贼人虽然凶悍，但也不敢公然洗劫这样的大镇子。枪声只要一响，整个镇子都能听到，镇公所的姜镇长必然会派人去通知警备队和护矿队赶过来。我们只要能够坚持到天亮，贼人就会退走。凭我和鲁爷手上的家伙和身上的本事，当能护得小姐的周全。"

再说鲁九刀，他将外面客栈的大门关上，一个人大马金刀地坐在前厅里，敞着怀，腰上一圈插着九把飞刀，德国造的"二十响"也已经打开了保险，就摆在桌上。客栈里的客人也好伙计也好，都已经睡下了。即使睡不着，也没人愿意出来和这个凶神恶煞的人待一块儿。何况大伙儿都听说了，警备队的人在镇南跟那伙贼人打起来了，听说挺不好对付，所以杨家的人也赶去增援了。这兵荒马乱的，还是别凑热闹的好，别到时候"城门失火，殃及池鱼"。

街上很静，偶尔有狗的叫声。鲁九刀侧着耳朵努力去听，却听不到任何枪声，不知道警备队围住那伙贼人的地方离这儿究竟多远？也不知道冯连庆他们去能不能够拿下贼人，夺回棒槌？回想今日上午上当的情形，贼人安排得如此周密，连环套一个接一个，鲁九刀苦笑了一下，摇了摇头。

他正有一搭没一搭地胡思乱想着，忽然听到客栈外面传来一阵喧哗。有人在高声说，这股贼人还真是不简单，咱们伤了几个兄弟都没拿住，还差点让他们跑了，幸亏杨家的人及时赶来截住。有人啧啧称赞，说那个冯爷就是厉害，一个人就打倒了三个人。又有人说，还是赵爷厉害，那个为头的贼人，常队长和几个兄弟上去都拿不住，赵爷上去，一掌就把那个贼首打吐了血。还有人说，这回咱们警备队帮他们杨家拿贼夺赃，凭杨八爷的手面，一笔丰厚的赏钱是跑不了了。接着客栈的大门被拍得山响，有人在外面喊："喂，客栈里的，把门打开，怎么这会儿就都挺尸了！我们是警备队的，你们去把鲁爷请出来，就说我们帮杨家拿到贼了！"

"拿到几个贼？那两枝棒槌夺回来没有？"鲁九刀心头一松，忙走出前厅去开客栈大门，一边说，"我们的人呢，怎么没回来？"他刚下了门闩，只听"哗啦"一声响，门就被挤开了。

第十章

上回书我们说到，金十三跟踪那个鬼鬼祟祟的伙计，探知了原来他是"火烧天"安排在凤凰客栈的眼线。"火烧天"企图劫走杨二小姐，用她来换杨八爷手里的龙凤二参。但这个消息他却不方便向鲁九刀说明，因为可能会泄露自己卧底杨府的秘密。"火烧天"派人装成江湖上的"念秧儿"团伙，设下骗局，骗走了鲁九刀一行人携往奉天的两枝四匹叶大棒槌，引诱鲁九刀一行人来追，却被金十三阻止住。"火烧天"又施"调虎离山计"，让那伙"念秧儿"故意露出行迹，将镇上的警备队和杨府一干炮手都引往了镇南。鲁九刀在金十三的苦劝下才勉强留在了客栈内。他紧闭客栈大门，坐在前厅等待捉拿贼人的消息，忽然听见外面一阵喧哗，似乎是警备队已经拿住了贼人，来客栈请赏。他心中大喜，忙过去打开客栈大门。不料刚下了门闩，大门就被挤开了。

几个彪形大汉一拥而入，往鲁九刀身上扑去。鲁九刀心已懈了，猝不及防，一下子便被扑倒在地。他反应很快，身手也不含糊，在地上两腿一个绞剪旋踢，已是踢翻了两个。抬头又是一撞，将扑在他身上扭住他右臂的一名匪徒撞晕了过去。右手既脱，他伸到腰中摸出一把飞刀，朝按住他左手的那名匪徒的眼窝直插进去，那匪徒大叫一声，松开了手。

鲁九刀站起身来，刚要再摸腰中的飞刀，却有一枪托迎面砸在他的脸上，砸得他满脸开花，往后踉跄了两步。他视线模糊，双手却一刻不停，拔出腰中的飞刀连掷，就听"哎哟"几声，几名匪徒中了刀，滚倒在地上。

忽然，鲁九刀感到后面一凉一痛，一把匕首从他的后腰捅了进来。他身子往前冲出，想要脱离匕首，前胸又被人贴身捅进了一刀。鲁九刀看身前那人，正是假扮伙计的马栓。

鲁九刀圆睁着双眼瞪着他，忽然身子往前一挺，马栓的刀在他身上捅了个对穿，而他也贴紧了马栓，用双手死死地掐住了他的脖子。马栓心慌之下，拼命地抽刀，却抽不出来，很快就脸色发青，舌头都吐了出来。后面偷袭的那名匪徒见状，拼命使劲儿，匕刀整个都没入了鲁九刀的后腰。

鲁九刀大叫一声，气绝身亡。但他的双手仍然死死地掐在马栓的脖子上，几个人上来掰扯了半天才掰开，再看马栓，已经是不活了。

"火烧天"踏进客栈大门，瞅了一眼鲁九刀的尸体，皱了皱眉。他指使人骗开客栈大门，就是想不用枪拿下鲁九刀，以免惊动了别的人，甚至把警备队的人再招回来。可没想到就这样也没能拿下鲁九刀，还伤了几个自己的人。鲁九刀临死前的那声大叫，客栈里的人只要不是聋子，是谁都能听到了。

"火烧天"问扮作客栈住客在后面偷袭鲁九刀的刘三儿："人在里面吗？"

刘三儿忙道："俩'红票'都在，还有个小崽子。"

"火烧天"转头对三当家的说道："老三，你带几个人把这客栈的人都看好了，不准一个人出入！"又对刘三儿说道，"你前面带路，其他弟兄都跟我去东院。"

金十三、杨如意和鹃儿在房中都听到了鲁九刀临死前的那一声大叫。金十三道："贼人来了，你们躲起来！"杨如意和鹃儿对望了一眼，脸色变得煞白。

金十三提着枪走出去，便听见有人在"嘭嘭"地撞东院的门。他毫不犹豫就对准大门开了枪，只听"哎哟、哎哟"两声，撞门声停止了，大约有匪徒被打中，其余人都纷纷躲开了。

接着门外一片枪响，匪徒们纷纷隔着门开了枪。那门却颇为结实，虽被打得都是弹孔，依然屹立不倒。这东院内有一棵一人粗的大树，正对门口。金十三贴身藏在树后，匪徒的子弹穿过院门，最多只能打到树干上。但只要匪徒的枪声一停，他便探身一枪，却不多开，只要能阻止匪徒撞门就行。

僵持中，有匪徒想要爬墙翻进院内，但刚刚露出半个身子，金十三抬手一枪，立即就爆了那匪徒的头。胡匪没料到金十三的枪法如此好，吓得再也不敢爬墙，纷纷在院外大骂。

过了一会儿，"火烧天"命令扔手榴弹。一颗手榴弹从墙外扔了进来，幸亏有大树挡着，爆炸的弹片没能伤着金十三。但胡匪又接连扔了几颗进来。金十三没想到胡匪竟然还带了手榴弹，知道坚守不住，几个箭步跑回了内院，将上房的门紧闭起来，吹熄了灯火，又将桌子、柜子等物都推翻了堵住门口。

胡匪们继续撞东院院门，终于将门撞开了，直冲内院上房而来。冲在前面的又被从上房内射来的子弹打倒了两个。一名胡匪掏出手榴弹来准备扔，"火烧天"扇了他一记耳光，骂道："妈了个巴子的，老子要的是活的杨二小姐，不是死的！"他命令匪众一边开枪压制，一边逼近房门。子弹"嗖嗖"地穿过门窗打进屋里，杨如意蹲在墙角，吓得捂着耳朵大叫了一声。"火烧天"生怕伤着他要的女人，急忙命令停火。他向里面喊话道："小崽子，只要你把二小姐交出来，我不难为你，还送你两百块大洋让你走路，咋样？"

听里面悄无声息，"火烧天"又喊道："你们根本就逃不出去，何必负隅顽抗！我们不会伤害二小姐，也不会伤害你。"说着，他偷偷地向刘三儿打了个手势。

刘三儿带着两个匪徒悄悄地摸到房门口，使劲儿推了推，却压根儿推不动。金十三的子弹从门内射出，反倒又打倒了一名匪徒。刘三儿让剩下的那名匪徒在门口吸引金十三的注意，自己手握短枪，猛地撞开窗户，翻进了屋内。他颇为机灵，想着进屋后先滚两滚，避开金十三射来的子弹，然后再开枪打倒他。谁知金十三早料到他这招，就等在窗下。刘三儿刚落地，就被一把摁住，他张口刚喊出半声，喉咙一凉一痛，被金十三用刀开了个大口子，登时了账。

折腾了老半天，人伤了不少，可就是突不破屋里的防守，"火烧天"又急又怒，汗都下来了。他知道再拖下去，警备队、护矿队，甚至兴京城的驻军都可能赶来，到时候人绑不成，自己一干人都得搭进去。他大声向屋里喝道："小兔崽子，再不投降，老子把整个房都点了！"

鹃儿听得这话，惊恐地问道："十三哥，他们要点火，咋办？"

金十三低声说："不会。他们费了这么大功夫，又死伤了这么多人，绝不肯要一个死的二小姐。"他转头大声地向外喊道，"皮大当家的，要

点你就点，小爷我正觉得天冷，想烤烤火呢！"

"火烧天"咬牙切齿地道："果然是你这王八犊子！妈了个巴子的，你以为老子真不敢点？老子撕过的'红票'多了去了，也不差屋里那两个！"

金十三大笑道："哈哈哈，大当家的心里明白得很，这杨家二小姐可不是一般的'红票'，简直是值得一座城的'红票'啊！大当家的为什么来这凤凰集我心里清楚，你绝不会做这'鸡飞蛋打'，哦，不对，是'一拍两散'的蠢事。"

"火烧天"咂摸金十三这话，笑道："既然如此，那你不如就把人交给我。我保证拿到我想要的好处后，分你一份。"

金十三冷笑说："大当家的拿什么保证？你们手里的长枪短炮吗？呵呵，小爷我今天势单力孤，被困在这黑屋子里，可不敢相信你的保证。山不转水转，今后我也有需要借重大当家的地方。话我就说到这里，大当家的是聪明人，想想就明白了。"

"火烧天"摸了摸自己瞎了的左眼，脸上挂着狞笑。他想这小子原来是跟着金不换放山的，看来混入杨家的目的跟自己一样，也是为了那龙凤双参。悔不该自己当时不懂这"神龙二炷香"的真正价值，两万块大洋就给了杨八爷。如今自己兴师动众来绑"红票"，要去跟杨八爷再做交易，却又被这小子坏了好事。他心里恨急了，却偏偏一时半会儿奈何不了这小子。

"火烧天"正踌躇着，忽然三当家的急匆匆地闯了进来，说："大哥，'瞭水'（土匪黑话，指放哨或监视的人）来报，说'跳子'（土匪黑话，指官兵）已经回头，不出一刻钟就会到。咱们得撤了。"他看了看黑灯瞎火的内院上房，问道，"怎么？拿不下？"

"火烧天"没想到警备队的人比自己预想的回头得早，气恨恨地点点头，说："被一个小兔崽子坏了事儿！"想了想，他一跺脚，说，"留得青山在，不怕没柴烧。老三，叫'并肩子'（土匪黑话，指自己的弟兄）们都撤吧！"

一众胡匪顷刻间走得一干二净，连伤员和尸体都没留下。院子里静悄悄的。不一会儿，又有一大群人涌进了客栈东院，一个声音在院子里大声说道："你们到处搜一搜，看还有什么可疑之人和可疑之物！"

金十三将堵住房门的家具都挪开，打开门说道："常队长，土匪早已经走光了。我们二小姐还在房里，不可惊扰！"

常队长一愣，接着脸上露出如释重负的笑容，拱手说道："真是万幸！我原担心二小姐已经落到了胡匪的手里，看来吉人自有天相！"他制止了手下的搜查，又对金十三说，"这位兄弟是姓陈吧？陈兄弟，请代我向二小姐请安。我马上就派人去追土匪！姜镇长和护矿队的唐队长马上就到，兴京城里的沈团长也派了兵来。只是……鲁爷，还有贵府的一票兄弟都……唉！"

金十三点点头。鲁九刀和冯连庆、赵连海等一干人的死原本在他的预料之中，但现在听到了确切的消息，毕竟与这些人相处日久，他心中不免感到难过。尤其是鲁九刀，不失为一条好汉，却中了宵小之辈的圈套而死，确实可惜可叹。他回房对杨如意二人说了，杨如意惊魂稍定，也颇觉伤感。鹃儿却瞪大着眼睛看着他，说："陈十三，你刚才说的话是什么意思？好像你跟这个胡匪头子……叫什么皮大当家的还认识。你是真要把小姐交给他，分一份红吗？"

金十三苦笑道："我那只是跟胡匪逗闷子拖时间而已，怎么可能会真把你俩交出去！这个皮大当家的外号'火烧天'，是野云岭上的一股悍匪，

杀人放火无恶不作。我们陈家屯离野云岭不算太远，也被他们一伙儿人砸过一回窑。我跟他算是相过一回面吧，自然认得。"

鹃儿一撇嘴，说："哼，你这个人心眼儿多得很，说不定哪天你见钱眼开，真把我们卖了！小姐，你说是不是？"

杨如意却微微一笑，说："我相信十三哥！"

这话说得很简单，却包含了无限的信任，金十三听了心中一热，不知道说什么好。

鹃儿吐了吐舌头，向他扮了个鬼脸。

凤凰集近十年来还是头一回出这么个砸明火（江湖黑话，指公然闯入民宅抢掠、绑票）的案子，死了十来个人，还都是杨府的，姜镇长和常队长自然感觉压力山大。而且这些胡匪到底是哪股绺子都没搞清楚，常队长更是觉得颜面无光。好在杨家的正主没有伤着一根毫毛，算是不幸中的大幸。金十三知道常队长吆五喝六地要派人去追土匪，压根儿就是虚张声势，就是真想追也追不上。他也不点破，只是跟兴京城来的李连长商议，请他带人护送自己三人以及杨府炮手的棺椁回抚松。李连长自然知道长白杨家在关东的威名，平时他这个级别想巴结都巴结不上，这回可是机会难得。又知道杨八爷素来慷慨，自己带人护送他家二小姐回去，能得一笔丰厚的酬金那还用说？当即慨然允诺。

金十三跟杨如意、鹃儿即日启程，一路车马颠簸不必细提。回到杨府，杨八爷闻听出了如此大事，惊怒不已。他重金谢过了护送的李连长一行，又安排了一干死亡炮手的后事，回头细问杨如意和鹃儿事情的经过和根由。二人如何省得，只说如不是陈十三独当群贼，自己早已落入胡匪之手。说到当晚的惊险之事，二人犹心有余悸，对陈十三更是极尽誉美感激之词。

鹃儿说起，听陈十三当时说话，似乎他认得那贼首就是野云岭的大当家"火烧天"。杨八爷心中一惊，竟然是他！这"火烧天"向来颇受杨府的庇护，否则徐松仁的抚松守备团早就把他给剿灭了。自己平时也经常在钱物上面对他有所输送，一来是买个平安，二来也需要这股子胡匪替自己干一些不便出面的勾当，动用他们去劫杀金不换就是如此。可"火烧天"回来说金不换的人都已被他杀掉，参宝也已得手，这笔买卖自己已经与"火烧天"钱货两清，不知道他怎么又起了歹意，竟然冒着与自己翻脸的风险，去绑自己的女儿，这是为了什么？

他心中琢磨着，面上却一点都没表现出来，和蔼地问鹃儿："这陈十三是如何认得这贼首的？"

鹃儿摇了摇头，说："我也不是很清楚，好像是说这股胡匪曾经抢过他的老家陈家屯，所以他认得这个贼头儿。"

杨八爷见再也问不出什么，便吩咐鹃儿好好伺候小姐休息。等她们去了，他唤人请陈十三来见。

金十三跟着韩四爷进了杨府的内院。这又是一套三进的院子，还连着一个占地十几亩的大花园。金十三随着韩四爷七弯八拐地在内院中穿行，用心记着各处的房舍道路，好一会儿才来到杨八爷的上房居处。这是一座五楹广厦，一水儿青砖铺地，大厅设有两排梨花木椅，中堂不悬下山猛虎，也不悬振翅雄鹰，更不悬福禄寿喜，单悬山神爷孙良画像一幅。画像下太师椅上端坐一人，正是杨八爷。

韩四爷领着金十三向杨八爷行了礼。杨八爷开口问道："老四，这个小伙子是你招进来的？"

韩四爷躬了躬身子，说道："是的，八爷。这小伙子叫陈十三，陈家屯人，因家里遭了灾，家人都去世了，他逃难到抚松，恰逢大小姐大婚，

我便招他进杨府临时帮佣。后来我见他老实能干，便让他正式进了杨府。原本他只在外院帮厨，后来因枪法和功夫都好，为鲁九刀所看中，就选了他当炮手，还安排他护送大少爷和二小姐一行去奉天。"

杨八爷又问："既然是正式进我杨府，想必你对他是知根知底了？"

金十三是韩四爷的外甥肖三癞子招进杨府临时帮工的，他自己压根儿没有亲自去。后来又是肖三癞子向他推荐，他才让金十三正式进了杨府，根本谈不上知根知底，也没有做过任何调查。但这种事他哪能跟杨八爷直说，那不是打自己的脸吗？何况金十三素来办事得力，又时常孝敬他，这次又因保护二小姐立了这么大一个功，他更不想做恶人，便点头说："是的，这孩子我了解过了，确实是老实人家的孩子。"

杨八爷"唔"了一声，说："行，你去忙吧，让他留下。"

韩四爷答应一声，转身出去了。

杨八爷站起身来，背着双手围着金十三转了一圈。金十三笔挺地站着，目不斜视，心中却在打鼓。

好半天，杨八爷方才开口问道："你既是陈家屯人，这身功夫和枪法却是跟谁学的？"

金十三微微躬身，答道："回八爷的话，我是跟我舅舅学的。我们家原本是直隶沧州人，舅舅自小习武，后来投身从军，在袁大总统的警卫军干过几年。袁大总统死后，警卫军也被解散，我舅舅就不干了，带着我们一家跑来了关东。近两年我舅舅一直在关东做一些贩运皮货、人参、药材之类的小生意，居无定所，也很少回陈家屯乡下。去年陈家屯遭了大灾，人几乎死绝了，剩下不多的人也四处逃难去了。我好不容易才逃难到抚松，幸亏遇到大小姐的婚事，才有机会进了杨府，端上一碗饭吃。这回我听人说舅舅人在奉天，便想趁着护送二小姐的机会，顺便到奉天去找找他，没想到却在路上遇上这档子事儿。还好有八爷您的虎威和二小姐的洪福在，我们才逃过这一劫。"

杨八爷听金十三说得有鼻子有眼，摸了摸颌下的山羊胡子，又问："听说你认出了那股胡匪的大当家就是野云岭的'火烧天'？"

金十三点点头，说："是。这'火烧天'三年前曾经到陈家屯来'砸窑'，我当时就跟着舅舅以及屯子里的男人跟他干过仗，所以认得。那回姓皮的没能'破窑'（土匪黑话，指攻破抢掠对象据守的屯子、大院、堡垒），挺佩服我舅舅的手段。我舅舅也知道不能太得罪这股子悍匪，便召集乡亲，凑了一千块大洋给他，算是求和，他这才撤走。唉，没想到胡匪没能灭了咱陈家屯，但一场大灾下来，整个陈家屯却几乎都没了，这真是天道不公。"

杨八爷回到太师椅上坐下，说："既如此，今后就在杨府好好干吧！你年纪轻轻的，却有这样一身本事，我自然不能埋没了你。这次你的功劳也不可抹灭，就在我身边当个贴身亲随吧！月钱嘛，比以前加倍。如何？"

当杨八爷的贴身亲随强过在外院做炮手太多，除了地位高、待遇好、平时赏赐多外，最重要的是能经常跟随杨八爷进出，还能随意出入内院。金十三大喜，躬身道："谢爷的恩典！"

外院众人听闻金十三荣升，皆来道喜，肖三癞子更是摆酒相贺，态度上已有巴结之意。连韩四爷见了他都十分亲热，不再以居高临下的态度跟他说话。金十三人随和大方，上上下下的关系都打点得不错，杨府没一个人不夸他好的。

欢喜的自然还有二小姐杨如意。她倒不在乎十三哥是不是荣升了，而是这样她就有更多的机会与他见面了。

一晃月余过去，金十三虽然在杨府如鱼得水一般，各个地方，甚至是杨八爷的卧室都进去过了，却始终探查不到他收藏参宝的所在。他又想，杨家是否已将这"神龙二炷香"放到哪个参号去出售了？但他一个贴身随从，又哪有机会去查询这些信息。

六月初八，从宁古塔来了几个参客，在抚松的参货市场交易。这宁古塔参虽及不上长白参的名头，却也是关东名参之一。按照长白参帮定下的规矩，来抚松交易的四匹叶以上的参货，先要拿给杨家参号过眼。杨庭轩掌眼辨参，竟然在其中发现了一枝四匹叶的"四掌将军"和一枝六匹叶的"六月霜"。两枝参对方开价，只要八千大洋。如今一枝普通的四匹叶棒槌市价至少都要一千二百大洋，"四掌将军"是四匹叶棒槌中的上上品，参龄超过了三十年，能值三千大洋。而那枝"六月霜"更不得了，从芦头上看至少有四十年参龄，菱形鸡腿深壑纹自不必说，尤其是那参须上缀满了珍珠点，如染了一层白霜，这就稀罕得紧了。这种棒槌一般是在农历六月间采得，故名"六月霜"，是六匹叶参中的上上品，值得七八千甚至一万个大洋。杨庭轩暗笑这几个人是"空子"（空子，江湖术语，指不是帮门里的人或外行人），面上却不带出来，故意杀价。结果连这两枝参一起，他共向那几个宁古塔参客收购了七枝参，也才花了八千大洋。

杨庭轩得了这个便宜，得意扬扬，便把七枝参都拿回来给杨八爷品鉴。杨八爷素来因自己这个儿子好吃喝嫖赌，却对买卖不甚上心而心存不满，见这回他竟然做成了这么一笔合算的生意，尤其是收得两枝价值不菲的参宝，心中很是高兴。

他正在细细品鉴，站在他身旁的金十三忽然"咦"了一声。他侧头问道："陈十三，你也懂参？"

金十三不好意思地道："不敢说懂。我那个舅舅也曾做过几年放山人，教过我一些辨参的手段。"

杨八爷来了兴致，笑道："哦？那你说说看，这七枝参究竟如何？"

金十三仔细看了看这七枝参，又用手摸了摸、掂了掂，叹了口气，说："庭轩少爷这回恐怕'大意失荆州'，被人给哄了。"

杨庭轩眼睛一瞪，骂道："少他妈胡说，你懂什么！"

杨八爷手一摆，对金十三说："你且别听少爷说什么。你就说说他怎么让人给哄了。"

金十三垂首道："是，请庭轩少爷原谅我放肆。我其实也是个门外空子，冒昧说一下自己的看法，请八爷和庭轩少爷指教。"他指了指那五枝一般的参，说，"这五枝参在四匹叶以下，却也是'灯台子'中的上品了，加起来也值得千把块大洋，庭轩少爷的眼力并不差。或许是这千把块大洋的便宜让庭轩少爷一时失了算，忘记了那'四掌将军'和'六月霜'才是重点。"

杨庭轩冷笑道："谁会忘？我就是冲着那两枝参宝去的，这五枝参不过是搂草打兔子。能占的便宜为什么不占？"

金十三恭谨地说："是，是。可少爷您见猎心喜，着眼于跟那几个参客讨价还价，只看了这'四掌将军'的芦碗有二十多个，却没细摸一下芦头是否圆润，细观一下皮色是否老黄。这枝'四掌将军'的皮色是做了假的，搓一搓就能知道，里面其实是浅黄色。再看这一枝'六月霜'，外观体型固然不差，这须上的珍珠点也似乎密密麻麻，可你看——"他忽然从参上揪下两根须来。杨庭轩不禁轻呼一声。参行的人都知道，这参宝的参须是不能折断的，破了品相的参宝价值将大打折扣。金十三却说："您看这参须很容易被折断，而断口是嫩白水灵的，这绝不会是老山参。"

杨庭轩目瞪口呆。杨八爷一直默不作声地听着，脸沉如水，半晌，他忽然笑了，说道："好啊！想不到你陈十三居然是辨参的行家！庭轩这回虽亏了几千大洋，但是让我发现了你这个人才，就一点儿不冤。"他又对杨庭轩说："瞧瞧，学艺不精，又贪图小利，就是你这个结果。你也不必沮丧，更不要对让你下不来台的陈十三心怀不满。我看可以让陈十三到总号柜上去当个二查柜，替你掌掌眼、把把关。你要谦虚一些，多向他请教学习。"

　　金十三忙道："不敢，不敢。我也是误打误撞胡乱猜中的，鲁莽得很，还请八爷和少爷原谅。"

　　杨庭轩脸涨得通红，忽然一拍桌子，恨恨地说："这几个外地空子，居然哄到我们杨家头上来了。他们此时估计还没走远，我带上一票弟兄，去把他们抓回来。"说着站起来就要走。杨八爷却摇了摇手，说："算了，丢了几千个大洋算什么。传出去是我们杨家自己没本事，看走了眼，要靠武力找回场子，那才是丢人呢！"他回过头对金十三说："就这么定了。你好好帮衬一下少爷，我们杨家亏待不了你。"

第十一章

上回书我们说到，"火烧天"一伙儿使诈干掉了鲁九刀及杨府的一干炮手，原以为杨如意可以手到擒来，却不料偏偏被金十三所阻，不逞而退。金十三带着杨如意和鹃儿回到抚松杨府，因为护主有功，杨八爷提升他为自己的贴身随从，可以自由出入杨府内外。得此良机的金十三探查许久，仍然未能找到"神龙二炷香"的下落。倒是因为一次为杨家少爷解开参货交易的骗局，他大得杨八爷的赏识，又被提升为杨家总号的二查柜。

金十三查看总号库存，以及与各地分号来往的账目，却查不到"神龙二炷香"的任何蛛丝马迹，连"凤凰单滴泪"也同样毫无消息。他懊丧不已，心想自己怎么那么笨，杨八爷怎么可能将龙凤二参这样的绝世参宝通过参号随便出手？他必定有一个专门的地方来收藏这样的参宝。早知如此，自己应该留在杨八爷身边才是，早晚有一天能够探查到这藏宝的所在。

七月初七。这一日酉时三刻，店铺打烊，几个伙计和账房先生都是抚松城里的，照例上好了铺板排门后，便各自回家了。杨庭轩原本就不常在店里待着，此时更不知道正流连在哪处勾栏肆院呢。金十三无家可归，自当上了总号的二查柜后，便一个人住在了店里。他见人都走光了，正要从里面将大门中间的门闩插上，一只玉手伸进来，阻止了他。他将门拉开一扇，见一位明眸皓齿的美丽少女站在门口，手里提着一个精美的食盒，正笑意盈盈地看着他，不是二小姐杨如意又是谁？

金十三忙将她拉进来，关上了门，问道："你怎么来了？"

杨如意瞟了他一眼，说："怎么，你不喜欢我来吗？"

金十三忙道："不是。可是这时候你跑出来，家里人不找你吗？"

杨如意笑着说："没事儿，我跟家里说去守备团看看姐姐。马车把我送到门口，我让他们不必等，亥初时分来接我就是了。接着我就偷偷溜到你这儿来了。我新做了几个菜，来请你帮我试吃。这盒子死沉死沉的，你也不知道帮我接一下！"

金十三忙从她手中接过食盒，放在柜台上，打开看时，里面是几碟精致的小菜，还有一壶酒，杯盏碗筷却是两份。金十三知道杨如意是要单独来陪自己吃饭，心中一甜。他在后院的天井里放了一张小桌和两条凳子，两人相向而坐，举杯对饮。杨如意的厨艺果然非同凡响，几个小菜做得色、香、味俱全，令平时随便对付着吃饭，只要填饱肚子就行的金十三吃得胃口大开，赞叹不已。其中一道菜，正是杨如意创制、金十三给起名的"鱼跃龙门"。金十三吃了几筷，果然香滑脆爽，非常可口。

杨如意看他吃得香，抿嘴笑着，不时给他添酒，自己却很少动筷子。眼见不一会儿他就将一整盘鱼须都吃下去了，杨如意说："十三哥，你慢点儿吃，没人跟你抢。"

金十三看了看桌上的几个空盘，几乎全是自己吃的，不好意思地说："对不起，你做的菜实在太好吃了，我吃得兴起，全没顾及你。"

杨如意一笑，说："没事儿，我原本就是做给你吃的嘛！我又不饿。看你吃得高兴，我也就高兴。可惜这道'鱼跃龙门'我总觉得还差了些什么，可是思来想去又不知道差在哪里。"

金十三咋舌道："你对吃的要求太高了。像我这样的粗人，能吃到这样的饭菜，已经觉得是龙肝凤胆也不过如此了。"

杨如意说："你才不是粗人呢！听爹说，你办参的本事比我哥还高，所以才放你出来当个二查柜。我一个姑娘家的，去奉天读书去不成，爹又不让我随便出门，闷在家里，只好琢磨这些灶头案板上的小玩意儿了。"

金十三说："谁说这是'小玩意儿'？这可是水火上的功夫，学问大着呢！都说'民以食为天'，你要是个男的，就凭这本事，别说咱抚松城，就是到奉天、北京开个大饭庄子，保准倾倒满城食客。"

杨如意叹了口气，说："可惜我就是个女的啊！在我爹眼里，女人只要谨守妇道，像我姐姐那样将来嫁个好夫婿，安享荣华富贵就行了，学那么多本事干什么！"

金十三摇头说："女人也是人，不是男人的属物，为啥就不能有自己的想法，做自己想做的事情？"

杨如意深深地看着他，说："我母亲以前也是这么说的！可是她终究还是没能做自己想做的事，却嫁给了我爹。唉，这也许就是女人的命吧！"

金十三无言以对。如今虽然已经是民国了，某些大人物常把一些新思想、新观念、新主义挂在嘴边，可在民间，在普通老百姓这里，似乎并没有什么变化，中国还是那个中国。金十三倒没感到自己有多么先进

的觉悟，他只是发自内心地觉得，男人不应该让自己喜欢的女人活得不自在、不开心。

见杨如意情绪不高，他岔开了话题，说道："你这道'鱼跃龙门'在'色''香''味''形'四方面都有了，我想恐怕在'意'字上面还差着一些。你想啊，这鱼须虽然收集不易，但毕竟是鱼身上的边角之料甚至是弃物，不值钱的。此菜既然名叫'鱼跃龙门'，而龙却是富贵的象征。以前读书人常说，'朝为田舍郎，暮登天子堂'，把科考做官叫作'跃龙门'，就是由贫贱而入富贵之意。所以这道菜作为一道爽口的小菜是极佳的，但要上得了大席面，乃至成为一道主菜，恐怕还缺少了一些富贵之气。我看如果能够添加一料——"

杨如意呆呆地听他说着，忽然眼眸中亮光一闪，几乎和金十三同时叫了出来："人参！"她拍手道："不错！不错！如果能以参汤先加煨制，再以参须为伴，此菜就是当之无愧的'鱼跃龙门'！何况参汤不仅大补，还能更好地化除鱼须上的那股土腥之气，并增加一味独特的参香。咱杨家别的就算没有，这好参是不缺的。长白楼今年要跟奉天的魁星楼争这'关东第一味'的名号，我这道'鱼跃龙门'就是撒手锏。孙掌柜要知道，保证乐死了。"

金十三知道她说的这位孙掌柜，一年多前他跟义父金不换来抚松参加"参王大赛"时就住在长白楼，见过他一面。不过那天人很多，自己只是个小角色，孙掌柜根本就留心不到他，估计早把他忘了。

杨如意又说："既然有了这个主意，我跟孙掌柜说，让他以后专从查干湖去进鲶鱼，那里的鲶鱼身肥须长，品质最佳。至于这人参一料嘛，如要跟魁星楼争这个名头，当然至少要用四匹叶以上的大棒槌，越大的越好，光这棒槌的价值就得吓他们一跟头！十三哥，你这总号有吗？你辨参本事这么好，帮我挑一枝呗！"

金十三苦笑道："好家伙，你这一开口就是至少四匹叶以上的棒槌！要知道四匹叶以上的棒槌总号也就那么几枝，都在小库里，由庭轩少爷亲自掌管，他才不肯陪你胡闹呢！更好的棒槌我也没见过，都在杨八爷自己手里。你只能去求你爹要。"

杨如意"哦"了一声，说："那就在家里了。也许就在我爹的藏宝库里收着呢！唉，我爹最在意的就是他那些参宝，说那才是杨家的命根子。算了，跟他要还不如去求我哥呢，好歹我也跟他要一枝四匹叶的参出来。"

金十三心中一动，问："府里还有藏宝库，我怎么从来没见过？"

杨如意说："我也从来没有见过。但我听姐姐说起过。她说就在爹的上房内，藏得很隐秘，家中值钱的东西都放在那里。平时紧锁着，那把锁是请高人专门打造的，机关复杂，需要两把钥匙同时插入才能打开。而这两把钥匙，一把在我哥的身上，一把由我爹亲自掌管，从不离身。"

金十三皱了皱眉，想不到杨八爷这么谨慎。他的上房自己也去过，却从未发现那里有个藏宝库。即便是找到了这个藏宝库，也打不开门。除非是将他和杨庭轩身上的钥匙同时偷来，或者同时将他两人制住，取得钥匙。可这何其难也！

杨如意见他不吃了，将杯盘碗筷收拾进食盒里，又去泡了一杯茶，放在他面前，将凳子搬过来，挨着他坐下。金十三闻到一股幽幽的暗香传来，心中一荡，侧脸看去，杨如意正抬手轻掠云鬓，半截荷叶袖落在肘间，真个是藕臂如雪、乌发如云、风情万千。金十三不由得看痴了。

杨如意却没有注意到他傻乎乎的样子。她透过天井，仰望着满天星河，忽然问金十三道："十三哥，你知不知道今天是什么日子？"

金十三晃过神来，摇了摇头。

杨如意说："今天是七夕呀！"她用手指着星空说："小时候母亲教我认过。你看那颗是牵牛星，那颗是织女星，他们隔着一道天河，一年才能相会一次。今天就是他们相会的日子。可是，为什么他们还是相隔得那么远？难道喜鹊们都忘了，今天应该给他们搭一座桥吗？"

牛郎织女的故事在中国民间传了上千年，金十三自然听过，却从未在意。可今天这个七夕，杨如意却特意来看他，给他做了可口的饭菜，陪他说话，就是傻子，也明白她的心思了。金十三心中激动，伸出一只手握住了她的手，另一只手揽住了她的肩头。杨如意默不作声，轻轻地依偎在了他的怀里。

夜色如水，凉风习习。天井里除了偶尔传来的一两声虫鸣，一片静谧。两人相拥着，互相聆听着对方的心跳，一句话都不说，心中却俱是欢喜无限。

不知过了多久，杨如意羞红着脸，呢喃道："十三哥，你……愿意娶我吗？"这一声轻如蚊蚋，却像一把重锤击在了金十三的心上。我当然喜欢她！可我是谁？我是金不换的儿子！她又是谁？她是杨八爷的女儿！是杀我义父、夺我参宝的仇人的女儿！这大仇未报，这大仇也必报，我怎能娶她？又怎么娶她？

他的脑子渐渐冷静了下来，脸色变得苍白。杨如意埋首于他胸前，没有丝毫察觉，继续说道："你有一身的本事，爹也越来越信任和器重你，将来再做几件大事，说不定爹会同意把我嫁给你。即使……即使他不同意，我也要跟着你。你去哪里，我就去哪里！"

她说话的语气柔软，但透出的意思却很坚决。金十三苦笑了一下，轻轻地抚摸着她的乌发，不知道该说什么。

八月初十。这天一早，抚松城杨家参号的门脸刚刚打开，一辆马车便停在了门口。从马车上下来两个人，一人身形胖大，穿一身青布长袍；另一人瘦瘦条条的，却穿着西装，鼻子上还架着一副眼镜。两人都有五十来岁的样子，看起来器宇不凡。门口迎宾的伙计不敢怠慢，将二位迎入店内。杨庭轩不在，照例由金十三坐堂主事。他迎上去拱手问道："二位老客，这是来敝号选参？欢迎之至！"

那身形胖大的客人也客气地拱了拱手，道："我二人是从京城来的，特来宝店选参。"

穿西装的客人上前一步，递上一张片子。金十三看时，见那片子上写着"京城六合堂胡家老号"，不禁吃了一惊。这六合堂是京城最大的药号，自打大清道光年间就创立了，实打实的百年老字号。自光绪年间成为了宫廷供奉后，这六合堂就几乎包揽了宫中所有的用药。京城内上到达官显贵，下至贩夫走卒，要看病抓药，十有七八也离不开六合堂。这些年，六合堂也是杨家参号的用参大户，双方买卖顺畅，关系良好。只是据金十三所知，这六合堂来关东采参，向来是到奉天，也多是跟杨家在奉天的分号打交道，怎么会千里迢迢赶来抚松总号？

金十三连忙将二位贵客让进内室，奉上香茗。询问之下，得知胖大的那位客人姓何，瘦条的客人姓李，都是六合堂专资采药进货的查柜。这次六合堂要为虽然退位但仍然还住在紫禁城里荣养的清朝废帝溥仪配一服十分紧要的药，需要用到上好的人参。他们在奉天已经跑了多家参号，包括杨家的奉天分号，都未能选到满意的人参，只好来到抚松城。想来这里是长白参的集散地，又是杨家参号的总号所在，当然会不虚此行。

金十三客气地道："二位远道而来，且请宽坐。这抚松总号是杨八爷的长子庭轩少爷负责打理的，他出去办事了，待我唤伙计去请他回来，

开库取参，请二位先生看货。"他叫了一个伙计麻溜儿地去，又叫人去长白楼订上一个包间，午间设宴款待二位远道而来的贵客。

金十三陪着何、李二位客人品茶闲聊。二人见金十三年纪轻轻，说起人参来却头头是道，又是惊讶又是佩服。

足等了近一个时辰，杨庭轩才姗姗来迟。寒暄已毕，杨庭轩说："烦劳二位远道而来。不过你们算是来对了！不是我自夸，如果二位在我们杨家还找不到要的参，那在整个关东，甚至整个中国，你们也不会找到了。"

那位胖大的何先生笑着说："那是当然，谁不知道杨家参号的名头！贵号藏龙卧虎，人才济济，就像这位陈先生，年纪轻轻，却对人参一道有这么高的见识，让我们这两个在药行里混了几十年的老朽都自叹不如。"

杨庭轩瞟了金十三一眼，自去开了小库，将几枝四匹叶以上的上好人参都拿了来，请客人鉴赏。

何、李二位细细看了半天，不吭声地又将几枝参放下了，坐下来端杯饮茶。金十三坐在旁边，见他二人迟迟不说话，问道："怎么，这几枝棒槌还是不入二位的法眼？"

那瘦瘦的李先生开口道："杨少爷、陈先生，要说呢，贵总号的这几枝参也确实是上品，尤其是这枝'五魁'，近几年已是难得一见了。不过鄙号东家交代过，这次配的药丸，实在是有紧要的用处，恕我等不能详说。但恐怕就凭这几枝参，还无法让我们带回去跟东家交差。呵呵，我想赫赫有名的杨家参号，恐怕不止这点儿家底吧？是不是贵号嫌我们六合堂庙小和尚穷，不愿意烧这炷香啊？"

这话就说得软中带刺，近于无礼了。杨庭轩脸色泛红，不悦地道："李先生这说的是什么话！我们杨家打开门做生意，大庙也好，小庙也罢，是菩萨我们就烧香，哪会有不敬之意？只是二位连这枝'五魁'都看不上，我们杨家就是想烧这炷香，那也难得很哪！"

那胖大的何先生哈哈一笑，说："杨少爷，我们素闻杨八爷手中有一枝'六月雪'，乃是七年前参王大赛上的'参王'。我们也知道，这枝参杨八爷一直都舍不得出手，还在贵号珍藏着。如今杨少爷却不肯拿出来让我们过过眼，我们这位李先生一时心急，说话不好听，你莫见怪。"

金十三听到这话，身子不由得往前一探。一般六匹叶棒槌中的上品，都可以称之为"六月霜"，比如上回杨庭轩看走了眼的那枝宁古塔参就号称是。但只有长白山出产的六匹叶参，才能称之为"六月雪"，品质比"六月霜"又高出一截。七年前的那次参王大会，金不换没有参加，夺得参王桂冠的是通化把头廖拐爷。而他凭借的，正是一枝"六月雪"。

杨庭轩哈哈一笑，对何先生说："贵号的信息倒是灵通。实不相瞒，这枝'六月雪'果然还在我杨家手里。只是此宝贵重，不见真佛，恐鄙号难以示人。"

那何先生向李先生瞅了瞅，李先生不言声地从怀中掏出一张银行本票，放在了杨庭轩的面前。这是一张汇丰银行开出的本票，数额竟然是两万大洋。这已经是令人瞠目结舌的出价了。想当年，金不换那枝比"六月雪"还要高出一个档位的"七仙女"，也不过卖了这么一个价格。

杨庭轩验看完本票，眉开眼笑地说："看来二位先生一早就是冲着这枝'六月雪'来的。也罢，既然贵号有诚意，我们杨家参号也不是不能商量。不过这枝棒槌现在不在总号，在我爹手里。二位稍待。"他从腰间取下一把钥匙，对金十三说："小陈，你拿着这把钥匙去见我爹，说明这里的情形。他自会去取参，派人跟你一块儿送来。这已经快到中午了，我先领二位先生去长白楼。你们拿到参后到长白楼来见我。"

金十三答应一声，接了钥匙，径奔杨府而来。进得内院，通禀已毕，有丫头带他直接进了杨八爷的卧房。不料杨八爷却正卧在床上，头上敷了毛巾，双眼紧闭着。屋内满是药味儿，两名丫头正忙前忙后地伺候着。见金十三进来，一名丫头凑到床前唤了两声，杨八爷慢慢睁开了双眼。金十三快步上前，向他请安问好。

　　杨八爷咳嗽了几下，气息虚弱地问道："我这病得都起不了床了，店里有何要事，庭轩让你来吵烦我？"

　　金十三将来意说了一遍，并出示了杨庭轩给他的钥匙。杨八爷屏退了两名丫头，说道："'六月雪'是参中珍宝，我收在库中多年，一直不肯出手。但六合堂是我杨家参号的大主顾，既然是冲着这枝棒槌来的，又肯出高价，倒也不能驳了面子。"他费力地撑起半截身子，掀开枕头，不知道在什么地方一按，屋内地板忽然"嘎嘎"作响，墙角的几块大青砖往两边分开，露出了一个地道。金十三想不到杨八爷的藏宝库就在他的卧房地下，正愣神间，杨八爷又从怀里摸出一把钥匙，递给金十三，说："我头昏难起，你拿了这把钥匙和庭轩给你的那把，自去我的藏宝库中取参吧。你点了灯下去，进入地道后有一扇铁门，得用这两把钥匙同时插入，分别往左右两边转动才能打开。所有的藏参都在靠右手边的那排架子上，那枝'六月雪'就在架子第三层的顶头放着。"

　　这真是天赐良机！金十三大喜，面上不动声色，心中思量，这会儿屋中无人，杨八爷又病卧在床，待自己在藏宝库中找到了"神龙二炷香"，便回头结果了杨八爷的性命，给义父及众位叔叔们报仇。

　　金十三接过杨八爷给他的钥匙，点着了一盏灯，进入地道。刚下去时地道还很逼仄，后面却越来越宽敞。转过一个拐角，他看到了一扇铁铸的小门，门上有两个锁孔。他用钥匙打开铁门，推门进去，闻到了一股生石灰的气味，这生石灰是用来防腐防潮的。整个藏宝库大约有三丈见方，虽处地下，却不觉十分憋闷，想必是做了通风的设计。里面靠墙摆了两排架子，左边架子上各种奇珍异玩都有，金十三虽不懂，但料想都价值不菲。右边的一排架子共有三层，却摆的都是锦盒。地上还堆放了很多箱笼，其中几个盖子还打开着，都是金条、银锭、大洋之类，还有些珠宝首饰。金十三对这些全不理会，他先按杨八爷的指示找到了那枝"六月雪"，放在了一旁，又在架子上一个一个翻开锦盒寻找那枝"神龙二炷香"。

他翻遍了所有的锦盒，里面都是一些四匹叶以上的大棒槌，其中不乏"四掌将军""五魁"这样的上品，可既不见"凤凰单滴泪"，更不见那枝"神龙二炷香"。

金十三不甘心，又打开箱笼翻找，还在各处摸索是否有机关暗格，却仍然一无所获。他大失所望，不敢再多做耽搁，只得先拿了那枝"六月雪"出来，今后再行打算。

上面屋子里一片寂静，杨八爷似乎又昏睡过去了。金十三钻出地道，身子还未站稳，忽然头上落下一张绳网，将他牢牢罩住。金十三大惊，拼命挣扎，那绳网却越缠越紧。紧接着拥上来几个人，将他掀翻在地，死死摁住。

金十三再睁眼看时，却见杨八爷衣冠齐整，正坐在桌旁。他的旁边，立着杨庭轩。

金十三大叫："八爷，我犯了什么事儿，你要拿我？！"

杨庭轩拾起地上装有"六月雪"的锦盒，说："犯了什么事儿？你入我杨家宝库，意图盗窃，知不知罪？"

金十三惊道："少爷，你怎么这么说？我可是遵您的吩咐回来取参的。

八爷病卧难起，才命我去藏宝库自取。我除了奉命拿了这枝'六月雪'外，身上未携任何库中之物，不信你们搜！"

杨八爷阴恻恻地说："不必搜，我知道你身上未携其他财物。可你虽无盗宝之实，却有盗宝之意。我这床头有一折镜，可随时观察地下藏宝库内的动静。方才我见你在库中，取了'六月雪'后却并未立即出来，反而翻箱倒柜四处搜查。如果你只是心有贪念，妄图窃取财物，倒也罢了。可你偏偏对满架满箱的奇珍异玩、金银珠宝毫无兴趣，只将那些装有参宝的锦盒一一打开查看，却又不取，你说说看，这又是为何？"

金十三说："我怎么敢对八爷的财物起贪念。我……我只是好奇，想看一看杨家的藏参，究竟有些什么样的好货色。我也是参行之人，能有机会见到这么多的参宝，是人生大幸，因此一时手痒，私开了八爷的锦盒，犯了规矩，请八爷责罚！"

杨八爷哼了一声，道："仅仅是犯了这点小规矩吗？嘿嘿，你也说得太轻巧了。既然你打开那些锦盒只是因为好奇想看看，那么看完后为何还在库中四处翻找？你想找什么？"

金十三嘟囔道："没找什么，就是随便翻翻，看看还有什么好参或者好玩的物件儿。"

杨八爷冷笑道："陈十三，你以为这样说能蒙混过去吗？老实说吧，我早就对你起了疑心。你小小年纪，对人参一道的见识，不但庭轩远远不及，就是我，恐怕也不敢说强过于你。放眼这参行之内，能达到这个造诣的，不出十个人。你说你师从的是你的舅舅，那他该是何等的厉害！可像他这样的高人，我却闻所未闻，这岂不是笑话？"他站起来，踱了两步，缓缓地说道："在我眼里，只有一个人或可超越你说的那位'舅舅'，可是这个人……早已经死了。唉……"他长叹了一声，眼神里充满了落寞。

金十三听他说的这个人，似乎是自己的义父金不换，怕他猜到自己的身份，不敢吭声。

杨八爷又说："既然我觉得你不简单，便派人去查探你的底细。陈家屯确实遭了大灾，可总还有几个逃难出来的人，我派了人四处打听，总算找到了一位，他却说从没有听说过你们这一家人。我再派人去找'火烧天'，不料野云岭烧得只剩下了一片瓦砾，这家伙却不知所踪。我便设下了今天这个局，果然被我试出来，你是有所图谋的，是要找什么东西。是人参？还是别的什么？说吧，你到底是什么人？潜入杨府，意欲何为？"

金十三摇头道："我没什么好说的。这些只不过是你的猜测，没有任何凭据，你就是杀了我，我也是不服！"

杨庭轩在一旁大怒，命手下动手暴打金十三，直将他打得遍体鳞伤，全身没一块好肉。金十三咬紧牙关，一声不吭，直到昏死了过去。

杨庭轩见他如此强项，无可奈何，便对杨八爷说道："爹，这小子死不开口，我看也用不着审了，干脆弄死他，一了百了！"

杨八爷沉吟片刻，道："我总觉得他跟那个人有什么关联似的。唉，算了，除掉他也好，免留祸患。不过不要在宅内杀人，一来不吉利，也败坏我杨家的名声；二来他在我们杨家也算是一个人物，上上下下关系打点得很好，我瞧你妹妹如意似乎也跟他有些什么扯不清的瓜葛。就这么弄死他，不太妥当。"

杨庭轩眼珠子转了转，忽然说道："爹，你还记得抚松官牢里的'三江鹰'吗？"

第十二章

　　上文我们说到，金十三在杨家总号未能探查到那枝"神龙二炷香"的踪迹，却偶然从杨如意口中得知杨府中有一个隐秘的藏宝库，就在杨八爷的居处之内。只是这藏宝库需要杨八爷和杨庭轩二人分别携带的钥匙同时插入才能打开。金十三正愁无计，不料京城六合堂来抚松买参，在杨家总号遍观奉上的山参，都冷笑摇头，直言要出重金买杨八爷所收藏的一枝"六月雪"。杨庭轩掏出自己的钥匙交给金十三，命他去向老爷子禀报，打开藏宝库取参。金十三回到杨府，杨八爷病重难起，便将自己所藏钥匙交给金十三，命他自行开库。天赐良机，金十三心中狂喜，决定在库中找到"神龙二炷香"后，便回头结果正处病中的杨八爷的性命。不料这是杨八爷设的一个局，专为试探金十三的。金十三非但未能找到"神龙二炷香"，还被杨庭轩率人拿下，逼问他的来历。金十三受尽酷刑，闭口不认。杨八爷无奈，将他送入抚松官牢。

　　金十三幽幽地醒了过来，头脑昏昏沉沉，不知自己身在何地，也不知时间已过了多久。他睁开眼睛，视线模模糊糊，只觉得眼前有一点昏黄的光亮在晃动。他想坐起来，可是刚一动，就感到全身被撕裂了一般剧痛，不由得"唉哟、唉哟"叫出声来。

旁边有一个粗豪的声音冷冷道："真是孬种，这点皮肉伤就哭爹喊娘的。"

金十三慢慢恢复了视线，他打量了一下四周，自己身处在一个狭小的监牢之内，墙壁都是一块块粗糙的大石所砌，地下也是大石块铺成。离自己头部不过一尺远，放着一个粪桶，鼻中闻到的尽是臭气和臊气。墙角处点着一盏小油灯，发出昏暗的光芒。一个身材高大的汉子正盘膝坐在离他不远的地方，冷冷地盯着他。

金十三问道："你是谁？"

那汉子三四十岁年纪，脸上俱是疤痕，根本看不出本来的面目，看上去可怖至极。他的身上也跟自己一样，衣衫褴褛，伤痕累累。但他却浑若无事，冷笑道："呵呵，真是好笑。那些狱卒将你扔进来时，说你是我的从犯，十日后跟我一块儿行刑。你却连我是谁都不知道。"

金十三记起来了。他被人从杨府送到了县衙门，那县长亲自问案，指他为关东巨盗"三江鹰"的党羽，受指使潜入杨府，伺机盗窃，被主家当场拿获，搜出价值巨万的参宝一枝。他不由金十三分说，便吩咐衙丁行刑，又把他打得一佛升天，二佛出世，当场昏死了过去。

金十三在杨家参号当二查柜时，听人说起过这个"三江鹰"，乃是关东第一飞贼，穿墙打洞，高来高去，本领惊人，专打豪门富户的主意。三年前他曾创下一夜盗取奉天十三家富户的纪录，其中就包括杨家在奉天的参号，一时震惊了整个关东。那次杨家不计其他丢失的钱财，光三十年参龄以上的老参就丢失了五六枝，价值超过两万大洋。其中一枝

四十多年参龄、重五两多的"四掌将军"，价值最为不菲，本已经被大帅府的三小姐看中，预备作为献给张大帅的寿礼。定金都付了，约好三日后大帅寿诞之日来取货付尾款，却不料就在当夜被盗。杨家奉天参号不但损失巨大，而且声誉也大大受损。杨八爷闻讯恼怒不已，开出两万大洋的花红缉拿"三江鹰"，却不料接下来一年多时间内，自己九城十八号参号接连被盗，连抚松总号都未能幸免。不管如何加意防范，"三江鹰"总能找到空子得手，令杨八爷头疼不已。这"三江鹰"是摆明了要与杨八爷作对。杨八爷精心布局，终于抓住了他，将其打入抚松官牢，由县衙判了死刑，报奉天核准，秋后就要行刑。为了保险起见，除了狱卒之外，杨八爷还让自己的女婿，抚松守备团团长徐松仁派出兵丁轮流入牢看守。

金十三想不到这个臭名昭著的江湖飞贼居然是这样一位身体长大的汉子。他还以为吃这碗饭的都是尖嘴猴腮、身材瘦小，就像《水浒传》里的"鼓上蚤"时迁那般模样的。他懒得搭理这大汉，闭上了眼睛不说话。那"三江鹰"却站起身走过来，在他身上狠踢了两脚，骂道："小瘪犊子，别他妈装死！不管你是谁，怎么进来的，总之想从老子嘴里套出那些财宝的下落，那是做梦！"

金十三一身的旧伤加新伤。幸亏他食过"神龙"胆，喝过"神龙"血，体质异于常人。饶是如此，三番两次的毒打也让他熬不住，全身疼痛难忍。这会儿又被这凶恶的汉子莫名其妙地踢了两脚，痛得他差点背过气去。他张口就骂，将这"三江鹰"的祖宗十八代都骂了个遍。那"三江鹰"踢得越发狠，金十三无力站起，情急之下，忽然抱住"三江鹰"的小腿，朝他的腿肚子上一口咬去。"三江鹰"不防他还有这手，"唉哟"一声滚倒在地。金十三见得了手，疯了一般扑在他的身上，挥起手上戴的镣铐就往他头上砸。"三江鹰"没想到这小子伤得这么重，居然还有余力跟自己厮打，连忙去扭他的手。两人就像地痞无赖打架一样，滚在地上撕巴起来。不一会儿，只听"嘶"的一声，金十三原本就破烂不堪的衣服前襟被撕开了一个大口子，藏在怀里的护身袋掉了出来。他一愣神，刚要伸出手去捡，那"三江鹰"一个屈肘，正撞在他的脸上，登时将他撞晕了过去。

又过了不知多久，金十三再一次醒了过来。他忍着剧痛睁开眼睛，却见那"三江鹰"将一张丑恶的脸凑在他的面前，正盯着他看。

金十三吓了一跳，连忙缩头扭身想要避开，却又牵连了身上的伤口，痛得哼了一声。

"三江鹰"嘻嘻而笑，将一个窝头递给他，又端过来一盏装了清水的小碗，说："你这一天水米未进了，吃点儿东西吧！"

金十三别过头，不去理他。"三江鹰"笑道："好小子，有种！"金十三想起自己的护身袋，连忙摸了摸身上，果然不见了。他转回头去，瞪着"三江鹰"道："我的东西呢？还我！"

"三江鹰"往囚室外的甬道瞧了瞧，寂静无人，回头掏出那只护身袋，在金十三的面前晃悠着，说："你是要这东西吗？"

金十三伸手去夺，"三江鹰"却一下收了回去，说："且慢！这是你的东西吗？"

金十三恶狠狠地说："不是我的，难道是你的不成？"

"三江鹰"叹了口气，说："自然不是我的。可我却知道这袋中'五帝钱'的渊源。"

金十三愕然看着他。"三江鹰"呆怔了半天，似乎想起了什么久远的事，半晌方才说道："一般我们所说的'五帝钱'，是指'顺治通宝''康

熙通宝''雍正通宝''乾隆通宝''嘉庆通宝'这五位大清皇帝发行的铜钱，分别代表五行中的金木水火土。我知道放山人常会用到这'五帝钱'来定参。可这只是'小五帝钱'，而你护身袋中的五枚帝钱，却是'大五帝钱'，分别是'秦始皇半两钱''汉武帝五铢钱''唐太宗开元通宝''宋太祖宋元通宝''明成祖永乐通宝'。要想聚齐这'大五帝钱'，比'小五帝钱'难上百倍。更为稀罕的是，你这五枚帝钱不是子钱，而是母钱。所谓母钱，是指皇帝即位后颁行自己的钱币，铸钱司先要铸八到十二枚母钱上呈皇帝，皇帝对其形制、成色、字画满意后，再以母钱为本开模，以模具大量制造子钱，流通天下，而母钱则永存于大内。自古传言，五帝钱齐聚，能够为人消灾、祈福，若小五帝母钱齐聚，则能调配阴阳、掌控五行，而大五帝母钱齐聚，则能运转乾坤，有改天换地之神通。不过这大五帝母钱原本就铸造极少，我中国自秦始皇以来，历经两千年风云变幻、改朝换代，能够遗存于世的更是微乎其微。这几枚母钱能够齐聚，那是天缘地合，非人力可求的。"

金十三听得目瞪口呆，问道："你又怎么看得出来，我这大五帝钱是母钱的？"

"三江鹰"看了他一眼，并不回答，反而问道："你究竟是什么人？身上为什么会有这几枚钱？"

金十三哼了一声，不想回答。"三江鹰"笑道："原先我疑心你是杨八爷派来的坐探，故意施苦肉计，想来跟我套近乎，好从我嘴里得知财宝的下落，所以才对你恶言相向，拳脚相加的。如今看来你并不是。兄弟莫怪，我这里先向你赔个不是啦！"

金十三奇道："你说什么财宝？"

"三江鹰"道："我从杨八爷那里偷取的财货相计起来，没有十万大洋也有七八万了吧！他自然是想从我这里追回赃物。再加上我'三江鹰'纵横关东二十年，专偷豪门富户，从他们那里得来的奇珍异宝、金银财物更是不计其数。这些年我花也花了不少，但积存下来的更多，其中有几样宝贝，当真称得上价值连城。那杨八爷和狗县长，还有守备团的徐松仁逮住了我，便想从我这里把财宝都榨出来。嘿嘿，他们什么办法都用尽了，威逼利诱、严刑拷打，老子偏不说！就是把这些财宝带到棺材里，老子也不会便宜了他们！这三条狗无计可施，只好向大帅府行文，十日后就要将我明正典刑。倒是兄弟你，怎么会跟我的案子牵扯一块了？"

金十三苦笑了一声，将义父与叔叔们因一枝"神龙二炷香"被杨八爷害死，自己为报仇而潜入杨府，却落入杨八爷所设圈套的经过说了一遍。

"三江鹰"惊讶地道："原来你是金不换的义子！"

金十三说："你认识我义父？"

"三江鹰"点了点头，说："我跟他算是老相识了，很佩服他的为人。你既然是他的义子，那你的生父是谁？你身上又怎么会有这五枚帝钱？"

金十三听"三江鹰"与自己义父熟识，倍感亲切。听了他的询问，金十三摇了摇头，说："我也不知道。从我出生起，这护身袋中的物事就一直跟在我身边了。在我十岁那年，才知道一直养育自己的父母并不是我的亲生父母。养母告诉我，她有天清晨去镇上给太太买东西，见到一位孕妇，外貌美丽，穿戴也非俗，浑身血迹倒在韩家堡子外五里的土地庙中，已经要生了，这就是我的生母。养母赶紧为她助产。但我的生母难产，她求我养母尽力保住孩子，并拿出一个护身袋，咬破手指，在里面的一张桑皮纸下面写上了我的生辰八字，然后把护身袋交给养母，请

她在我出生后为我戴上，永远不可离身。我出世了，生母却难产而死。养母不知她从何而来，身上又为何血迹斑斑，怕招惹麻烦，便偷偷将她的尸身草草埋了，从此就收养了我。几个月后，一股胡匪破了韩家堡子的窑，韩老爷一家包括炮手、棒子手、佣人、长工等都被杀干净，包括我的养父。只有养母带着我侥幸逃了出来，从此四处流离，靠着帮人浆洗缝补勉强过活。到我十岁那年，我的养母也在贫病交加中去世。临死前，她把这些事情告诉了我。我又成了孤儿，只能到处游荡乞讨，直到冻倒在了我义父金不换的门口。没有他老人家的救命和收养之恩，我早就不在人世了。如今他老人家的大仇未报，我却被诬告为你的同伙，要跟着你一起奔赴黄泉了。"说到这里，他心中又苦又怨，眼中流下泪来。

"三江鹰"却冷笑道："呵呵，到底是小孩子，经不住事儿。你哭就能够把这监牢哭塌了？哭就能够把杨八爷哭死？"

金十三抹了一把眼泪，呆呆地看着他。"三江鹰"又道："老子还要出去找那几条狗算账呢，怎么会白白死在这里！"

金十三心中升起希望，问道："你是说……会有人来救咱们？"

"三江鹰""嘿嘿"一笑，说："老子向来独来独往，从来就没有什么党羽同伙，也用不着别人来救。可老子要走，就凭这破牢就能关得住？只不过老子想再等一等，等一个人来看我。"

金十三叹了口气，只当他说的是疯话。两人作为死囚，身戴重镣。这死囚牢连个窗户都没有，四面墙不是大通号的那种土砖，而是用花岗岩石砌就的，坚硬无比。栏杆也都是铁铸的，中间的空隙只能伸出一只常人的胳膊。外面还有兵丁和狱卒分内外两层把守。要想逃出去，只怕真的是要变成一只苍蝇才行。

第二天，却真的有人来这死囚牢中探访。

当狱卒带着两个女人走近铁栅栏，金十三又惊又喜，来的人竟然是杨家二小姐如意和丫头鹃儿。

杨如意手中提着一个食盒，隔着栅栏见金十三蓬头垢面、衣衫褴褛、浑身血迹，她大叫一声，扔下手中的食盒，扑了上来，颤声道："十三哥，你……"话未出口，眼中的泪已经是扑簌簌地掉了下来。

鹃儿却将那狱卒拉到一旁，往他手里塞了两块大洋，说："这位陈先生原本是我们杨府的人。杨八爷特意让我们来看看他，最后问几句紧要的话。事涉杨府的机密，请你回避一下。"那狱卒拿了钱自去了。鹃儿对金十三点了点头，也走到甬道的外面等着，留下杨如意一人跟金十三说话。

金十三对杨如意笑了笑，说："我没事。你怎么来了？你爹不知道吗？"

杨如意低声说："他不知道，我是打着他的旗号来的。外面把守的那几个当兵的知道我是他们团长的姨妹，也不敢拦我。鹃儿把你被抓了的消息告诉我时，真把我给急死了。我去找爹和哥哥质问，他们却说你是'三江鹰'的党羽，潜入杨府就是为了盗取宝库里的财物。可我不相信。你一定不是江洋大盗！"

金十三心中感动，说道："我当然不是。"

杨如意说："可是为什么爹和哥哥要冤枉你呢？爹不是一直很信任你吗？"

金十三叹了一口气，他不知道该如何回答杨如意的这个问题，何况自己再过十天就要上刑场了，说什么还有用吗？他沉默了半晌，说道："如意，我无法解释，也不能解释。还有几天，我就要跟牢中这位'三江鹰'大哥一起上刑场了。你还是把我忘了吧，今后也不要再来看我了。"

杨如意哭道："不！不！我不要你死！我要你说，你说啊！为什么？为什么？"

金十三默然不语，杨如意低声抽泣。两人隔着一道铁栅栏，心中虽有千言万语，却不知道从何说起。金十三知道，这道铁栅栏，已经将自己从杨如意的世界里隔离出去了。

忽然，"三江鹰"走了过来，隔着栅栏问道："小姑娘，你是杨真意的什么人？"

杨如意见这汉子高大威猛，面上都是疤痕，看起来又丑又凶，心中害怕，不由得往后退了一步，一时忘了再哭。

"三江鹰"柔声说："你别害怕，我是你十三哥的朋友，不会伤害你的。"

杨如意见金十三点了点头，长吁了一口气，说道："杨真意是我的姐姐。"

"三江鹰"的脸色更加柔和，问道："你姐姐还好吗？她有哮喘，一入冬就会严重，不知道现在好些了没有？"

杨如意诧异地道："咦，你怎么知道？你是我姐姐的朋友吗？她很少出门的，也从来没有跟我提起过她有你这样一位朋友。"

"三江鹰"叹息了一声，喃喃地道："她当然不会提，也不必提，只要她心里把我当成朋友，那就行了。"

杨如意没有听清他说什么，继续道："她的哮喘是老毛病了，用了很多方法治疗，都没什么大的起色。这回我姐夫托人从花旗国带了一些新制的西药，听说很有效。"

"三江鹰"忽然脸色大变，瞪起眼睛看着她，声音颤抖地说："你……姐夫？"

杨如意被他瞪得心里发毛，说话都有点结巴："是……是啊！我姐姐今……今年春节过后就结婚了。我姐夫就是……就是抚松守备团的团长徐松仁。"

"三江鹰"的表情都凝固了，呆立了半响，忽然嘶声厉吼，久久不歇。杨如意被吓得连连后退，面色苍白。金十三也目瞪口呆，不知他为何情绪突然如此激动，几近疯狂。

甬道尽头连接守卫值班室的门打开了，一群兵丁和狱卒拥了进来，不由分说地将已经看傻了的杨如意架了出去。接着他们冲进死囚牢，两个人用枪将金十三看住，其余人手持棍棒，对着"三江鹰"就是一顿劈头盖脸的暴打。

"三江鹰"抱住自己的头，蜷缩在地上，动也不动，任凭那些人毒打，连哼都不哼一声。那些人打了一会儿也打累了，锁上牢门，骂骂咧咧地走了。

金十三不明白"三江鹰"究竟是怎么了，开口问询，他却闭目不答。金十三叹了口气，用水给"三江鹰"仔细擦洗伤口。"三江鹰"就如一个活死人一般由他摆弄，也不说话，只是呆呆地发愣。到了晚饭时分，金十三把狱卒塞进来的窝头递到他手上，他也不吃。

半夜，金十三正睡得迷迷糊糊，忽然被"三江鹰"摇醒。金十三见他和自己身上的镣铐都已取下，明白过来，他这是要带着自己逃狱。"三江鹰"是关东第一飞贼，解开这种原始简单的铁镣并不是什么难事，一小截铁丝或者一根磨尖了的细木棍就可以办到。可这死囚房的牢门却是德国造的新式机械锁，即便手巧如"三江鹰"，恐怕也需要精良的工具，花上一段时间才能打开。更何况甬道外面的值班室每晚都有四个守备团的带枪士兵值班，只要听到响声就会进来。

金十三正要开口询问，"三江鹰"示意他不要作声。他脱下自己身上带的囚衣，用瓦罐里的清水和尿桶中的尿液打湿，缠在两根铁栏杆上，使出内劲儿慢慢地绞动。那两根酒盅粗细的铁栏杆发出轻微的"嘎嘎"声，居然被绞弯了，露出了不到一尺宽的空隙。

虽然如此，但就这么一点点空隙，金十三估计自己的身子都钻不过去，更别提"三江鹰"这高大的身躯了。可接下来的一幕让金十三简直不敢相信自己的眼睛，只见"三江鹰"全身骨骼一阵轻响，身躯竟然开始缩小，最后缩小到只有原来的一半多些，稍稍一拱一挣，就从绞弯的栏杆缝隙里钻了出去。

缩骨功！金十三原来只听他义父金不换说起过，没想到世上真有这样的功夫。

"三江鹰"消失在甬道尽头。金十三正在担心，约一炷香的时间，"三江鹰"又回来了，这次却带来了钥匙，打开铁门将金十三放了出来。

金十三跟着他悄悄奔过甬道，来到甬道尽头的那扇铁门前。这扇门跟死囚牢的门是一样的，都是一块大铁板，并加装了新式的锁，只能从外面打开。唯一不同的是，门上有一个只有正常人头部大小的四方形观察口，是通透的，方便值班室的人随时通过这个观察口聆听和查看里面的动静。

门是开着的，金十三一进值班室，就见四名守备团派来的士兵都躺在地上一动不动，看样子是被人用重手法扭断了脖子。他猜想"三江鹰"就是通过门上这个观察口钻进了守卫值班室，然后悄无声息地就弄死了这几名士兵。

金十三对"三江鹰"这神奇的"缩骨功"和高明的轻身功夫咋舌不已。只是这几名士兵怎么一点反应都没有就着了道，这倒奇了。"三江鹰"

看出金十三的疑惑，一边让他挑一个身材近似的士兵的衣服换了，一边解释说："我在这牢里关了一年多，一直在观察和默记这些狱卒和士兵的换班规律。这四个当兵的最是好酒，轮到他们值夜班，往往又吃又喝，而且一般都会喝醉。今天见进来毒打我的有他们几个，我便决定今晚脱狱。我等到子时，竖耳听这值班室内吆五喝六的声音停止了，知道这四人又喝醉了，便从这观察口钻进去，不费吹灰之力就扭断了他们的脖子。"

金十三不由得暗暗佩服，这"三江鹰"不愧是积年老贼，心思缜密。不过这些当兵的也是冤，谁能想到"三江鹰"竟然会有这样神奇的"缩骨功"，能从那么小的一个观察口钻进来要自己的命？

两人迅速换好了士兵的衣服，金十三瞅见这四名士兵身上配的都是崭新的德国"二十响"手枪，惊讶道："这徐松仁的守备团装备挺精良啊！"顺手就拿了一把。三江鹰也拿了一把，说："这四个人都是徐松仁精挑细选的警卫排里的，个个高大强壮，身手不弱，装备自然也不同一般。我之所以会落在杨八爷手里，徐松仁的这支警卫排是出了大力的。"

两人走出监室，向监狱大门走去。监狱大门由四名狱卒把守，都持长枪。高墙上的两头分别有两个观察岗，也有两名持枪狱卒驻守。金十三心中紧张，将帽檐压得低低的，步伐僵硬。"三江鹰"低声说："别紧张，你越紧张越容易露馅儿。这深更半夜的，灯火昏暗，他们很难看清我们的样子。再说徐松仁的警卫排嚣张跋扈，向来在这抚松城里横着走，这些狱卒只有巴结他们的份儿。我们换上了他们的衣服，谁敢细查？"金十三听了，心中稍定，又想自己手中有枪，要真被发现了，大不了就干，拼他个鱼死网破！

两人装作喝醉了，晃晃悠悠地走到大门口，一个狱卒笑着问道："二位爷，这么晚了还出去？"

"三江鹰"身子歪扭着，头低下来伏在金十三的肩上，嘴里含含糊糊地说："老……老子喝了酒，要……要出去找个姑……姑娘去去火，要你管！"

那狱卒提着一盏灯笼想要靠近，金十三一脚踹了他一个趔趄，吼道："开门！再废话老子崩了你！"说着就把手枪端了起来。另一个狱卒连忙打开了监狱大门上的一扇小门，点头哈腰地说："咱们哪有资格管爷们儿的事儿？二位爷请便。"

"三江鹰"勾搭着金十三的肩头，两人跟跟跄跄地走了出去。"三江鹰"还往后扬了扬手，说："把门关上！耳……耳朵都给我竖起来，一会儿老……老子回来敲不开门，有……有你瞧的！"

几个狱卒看着两人远去，把门关上。那被踹了一脚的狱卒小声骂道："这些个王八羔子，明面上是来协助我们看守要犯，实际上都是他妈轮着上咱们这儿当爷来了。天天要咱们好酒好菜地伺候着，不是耍钱就是嫖女人，喝多了还要跟咱们耍威风，我呸！"

给"三江鹰"和金十三开门的那个狱卒苦笑道："唉，同样都是拿枪，可就是不同命啊！你少啰唆几句吧，别回头让他们听到。等过些天把那'三江鹰'毙了，守备团的这帮'爷'自然就不会再上咱这破地儿来了。"

金十三和"三江鹰"拐过一个街角，眼瞅抚松大牢已经瞧不见了，"三江鹰"站直了身躯，对金十三说："你等等。"他张望了一下四处无人，溜到一家挂着"王记成衣铺"牌匾的店铺门口，不知用了什么手段，两下就扭开了锁，钻了进去。不一会儿，他又闪身到门边，向金十三招了招手。

金十三莫名其妙地跟着他进了铺子，问道："咱们还不快跑，来这儿干啥呀？"

"三江鹰"说："咱穿着这身守备团的狗皮，太扎眼了，跑不多远就会被发现，得换身衣服。你挑一身，别挑太好的，挑普通人的衣服就行。"

金十三心想自己果然江湖经验太嫩，连忙挑了一身最普通的衣服换上。"三江鹰"也换了衣服，他跑到柜台里东翻西翻，见有一些零散的大洋和奉票，便都拿了。两人出了成衣铺，"三江鹰"找了个一般不会有人注意到的犄角旮旯，将两人换下来的军装扔了，又将从成衣铺里拿的那些零散的大洋和奉票全都塞给金十三，说道："小兄弟，咱们就此别过了。你从这儿奔西门去，不要走城门。现在大概是丑时，天还没亮，城门没开，而且那里有兵丁把守。城门往右大约一里地，有一处下水道通往城外的漫江。阻隔内外的铁箅子上次已经被我破坏了，你使点劲儿就能掀开。从那儿走，没人能发现你。"

金十三惊问："怎么，你不跟我一起走吗？"

"三江鹰"道："我还有重要的事情要办。你走吧，我只能帮你到这儿了。天下之大，你想上哪儿就上哪儿，咱们有缘再见吧！"

金十三急道："可是，牢里很快就会失风。守备团一旦全体出动，闭城大搜，你就跑不掉了。还是一起走吧！有什么事等过个一年半载，风头过去了，你再悄悄回来办不行吗？"

"三江鹰"摇了摇头，说："不行，我不能等到那时候。这守备团要到早上八九点钟才来换班，那些狱卒我料想也不会去守卫值班室查看，不会这么快失风的。有这两三个时辰，足够我办完事。"

金十三说："那我跟你一块儿去，看能不能帮帮你。"

"三江鹰"眼珠子一瞪，低声吼道："老子独来独往惯了，用不着你这个累赘来帮！快滚！别碍老子的事！"

金十三无奈，将自己手里的枪递给"三江鹰"，说："好吧，那我只好

告辞了。这把枪我逃出去就用不着了。你留在城内凶险，多留一把枪防身也好。多谢你的搭救，将来如有机会，我金十三必当相报！"

"三江鹰"接过枪，拍了拍他的肩头，说："行，你是条汉子！我'三江鹰'这辈子当兄弟的人不多，从今天起，你算一个。"

金十三心中激动，拜倒在地，叫了声"大哥"，又说道："相处数日，还不知大哥姓名，请赐知。大哥异日再现江湖，小弟我必去找你。"

"三江鹰"扶起他，说道："干我们这勾当的，向别人吐底本是大忌。因此江湖上的人只传诵我的外号'三江鹰'，却极少有人知道我的真名实姓。不过你是我的兄弟，说了并不要紧。哥哥我姓卫名鹰，原本也是好人家的子弟。因父母被人陷害，家破人亡。机缘巧合下学得一身本领，手刃了仇家，从此便只身飘零江湖，行这鸡鸣狗盗之事。今日咱兄弟俩暂且别过，山水有相逢，他日必然还能聚首。"说罢，他转身大步而去，再不回头。

金十三按照他的指点，果然顺利地逃出了抚松城。当他从城外的漫江钻出来后，回望不远处淹没在一片夜色中，只露出些许轮廓的抚松城楼，不禁感慨万千。大仇未报，爱人难酬，这一去，山长水阔，江湖路远，不知何时才能再回来。

第十三章

　　上文说到，金十三被当成关东第一飞贼"三江鹰"的党羽，跟他一起关在抚松监狱的死囚牢内。"三江鹰"却疑心金十三是杨八爷派来套取自己财宝所在的奸细，对他拳打脚踢。两人撕扯中，"三江鹰"捡到金十三的护身袋，向他询问袋中五帝钱的来历。金十三将自己的身世和受冤的经过告诉了"三江鹰"，消除了他的误会。杨如意来牢中探望金十三，金十三决定斩断跟她的情缘。"三江鹰"向杨如意打听她姐姐杨真意的情况，被告知她已经嫁给了抚松守备团团长徐松仁。"三江鹰"情绪大变，做出疯狂举动，引来了看守的毒打。当晚，"三江鹰"带着金十三逃出了抚松监狱，但他却说自己在抚松城内还有重要的事要办，让金十三一个人走。

　　举目无亲，身上也只有"三江鹰"塞给他的些许散碎银两，天下之大，金十三不知道该去哪里。但他知道，现在要离抚松越远越好。他决心到东三省的中心奉天闯一闯。

他怕杨八爷、徐松仁派人来追他，白天尽量避开官道，只在山径野路上疾走，夜晚才绕回到官道之上。好在他是放山人出身，对方向道路有着很强的辨别能力，不至于迷失。这样走了三天，并没有任何追兵追来，他料想无人知道自己的逃亡之所，心中安定下来，放缓了脚步，沿着官道往奉天而去。

风餐露宿、省吃俭用地走了二十来天，他来到一个叫作榆树台的小市镇。这里距奉天城已不到二十里地，可他身上的钱已经花得差不多了。金十三索性将所有的钱都拿出来，找了家小饭铺，准备大吃一顿。

他正饿狼似的往嘴里胡乱塞着熏肉大饼，忽然听邻桌一位客人叹息道："唉，我那两车货来得真是背时，偏偏碰上了郭鬼子跟张大帅开仗，全被卡住了，进不了奉天城。"与这人同桌的另一位客人笑道："你还是偷着乐吧！现在奉天城里一片混乱，这时候你把货运进城，不被人抢了就算好了。"

饭铺掌柜给正在吃饭的每位客人添加茶水，不断摇头，叹道："这郭鬼子不知是哪根筋搭错了，竟然造张大帅的反。要不是大帅提拔他，少帅器重他，他哪有今天的威风？"

一位客人喝了口茶，说道："郭鬼子人强马壮，听说还有'国民军'的冯司令给他撑腰。现在他的前锋部队都打到巨流河边上了，离奉天城咫尺之遥，我看这一回张大帅恐怕撑不住了。"

金十三不知道这郭鬼子是谁，为啥要反张大帅，但听饭铺内众人的口气，这奉天城即将遭遇兵祸燹灾，去不得了。他顿时发了愁，自己举目无亲、身无分文，原本想着到奉天先胡乱找份能吃饭的差使，如今却如何是好？

又听饭铺老板说道："我看也不见得。张大帅管着咱们关东都多少年了？家大业大，结拜的兄弟又多，他们都是手下有人有枪的一方诸侯。咱们关东人最重情义，见不得郭鬼子这种窝里反的叛徒。这郭鬼子虽然能打仗，但他手下的兵大多也是咱们关东人，原本吃的是张家的饭，不会跟着他郭鬼子反到底。再说少帅也亲自去了巨流河，在那里召集部队勤王，我看郭鬼子没那么容易打进奉天城。"

又一位客人说道："那为啥这奉天城里的人都在往外逃呢？我听人说连张大帅都收拾好了几十卡车的家财，随时准备逃跑。还听说苏联人控制的中东铁路拒绝运送张大帅从黑龙江调来的援军。张少帅在巨流河召集的部队只有几万人，怎么打得过郭军？"

另一位客人说道："这张少帅在巨流河竖起了帅旗招兵，发的饷很厚，去参军的人很多，现在少帅部队的人数已经超过郭军了。听说郭军不敢发动进攻，两军隔河对峙有好些天了。"

刚才说话的那位客人立即反驳："这刚招来的新兵，能打什么仗？只能凑人数、充炮灰，哪里会是郭军的对手！我看郭军是在等待军需物资和援军，一旦到了就会继续进攻。"

金十三听到这里，心一横，想自己都到了这山穷水尽的地步了，不如就投到张少帅旗下去当兵吃粮。要战死了就一了百了，要是侥幸跟着张少帅打赢了，说不定还能挣一份军功，得一份封赏。

拿定了主意，他向饭铺掌柜打听了去巨流河前线的路，紧着走了一天，赶到了少帅的军营，找到了负责招兵的营务处。这年月兵荒马乱的，不是这大帅打那司令，就是那司令打这督军，遭殃的却是普通老百姓，人命真比纸还薄。再加上老天不仁，屡屡降灾，富人权贵又层层盘剥，很多老百姓过不下去，还不如去当兵，总算还能有碗饭吃，所以来投军的人还真不少。

张少帅也真是肯下本钱，凡是来投军的，先让敞开了吃一顿白脸高粱米饭，然后再行挑选。金十三一天没吃东西，腹中的饥火简直能把他的胃都烧穿了。他蹲在煮饭的大锅旁，甩开腮帮子就开吃。直径将近一尺的大海碗，盛得岗尖岗尖的高粱米饭，他足足吃了三大碗。负责带队的一个排长踢了他一脚，骂道："妈巴羔子的，你真他娘是饿死鬼投胎，一个人吃了三个人的饭都不止！老子部队养不起你这号饭桶，给老子滚！"金十三站起身来，怒道："小爷能吃三个人的饭，可不止顶三个人用。不相信你跟小爷试试！"

那排长大怒，骂道："小瘪犊子，敢跟我叫板——"他上来就是一拳。金十三头一偏，双手已经拽住了他的胳膊，人迅速欺近贴住了他，转身就是一个大背跨，将他结结实实地摔在地上。旁边围观的人轰然叫好。正在维持秩序的几个士兵见自己的长官被摔，纷纷围上来向金十三动手。但金十三闪转腾挪，出手如电，不一会儿就将那几个士兵纷纷放倒在地。

那排长从地上爬起来，掏出腰间的手枪，指着金十三道："你他妈的很能打是吧？老子一枪崩了你！看是你的拳脚快还是老子的子弹快！"

围观的人群都静了下来，大伙儿都想不到吃个饭还能吃出个要命的事来。正在这时，人群中一个声音喝道："住手！把枪给我收起来！"

居然还有人挡横儿！那排长转过头，正要开骂，忽然一愣，赶紧把枪收进枪套，立正行礼："少帅！"

人群往两边散开，几个军官和卫兵拥护着一个身着笔挺的将校呢军服，两肩各挂一条三星肩章的年轻人走了进来。这年轻人不过二十几岁的样子，肤色白皙，个子不太高，但军姿挺拔，玉树临风；眼睛不太大，但犀利有神，如鹰视狐兔。他就是奉军讨逆关敌总指挥、张作霖大帅的大公子，人称少帅的张学良。

张学良哼了一声，瞧都不瞧那排长一眼，对旁边的人说了一句："把他的枪下了，关三天禁闭！"立时有卫兵上来，执行他的命令。他对四周围观的人群做了一个揖，朗声说："谢谢诸位兄弟来投奔我张学良。你们来投我是为什么？是为了打退郭逆叛匪，保卫咱奉天城，保卫咱白山黑水的家园。这可是把脑袋别在裤裆里的活计，我张学良如果连一顿饱饭都不让大伙儿吃上，那还算个人吗？我听说咱奉天省头号大地主黄老屁招长工，头一条就是能吃下二斤高粱米饭。能吃的人才身体好，有力气干活嘛！我张学良难道还不如一个财主？所以大伙儿只要在我张学良的队伍里干，饭尽管敞开了吃，能吃多少吃多少，只要不把自己撑死。不但有饭吃，还有饷银拿。当然你们不能光会吃，那不成饭桶了？谁加入了我的队伍，就得给我长本事。还得舍得把命豁出去，痛揍河对岸那帮吃里扒外的东西。对于作战勇敢的人，我张学良绝不吝于封赏！"众人听张少帅的这番鼓动，既风趣又有激情，都欣然鼓掌。

等人群散开，张少帅回过头来，上下打量了金十三一番，问道："你叫什么？看你身手不错，原来是干什么的？"

金十三说："我叫金十三，原来是打猎的。"

张学良"哦"了一声，说："打猎的？会玩枪不？"

金十三点了点头。张学良从自己腰间的枪套里掏出一把手枪，递给他："那你用我这把枪打打看。"

金十三见这把枪轻盈小巧，拿在手里不过一个巴掌长短。他不知道这就是世界有名的"勃朗宁"手枪，撇了撇嘴说："这枪是给娘们儿使的吧？我用不惯。你给我一把'二十响'，我打给你看。"

张少帅大笑，说："你居然敢说我是娘们儿？好好好！不过'二十响'枪身沉，后坐力也大，不好控制哟！"他转头对一名军官说："朱团长，

把你的'二十响'给他！"

那名军官将自己的配枪递给金十三，金十三拿在手里掂了掂，看了看四周，说："这院里人多，我就打院墙外那株杨树第三根枝丫尖上的第二个树枝吧！"话音未落，他已经抬手开枪，只听连着三声枪响，果然有树枝从那枝丫上坠落。

张少帅点头说："超过三十米的距离能够打断细小的树枝，枪法确实不错。不过三枪才命中一枪，还是欠了些火候。"

金十三一笑，说："那请少帅的卫兵去将被我击落的那根树枝取来给您看看。"

张少帅一愣，对身旁一个卫兵努了努嘴。那卫兵飞奔而去，不一会儿却取回来几截树枝。张少帅疑惑地看了那卫兵一眼，那卫兵说："这就是那根树枝，被打成了三截。"

张少帅惊讶地接过来在手中细看，见几截树枝的断口是新的，还有被高速飞行的子弹灼过的痕迹。可以判定，金十三第一枪将树枝从根部打断，在树枝掉落的过程中，他的第二枪和第三枪又将它打成了三截。要知道，掉落的树枝是处在快速运动中的，第二枪要击中它本已相当不易。而子弹的冲击力会瞬间改变断枝的运动方向，第三枪的子弹想要再次击中它那就更是难上加难。这需要迅捷的手法、敏锐的观察力以及对物体运动的预先判断能力。

张少帅大喜道："好枪法！这已经不是'百步穿杨'能够形容了！"他对朱团长说："这个兵我要了！你跟营务处说一声，把他直接编入我的卫队营手枪连。"回头又拍了拍金十三的肩膀，说："好好干！"便带着侍从们去了。

卫队营顾名思义，就是张少帅的亲卫部队，所有人都是从各军精挑细选而来的，由张少帅亲自训练，受他的直接指挥。手枪连更是他亲卫中的亲卫，虽然全连不到一百人，但个个都身手不凡。他们不但待遇好，装备也是全军中最好的。这支部队虽然叫作手枪连，但其实除了每人都配备一把德国"二十响"手枪之外，还配备有最新式的十三年式步枪、伯格曼冲锋枪（俗称"花机关"），以及轻重机枪、迫击炮等重火力。这样的火力配置已经能抵得上普通一个营甚至一个团了。平时张少帅的指挥部在哪里，这支手枪连就驻扎在哪里，形影不离。

金十三虽然被编入了这支部队，时常能见到少帅，不过少帅军务繁忙，注意不到他这个普通卫兵的存在。

这期间张军和郭军双方打打停停，都只进行了一些小规模的试探性进攻，并没有爆发大的战事。时间进入了十二月，忽然传来消息，原本支持郭松龄的冯玉祥与直隶李景林之间发生内讧，而答应跟郭松龄同时出兵讨张的热河镇守使阚朝玺龟缩观望，不发一兵一卒。紧接着，日本驻扎在奉天省境内的关东军也倒向了张大帅，以维护日本利益和保护侨民为由，阻断了郭松龄的援兵向巨流河开进的道路。而巨流河前线，张大帅调集的援兵却纷纷赶到，张军士气大振。张学良又派飞机向郭军的阵地撒传单，言明老张家的人不打老张家的人，凡放下武器者不追究叛逆之罪，毅然反正、反戈一击者立功受奖。不少郭军军官都纷纷在暗中与张学良联络。郭军基层更是军心涣散、士气低落。而张军从上到下都喜气洋洋，认为这场战事很快就要见分晓了，郭鬼子必败无疑。

不想郭军却主动发动了进攻。作为曾经的奉军名将、张学良的教官，郭松龄当然知道再拖延下去，自己的军队将面临崩溃。与其坐以待毙，不如拼个鱼死网破，假如能一口气打进奉天城，局面能够翻转过来也未可知。

郭松龄亲临前线指挥，他的战术水平还真不是盖的，选择的攻击点又准又狠，猝不及防的张军被打得丢盔弃甲，前沿阵地多处被突破。

　　少帅指挥部里一片慌乱，幕僚们纷纷建议，撤出巨流河阵地，回到奉天城再重新布置防守。张学良略作思考，严肃地说："郭军虽然攻势凌厉，但这是他们临死前的最后一击，正所谓'强弩之末，势不能穿鲁缟者也'。而如果我们现在发布撤退命令，仓促间无法组织全军进行有效的转移，更无法在短期内建立新的防线，必将兵败如山倒。那我们不但守不住奉天城，连整个东北都会落在茂宸（郭松龄，字茂宸。郭松龄与张学良是亦师亦友的关系，张学良一直很尊敬郭松龄，即便双方此时对决沙场，但张仍然不失对他的礼数）手里。这是茂宸的最后一战，同样也是我们的最后一战。只要我们扛住了他的这一击，胜利就是我们的了。你们立即向各军发布我的命令：从现在起，有敢擅自撤退者，有丢失阵地不能即刻夺回者，立毙不饶！"随后，他急从各处调兵遣将，去封堵缺口。除了手枪连留下，他甚至连自己的卫队营都派了上去。

　　双方从拂晓战至下午，前方传来战报，几个关键缺口都被堵住了。张学良大喜，绷得快要断了的心弦一下松懈下来，这才想起不仅自己，整个指挥部的人都一天水米未进，连忙吩咐炊事班抓紧上饭。

　　正吃着，忽然司令部外面响起了一片枪声。众人面面相觑，这里离最近的前沿阵地至少还有十几里路，不知这枪声从何而来。张少帅站起来，正要出去查看，忽然手枪连连长带了几个卫兵闯了进来，连行礼都顾不上，焦急地喊道："少帅快走，郭军打过来了！"

　　张少帅板着脸说："慌什么！前沿阵地都还在我们手里，他们的人是怎么打过来的？"

　　连长抹了一把脸上的汗，说："不知道，反正看上去他们的人数不少。

兄弟们在前面顶着，可也许顶不了多久。少帅你快走吧！"

众幕僚也都放下了碗筷，劝他快走，说他身为全军统帅，一旦有失，将牵一发动全身，这个仗就不用打了。同时有人拨打电话，通知就近的部队赶紧来援。

张少帅却摇摇头，不屑地说："我就在这里，看他们谁敢动我张学良！"

外面的枪声已经越来越近，连长一跺脚，对身后几个士兵吼道："你们架起少帅先撤，我去前头顶！"转身就出了司令部。

金十三也在这几个手枪连的士兵当中，他上前几步，一下就将张少帅左胳膊夹住，往外面拖。他力气异常大，张少帅毫无反抗之力，只得跟着他往外走。众幕僚也纷纷跟了出来。

这时候偷袭的郭军已经离指挥部只有三四百米的距离了。手枪连的士兵虽然武器精良，作战勇猛，奈何是猝然遇袭，重火力来不及展开，加之敌军是郭松龄特别组织前来偷袭少帅司令部的精锐部队，战斗力也很强悍，人数又是手枪连的数倍，因此手枪连虽拼死抵抗，但仍然挡不住敌人的进攻，士兵死伤大半，就连连长都战死了。

金十三和剩下的几个手枪连的士兵护着少帅和一众幕僚且战且走，一路不断有人倒下。郭军越追越近，都大为兴奋。谁如果能够活捉张学良，那将是天大的功劳，因此人人争先，连军官都冲到了前面。金十三心想这样下去一个都跑不掉，他让少帅和众人先走，自己转身跳进一个浅浅的沟坎，单腿跪姿，举起手中的十三年式步枪瞄准，几秒钟内朝追敌连开三枪。

天色已近黄昏，追兵谁也没料到在这样昏暗的视觉条件下，金十三的枪法竟然这么准，一百多米的距离，他的三枪干倒了三个人，而且都

是为首的长官。殊不知金十三在长白山的深山老林里跟着乌力楞打猎，练的就是在各种光线条件和复杂环境下的眼力、判断力以及手速。只要有一点点光，他就能找到猎物的准确位置，并判断出它的动向，快速予以猎杀。

追兵都被他这手神奇的枪法镇住了，再加之群龙无首，都裹足不前，纷纷散开趴下，远远地向他开枪。金十三不断地变换位置，追军枪声虽密，却一颗子弹都没打着他。有几个悍不畏死的追兵想冲过来，都被他在半路就撂倒了，再也无人敢上前。

僵持了一会儿，追兵调上来机枪，凶猛的火力压制得金十三趴在沟坎内，根本就抬不起头。他心中暗叹，这回可是要把命留在这儿了。

忽然，他听到一个声音大喊道："郭军的士兵们，我是张学良，请先别开枪，听我说几句话！"

对面的枪声渐次停了下来。张学良大声道："你们都是郭总指挥的兵，但更是我张学良的兵。郭总指挥听信了小人的挑拨，做出了背叛张大帅的行为。但咱们原先都是袍泽兄弟，怎么能自己人打自己人呢？我跟郭总指挥更是多年的兄弟加战友，虽然在别人的挑拨下兵戎相见，但这一时的误会总有澄清的时候。只要他迷途知返，张大帅和我还会像以往那样重用他。更何况你们是听长官的命令才做出这样的叛逆行径，更不应该受到惩处。我张学良向诸位保证，只要你们放下武器归队，一切既往不咎！"

追兵阵营里响起一片"嗡嗡"的议论声。他们的主要长官都被金十三击毙了，这些下级军官和士兵原本就没有要跟张大帅打到底的意志。只是郭松龄作为奉军名将，在军中向来威望甚重，多数高级长官又听他的，所以大伙儿才跟着起事。如今郭松龄已经陷入绝境，盟友反目、援军不至、粮饷俱无，再打下去只有死路一条。何况张大帅向来待下面不薄，自己端着他的碗却要砸他的锅，也实在是不地道，让关东父老们戳脊梁骨。现在听到张少帅亲自喊话，这些郭军士兵都犹豫了，不想再打下去。但也有人担心张少帅使的是缓兵之计，回头他援军一到，就把他们这伙人包围消灭了，不同意放下武器投降。

大伙儿正在犹疑不定的时候，有个声音大声叫道："少帅，我是韩玉良啊！你还记得我不？"

张学良听了，问道："韩玉良？你是原来二十七师的韩玉良？"

那人喜道："正是我，想不到少帅还记得卑职！"

张学良笑道："你是我的老部下了！去年我还在二十七师当师长时，你是九团三连的排长，我还到你们连队讲过课呢！记得你小子对战术问题领悟得很快，还得过我的表彰。如今你该是连长了吧？怎么，你也跟着他们来打我？"

韩玉良窘迫地道："这……郭总指挥也是我的长官。长官有命，不敢不从。"

张学良道："那我还是郭总指挥的长官，张大帅还是所有奉军兄弟的长官，你们不一样反了吗？'兄弟阋于墙'是自己人的憾事，却是外人的喜事，希望你们能够明白这个道理，早些放下武器投降。我刚才说了，一切既往不咎。"

韩玉良与众人商议了一会儿，忽然大声道："少帅的话是金玉良言，我不敢不听。可是这里的兄弟群龙无首，又深陷在敌后，心中狐疑害怕也是有的。因此玉良斗胆请少帅移步到我们这里，给大伙儿写下一纸保证书，保证我们缴枪后可以去留自由，绝不追究为难。"

张学良大笑道："这有何不可？我这就过来！"

他从一棵大树后现身，正要过去，金十三已经悄悄摸到了他的身边，说道："少帅，不可亲犯险境，万一对方伤害于你或者挟持你为人质，那我可真是百死不能赎其罪了。"

张学良笑笑说："没事儿，这些人大部分都是我曾经带过的兵，我向来对他们不薄，料想他们不会对我下手。再说郭军今天发动的垂死攻击被我军挫败，全线崩溃在即，这些人也要为自己找后路，更不敢对我下手。他们的长官被你的神枪击毙了，群龙无首，已经失了锐气，只是因为附逆叛乱，心中不安，需要我给他们一个确定的免罪承诺罢了。如果我不去，他们就还是敌人，还会作垂死挣扎。真要继续追击我们，凭你这一杆枪也挡不住，我们迟早会落入他们手里。与其这样，还不如我冒一冒险，过去说服他们。"

金十三钦佩少帅的气度和胆识，慨然说道："既然这样，那我陪你一起过去。我本来就是你的卫兵嘛！"

张学良点点头，说："好兄弟，有勇气！走，今天我们一起唱一出'单刀赴会'！"

天已经全黑了。对面点起了火把，两人缓缓步入敌阵。张少帅面带笑容，和认识的老部下招呼寒暄，不时用粗话开两句玩笑。这些人都面带愧色，垂下了枪口。金十三跟在他的身后，心弦紧绷着，右手紧紧握着腰中手枪的枪柄，只要有人露出要对少帅动手的意思，他就会用快枪一一点名。

张少帅走到被金十三击毙的三名郭军团营级别的长官尸体旁，默然半晌，叹息道："他们原来又何尝不是我们的兄弟手足，只因一念之差，枉送了性命，可叹可惜！"

韩玉良垂首走到他的身边，将自己的手枪掏出来，双手向他呈上。

张学良摆了摆手，说："算了，从现在起，你们还是我的兵，不用缴枪了。拿纸笔来吧，我给大伙儿写保证书。"

韩玉良羞愧地说："不用了。少帅如此相信我们，甘冒大险亲入敌营，这份诚心我们已经领受了。我们听凭少帅发落。"他转身大喊道："弟兄们，还愣着干什么，都把枪放下吧！"只听一片"哗啦"声响，所有人都将手中的武器扔在了地上。

忽然，四周响起了阵阵呐喊声，有军队正向他们包围上来。黑暗中只见人影憧憧，也不知道来了多少人。众人脸上变色，有人就想从地上重新拾起枪来。张少帅大声道："大伙儿别慌，有我张学良在，就能保护你们的安全！你们闪开，我跟来的人说话。"他走到阵前，向包围而来的军队大喊："我是张学良！你们是哪支部队的？叫你们长官出来说话！"

一位将领快步来到阵前，大声道："小六子，我是吴俊升啊！你没事儿吧？"

张学良听对面来的是父亲的把兄弟、黑龙江督军吴俊升，大喜道："有劳吴叔亲自率兵来救侄儿！我没事，这里的人都是侄儿原来的部下，他们已经迷途知返，放下了武器。我答应过对他们既往不咎，还请吴叔约束自己的部下，不可伤害他们。"

吴俊升笑道："小六子，可真有你的！做叔叔的佩服！既然如此，我自当从命。"

一场危机就这样化解了。接下来，郭军全线崩溃，部队纷纷投降或反正。郭松龄携妻子在两百余名卫兵的保护下逃跑，却在新民县附近被张军追上，战败被俘。张学良原本想要营救郭松龄，可郭松龄的政敌、张大帅手下的另一名心腹干将杨宇霆抢先一步在大帅面前进言，鼓动他立即枪毙郭松龄夫妇，以绝后患。于是张大帅下令不必将郭松龄夫妇押回奉天，在新民就地枪决。等张学良营救郭松龄夫妇的电令到达新民时，二人已经横尸刑场了。张学良痛心疾首，也只能扼腕长叹，徒呼奈何。此为题外之话。

　　战后张少帅被解除了讨逆关敌总指挥的头衔，回到了大帅府。他对作战英勇、枪法精准、勇救他于危难之中的金十三念念不忘，带他一起回到了奉天，并提拔他当了大帅府护卫队的副队长。

第十四章

上文我们说到，金十三逃出抚松城，前往奉天。不料此时爆发了"郭松龄反奉事变"，奉天处在郭军兵锋威胁之下，一夕数惊，满城混乱。金十三盘缠用尽，陷入了"前进不得，后退不能"的两难境地。听说张少帅正在巨流河前线招兵买马，他索性就去投军。他的功夫和枪法得到了张少帅的赏识，被编入了少帅身边最亲卫的手枪连。郭军发动突袭，一支精锐部队打到了少帅的指挥部，试图活捉张少帅。金十三和卫兵护着少帅且战且走，眼看就要被追上，他的枪法大发神威，连毙追兵的三名首领。追兵群龙无首，裹足不前。金十三陪同张少帅"单刀赴会"，深入敌阵，劝降了这股追兵。郭军战败后，少帅带着金十三回到奉天，并提拔他当了大帅府护卫队的副队长。

张学良虽然亲自指挥军队击败了郭松龄，但由于他与郭松龄长期的特殊关系，参加反奉的郭军又多是他曾经带过的部队，而更要命的是郭松龄起兵打的正是"撵走老张，拥立小张"的旗号，因此当他回到奉天

后，以杨宇霆为首的派系对他大加责难。张大帅虽然不相信自己最器重的儿子参与了此次兵变，但为了平息杨宇霆等人的责难，命他辞去军职，只挂了个东北陆军讲武堂监督的虚衔，却要他去管奉天省的矿业，实际上就是将他晾了起来。

这段时期的张少帅表面上流连于舞榭歌台、烟花巷陌，成了商贾名流、明星艳妓们争相追逐的对象，其实不过是在轻慢杨宇霆等政敌的防备之心，暗中他却在联络旧部，寻求叔父们的支持，以图东山再起。而他每次出门应酬，只带金十三一个护卫。一则他要示人以低调；二则他与金十三名为主仆，其实情如兄弟，他无条件信任金十三对他的忠贞；三则他知道以金十三的身手，足能以一当十。

这一日，张少帅接到了一位俄罗斯富商的请柬，邀他出席女儿的十八岁生日晚会。这位富商据说原来出身是俄国贵族，在"十月革命"期间流落到中国的哈尔滨，投资做生意，自己取了个中国名字，叫叶炳堂，还娶了一位中国妻子。后来生意越做越大，他又将主要事业扩张到了奉天。因为他的旗下有两家矿业公司，所以与张少帅经常打交道，两人关系还算融洽。

金十三一身戎装，荷枪实弹，正要跟他出门，张少帅看了他一眼，笑着说："听说这位叶炳堂先生的女儿非常漂亮，甚至有人以'奉天第一美人'的名号冠之，我早就想一睹芳颜了，只是一直没有机会。今晚咱俩是去会美人的，又不是去打仗，你穿成这个样子干啥？去，把我送你的那套西装换上！"

金十三无奈，只好回房去换了衣服。当他再次出现在张少帅的眼前时，张少帅眼前一亮，感叹说："早知道你穿西装这么俊，我就不叫你跟我一起去了。你这是在抢我的风头啊！"金十三腼腆地挠挠头，说："那我换回来。"张少帅大笑，说："我开玩笑的，换啥换！宴会上的那些莺莺燕燕太缠人了，我巴不得你帮我去吸引她们的火力呢！"

二人到了叶府。以张少帅的身份，他自然是今天的主宾。叶炳堂亲自在门口迎接，将他恭请入大厅。金十三偷眼观察这位俄国富商，见他身形瘦高，满头栗黄色卷发，鼻梁高挺，一只眼珠子是黄褐色的，而另一只眼睛却又不同，灰白混浊，像死鱼一般。再细看一下，居然是一只假眼。

大厅内灯火通明，人声鼎沸。张少帅进来时，全场响起热烈的掌声。少帅微笑着挥手示意一圈，跟随叶炳堂到东面的一套沙发上就座。音乐声响起，来宾们纷纷起舞。不时有打扮得花枝招展的女人过来跟张少帅搭讪，张少帅敷衍两句，就让金十三请她跳舞。金十三虽然被少帅强着学了几天跳舞，但舞技生疏得很，跳了两曲就不跳了。

过了一会儿，叶炳堂站起来请来宾们安静，他发表了几句致辞，感谢诸位嘉宾的光临，接着就宣布有请今天生日晚会的主角隆重登场。

大厅内的灯光黯淡下来，而通往二楼楼梯的灯光却格外明亮。一位如仙如幻的丽人，手扶栏杆，款款而下。她的身材比较高，一头乌发自然垂下，柔顺地搭在肩上，发梢有一些天然的微卷。肤色白而细腻，脸的立体感很强，但又不像一般的西方女人那样颧骨凸出。眉毛较长，眼窝较中国女人要深，眼珠却是黑色的。鼻子虽挺但却小巧，嘴唇不厚，但很丰润。她身着一袭白色的束腰长裙，质感飘逸，更好地衬托出她修长的身形。裙子胸部位置还点缀着一些褶边，上面镶着宝石，既不着痕迹地衬托出了她傲人的胸部，又让人感觉到一种不事张扬的奢华。

金十三头一回见到这种混血美人，不觉看呆了。事实上何止是他，全场的男人都被她这超凡脱俗的美丽给镇住了，连见惯了莺歌燕舞的张

少帅也不知不觉站了起来，用目光迎接她。女人们看她的表情却复杂得多，震惊、羡慕、嫉妒、自惭形秽……什么都有。

丽人走到楼梯一半的位置，微笑着向众人轻挥了一下手，说："大家晚上好！谢谢你们今天来参加我的生日晚会。"她的声音不清脆，却带有一种别具诱惑的磁性。说完，她眉目含情，眼波流转，在众人身上扫视了一圈。下面立着的每一个人都觉得她似乎在注视着自己，脸上都流露出兴奋、痴迷的表情。

丽人走下楼梯，牵住她父亲的手，却目不斜视，直朝张少帅和金十三所坐的地方走了过来。叶炳堂高兴地对张少帅和金十三说："少帅、金先生，我给二位介绍一下，这是我的独生女叶岚。"

叶岚伸出右手，张少帅按照西方礼仪，轻握住她的手指，在她的手背上一吻，赞道："叶小姐真是太漂亮了！"

叶岚微笑说："谢谢少帅夸奖。"又将右手伸向金十三，金十三有点窘迫，学着少帅的样子，也在她的手背上吻了一下，姿态却笨拙多了，逗得叶岚"咯咯"一笑。

几个人在沙发上坐下来。张少帅让金十三奉上了给叶岚准备的生日礼物，叶岚表示感谢。金十三听叶炳堂的汉语虽然表达无碍，但终归还是比较生硬，而叶岚的汉语却纯熟无比，和一般中国人并无区别，不禁心生讶异。叶岚可能是看出了他的惊讶，向他一笑，爽朗地说："金先生是觉得我的中国话说得还不错吗？我母亲是中国人，我在中国出生，跟你一样也是中国人啊！"

这句话打消了金十三不少拘束感，他觉得叶岚从外表上看似乎是远在天外的仙女，但性格却很活泼开朗，颇有邻家女孩的亲切味道。

叶炳堂却在向张少帅大献殷勤。他向少帅送上了几样礼物，少帅嘴里说感谢，却连打开看一下的意思都没有。叶炳堂见他态度冷淡，亲手打开一个锦盒，说道："这是一枝六匹叶的人参，是人参中的极品。你看这芦头、线纹、长须……老实说，我从未见过有比它更好的人参，说它是参中之王也不为过。更具特别意义的是，它是我女儿亲手挖来的，有人出到十万大洋的高价她都不卖，说是要敬献给少帅。祝您延年益寿、长命百岁！"

张少帅不懂人参，也没什么兴趣，但听说是叶岚亲手挖的，虽然心中不怎么相信，但还是高兴地向叶岚道了谢，随手递给金十三，让他收着。

金十三听这个外国商人大言不惭地夸说这枝参，又不伦不类地祝福少帅，心中暗笑，脸上不觉就带了出来。叶岚瞟他一眼，说道："金先生似乎是心存质疑。不知是不相信这枝参的价值呢，还是不相信这枝参是我挖到的？"

金十三没想到叶岚说话这么直接，略觉尴尬，说道："不敢，如果这枝棒槌真是叶小姐亲手所挖，那在下佩服万分。六匹叶的参当然算得上是人参中的珍品了，但要说到极品，乃至参王，却还有段距离。不说'二层楼''笑八仙''七仙女'都在它之上，即便在六匹叶参中，这枝兴安岭参也还算不得上品，比宁古塔的'六月霜'颇有不如，跟长白山的'六月雪'就更不能比了……"说到人参，那是金十三的看家本事，他从人参的类别、产地、分级说起，直到人参的辨法、功效，侃侃而谈。

叶岚越听越惊讶，这个少帅的随从不但一眼就能看出自己这枝人参的产地，还对人参有这么丰富的知识和深刻的理解。她认真地看了金十三一眼，说："想不到金先生对人参如此内行，你以前也是咱们参行中人吗？"

张少帅也有些奇怪地看着他。在巨流河大营，金十三说自己是猎户出身，他还真不知道自己这个枪法身手都一等一的贴身护卫，竟然是人参行家。

金十三略微迟疑了一下，说："我……我舅舅是个放山人，我打小跟他学了一些，谈不上内行，更不算参行中人。"

张少帅对叶炳堂父女说："我这位兄弟是长白山一带的人。听说那里一半以上的老百姓是靠人参这行吃饭的，我这位金兄弟家中有人操持此业，也不足为奇。"

叶炳堂听金十三戳破自己的牛皮，原本面色颇有点不虞，听张少帅说他是长白山一带人氏，心中一动，笑着对金十三说道："金先生过谦了，就算你不是参行之人，却比一般行内人还要内行得多。你也姓金，不知可认识放山的金不换金把头？"

金十三听他提到自己的义父，心中一痛，嘴里却说："我们那边姓金的人很多，我虽也姓金，但和他不是近支，无缘得见。不过金老把头的大名我也曾听过，他当年凭一枝'七仙女'在抚松夺得过参王桂冠，连参行领袖杨八爷也是很敬重他的。"

叶炳堂哼了一声，说："嘿嘿，杨成业，杨八爷，一支'七仙女'在他眼里又算什么？"他不再搭理金十三，转头又跟张少帅说话去了。

叶岚却对金十三颇有兴趣，不断向他提出有关人参方面的问题，金十三一一作答。当叶岚问起他口中所说的"二层楼""笑八仙"时，金十三也为她详细解释。叶岚听他说曾在长白山见过一枝"二层楼"，不由心驰神往，叹气道："唉，我只是听说过人参中有'二层楼'这种神品，你却亲眼见过。真是羡慕你啊！"

金十三原本不相信这样一位美女会去放山，还能挖到六匹叶的大棒槌。好多放山人穷其一生都挖不到这样一枝。不过当他听叶岚说起自己的母亲一族时，倒不敢不信了。叶岚的外祖父姓秦，在关东参行，向来有"南杨北秦"之说。"南杨"指的是抚松的杨八爷杨成业，而"北秦"则指的是哈尔滨的秦五爷秦长青。虽然这十几年来，"南杨"声名鹊起，风头要盖过"北秦"不少，但"北秦"的字号却老得多，早在清朝光绪年间就已是在朝廷注册的皇家参商，传到秦长青这里已经是第四代了。秦长青虽然家财万贯，但子嗣不旺，仅有两个女儿。不过他这两个女儿对于人参一道颇有天赋，学得了他的一身本领。只是大女儿二十年前就不知所踪了，秦家人也从不提起她。如今秦五爷已年逾八十，明面儿上虽还是秦家的掌门人，但家业基本上都交给了小女儿，也就是叶岚的母亲管理。这叶岚受到母亲的遗传和影响，从小就对人参这种神奇而有灵性的植物很有兴趣。战斗民族血液中的冒险精神和野性也在她身上得到了很好的继承，她常常跟随放山队伍到兴安岭的林海雪原中去采棒槌。

叶炳堂娶了叶岚的母亲后，在人参贸易上也有大量投资。这一回，他想在奉天新办一家人参加工厂，用机器来制成各种人参产品，既能大大提高效率，又能开发出人参更多的用途，不料却遭到了以杨家参号为首的参业行会的抵制。杨家在参行的威望和地位自不消说，他后面还有奉天省工商厅、警察厅撑腰，而这两个实权部门却是由杨宇霆掌控着的。叶炳堂斗不过杨家，便想走张少帅的门路。他借此次机会送上名贵的礼物，还安排自己的女儿与少帅认识，都是出于这个目的。但他哪知道目前张少帅失宠于父帅，正暗自韬光养晦，根本不愿意跟杨宇霆的势力正面起冲突。

张少帅跟叶炳堂虚以委蛇了一番，便带着金十三告辞。临出门时，金十三忽然觉得有个熟悉的身影在人群中一闪，他停下脚步想看清楚，

大厅内华灯高照、欢声笑语，那个身影却不见了。

过了两天，金十三正在大帅府中值班，忽然有卫兵来报，说有一位姑娘来找他。那名卫兵说起这位姑娘的美貌，摇头晃脑，咋舌不已。金十三心道自己来奉天时间不长，认识的男人都不多，哪里认识什么美貌的姑娘？他让卫兵将那姑娘请进值班室来一瞧，竟然是叶岚。

金十三问道："叶小姐，你怎么来了？是来找少帅吗？"

叶岚向他粲然一笑，金十三顿时有一种春风扑面、阳光明媚的感觉。她大大方方地说："我既是来找少帅的，又是来找你的。"

金十三莫名其妙，问她啥意思。

叶岚说："我爹呢，让我来找少帅，可我自己是来找你的。正好，我听门口的卫兵说少帅不在府里，那我就只能找你了。"

金十三一呆，说："找我？有啥事？"

叶岚白了他一眼，说："没事就不能来找你吗？怎么，让我站着说话？真没绅士风度！"

金十三满脸通红，连忙搬过椅子，用衣袖擦了擦，请她坐下。忽听一阵窃笑私语声传来，他抬头一看，见不少人正挤在门外窗外看热闹。听说大帅府来了一位洋美女，长得那叫一漂亮，于是大帅府里不当值的卫兵都挤到这儿来看稀奇来了。叶岚却毫不羞涩，大大方方地扬手跟他们打招呼。金十三心想这中俄混血的女人还真是跟一般中国女人不一样。他咳嗽了一声，板着脸对那些卫兵道："有什么好看的！都散了！谁要还在这儿逗留，一会儿罚做二百个伏地挺身！"

那些人轰的一下都走了。金十三对叶岚说："我看你今后还是少出门，免得引发围观。"

叶岚抿嘴一笑："你这是在夸我太漂亮吗？"

金十三一愣，无奈地笑笑，说："叶小姐的漂亮还需要我来夸吗？好了，说正经的，你找我有啥事儿？"

叶岚不高兴地说："我从哈尔滨来奉天一个月了，一个朋友都没有。好不容易碰见你这个谈得来的人，所以来找你玩。怎么，这不正经吗？"

金十三听她故意曲解"正经"的意思，苦笑道："姑奶奶，你要找人消遣，去找那些太太小姐们啊！我一个穷当兵的，有什么好玩的？"

叶岚撇了撇嘴，说："我父亲也是这么说。可这些太太小姐们聚到一起，不是打麻将，就是议论那些家长里短，要不然就互相显摆什么衣料啊、香水啊，没意思透了。哎，要不你带我去靶场玩玩枪吧？"

金十三惊讶地道："你会玩枪？我可不敢带你去靶场，万一出啥事怎么担待得起！"

叶岚噘着嘴说："你们这些中国男人啊，别的都好，就是瞧不起女人。告诉你，我可不是那些娇滴滴的中国女人，不但玩过枪，还在森林里打过狍子呢！不信咱们到靶场上比比！"

金十三笑道："好好好，叶大小姐，你'巾帼不让须眉'成吗？我就说了这么一句，你可把中国的男人和女人都扫进去了。行，我带你去！"

叶岚眼睛一亮，高兴地说："真的？那咱们现在就走！"

金十三摇头说："今天不行，我这当着班呢！明天吧，明天我不当班。"

叶岚说："那好，你可不许爽约啊！咱们拉钩。"她向金十三伸出右手小指，金十三只得也伸出自己的右手小指。两根手指缠在一起，金十三觉得似乎有一股电流传到他的心房里，产生了一种酥酥的感觉。他脸一红，急忙挣脱了。

第二天，叶岚早早地就来到了大帅府。金十三带着她去了城西的大帅卫队旅靶场。大帅府的护卫队跟卫队旅原本就是一家，他又是张少帅

的头号护卫，卫队旅自然不敢怠慢，不但拿出了各种手枪、步枪让他们试射，连花机关这样的武器都拿出来让叶岚过瘾。

叶岚人漂亮，性格又活泼，一边玩枪还一边叽叽喳喳地说笑，引得很多人来看。她的枪法还算不错，枪枪都能上靶，而且环数大多在八九不离十之间。围观众人见这样一位洋美女枪竟然玩得如此溜，谁不凑趣，都鼓掌喝彩。叶岚更是意气风发，打完一轮后，她把枪递给金十三，得意扬扬地看了他一眼。

金十三微微一笑，接过枪，也不怎么瞄准，持枪连射十发。打完后，报靶人上来报靶，却只见到靶心上的一个大洞，原来金十三的十枪全都打在了靶心上，将那靶心都打烂了。围观众人发自内心地轰然叫好。

叶岚笑靥如花，钦佩地看了他一眼，说："你这枪法真是神了！小妹我甘拜下风。不过，你可得教教我，不许藏私！"

这以后，叶岚经常来找金十三。有时候叶岚拉着他去靶场练枪，有时候她会让他陪自己逛街、下馆子、看电影。他不知道，在新式男女那里，这就叫作"谈恋爱"。大帅府的同僚都对金十三羡慕不已，说他不知道走了什么狗屎运，得到这样一位家里有钱的洋美女的青睐。

这一日，金十三护卫张少帅乘车外出。少帅让他跟自己一起坐在后排，问他："听说那位叶小姐经常到府里来找你？"

金十三点头说："是。她本来是受她爹所托来找你的，可是每次都没碰上你，就只好找我了。"

张少帅哈哈大笑，问："你知道他爹为啥老是让她来找我吗？"

金十三摇了摇头。张少帅说："他爹这是想撮合我俩呢！"

金十三听了少帅这话，不知怎么心里涌起一股失落的情绪，低下头不说话。张少帅看他的样子，笑道："怎么，怕我抢了你的女人？"

金十三结结巴巴地道："不……不是，她不……"

张少帅打断他的话，揶揄道："不是什么呀？她不是你女人？还是说你不怕我把她抢走？"

这下金十三张口结舌，连话都说不出来了。他心中一片茫然，不知道叶岚算不算是他的女人。他从心底里喜欢这个英姿飒爽、活泼有趣的女孩儿，可是他和叶岚之间从来没有明确地表达过那层意思，不知道自己在她心目中又是一个什么地位。在所有人眼里，像她这样出身名门，又貌若天仙的女人，跟少帅在一起才称得上郎才女貌、门当户对。自己呢？不过是少帅的一名跟班而已。也许叶岚找自己陪她玩，不过是无聊之下想找一个人消遣而已。想到这里，他苦笑着说："少帅，你跟叶小姐才是一对璧人。我算哪个牌名上的，跟您哪有抢不抢的事。叶小姐只不过是老是见不到你，找我陪她消遣罢了。"

张少帅深深地看了他一眼，叹息道："十三，你不是一般的护卫，你是我的兄弟知道吗？别说我跟叶小姐根本不可能，即便是我也喜欢她，但只要她喜欢的是你，我就只会把她当成我的弟妹。说实话吧，叶炳堂想撮合她女儿跟我，当然是为了攀附我们张家。而其最终的目的，还是要借我们张家的势力去压制他的商业对手，比如长白杨家。但杨家背后，有杨宇霆在撑腰。我听说杨成业和他因为都姓杨，两家还认了干亲。现在父帅最信任的人就是杨宇霆，反倒是我这个儿子，因为受到郭茂宸事件的牵连，暂时还未能完全恢复他对我的信任。这个时期，我必须和杨宇霆搞好关系，不能跟他发生任何冲突，也不能让他有任何理由来对付我。再说了，我早已经有了你凤至大嫂，我跟她的感情很好，父帅也很喜欢她。别看我在外面跟那些莺莺燕燕周旋，那不过是为了掩人耳目而已，我是不可能再娶一位进张家大门的。至于这位叶小姐，我是真心想

撮合你们两个。你以为我真的是忙得见不了她吗？我是故意避开她，想给你创造机会的。"

对于张少帅目前的处境，金十三也多少了解一些，知道他说的是心里话。他心中感激，不好意思地说："可叶小姐不见得就喜欢我，也许她只是把我当一般朋友而已。"

张少帅拍了拍他的肩膀，笑道："我看未必。这小丫头常常到大帅府来，就一定是来找我吗？呵呵，恐怕真正的目的只有她自己知道吧！"

转过几天，金十三收到一张叶府的请柬。他心中纳闷儿，平时叶岚都是直接到大帅府来寻他，今天这是搞什么鬼，竟然正儿八经地向他下帖子？难道是她爹要找我？说心里话，他对这位俄国商人心中并无好感，觉得这个人太功利，为了巴结张家连自己的女儿都能利用。而当他用那只独眼打量自己时，金十三觉得身上好像有毛毛虫在爬一样，很不舒服。他平时不愿登叶府的门就是这个原因。

金十三拆开请柬来看，却见末尾的落款是叶秦氏汀兰。他想这位叶秦氏汀兰大概就是叶岚的母亲了，她可不就是哈尔滨秦家的人？只是他抓破脑袋也想不出，这位素未谋面的叶夫人为啥要这么正式地下帖子请他上门。但不管怎么样，叶岚的母亲相请，他总能不去，只好买了一些时兴的礼品，揣着一脑门子的糊涂去了叶府。

在门口迎接他的是叶岚。她今天穿上了一套天蓝色的裙子，又恢复到了淑女的样子。她亲热地挽着金十三的胳膊，说："我爹今天出去了，家里只有母亲和我，是她下帖请你来的。"

金十三暗暗松了一口气，问道："伯母什么时候来奉天的？我从来没见过她，为什么她会邀请我？有什么事吗？"

叶岚说："她来了才一个礼拜，听我说起你。我说你在人参一道是很厉害的行家。你知道的，我母亲也是参行中人，可能是因为这个她对你感兴趣吧，所以请你来谈谈。"

金十三点点头，跟着叶岚进了客厅。沙发上，一位姿态雍容、皮肤保养得极好的美妇人款款起身，向他看过来。金十三连忙走上前去，向她行礼，说道："叶夫人您好，我是金十三，特地来给你请安！这是一点小小的意思，不成敬意，还望笑纳。"他把礼品放在茶几上，却见叶夫人没有任何回应，只是呆呆地看着他，心中微感诧异。叶岚在一旁说："妈——"叶夫人此时才晃过神来，说道："啊……啊，我失礼了，金先生请勿见怪。我是恍然觉得好像在哪儿见过你，所以一时忘了形。请坐，这些东西让你破费了，谢谢。"

金十三刚坐下来，叶夫人又问道："金先生，冒昧地问一句，你原本就是姓金吗？"

金十三略一迟疑，说道："是的，我一直就姓金。"他见叶夫人的脸上似乎露出一丝失望的神色，试探地问道："叶夫人这么问，有什么缘故吗？"

叶夫人说："啊，不是，可能人有相似，我认错了。"

叶岚在一旁奇怪地看看金十三，又奇怪地看看她母亲，问道："娘，你是说金十三长得像你认识的某个人吗？"

叶夫人点点头，又摇摇头，说："其实也不太像，只是有些细微之处让人觉得……唉，可能是我们女人过于敏感吧，金先生你别见怪。好了，不说这个了。"她笑了笑，转换了话题："我女儿每天都在念叨，说金先生是一个奇才，因此我不辞冒昧请你来府上一叙。"

叶岚嘟着嘴，不满地道："娘，你说啥呢！谁每天念叨他了？"

叶夫人温和地看了她一眼，对金十三道："听说金先生老家就在长白

山一带，你对人参一道又如此内行，家中有人操持此业吗？"

金十三说："我有一舅舅原本是放山人，曾教过我一些棒槌方面的知识，谈不上内行，更不敢说是奇才。叶岚小姐如此称赞在下，实在是过誉了。"

叶夫人微笑着说："金先生不愿吐露自己的家世，我不敢勉强。不过，能把'二层楼'说得那么到位的，可不是一般的内行了。一般人能见到'六月霜'或'六月雪'，已是不可多得的机缘。能够见到'七仙女'或'笑八仙'的人，万中无一。至于'二层楼'，这些年来更只存在于参行之人的口口相传中，谁也没有真的见过，更别提能够采得。而我听岚儿转述你对那枝在长白山见到的'二层楼'的描述，我猜它已经不是一枝一般的'二层楼'，而是一枝百年不遇的'神龙二炷香'！"

第十五章

上文说到，金十三跟随张少帅回到奉天，在大帅府任职。但张少帅却被杨宇霆攻讦，被父帅免去了军职。金十三护卫张少帅去参加一名俄罗斯富商的宴会，认识了这位富商的女儿——中俄混血美女叶岚。两人因对人参的共同兴趣而越走越近，张少帅见他俩两情相悦，颇有意撮合。关东参行中，向来以"南杨北秦"为尊，而叶岚的母亲一族，正是与"南杨"杨八爷齐名的"北秦"秦家。叶岚的母亲秦汀兰来到奉天，邀请金十三到府上做客，言谈中，她猜到了金十三曾经见过"神龙二炷香"。

金十三心中一震，他没有想到，叶夫人竟然如此厉害，仅凭叶岚几句只鳞片羽的转述，就能够猜到自己所说的那枝棒槌的真实身份。

他默然不语，叶夫人瞟了他一眼，又道："'神龙二炷香'只生长于长白山中，由'长白神龙'看护，因有两个芦头，故而得名。它与同样只产于长白山的'凤凰单滴泪'并称为'龙凤双参'，都是人参中的至宝，价值连城。传言此二参有'生死人，肉白骨'之奇效，常人如果食之，

能长生不老。不知金先生如何因缘际会，在长白山中见到这枝'神龙二炷香'的？这枝棒槌又是被何人采得？"

金十三笑笑说："我也是道听途说来的传闻，并未真的见过什么'神龙二炷香'。试想这样的棒槌谁能有本事采得？即便有人采得，又为何深藏不露，以致整个参行里的人都无人知晓？要说这棒槌能医病，能延年益寿自然不假，但要说吃了能够长生不老，却不过是行内人夸张的说法罢了。放山人无论是谁采到它，那都是名利双收的大喜事，不拿出来待价而沽，换名取利，难道真自己吃了不成？"

叶夫人默然半晌，忽然说："金先生可听过'五帝钱聚，山神临世'这句话？"

金十三似乎在哪里听过这句话，却偏偏想不起来，茫然地摇了摇头。叶岚听到这里，也好奇心大起，瞪大了眼睛看着她母亲。

叶夫人说："传说这长白山中，有一座山神宝窟，里面埋藏了大量的财宝。宝窟中住着山神，如有人能见到他，不但能够得到这些财宝，还能得到山神的指引，找到长白山中所有的棒槌。只不过，这宝窟在哪里，没人知道。而只有五帝钱聚齐，山神才会现身。"

叶岚一笑，说："娘，你越说越邪乎了。这人参是百草之王不假，但你把它说得那么神奇，我却不信。"

叶夫人喟然长叹，说："别人如此说，我也不信。可是他……"她摇了摇头，说："岚儿，送金先生出去吧！我要休息了。"说完，她也不待金十三答话，自顾自上楼去了。

叶岚不好意思地对金十三说道："你别见怪，我妈就这样，有时候正常，有时候神神叨叨的。"她送金十三出了大门，忽然说道："十三哥，我想去长白山放一次山，你能不能陪我去？"

金十三奇道："怎么，你真相信你妈说的，要去长白山找什么'山神宝窟'？"

叶岚摇头说："不是。可即便没有这'山神宝窟'，但这样一座神山，深藏着那么多珍贵的棒槌，我也想亲自去探一探。"

金十三犹豫地道："去长白山放山可不是想去就去的，那里危险重重。长白参帮的杨成业也不好惹，去长白山放山的都要先拜他的码头。你们叶家是他的对手，他不会让你上山的。"

叶岚冷笑道："这长白山也不是他杨家的，他长白参帮还能把整座山封了不成？我们悄悄地上山，他知道个屁！就算他事后知道我们挖了长白参，又能怎样？我们叶家、秦家可不怕他！我非去不可，你就陪我走一趟吧！"

金十三何尝不想再回到长白山，回到抚松城。那里还有他的大仇未报，义父拼了命采来的那枝"神龙二炷香"，还在仇人的手里。可现在还没到报仇的时机。那里还有自己挂念的杨如意，虽然自己跟她今生有缘无分，注定不可能在一起，但想起她来，他的心里又酸又甜，还带着苦涩，总之是五味杂陈。

他苦笑道："我还有护卫少帅的职责，哪能说去就去。等等吧，找到时机咱们再去。"

叶岚嘟着嘴，闷闷不乐地转身回去了。金十三心想叶岚要去长白山放山，不过是小女孩儿一时新鲜，突发奇想罢了，自己敷衍两句，过几天有了新鲜好玩的事，她就会忘了，也就没把这事放在心上。

可没过几天，叶岚又来找他，还带来了他所说的"时机"，容不得他不答应了。

事情还得从头说起。

叶炳堂将人参生意扩张到奉天后，与杨家参号产生了冲突。尤其是他要用现代工厂的模式制作人参产品，更是受到了杨家参号带头抵制。叶炳堂不甘心，一边想走张少帅的门路，从官面上去压制以杨家为首的参行公会屈服，一面派了心腹潜入奉天杨家参号，暗中打探消息。

这名心腹倒也得力，不久就在奉天杨家参号站稳了脚跟，还得到了重用。前几天，杨八爷来到奉天，在参号内室会见了一名日本商人，被他偷听到了所有谈话。虽然这谈话与叶炳堂要开人参加工厂的事情无关，但他觉得很重要，立即汇报给了叶炳堂。

与杨八爷谈话的这名日本商人，名叫晴川秀木，在东北经营木材、粮食、药材等生意，做得挺大，跟叶炳堂也有商业上的来往。这回他去找杨八爷，除谈生意之外，还给他带来了一个消息。这个消息，最先却是从清朝末代睿亲王中铨那里泄露出来的。

清朝首位睿亲王多尔衮是努尔哈赤最宠爱的儿子，原本默定他为继承人，但努尔哈赤夺取天下的壮志未酬，便在攻打宁远一役中被袁崇焕的大炮轰伤致死。当时多尔衮太年轻，斗不过哥哥皇太极，让皇太极即了位。皇太极死后，多尔衮本有机会夺回皇位，但又被顺治帝福临生母庄妃所制，只好当了摄政王，后来还被诬告谋反而赐死，直到乾隆年间才平反，睿亲王的爵位才得以重新在他这一系子孙中延续下去。

这位末代睿亲王中铨从废帝溥仪那里获袭爵位时已是民国。他是一位浪荡公子，几年下来就将祖宗留下的家产败光了，还欠了一屁股债，被人到处追债。中铨逃到奉天，穷极无奈，便拿出手中祖传的大五帝钱，找到这位跟他原本有交情的日本商人晴川秀木，要换一万大洋。他说此为太祖努尔哈赤传给祖上多尔衮的信物，传宝时告知了多尔衮在长白山得遇"山神"之事，并说"山神"六甲子一出，如果届时大清已亡，则可凭大五帝钱上长白山找到"山神宝窟",取其宝藏复国。这个秘密就在睿亲王这一脉一代一代地传了下来,而且只有承袭爵位者才能听到这个秘密,并受命保管这套大五帝钱。

晴川秀木听了也不怎么相信,心道这些八旗纨绔子弟最喜欢拿祖上的事给自己贴金,更擅长给古董玩意儿编故事,借此哄抬身价。不过大五帝钱能够齐聚倒也难得,便狠杀一笔价,用两千大洋买了中铨手中的大五帝钱。

晴川秀木得了这大五帝钱,原本也没当一回事儿。这一回在奉天杨家参号,他跟来奉天巡视的杨八爷谈一笔生意,随口说起此事。杨八爷借这大五帝钱一观后,便提出要买。晴川秀木倒也机灵,知道杨八爷看上的东西,绝非凡物,摇头说不卖。杨八爷一路加价到一万大洋,晴川秀木倒越发相信中铨的一番说辞并非无中生有了,坚决不卖。杨八爷对晴川秀木冷笑说:"你拿着这五帝钱也不知道有何用处,而我却知道。"晴川秀木想想也是,提出要跟杨八爷合伙去长白山寻找"山神宝窟",找到后平分窟中财宝。两人一拍即合。

那名心腹回到叶府向叶炳堂报告这个消息时,恰恰又被叶岚偷听到了。她想不到母亲所说的话并非神神叨叨的呓语,而是真有其事,当即向父亲提出想去长白山寻找这座"山神宝窟"。不料父亲却大发雷霆,说这都是子虚乌有之事,不可相信,又说这长白山上有鬼怪作祟,专害人性命,坚决不允许她去。叶岚见父亲不可理喻,气鼓鼓地又去找母亲,想打听一下"山神宝窟"的详情,不料母亲却讳莫如深,闭口不谈,反而劝她忘记"山神宝窟"这个事情。

叶岚无奈之下,只好来找金十三商量。她将听到的这个消息原原本本地向金十三诉说了一遍,末了,她叹息道:"可惜,听我父亲派去的那

个卧底话中的意思，要打开'山神宝窟'，需要有日本人手里的那五枚大五帝钱才行。不知道我们真找到了宝窟，能不能用别的法子打开？但不管怎么样，我们都应该去试试。倒不是为了那些财宝，说实话我对这些并不感兴趣。而是如果真的能够见到'山神'，那对于我们这些放山人来说，将是何等的幸事啊！我对这桩奇异的事情简直太着迷了，恨不得现在就能飞到长白山去。"

金十三听完叶岚的话，心中泛起巨大的波澜。他不言声地从怀里掏出护身袋，取出所藏的五枚大五帝钱。

叶岚瞧见，惊讶地问道："这是什么？"

金十三缓缓地道："这五枚古钱，就是你所说的大五帝钱。分别是'秦始皇半两钱''汉武帝五铢钱''唐太宗开元通宝''宋太祖宋元通宝''明成祖永乐通宝'。"

叶岚更加吃惊，说："怎么可能？这大五帝钱不是在那日本人手里吗？怎么会到你这儿来了？"

金十三摇了摇头，说："这五枚大五帝钱，从我小时候起就一直跟着我了，不是那个日本人手里的那五枚。"

叶岚一片茫然，取过金十三手中的大五帝钱反复细看，却看不出什么名堂来。她把钱还给金十三，问道："为什么你会有这大五帝钱呢？是你父母给你的吗？"

金十三叹了口气，说："是的。可是我是一个孤儿，母亲生下我后就死了，临死前将我托付给了养母，还有这护身袋中的遗物。这大五帝钱就是其中之一。至于我的生父，我从来没有见过，也不知道他是谁。他现在是不是还活着，人在哪里，我也一概不知。我原本以为，自己的身世从此就湮没了，到死也是一个像无根浮萍一样的人。可现在，我觉得这护身袋中的物事，一定跟那座'山神宝窟'有关，也许在那里，能够解开我的身世之谜。"

叶岚见他神色中有一种说不出的孤寂落寞，心中难受，握住了他的手，柔声道："对不起，我不知道你的身世这样飘零，勾起你痛苦的回忆了。"

金十三沉默良久，忽然道："除了你母亲外，这杨成业恐怕是这世上为数不多的真正知道'山神宝窟'秘密的人之一。他如今又得到了大五帝钱，自然不会放过这个机会。我想他此刻已经带着日本人出发去长白山了。"他将自己与杨成业的恩怨跟叶岚说了一遍，只是避开了杨家二小姐。然后他反握住她的手，看着她的眼睛，坚定地说："叶岚，我决定了，我要去长白山，找到这座'山神宝窟'。一来，我要解开自己的身世之谜；二来，我决不允许'山神宝窟'的藏宝落入杨成业和日本人的手里！"

叶岚使劲儿点了点头，说："十三哥，我陪你去！"

金十三又说："杨成业和日本人可能早已经出发了，我们也要尽快出发才是。只不过，你父亲并没有说错，长白山上确实是危机重重，我们需要做足充分的准备才能前去。这两天我都要在大帅府值守，还要找机会跟少帅请假……"

叶岚打断他的话说："没关系，所有一应需要的物事，你写个单子，我去办。三天后的上午八点钟，我在东城门外五里的土地庙等你。"

金十三说："那你爹——"

叶岚笑着说："我父亲今天去抚顺办货去了，这几天都不会回来。他让我娘管着我，可她才管不住我呢！"

第二天，金十三找到少帅，跟他说想回一趟长白山老家看看老娘，叶岚也非要跟着去玩。张少帅笑着说："看样子，你们俩的关系已经确定

了。兄弟你行啊！没问题，去两个月、三个月都行。最好在家里把婚事办了再回来。"

金十三腼腆地笑了笑，说："哪有这么快！既没说亲，也没下聘，再说他爹同不同意还不好说呢！这次叶岚跟着我回去是瞒着他爹的，回头他爹别跑到大帅府来告状，说我拐带他家女儿！"

张少帅大笑道："叶小姐是新式青年，他爹是俄国人，才不讲咱们中国人结婚三媒六证、大聘小聘那一套呢！听我的，你先把生米煮成了熟饭再说。如果她爹跑到大帅府来找女儿，还有我呢，我替你打掩护。"

当晚，金十三在大帅府中值守。当他独自坐在值班室内，手里把玩着那五枚大五帝钱，正默默思谋的时候，忽然听到关闭的窗户被人轻轻敲击了两下。他心中一凛，喝道："谁？"却无人回话。他拔出手枪，开门出去，外面的走廊上空无一人。再往院中张望，只见有个人影正蹲在一棵树上，黑面罩、黑衣、黑裤，黑乎乎的一团，什么都看不清。

金十三正要吹哨通知府中卫兵拿贼，不料那黑影见他出来，向他招了招手，身子忽然蹿起，如一只灵猴一般蹿到了另一棵树上，而树却几乎一动不动。这样连续几蹿，他已经跳到了距大帅府外墙只有两丈多远的一棵树上。

看起来这个黑影是故意引他出来的。金十三大奇，放下了手中的哨子，只见这黑影在那树干上一蹬，如一只蝙蝠一般滑翔在半空中，转眼就掠过了那两丈多远的距离，飞上了墙头。

大帅府的外墙高足有三丈，墙头上都栽满了铁刺，常人根本无法站立。但那人的一只脚尖，却恰恰站在一根铁刺之上。他的身子浑若没有重量，单足而立，在墙头之上如一架纸鸢一般随风摇摆，却始终没有掉下去。

好轻功！金十三在心中暗暗喝彩。那黑影又向他招了招手，忽然一个倒栽葱，往外掉下了院墙。金十三心里"咯噔"了一下，紧接着反应过来，那黑影是故意掉下去的。他向自己招手，是要自己出府跟他而去。

金十三心中一动，忽然想起了一个人。他不会这样的轻功，急忙绕道大门出府，沿着外墙根一路找到那个黑影跌落之处，却不见有任何人。他正在诧异间，忽然一块小瓦片向他掷来。他反应迅速，偏头躲过，就见那条黑影正在对面一排房屋的屋脊上往南奔走。金十三立即跟上。两人一个在房顶上飞檐走壁，一个在街巷中穿梭疾行。转过了几条街道，那黑影忽然跳进了一个小院中，就此不见。

金十三赶到那小院门口，犹豫了一下，正待伸手敲门，不料那门却"吱扭"一声自己开了。一位姑娘提着一盏小灯，出现在门口。

杨如意！

金十三又惊又喜，他没有想到会在这奉天城里见到她。

小院的厢房内，点起了一盏油灯，一位身材高大，满脸疮疤的汉子站在桌旁，含笑看着他。

果然是"三江鹰"！

金十三叫了一声"大哥"，上前一把抱住了他。"三江鹰"也抱住他，笑道："兄弟，好久不见！"

两人坐下叙话，互道别来之情。杨如意给他们倒茶沏水后，静静地坐在一旁。

金十三略略讲述了一下自己逃出抚松，成为少帅贴身护卫的经过后，问道："大哥，你是怎么知道我在大帅府的？"

"三江鹰"道："我本不知道你来了奉天，还进了大帅府当差。我带着如意妹子逃出抚松城后，两人以兄妹相称，一路打听你的下落，辗转

来到奉天。你也知道哥哥我是干什么的。那天我正在沿街踩点，寻找下手的富户，说来也巧，正好看见你护送少帅进了魁星楼。我曾经在奉天一夜间连盗十三家富户，连大帅府都没放过，是被警察厅悬赏通缉之人，自然不敢公然到大帅府去找你，只好夜晚潜入大帅府，把你引到这里。因为这里有一个最想见到你的人。"说着，他瞟了旁边的杨如意一眼。

这正是金十三最感奇怪的，他不知道为啥杨如意会和"三江鹰"在一起，两人还以兄妹相称。

"三江鹰"长叹了一口气，说起了其中的情由。

"兄弟，这话说来就长了。你知道，那些时日在抚松大牢，我明明可以逃走，却甘愿身陷囚笼，忍受严刑拷打，是因为要等一个人来看我。而那个人，就是杨家大小姐杨真意。

"说起来，我跟真意的相遇，也是一段孽缘。在此之前，我因为在奉天犯下的案子太多，名头太响，遭到了通缉。为了避风头，我便远远地躲到了抚松城。俗话说'小隐隐于野，大隐隐于市'。我家祖上原本也是经商世家，做的是茶马生意，我便开了一家茶叶行，当起了东家。由于我对茶道精熟，所进之货也都是上品，买卖又公道，因此生意颇为兴隆。

"有一日，一辆华贵的马车停在我的茶叶行门口，从上面下来一位清丽绝俗的小姐，在丫鬟的陪伴下，到我店里来选茶。我这一辈子都没有见过如此气质出尘的姑娘，不觉呆了。听丫鬟说她就是杨家大小姐，我不敢怠慢，将店中最好的货色都拿了出来，什么'大红袍''冻顶乌龙''铁观音''碧螺春''龙井''银针''祁门红''滇红''闽红''正山小种'……各色各样。那丫鬟道：'小姐，想不到咱们这抚松城里，还有品种如此丰富的茶叶行。只是说到货色，别的倒也罢了，这"正山小种"的品级就低了些。'我听了并不服气，说道：'我这"正山小种"已是上好的"金骏眉"，在原产地的售价就达到了三十大洋一两，怎么能说品级低呢？'杨家大小姐嗔怪地看了那丫鬟一眼，红着脸对我说：'丫头乱说话，先生切勿见怪！'我说道：'不敢。不过看起来二位姑娘是懂茶之人，不妨指点在下一二，我这"金骏眉"来自福建桐木，已是最好的"正山小种"产地，不知还有什么红茶可以胜得过它？'杨家大小姐说：'不敢言指点，只是跟先生讨论。先生这"金骏眉"果然是不错的，不过依小女子的浅见，这茶叶的产地固然重要，但制茶的工艺也不可忽视。工艺独到者，能将茶叶的品质提升到一个新的境界。而桐木江家制出的茶，才可以说是红茶里面的王者。'我听了心中大感佩服，我这'金骏眉'果然不是桐木江家所制，但嘴里却不肯完全认输，说道：'小姐说得有道理，这制茶的工艺确实重要。但小姐可知，这茶是人来泡，人来品的，因此茶道更为重要。茶道不行，再好的茶叶沏来也喝不出味儿；茶道高明的，虽不是顶级的茶叶，也能沏出顶级的味道。'那丫鬟听了，拍手笑道：'要说到茶道，整个关东，又有谁比得过我家大小姐？'我心中惊讶，便请杨家大小姐在店内施展一下茶道，并言明店内地窖有存积的长白冰泉，可供沏泡。杨家大小姐点头道：'泡茶之水，冰泉最上，雪水次之，井水又次之，雨水更次之，至于河水则不堪沏泡。想不到先生有心，竟然存得有长白冰泉。'她欣然接受我的邀请，施展茶道。看她泡茶，娴雅淑静，姿态优美，深合'和、敬、清、寂'四规，泡出来的茶甘香回舌、沁人心脾。说实话，我虽然是一名江湖汉子，但素来不好喝酒，只爱喝茶，却也从来没有喝过这么好喝的茶。"

金十三心想，这"三江鹰"与杨大小姐因茶结缘，难怪他记忆犹新，滔滔不绝地诉说这论茶、品茶的经过。

"三江鹰"接着说道："杨大小姐走了以后，我忽然感到失魂落魄，做

什么都没有心思，每日都到杨府附近逗留，只盼能再见她一面。偶尔见到她的马车出来，即便不见她露面，我也会高兴好一阵子。这样过了一个多月，忽然有一天，那名丫鬟到我店里来，笑嘻嘻地说：'我和大小姐几次看见你在杨府周围逗留。我说你一定是来找她的，她非说不是，还跟我赌一只手镯。我今天来跟你请问一下，到底是也不是？'我心中乱跳，自己说了些什么都不知道。那丫鬟笑道：'看来是我赢了。'她回去后，果然过了没两天，杨大小姐又到我店里来买茶叶。"

"三江鹰"的脸上露出微笑，完全陷入到了回忆当中，根本没管旁边的人是否在听。

"自此之后，我过的简直是神仙般的日子。有时候她到我店里来，有时候我实在忍不住，半夜会潜入杨府，到她的闺房之中，跟她说话，陪她饮茶，她也不以为意。但我们发乎情，止乎礼，从来没有做过那苟且之事。这样过了两个多月，我想自己今生非她不娶，她也非我不嫁，便夸着胆子，请媒人上杨府去提亲。不料杨八爷却一口拒绝，还把媒人赶了出来，从此就不准大小姐再出门。我知道杨八爷嫌我来路不明、门第太低，配不上他女儿，心中失望愤怒，却毫无办法。第二天夜里，我又潜入杨府去找大小姐，她哭得眼睛都肿了，说这辈子跟定了我，哪怕吃糠咽菜都无所谓。我心中感动之余，也想过偷偷带她远走高飞。可一想到她一个正经人家的大小姐，没名没分地跟着我私奔，从此就断了跟家里人的亲情，心中便不忍。

"这样又过了一阵，我虽然还是时常到杨府中去看大小姐，但对于我们的将来却毫无头绪。那一日，我正在店中枯坐，为这事而烦恼。忽然杨府派人送来杨八爷的请柬，约我到府中一叙。我心中虽感奇怪，但转念一想，莫非杨八爷心疼女儿，终于做出让步，同意了我们的婚事？

唉，陷入痴恋中的人，总是会不自觉地把事情往好的方面去想。我抱着这个希望，兴冲冲地去了杨府。不料刚进入杨八爷的居处，就踏进了他们预设的机关。幸亏我在江湖闯荡多年，多少有些防备，奋力挣扎之下，眼看就要脱困，不料一盆水往我脸上泼来。我急忙闭眼，脸却无法遮挡，不知那盆水里面放了什么毒药，我整张脸就像被灼过一般，火烧火燎地疼，几欲晕倒。我勉强睁开眼睛，模糊中见杨家大少爷正端着一个盆，一脸狞笑地看着我。耳旁又听到杨八爷在说："'三江鹰'，你还真是个角色，在我抚松城隐藏了大半年，愣没露出形迹来。要不是你'癞蛤蟆想吃天鹅肉'，非要盯着我的女儿不放，我还真不会去查你的底细。我久闻你高来高去的本领，不在府中设下这个局，还真不一定拿得住你。'这时候，我已站立不稳，坐倒在地上。我冷笑着对他说：'既然已经被你擒住，我无话可说。警察厅正在通缉我，你便将我解往奉天领赏吧！'杨八爷却笑着说：'你的身价，何止那些赏钱的百倍？将你解往奉天我岂不是太笨了吗？'我便知道他这是要打我这些年积累下来的财宝的主意，来个黑吃黑。老实说，相比起真意来说，这些财宝又算什么！只要她开口，我便会毫不犹豫地全部奉送。可杨成业这老贼如此使奸害我，我却偏不让他得逞！"

金十三说："这杨老贼也真是笨！他把大小姐许配给你，既能遂了女儿的心愿，又能得到你的财宝，岂不是两全其美的好事？"他忽然想起杨如意就在一旁，转头看了她一眼，见她满脸凄楚，眼中泫然欲滴，不由得暗自叹息，心道自己和"三江鹰"都是她父亲的大仇人，而她却跟这两个父亲的仇人在一起，心中的痛苦、纠结、迷茫可想而知。

"三江鹰"摇了摇头，说道："兄弟，杨老贼不是笨，而是精明过头了。像他这种人，于功名利禄、金银财宝看得极重，以己度人，以为所有人

都如他一般唯利是图。他以为让女儿向我索取，我一定不同意，而且还会令我起了防备之心，偷偷溜走。再说了，他怎么可能真的把女儿嫁给我这个被通缉的江湖飞贼，那岂不是给他的脸上抹黑？"

金十三想想，杨八爷果然是这样的人，点头道："大哥说得对。"

"三江鹰"继续道："那杨家大少爷见我委顿于地，闭目不答，便要上来打我。不料我暗中积蓄力量，正等他上前来。在场的人谁也想不到本已束手就擒的我还有余力反击，杨庭轩不慎之下着了我的道。我以他为要挟，逃出了杨府。我本想立即杀了杨庭轩，可想到他是真意的哥哥，终究下不了手，还是放走了他。我逃出了抚松城，在附近找了个偏僻的地方养了一个多月的伤，身子是差不多恢复了，可这张脸——"他苦笑了一声，说："大哥我原来这张脸虽然不说貌如潘安，也还算得上端正，如今却变成了这副鬼样！"

金十三瞧着他那张满是疤痕，根本辨不出原来面目的脸，心中难过。杨如意更是忍不住，捂着脸抽泣起来。

"三江鹰"出了一会儿神，又说道："杨八爷派他的人在附近搜寻过我，但都被我躲过了。我养好伤，原本应该离开抚松越远越好的。他们也以为我早就远走高飞了，谁也想不到，我竟然还敢再潜回抚松城，潜入杨府。我不是要去带大小姐走，就我现在这副丑八怪的样子，自己都不想多看一眼，又怎么能让她瞅见？我只是想偷偷看她最后一眼，知道她没事，我就会离开，从此不再见她。不料我躲在她的窗户外面，她却如有心灵感应一般，轻声问是不是我来了，随即打开了窗户。见我蒙着脸，她问我是何缘故？我不敢说，只是告诉她我要走了。她惊问我要去哪里，为什么不带她一起走？我无法回答，只得一狠心，告诉她我不是什么茶叶行的东家，而是关东巨贼'三江鹰'，蒙面行窃是我的本来勾当。

她听后张大了眼睛，惊讶得说不出话来。我心想，一个飞贼跟一个富家小姐原本也不是一路人，能有这数月的情投意合，已经是一次意外的缘分，如今干脆都挑明了，也好断了她的念想。我一把拉下面罩，将这张奇丑无比的脸展现在她面前。她吓得尖叫起来，连连后退。我心里又酸又痛，怨愤地说：'瞧瞧吧，这就是你爹和你哥哥的杰作！你还要跟我好吗？还要跟我走吗？'她呆呆地看着我，眼中流下泪来，张口正要说话，忽然有家丁发现了我，立时喊叫起来。满院子人声鼎沸，纷纷往这边赶来。我不敢再耽搁，施展轻身功夫闯了出去。逃出抚松城后，我决心盗遍杨家在关东的九城十八号，以泄心头之恨。之后的一年内，杨家多处参号连连失窃，丢失了大量的财货。杨氏父子知道是我干的，但无论他们怎么小心提防，都敌不过我的手段。杨老贼恼羞成怒，出了两万大洋的'花红'向黑白两道买我的人头，可依然没用。他在明处我在暗处，防不胜防，该失窃的照样失窃。

"有一次，我瞅准机会，对在哈尔滨的杨家分号下了手。不料得手后，却发现库中有一封留给我的信。信是杨真意写给我的，说她即使知道我是飞贼，知道我的脸破了相，也永远不会改变对我的情意。如今她爹也已经知道自己的不对，想与我谈和，两下罢手。希望我看在她的分上，不要再为难她爹和哥哥。她爹也不想再阻拦她和我的事情，只是明媒正娶地结亲不可能，但同意她跟着我远走高飞，从此二人隐迹江湖，再也不要回到抚松来。如果我看到此信，可于十月初七日到抚松城外二十里的水月庵，她会独自在那里跟我会面。"

金十三说："大哥，这封信一定是假的，是杨家父子设的圈套。"

"三江鹰"摇了摇头，说："信是真的，大小姐的笔迹我很熟悉，一认就能认出来。而且信后的落款之处还画有一株兰花。我曾经赞叹她的气

质如空谷幽兰一般娴静优雅，这是我二人之间的情话，别人不知，自然仿冒不来。"

金十三"哦"了一声，颇感意外。但"三江鹰"紧接着说："信是真的，杨家父子所设的圈套，也是真的。而且我猜测，杨家父子在所有我可能去下手的地方都留下了这么一封信。因为他生怕我看不到，不来上他这个的圈套。我当时看了信，心中感叹，我又何尝改变过对杨真意的情意？既然她不嫌弃我的出身，也不嫌弃我的丑陋，这份真情我更应该好好回报才对。不过她信中说她爹已经知道错了，我却在心中冷笑。像杨老贼这样的人，与其相信他良心发现，还不如相信狗能改得了吃屎。我想他只不过奈何不了我，又心疼自己的财货不断损失，才放低姿态向我求和。为了达成目的，他宁愿把自己的女儿让给敌人，这样的事情他是做得出来的。至于让大小姐不声不响地跟我私奔，也是为了给他自己留点面子。这样想来，我觉得大小姐信中所说的应该大致不假。我只要能跟她在一起，跟杨老贼的这些恩怨一笔勾销又如何？我盗取的他的财货，哪怕连同我自己所有的一切，都给了他又如何？

"我算算时间，立即启程赶往抚松城外的水月庵。十月初七那天，我天没亮就到水月庵去等大小姐。不过我也心存疑虑，并不马上进庵，而是藏在庵外的一片密林之中，监视着庵门前的道路，看看究竟是大小姐出现，还是杨家的大队人马出现。

"我等了快一个时辰，终于见晨曦中，一辆我熟悉的马车沿着山道向水月庵奔来。马车在水月庵门前停下，那个我日夜思念的人下了马车，挥手让车夫回去，然后独自向庵内走去。我又观察了一会儿，确定并没有杨家的大队人马跟着她，便悄悄地钻出林子，闪身进了水月庵。在庵门口，一名年轻的师太拦住了我，让我不要带着杀人利器进佛堂礼佛。

我只得将手枪和随身携带的一把匕首放在了门口的柜子里，由她照管。

"进得庵内佛堂，只见大小姐正在向菩萨进香跪拜，除了一位六十多岁的老师太闭目端坐敲击木鱼外，并无他人。堂内一片宁静慈和的气氛。我站在大小姐的身后，不敢开口说话，但心中却是激动万分。大小姐拜完菩萨起身，转头瞧见了我，眼中惊喜的光芒一闪，即刻投进了我的怀抱。我们两人紧紧相拥着，一句话都没有说，但彼此又知道对方要说什么。周遭的一切事物、青灯、古佛、老师太、嗒嗒的木鱼声……仿佛都不存在了，天地间只有她和我、我和她，只有两颗心在一起跳动的声音。"

说到这里，"三江鹰"停了下来，久久不语。金十三和坐在他旁边的杨如意一言不发，似乎也沉醉在了这美好的气氛里。不知什么时候，他们两人的手，紧紧地握在了一起，只是二人都没有察觉。

"三江鹰"终于又开口了，他说："可是，很快从庵内各处冲出来不少人，将我们两人死死地围在当中。原来他们早已在庵中埋下了伏兵。而这些人，竟然是抚松守备团团长徐松仁的警卫排。"他叹了一口气，说："接下来的事情也不必多说了，我没有任何防备，又顾忌着大小姐，而徐松仁的警卫排中颇有一些高手，我失手被擒也就理所当然了。"

金十三这才知道了"三江鹰"被抓进抚松大牢的前因。他问道："那后来呢？后来我们脱狱后，你不肯跟我一起走，是又回头去找杨大小姐了吗？"

"三江鹰"眼中似有泪光闪动，他点了点头，声音好像也变得嘶哑起来："是的。大小姐在我被擒时的惊讶、愤怒、悲伤、无助的样子，我现在还深深记得。我想她最痛苦的是自己成为了父亲钓鱼的鱼饵，将我亲手送进了圈套。其实我一直相信她是无辜的，即便在抚松大牢，我找到了脱身的办法，但我宁愿继续忍受囚禁乃至酷刑都不走，就是想等她

来看看我，我想她也一定会想办法来看我。可我终究还是没有等到她来，等来的却是她已下嫁守备团团长徐松仁的消息。所以我不甘心，在带着你脱狱后，我一定要去问问她，究竟是为什么！"

杨如意叹息了一声，对"三江鹰"说："大哥，你且歇一歇，剩下的事情，就由小妹我来说吧！"

"三江鹰"点了点头。杨如意对金十三说道："我姐姐没有去看大哥，是因为我爹骗她说，只要她愿意嫁给徐松仁，今生保证不再见'三江鹰'，也不再与他通任何消息，他就会放了他。他说他并不想伤'三江鹰'的性命，抓他的目的也是为了追回被他偷走的赃物。姐姐答应了爹，她知道除此之外，也没有办法能够救得了自己心爱的人。可她压根就不知道，爹爹从头到尾都不打算留下大哥的性命，不管他交不交出那些财宝。

"我在狱中见到你和大哥后，就去守备团找我姐姐，跟她说了我到牢中探望你，以及遇见了大哥的事，并说你们两人都即将被处死。我姐这才知道自己受了父亲的蒙骗。她立即回杨府去找爹质问，却被父亲关在了家里。

"当晚大哥带你逃出监狱后，他便到守备团去找我姐姐，想问个究竟。可找了半天没能找到我姐，连徐松仁都没找着。他擒住一名卫兵拷问，才知道我姐当天已经回了杨府。他不知道，这时候牢里早已经失了风，徐松仁已经带兵去了杨府，找我爹商议。我爹分析说大哥脱狱后一定会去找我姐，守备团找不到他就会来杨府找。两人便一起定计，在守备团通往杨府的路上设下埋伏。我因为一直在注意我爹的动静，派鹃儿去偷听到了他们的谈话，连忙去放出我姐。这时候大哥已经不幸落入了埋伏。我姐让我去找一辆马车接应，她自己赶去埋伏的地点。接下来……接下来……"说到这里，她忽然哭了起来，说不下去了。

金十三焦急地说："你……你别哭啊！接下来到底怎么了？"

"三江鹰"控制着自己的情绪，缓缓地说："长话短说吧。接下来，真意为了救我，误中了杨老贼一枪。这一下他和徐松仁都慌了神。这时候如意正好赶着马车冲了进来，现场一片大乱。我抱起真意上了马车，赶着车就跑。追兵没有得到杨老贼和徐松仁的指令，投鼠忌器下不敢开枪，只在后面叫嚣着追赶，很快就被马车甩掉了。可真意这时已是气息奄奄，她叫我不要再找她爹报仇，还把如意托付给我，让我带着她离开抚松，到哪里去都行，就是不要回来。说完，她……她就去了。"他语声哽咽，杨如意更是哭得伤心，连金十三也红了眼眶。

"三江鹰"接着说："再后来的事情，你大概也知道了。我带着如意妹子从那条下水道逃出了抚松。在路上，我把你和杨老贼的恩怨纠葛都告诉了她，但她仍然执意要找到你。于是我们两人一路打听你的消息，辗转来到了奉天。"

第十六章

上文说到，叶岚探听到了"山神宝窟"的消息，来邀金十三一起去长白山寻找这座宝窟。金十三觉得这座宝窟冥冥中似乎与自己的身世有关，又加上绝不想"山神"的宝藏落入杨八爷和日本人手里，便答应了叶岚的邀请，二人约定准备好一应放山所需，三日后出发。金十三在大帅府值守，一个黑衣人潜入大帅府，将他引至一处小院。在那里，金十三见到了阔别已久的杨家二小姐如意。而那名黑衣人，就是"三江鹰"。三人互道别情，"三江鹰"说出了一段他与杨家大小姐杨真意缠绵悱恻的爱情过往，并说到当日他与金十三脱狱后分手，就是要去找杨真意，不料却落入了杨八爷的陷阱。杨真意为救他而死，临死前将妹妹托付给他。二人结为异姓兄妹，一路打听金十三的下落，来到了奉天。

金十三听完"三江鹰"和杨如意的诉说，他敬佩大哥和杨家大小姐的有情有义，也为杨如意对自己的一片痴情而深深感动。她放弃了原本富贵安宁的生活，漂泊江湖，四处寻找自己。可是，自己能够接受她吗？

接受了她，又能接受她背后的家庭吗？义父和一干叔叔的血海深仇，还要不要报？还有，叶岚呢，她该怎么办？

他猛然察觉，自己的一只手还紧紧地和杨如意的手扣在一起，略觉尴尬，想要轻轻地抽出来。可是杨如意却仍然紧握着他的手，不肯松开，好像一松开他又会不见了似的。金十三见她梨花带雨，楚楚可怜地望着自己，心中一叹，便不再挣脱，任由她握着。

"三江鹰"是过来人，见他们两人的样子，对金十三的心思也猜了个八九分。以己度人，他明白金十三的尴尬与纠结。他咳嗽了一声，强笑着岔开话道："我们三人能够重聚，总算是老天还有一点良心。过去的事情先不说了，兄弟，你今后是怎么打算？准备跟着少帅干一辈子吗？"

金十三说："不知道，我还没想那么远。不过后天一早，我就要暂时离开大帅府，去一趟长白山。"他把从叶岚那里听到的"山神宝窟"的事情说了一遍。"三江鹰"皱了皱眉，说："那个日本人手里也有一套'大五帝钱'？这倒是奇了。"

金十三想起当日在抚松大牢中，"三江鹰"对这"大五帝钱"颇为熟悉，说起来头头是道，便问道："大哥，据你所知，这'大五帝钱'天下齐聚的有几套？你以前是否还见过别人身上有这'大五帝钱'？"

"三江鹰"道："'大五帝钱'齐聚，本就极为难得，而母钱齐聚，更是难上加难。二十年前，我曾见有人身上佩戴此钱。那时候我刚入江湖不久，不知深浅，便下手盗取，谁知却被那人擒住了。他见我年纪轻轻，原本也是好人家的子弟，落魄而入江湖，便放过了我，还赠我银两，教我'盗亦有道'的道理。我心中既感激又佩服，便拜他为兄。这母钱与子钱的区分之法，也是他教给我的。首先看字画的清晰程度，子钱是以母钱开模铸造的，因此母钱的清晰程度肯定要好于子钱，但因为大五帝

钱的年代过于久远，锈迹斑斑，因此光靠辨认字画还不行。那么再看什么呢？恰恰就是看这锈斑，不一样材质的钱，它的锈斑也是不一样的。比如'秦始皇半两钱'是青铜铸造，跟'明成祖永乐通宝'的紫铜就不一样。而即便是同一种钱，母钱的材质和子钱也不一样。母钱中铜的比例要占得高得多，这样的钱色泽、品相非常漂亮，字画清晰度也高，当真是富贵堂皇，堪为镇国重器。而子钱中加入了大量铅、锡等材质，铜的比例少，色泽、品相就差多了，字画也没那么清晰。为什么这么做呢？这是因为在古代铜是贵金属，不法商人会收来铜钱熔化后铸成铜器，翻手就是几倍的暴利。但如此一来铜钱的流通就少了，对国家的经济民生是一大伤害。因此历朝铸子钱时都会杂入其他成分，就是为了防止这种事情发生。当然盛世时期国家产铜量大，钱币品质较高；末世或乱世时期朝纲不振、国家凋敝，钱币的品质也差。这也是一番道理。"

金十三听得眼睛放光，问道："大哥，你的这位义兄当真是一位高人！他现在在哪里？有机会我一定要拜见一下。"

"三江鹰"感叹说："他何止是一位高人！论身手、才学、识见，都是我这辈子见过最佩服的，你大哥我是望尘莫及。听说他的妻子也是一位了不起的人物，可惜我无缘得见。我跟他相处的时间不多，光绪三十二年后便失去了他的消息。我也曾到处找过他，可一直没能找到。有人说他夫妇二人已经归隐山林、不问世事；也有人说他携妻子远渡重洋，去了花旗国。总之，他们就这样无缘无故地消失了。我看你身上所藏的这五枚'大五帝钱'跟我在他身上见过的那五枚极其相似，故此那日在狱中才会向你问起。至于有了这'大五帝钱'，是否就能打开'山神宝窟'，我却未曾听他说起过。不过兄弟你既然要去长白山寻找这'山神宝窟'，如不嫌弃，哥哥愿与你同往。我跟你一样，不希望宝藏落入杨老贼和日本人的手里。"

金十三大喜道："那太好了！有大哥相助，我又多了几分把握！"

这时杨如意忽然道："我也要去！"

金十三一愣，他跟"三江鹰"对视了一眼，对杨如意道："二小姐，这可不是闹着玩的，太危险。你留在这里等我们回来。"

杨如意却神色坚决地说："不，你去哪里，我就去哪里！"

金十三柔声道："二……如意，你听话，我们会平安回来见你的。"

杨如意幽幽地说："你是怕带着我这个女人累赘吗？方才你说到的那位叶小姐，她能够跟你去，我就不能吗？你放心，我也会骑马，更能够吃苦，不会成为你的累赘的。"

金十三大为尴尬，语无伦次地说："不，不是的。她……嘻！她跟你并不是一回事嘛！"

"三江鹰"却多少猜到了杨如意的真正心思：他们要去长白山寻找"山神宝窟"，就必然会跟杨八爷产生冲突。她既不希望"三江鹰"和金十三被杨八爷伤害，也不希望他们伤害到杨八爷。虽然她自己心里对父亲有诸多不满，尤其是姐姐的死更让她对父亲心生怨恨，但那毕竟是她的亲生父亲。她只盼能凭自己的力量来化解这段恩怨。想阻止她去，那是办不到的。

"三江鹰"在心底一声叹息，他虽然跟杨八爷仇深似海，可既然杨真意曾求他不要伤害她父亲，他就只能遵从她的意思，把这段仇恨深埋心里。可金十三同样怀着对杨八爷的仇恨，他会不会放下心中的仇恨，这就难说了。只能走一步看一步吧！

他对金十三摇了摇头，说："既然如意妹子坚持要去，那就让她去吧！把她一个人留在这人生地不熟的地方，我们也不放心。"

金十三苦笑一声，只好答应。

回到大帅府，金十三交接完了一应军务，又去枪库领取了三支德国"二十响"和一批弹药。考虑到杨如意，他去向少帅借他的那支勃朗宁手枪。少帅笑着说："怎么，原来你不是嫌这是把娘们儿枪吗？哦，我知道了，是给叶小姐玩的吧？拿去！咱兄弟之间，还说什么借不借的，就算我送给弟妹的礼物吧！"金十三不客气地接受了，也不说破。除了武器，他原本是让叶岚去准备进山的一应事物的，包括赶路的马匹，现在多了两个同去的人，他又跟少帅借了两匹好马。

这日一早，他收拾停当，带着"三江鹰"和杨如意来到了城东门外的土地庙。说是庙，其实只是一间不到三丈见方的破屋子而已。庙门口的门柱旁，拴着两匹健马，马背上各放着一个大皮囊。金十三知道叶岚已经到了，加快了脚步。

刚走进门，忽然有人从后面用手蒙住了他的双眼。金十三心中一凛，训练有素的肌肉刚要反应，鼻子就闻到了一股熟悉的幽香。他微笑道："叶岚，别闹了！"叶岚却不放手，"咯咯"笑着说："你怎么现在才来？我都等了半个小时了。"她忽然发现身后还有人从门口走进来，吓了一跳，连忙放开了手。

随之进来的人是"三江鹰"和杨如意。金十三略觉尴尬，向叶岚说他们二人是同去的好友。叶岚生性爱热闹，有人愿意同去协助，自是高兴不过。她见"三江鹰"戴着面罩，颇为好奇，听金十三介绍这是他的把兄，关东第一义盗"三江鹰"，大感兴趣，伸出手来要跟他握手，倒把"三江鹰"闹了个手足无措。看到杨如意，她更是笑靥如花，高兴地拉着她的手说："这位妹妹长得太招人疼了！我叫叶岚，树叶之叶，山风之岚。有你做伴，这一路我可不寂寞了！妹妹贵姓芳名？你跟十三哥是——"

杨如意一进门，就看到叶岚在和金十三打闹。女孩子心细，她能感觉到二人的关系绝非一般。她见叶岚一头长发轻松地在脑后绾了一个髻，看上去干净利索，上身是一件收腰的黑色羊皮短夹克，露出小半截纤腰，下身则着一条紧身的黑皮裤，显得双腿修长而笔直。这样的打扮新颖时髦，充满活力。杨如意暗叹，这样英姿飒爽的女人跟十三哥才是天作之合呢！她心中酸楚，强笑着回答叶岚："叶姐姐，你叫我如意吧。我是卫大哥的妹妹，也算是十三哥的义妹。"她又转头对金十三微微一笑，说："十三哥，你不会不认我这个义妹吧？"

金十三不敢看她，咳嗽一声，说："既然人齐了，那我们就出发吧！"

四人四骑兼程赶路，除打尖住店外，并不停留。杨如意一路很少说话，叶岚的兴致倒颇高，谈笑风生，向金十三问这问那的。当她偶然看到"三江鹰"面罩下满是疤痕的脸，惊讶地问金十三缘故，金十三便将他跟杨家大小姐的故事说了一遍。叶岚被深深地感动了，眼眶湿润，叹息道："唉，这个故事太令人悲伤了。"

这一日，看看已到长白山下，却没有发现杨八爷一行的踪影，金十三皱了皱眉，说："看来他们已经进山了。"

"三江鹰"道："这长白山方圆广阔，要想找到'山神宝窟'谈何容易。他们即便早到几日，也未必有用。你是放山行家，咱们一行自然以你为首。你说我们应该从哪儿入手？"

如果是放山，走北坡的黑龙河、西坡的鸳鸯泡，或者上次跟义父金不换进山的南坡大风口都可以。可是"山神宝窟"究竟在哪儿，金十三却毫无头绪。他想了想，说道："我们走黑龙河，先去找我的一位猎户兄弟。他对长白山最熟悉，可能会给我们提供一些线索。"

四人骑马进山。越往里走，山势越崎岖，林子也越密。到后来，四

人只得下来牵马步行。正走着，杨如意忽然发出一声惊呼。金十三和"三江鹰"听到急忙赶了过去。原来是杨如意不小心踩空，滑了一跤。

一场虚惊。金十三见杨如意满脸香汗，气喘吁吁，手套也磨破了，便伸出手来说："把缰绳给我，我来替你牵马吧！"杨如意却看都不看他，把缰绳交给了"三江鹰"，自己闷着头往前走。金十三的脸尴尬得通红，"三江鹰"在一旁笑道："小姑娘这是生你的气了。谁叫你一路跟叶姑娘打情骂俏的？她看了自然不舒服。"

众人走了两三个时辰，终于来到了乌力楞的"撮罗子"附近，这时候天已经快黑了。金十三喊了几声"乌大哥"，却不见人从"撮罗子"里迎出来。他心中诧异，掀开草帘子往里一瞧，却人迹全无，里面的东西还被翻得乱七八糟的。

"三江鹰"走过来，看了看"撮罗子"里的情形，说："这里有人来过。"

金十三仔细观察了一下，点点头说："是。我觉得很可能是杨成业的人。因为一般的放山人是懂规矩的，不会随意进入别人的地方，更不会破坏。但周围和这里面似乎并没有打斗的痕迹。应该是我这位乌大哥事先发现了杨成业一伙人，觉得他们来者不善，便避开了。而杨成业一伙以为这是山中猎人遗弃的营地，在这里驻扎休息后就离开了。"

"三江鹰"问："那我们怎么办？"

金十三说："既然杨成业他们已经离开这里，应该不会再回头。乌大哥见到他们走远了，自然会回来的。今晚我们就在这里驻扎休息，等他回来。"

"撮罗子"里的食物都被杨八爷的人搜刮干净了。好在他们携带有干粮，拿出来吃了。金十三烧起一堆篝火，让两个姑娘睡在"撮罗子"里，他和"三江鹰"在外面轮流值夜。

两人在篝火旁席地而坐。"三江鹰"还是第一次夜宿这大山之中。四周黑黢黢的一片，暗影中树枝张牙舞爪，偶尔还传来不知名的野兽的低鸣，他担心地问："晚上会不会有野兽来袭击我们？"

金十三摇了摇头，说："不会，任你什么野兽，都怕火。只要这堆篝火不熄灭，野兽就不敢来。再说，这个'撮罗子'里住着的乌大哥是一名非常厉害的猎手，猎杀野兽无数，一般的野兽见了他躲都来不及，更不会来主动袭击他的营地。"

"三江鹰"回望了一眼"撮罗子"，里面悄无声息。看来爬了半天山，两个姑娘都累了，已经睡着了。他对金十三说："兄弟，看来这两个丫头都很喜欢你。你打算怎么办？"

金十三摇了摇头，说："我不知道。按理说，我跟如意认识在先，她又对我情深义重，我不该辜负她的。可是你知道，我和他们杨家有深仇大恨，又怎么能和她在一起？"

"三江鹰"又说："你知道如意妹子为什么非要跟我们来这长白山吗？"

金十三点了点头，说："其实我知道。她不忍见我和她爹兵戎相见，想找机会化解这段恩怨。可是，这不是普通的恩怨，而是不共戴天的杀父之仇，你说我能放得下吗？"

"三江鹰"长叹了一声，不再说话。他知道对于金十三来说，这是一个死结，谁都没办法帮他解开。

第二天一早，金十三还在酣睡，忽然鼻子里一痒，他睁开眼睛，只见叶岚手里拿着一根细草，弯着腰，正笑嘻嘻地盯着他。他揉了揉眼睛，坐起身来，四顾没有看到"三江鹰"，问道："大哥呢？"

叶岚说："卫大哥打水去了。"她舒展了一下身子，望着四周绝美的山

250

景，深吸了一口气，说："哇，好舒服啊！这长白山真是好，不但有一种原始野性的美，连空气都格外香甜。住在这里就跟神仙一般。"

金十三听她发这种富家千金的感叹，笑了一笑，转头去看"撮罗子"。叶岚说："如意妹妹早已经起来了，但不想出来。"

正说着，"三江鹰"打来了清水，招呼大家洗漱，又将几个水囊灌满，然后问金十三接下来该怎么办。

金十三也在发愁，乌力楞不知道什么时候才会回来，在这傻等也不行，自己还得去找"山神宝窟"。问题是自己没有任何线索，这长白山这么大，该到哪里去找？实在不行，就只能采用放山人的办法，一块区域一块区域地去"趟山"。但这个方法太笨了，要把整个长白山都趟遍何其难，运气不好的话一年半载下来可能都没结果。

他忽然想起，杨八爷在密室中对那日本人晴川秀木说，这"大五帝钱"你不知道用处，只有我知道。姓杨的既然知道这"大五帝钱"的用处，那说不定就知道如何找到"山神宝窟"的位置。在这大山里找一座隐藏的宝窟不容易，但找一群大活人却容易得多，他们的行动、吃喝拉撒总会留下踪迹。只要跟上了他们，就能找到宝窟。

想到这里，金十三精神大振，他把这个想法跟"三江鹰"一说，两人就开始在附近搜寻起来。杨八爷一伙人不久前就到过这里，要找到他们的行踪并不难。

果然，金十三很快就在附近树林中发现了有树枝被人为折断、有茅草被人踩踏过的痕迹。再仔细搜寻，还能找到泥土中的一些零乱的脚印。这些痕迹的大致指向，是长白山的西北。

四人整装出发。金十三在"撮罗子"里留下了记号，这样乌力楞看到，就知道自己来过了。他更是查找踪迹的高手，必能循着自己一路留下的记号找到自己。四匹马是上不去了，只能留在这里。虽然经过了筛选，留下了一些可能用不到的装备物资，但必要的东西仍然塞了两大皮囊，由"三江鹰"和金十三分别背着。枪自然要带着。深山密林里什么危险都可能遇到，而且杨八爷一伙人人多势众，肯定带了不少武器。真要干起来，没有枪那是要吃大亏的。

金十三教他们三人放山的方法，没有索宝棍，就砍下树枝削成棍子来代替，既能够作为登山手杖使用，又可以用敲击树干的方法来联络，还能够用来打草惊蛇。

四人一边走，一边继续寻找杨八爷一伙人的踪迹。有时候踪迹断了，金十三只要仔细观察，总是能够又把它连起来。这是他跟着乌力楞在山中打猎学会的本事。此时已经是秋季，白天还好，夜晚的长白山气温能够跌到零下几度，还是比较寒冷的。金十三自从吞过"神龙"胆，喝过"神龙"血后，体质产生了变化，不畏寒暑，冬天即便外面只穿一件单衣也不觉得冷，他自然不在话下。"三江鹰"常年习武之人，身体素质非常好，也还扛得住。叶岚和杨如意两个女孩子就受罪了，晚上宿营，即便生着了火，仍然冷得不行。叶岚稍好点，她把唯一带着的一件貂皮大衣给了杨如意穿。晚上睡觉，两个女孩子挤在一块儿用体温互相取暖，貂皮大衣就当作被子盖。

他们在密林中连续跋涉了几天。这一日，他们来到一条小溪边，杨八爷一伙儿的行踪又断了。金十三在小溪的这边找不见，又蹚水到对岸寻摸了半天，也没有发现任何线索。

莫非杨八爷他们是趟着溪流而上，所以没有留下任何踪迹？他正思忖着，忽然看见溪那边的叶岚和杨如意都惊恐地睁大了眼睛，而"三江鹰"正在掏枪。接着，就有两根东西搭在了他的双肩上。他鼻子中闻到

了野兽嘴里喷出的腥气，脑子里一激灵——狼！

他知道这个时候不能回头。狼这种动物智商极高，既善于互相配合围猎快速奔跑中的猎物，也善于从背后偷袭静止不动的猎物。对于人这样的直立行走生物，如果你背对着它，它能够做到悄无声息地接近，然后立起身子，将爪子轻轻搭在你的肩膀上。一般人往往会习惯性地转身查看，只要你一转身，它就会一口咬断你的喉咙。

金十三不但没有转身，反而用双手分别抓住狼的两个前爪，往前一送，同时身子一矮，脖子一缩，头已经钻到了狼的颚下，将整个狼的头部都顶了起来。他就这样背着狼蹚过溪水回到了对岸，接着一个背摔，将狼一个跟斗狠狠地摔在地上。那狼被摔得嗷嗷乱叫，刚刚挣扎着站起来，金十三抢过叶岚手中的树棍，一棍子就打在它的后腰上。俗话说的"铜头铁背麻秆腰"，就是指狼、狗一类的动物。打它的头或背都不行，非但伤不了它分毫，还会激起它的凶性。而腰则是它们的薄弱之处。金十三这一棍势大力沉，打在狼腰上，连棍子都断成了两截。而那匹狼的后腰也给生生打断了。它半趴在地上挣扎，嘴里呜咽着，却再也站不起来了。

"三江鹰"已经拔枪在手，对准这匹狼正要开枪，杨如意怯怯地说："大哥，它已经受伤了，好可怜，你放过它吧！"

"三江鹰"看了一眼金十三，金十三说："算了，这匹狼已经无法伤害我们了，不必取它的性命。"他从乌力楞那里，不但学到了狩猎的本领，还学到了狩猎的法则。那就是：狩猎只是为了人类自身的生存而进行的活动，就像狼要吃羊和其他小动物一样，是天经地义的。而人如果不是因为自己的生存，就不应该伤害动物的性命，反而要尊重它们生存的权利。否则，那就不是狩猎，而是屠杀。这种违反自然之理的行为，必将受到老天爷的惩罚。

"三江鹰"把枪收回去，正要说话，忽然，他看见金十三瞪着对岸，脸都变白了。他转过头一看，小溪的对岸，又出现了四匹狼。三匹是苍灰色的皮毛，当中一匹狼却全身乌黑，只有从额头到鼻尖是一溜的白毛。这几匹狼正用冷冷的眼神盯着他们四个人。

"三江鹰"慌忙又将德国"二十响"掏了出来，对准了这些狼。那匹黑狼却一声不吭，转身就窜入了林中。其他三匹狼纷纷随之而去。

"三江鹰"舒了一口气，说："总算是吓跑了。"金十三却神色凝重地说："狼这种动物的恩怨心极强。你对它好，它会报答于你。可如果你伤害了它，那么它一定会追着你报复，不死不休。"

忽然，对面林子里传来一阵"嗷呜"的呼唤声。金十三脸色一变，说："不好，刚才那匹黑狼是头狼，它看我们手里有武器，不敢贸然攻击。如今它已经在用叫声召唤狼群中所有的狼了。咱们快撤！"

四个人转身就跑。耳听得后面一阵"唰啦、唰啦"响，知道狼群已经追了过来。四人更不敢怠慢，拼了命地跑。跑着跑着，原先"唰啦、唰啦"的响声只在背后，现在连左边的林中都响起了这样的声音，这说明有狼正从左侧包抄。

"三江鹰"和叶岚、杨如意吓得面如土色，立即转道向右。金十三却大喊道："右边去不得！你们跟着我，往左边闯！"三人心中诧异，明明左边有狼，右边毫无动静，为何他却偏偏要带着众人往左边去？但紧急间也容不得他们多想，对金十三的天然信任使得三人毫不犹豫地跟上了他。

金十三虽然以前没有遭遇过狼群大规模的围捕，但他曾听乌力楞讲过狼性。狼这种动物非常善于团队作战，而且战术极其高明。跟在后面

追击猎物的，会不紧不慢，只要不跟丢了就行。如果跟得太紧，猎物知道跑不了，很可能忽然回头拼死一搏，说不定就会对己方造成损伤。从一侧包抄的，反而要拼尽速度，尽量将猎物兜头截住。当猎物忽然发现侧方和前方都有狼包抄，自然而然就会转向奔逃。这样猎物就会被赶入到狼群预先设定的埋伏圈中。而首先，埋伏圈的地形不利于猎物逃跑；其次，守在那里的狼往往是狼群中最有战斗力的。它们会从不同的攻击位置忽然同时发起攻击。猎物根本来不及做出反应，往往在一瞬间就被扑倒。其他的狼再一拥而上，到此猎物插翅也难逃，只能束手就擒。

金十三拔枪在手，带着四人往左闯。跑不了十几步，一匹狼忽然从不足一丈远的一簇灌木丛中蹿起，迎面向他扑来。金十三几乎是抵着它张开的血盆大口，连开两枪。那匹狼哼都没哼一声，摔在地上滚了两滚，就此不动了。四人看都不看一眼，继续奔跑，果然没有狼再在前面截击。金十三估计原本在左侧包抄的狼大多跑过了头，根本没想到他们会反其道而行之，一时来不及调整追击阵型，左侧就成了狼群的最薄弱之处。

这时，一阵"嗷呜、嗷呜"的狼叫声再次响起，四人听在耳里，只觉无比的瘆人。金十三知道，那匹头狼正在指挥整个狼群调整方向，重新发动追击。在这密林当中，四人虽然手中都有枪，但射界内遮蔽物太多、太近，不利于射击。反而狼群可以利用这些林木隐秘接近，将他们包围起来。因此，当务之急是要走出这片林子，到开阔的地方去，再徐图对策。

长白山的地势，半山以下以茂密的原始森林为主，夹以沟壑泉流。越往上走，高大的樟子松、落叶松、白桦、杨树、云杉、椴树等就越加稀少，代之的是低矮弯曲的岳桦林，以及平坦的高山草甸。气候也比较寒冷干燥。这样的环境并不利于棒槌的生长，所以放山人很少会往这样的高处去。但如今为了躲避那群森林狼，金十三不得不带着他们三人穿过林子，往高山上爬。

金十三和"三江鹰"在后压阵，边打边走。他的枪法固然神妙，"三江鹰"的枪法也不赖。狼群在又失去三名同伴后，不敢追得太近，并且尽量分散开来，进行大范围的包抄。

这时候他们已经与狼群周旋了一两个时辰，又累又饿。但他们不敢停下来，因为狼群虽然放慢了追击的速度，但并没有停止的意思。金十三很清楚，头狼之所以没有继续指挥狼群发动攻击，惧于二人的枪法固然是原因之一，更重要的是，它在等待天黑。

暗夜中的森林，是它们的天下。

这些狡猾的家伙！金十三在心里狠狠地骂道。他看了看天色，大约还有个把时辰天就要黑下来了。到时候，碍于视线，他们的枪就将无用武之地，而狼却能够在黑夜中视物，到时候它们一拥而上，他和"三江鹰"也许还能跟狼进行一番肉搏，而叶岚和杨如意只怕立时就会丧身狼口。

金十三的额头上渗出了密密的汗珠，转头再看"三江鹰"，他的脸色也难看至极。

忽然，叶岚叫道："十三哥，前面出了林子了！"

出了林子是一片高山草甸，再往上，在草甸子的尽头，有一片黝黑的山壁，隐藏在云雾之中，时隐时现。

狼群在林子的边缘停了下来，看着他们。金十三松了一口气，跟"三江鹰"加快了脚步，追上了叶岚和杨如意。

叶岚问道："十三哥，咱们接下来怎么办？"

金十三尚未回话，忽然杨如意惊呼道："十三哥，那些狼又追上

来了！"

金十三回头一瞧，果然，那群狼在犹豫了一阵之后，终于跨出了它们的惯有领地，继续向他们追来。

要知道，狼是最记仇的动物之一，也是最有耐心的动物之一。在失去了好几名同伴之后，它们已经无法抑制住复仇的渴望。况且狼群追踪了他们这么长时间，肚子里同样饥饿难耐，无法眼睁睁地看着这四个已经到了嘴边的猎物跑掉。

当这群狼都从林子里钻出来后，四人一眼望去，竟然有三十匹之多，这在狼中已是一个很大的家族了。一般的狼群大概在几匹到十几匹之间。因为族群太大了，头狼统治起来会非常困难，挑战它地位的狼也会更多。而且这个族群内的斗争也会频繁而激烈，最后往往会分裂成小群，各自重新划分领地。但这个狼群数量如此庞大，而且都对那匹白鼻黑毛的头狼俯首帖耳，可想而知它有多厉害。

群狼出了林子后，阵型散得更加开，追击的速度更加慢，而且行动也更谨慎。它们都半蹲着前进，尽量将自己的身体隐藏在草丛里。一旦发现对方举枪对准自己，被对准的那匹狼就马上伏下不动，而其他的狼却仍然小心谨慎地缓缓逼近。

金十三叹了一口气，他看了看远处的那片黑色山壁，估算了一下距离，大概不用一个时辰就能赶到那里，对其余三人说道："我们没法在这里跟这群狼长时间耗下去，只能尽快赶到那片山壁，再找地方躲藏。"

四人赶紧出发。越往上走，坡度越陡，两个女孩子虽然身上没有背负重物，但都累得香汗淋漓、脚酸腿软，全靠金十三和"三江鹰"扶持着，不然早就倒下了。狼群期待着猎物能够自己体力不支，开始还不紧不慢地跟着，后来大概那匹头狼猜到了他们的意图，一声呼唤，众狼都加快了步伐。

黄绿色的草甸子已经在他们的脚下逐渐消失，代之的是灰褐色的泥土和黑色的石块，金十三知道已经接近了目的地。他回头看了看，最近的一匹狼距他们只有十几步远了，而且正在跃跃欲试，一副随时就要扑上来的样子。他连忙举枪，那匹狼倒也机警，身子很快藏到了一块黑色的大石块后面。金十三开了两枪，以示震慑，回头着急地对三人喊道："再快些，进入那片浓雾就好办了！"

忽然，他又听到了那匹头狼发出了一阵"嗷呜"的叫唤声，心中一惊，以为这是狼群即将发起全面进攻的信号，连忙转过身来，持枪严阵以待。

但令他诧异的是，那些狼却停止了追击的脚步。它们犹豫了一会儿，纷纷后退了二十几丈的距离，远远地在坡下的草甸子上聚集到一块儿，交头接耳地似乎在讨论着什么。

金十三愣在那里，好半天回不过神来。其他三人也都面面相觑，不知道这些狼明明已经很接近了，为什么突然就放弃了追击？

金十三悬着的心还不敢完全放下，转头对三人说："继续走，离那些狼越远越好！"

四人继续往上爬，一路上黑色的大石块儿越来越多、越来越大。走在最前面的杨如意忽然发出一声尖叫，似乎遇到了什么可怕的事情。

第十七章

上文说到，金十三和"三江鹰"、叶岚、杨如意四人一起去长白山寻找"山神宝窟"。他们在乌力楞的"撮罗子"里面没有找到他，却发现了杨八爷一伙人的踪迹。循着踪迹寻去，他们在林子里遭遇了狼群。四人且战且走，逐渐接近了长白山的西北峰，那群狼却奇怪地停止了追击。四人略松了一口气，继续往上走，这时候走在最前的杨如意不知道遇见了什么，吓得惊声尖叫起来。

金十三和"三江鹰"、叶岚连忙赶上前去，只见地上躺着三具男人的尸体。这三个人身上都带有武器。其中一具尸体腰中的枪匣已经打开，他的右手正握住手枪的枪把，将枪抽出了半截来。看来这三个人是猝然遇袭，还来不及反抗，就遭了毒手。

"三江鹰"皱了皱眉，问道："杨成业的人？"

金十三点了点头，说："这三个人都是杨八爷的炮手。这个枪刚刚拔出一半来的人叫李友林，是杨八爷的贴身护卫之一，身手很不错的。想不到他会连一点反抗都没有就死在这里了。不知道袭击他们的是什么人，竟然这么厉害。"

叶岚忽然说："这三个人……好奇怪，身上怎么结了一层霜？"

金十三心中一动，他蹲下来摸了摸李友林的尸体，触感僵硬，如摸寒冰。这时候的长白山尚未入冬，附近既无积雪也无冰窟，相反这里接近火山岩区，地表温暖，绝不可能将尸体冻僵。

再仔细搜索，金十三发现这三具尸体上既没有枪伤也没有刀伤，只是每个人的喉咙上有一个小小的创口，已经结成了血痂。

"三江鹰"也瞧见了，说："这创口不太规整，不像是子弹或者利刃造成，倒像是被什么东西给咬了。"

叶岚听了，打了个寒战，惊道："难道……是吸血鬼？"她有一半俄罗斯血统，在西方，包括俄罗斯，自古就有吸血鬼的传说，如德古拉伯爵，在民间就广为流传。这些吸血鬼都是对天主心怀怨恨的人，他们用自己的灵魂与魔鬼交易，变成了不死不灭之身。他们外表跟常人无异，但全身冰冷，要靠吸活人的血才能维持温度。而这些吸血鬼更偏好吸取美貌女人的血，这样能够维持自己的容颜永远不变。所以一想到吸血鬼，叶岚的脸都吓白了。

其实中国也有僵尸的传说，但与西方的吸血鬼不同的是，这些僵尸都是因为在墓中受到了环境的干扰，或者受到了某些术法的操控，三魂虽失，七魄尚在，导致无法完全尸解，便成了不人不鬼的僵尸。盗墓者称这些僵尸为"粽子"，一旦被惊动，就会起来攻击人。

金十三对这些怪力乱神之说向来秉持的是存而不论的态度，不太相信这三人是被什么吸血鬼或者僵尸所害。但他忽然意识到了一些什么，努力地思索着，试图从自己的记忆深处找到一些有关的痕迹。

此时，天空中传来一声鸟鸣，一道熟悉的影子闪电般地向他飞了过来。

金十三大喜叫道："金灵儿！"

来者正是曾与金十三共过生死患难的那只金头棒槌鸟——金灵儿！

往常金灵儿见到他，早就飞到了他的肩头或者掌心之上，跟他表示亲热了。可这一次，金灵儿却一反常态，并不落下来，而是围绕着金十三不停地盘旋，嘴里还不停地"啾啾"叫着，一副焦急紧张的样子。

它是在向自己发出某种警告！金十三立即警惕了起来，对"三江鹰"等人说道："有危险！大家小心戒备！"

众人吓了一跳，纷纷持枪在手，向四处不停张望。连杨如意都把金十三送给她的那支勃朗宁握在了手里。

四周静悄悄的，连一丝风都没有。大伙儿正自惊疑不定，忽然，一股奇寒之气笼罩了天地四野，简直要把他们的五脏六腑都冻住似的。金十三抬头看了看天色，刚刚擦黑，有几颗早露的星星散布其上，在向他眨眼。但西方远处的地平线上，夕阳还没有完全沉下去，还能看到一抹绛红色的霞光。今天是一个晴朗暖和的好天气，没有风霜，也没有雨雪，这股奇寒之气究竟是怎么来的？

他脑子里轰的一下，忽然想起了一个自己曾经做过的噩梦。婴儿般的啼哭声、鬼打墙一般的森林、即将熄灭的火光、就地待死的鹿群……一幕一幕他原本以为早已忘却的场景又在他的脑海里清晰地闪现。

一只不过野猫大小的异兽出现在了众人右前方不足两丈远的一块大岩石的顶端，正冷冷地看着他们。这只异兽颇似狐狸，全身毛皮呈蔚蓝色，尾巴却不似狐狸那般蓬松，只有稀稀拉拉的几撮毛，但尾骨却很粗壮，在后半部分开始分叉，变成了九节。尾端呈圆球状，上面竟然布满了尖刺。

是它！就是它！金十三忽然恍惚了，难道自己那晚不是在做梦，而是真实发生过的事吗？

周围的空气越来越冷，叶岚三人的身体都在发抖，"三江鹰"想要开枪，手指却僵硬得连扳机都扣不下去。

那只异兽忽然张开嘴，发出了"哇哇"如婴儿般的啼哭声。

金十三暗叫不好，连忙撕下衣服塞住了两只耳朵。他转头一看，"三江鹰"、叶岚、杨如意原本惊惧的脸色已无任何表情，眼神也变得空洞无物，一步一步地向那异兽走去，明显已经受到了异兽的"魔音"的控制。

他心中大急，急忙抬手，对准那只异兽就开枪。那只异兽连忙蹿起，跳到了另一块儿大石上，身形快得如鬼魅一般。它眼中精光大盛，恶狠狠地盯着金十三。

金十三见它身下的石头上有一小摊血迹，知道它已被自己打伤。很显然，这只异兽完全没想到竟然有人不受它的控制，还能向它开枪，而且枪法如此精准，一时不防，才被他得手。它不知道，金十三因为吞过"神龙"胆，喝过"神龙"血，身体异于常人，不但能抗严寒，而且因为心中早有准备，及时地堵住了自己的耳朵，降低了"魔音"的诱惑力。

异兽的啼哭声一停，"三江鹰"和叶岚、杨如意如梦初醒，停下了脚步。金十三尽量不去看那异兽的眼睛，手中的德国"二十响"连续朝着它开火。那异兽虽然受了伤，但行动仍然迅捷无比，在几块儿大石上连续跳动躲避。最后一跳，它竟然在半空中硬生生地扭转了身体，转而向金十三猛扑而来。

金十三的枪口还来不及调转，异兽已经扑到，离他的面门不过一尺。金十三只觉得一股比冰窖还冷十倍的寒气笼罩住了自己，仿佛全身血液

都停止了流动似的，冰冷僵麻。他眼睁睁地看着它朝自己张开了大嘴，里面两排尖利的牙齿都清晰可见，却束手无策。

忽然，一道金光闪到，将那异兽横着撞飞了出去。

金十三看得清楚，是金灵儿对那异兽发动了攻击。它和那异兽双双掉落在地上。异兽身体比金灵儿大得多，在地上滚了两滚，又站了起来。而金灵儿跌在地上，却一直在挣扎抽搐，连翻个身都困难。

金十三觉得身体一松，又能够活动了。他见那异兽耸了耸身体，又要蹿起，手中枪一刻不停，朝它连扫。这时"三江鹰"和叶岚手中的枪也开火了。三把枪组成了绵密的交叉火网，那异兽再也躲不过去，身上连中数弹，倒在地上哀鸣两声，终于不动了。

金十三怕它还没死透，赶到近前，对准它的头部连连开火，直打了个稀巴烂方才罢手。他喘了口粗气，连忙从地上捧起金灵儿。金灵儿的头耷拉着，眼睛微闭。金十三连声呼唤它的名字。金灵儿睁开了眼睛，看了看他，用嘴在他的手掌心轻轻地啄了两下。金十三微微地舒了一口气，心想这金头棒槌鸟不是凡鸟，哪那么容易死。上次它被"神龙"尾巴抽中，不也只是晕了一小会儿，后来却浑若无事地飞走了吗？

他正要看看它伤在了哪里，金灵儿却挣扎着在他手掌上站了起来。看到那只异兽的尸身后，它"啾啾"地叫了两声，又用嘴在他的手掌心啄了几下。

这样的交流方式金十三很熟悉，知道金灵儿在暗示他，这异兽的身体里有东西。他把金灵儿轻轻地放在旁边一丛草窠里，拔出乌力楞送给他的那把猎刀，左手按住异兽的身体，右手就去划它的肚子。

可是他的左手刚一接触异兽的身体，就觉得一股刺骨般的疼。他抬手一看，掌心部分竟然呈现出紫红色，分明就是被冻伤了的样子。他吓了一大跳，这究竟是个什么怪物，身体比千年寒冰还要冷。他从背囊里翻出鹿皮手套戴上，再去按，仍然冻得难受。他不敢耽搁，从异兽的喉部一刀直划到它的粪门，将它开膛破肚。只见这异兽的心脏像萤火虫一样，发出一明一灭幽蓝的光。金十三大奇，伸手将其扯下。虽然他戴着鹿皮手套，触手仍然感到一股奇寒刺骨，冻得他拿不住，脱手就甩了出去。那颗心脏掉在地上仍在闪光，时明时暗，就好像还在跳动一般，而它方圆一米之内的泥土和石块，很快就结上了一层冰霜。

四个人看着这么个怪东西，面面相觑，不知道这玩意儿有什么用？但金十三心想，既然金灵儿让他去取，就必然有它的道理。他让"三江鹰"将皮囊中原本用来清洗伤口的一皮袋关东"烧刀子"拿出来，捡起那颗心脏扔了进去，封上后又将皮袋用布包了好几层，再放入了皮囊之中，背在了身上。酒精能够很好地保存生物的机能，而且它的冰点非常低，导热性差。饶是如此，他仍然能感觉到背上似乎背了一个大冰疙瘩，冻人心脾。

金十三再去草窠里捧起金灵儿，一入手中，却发现它的眼睛紧闭，身子一动不动。他的心猛地一沉，连声呼唤金灵儿，但这只金头棒槌鸟却没有再次睁开眼睛。金十三大急，将金灵儿的身体放入怀中，想用自己的体温来温暖它，可是他却分明感觉到它身上的热度正在不可逆转地流走。

金十三怔怔地站在那里，任脸上的泪水肆意奔涌。叶岚从来没见过他如此伤心，走上前来，怯怯地说了声："十三哥，你……"但金十三却仿佛没有看到她一样，眼神呆呆的，一言不发。他与这只金头棒槌鸟共斗"长白神龙"，可谓生死之交。它帮他和义父找到了"青龙吐水"，从而一举采得了"神龙二炷香"。它从"火烧天"的枪下救回了他的一条性

命，还衔来参籽为他疗伤，在空山寂寞中陪伴他。如今，它又以自己的生命为代价，从那异兽口中再次救了他一命。

不知过了多久，金十三感到金灵儿的身体已经没有了任何温度。他含泪将它从怀中拿出来，轻轻地摸了摸它的身体，软绵绵的，似乎全身主要的骨骼都已经断了。可以想见，它对异兽那飞蛾扑火般的一撞，是何等的决绝，何等的惨烈！

金十三一声长叹，找到一块"负阴抱阳"的偏僻所在，挖了一个深坑，从自己的贴身内衣上撕下一块布，将金灵儿包裹起来，埋了下去。

"三江鹰"等人眼看着那只金头棒槌鸟撞向异兽，眼看着它指引金十三挖出了异兽的心脏，眼看着它死去后金十三的悲痛欲绝，不明白这一鸟一人之间究竟有着什么样的关系。但见金十三这个样子，谁都不知道该说些什么好。

金十三半跪在金灵儿的埋骨之地，沉默良久，这才站起身来，声音嘶哑地对"三江鹰"等人说道："杨成业一行的行踪到了这样一个人迹罕至之处，看来他们已经接近了目的地。而他们也跟我们一样，在这里突然遇到了那只异兽。他们毫不犹豫就舍弃了这三个人，而逃走的方向，只有一个，就是那片浓雾后的山壁。"

"三江鹰"点了点头，说："不错，我刚才查探了一下痕迹，他们果然进入了那片浓雾之中。"

金十三说："我原来不知道为什么狼群到了这里就不追我们了。现在看来，它们也知道这一片是那只异兽的领地，因此畏惧不前。我们既到了此地，前面就算是刀山火海，也得闯一闯了。"

杨如意看了看眼前这一大片黑黢黢的怪石、散发着刺鼻气味的浓烟，心悸地道："这些烟有毒吧？我们怎么进去？"

"三江鹰"却懂，说道："这些黑色的岩石都是火山喷发后形成的火山岩，浓烟的主要成分是水汽，也含有硫黄，固然有毒，但只要将布条用水打湿，蒙住口鼻快速通过，倒也不妨事。"他将皮囊中的饮用水袋拿出来，众人纷纷撕下衣服上的布打湿，蒙住了口鼻。金十三当先向浓雾中走去，叶岚、杨如意紧随其后，"三江鹰"在最后压阵。

四人在烟雾中摸索着前进。金十三不断回头，照看着两个女孩子不要跟丢了，差点儿被地下的一个东西给绊了一跤。他只觉得踢到的这个东西软软的，不像是石头或者树枝，蹲下来仔细一看，竟又是一具尸体。

后面的叶岚、杨如意和"三江鹰"也围了上来。这具尸体是背朝天匍匐在地上的，金十三将他翻转过来，却见他的脸上还戴着一副防毒面具。金十三将他的面具取下，却听叶岚"啊"了一声，金十三忙问她怎么了，叶岚声音颤抖着说："这个人……是……是我爹的人，就是我爹派到杨家的那……那个心腹。"

金十三眉头一皱，说："难道说你爹也来了？"

叶岚摇了摇头，说："应该不会。我爹都不允许我来长白山，他自己怎么会来？我们来长白山的时候，他去抚顺办货去了。这个人……恐怕是私自来长白山盗宝的吧？"

金十三却疑心叶炳堂玩的是声东击西的把戏，这么诱人的"山神宝窟"，他难道不动心？何况这尸体脸上所戴之防毒面具，是俄军在"一战"后期生产的制式军用品，专门用来应对德军的毒气弹的。关东的奉军都没有这样的装备。

看来到这长白山来寻宝的，不止杨成业和自己两队人马了。但他却不想对叶岚说破。他仔细检查了一下这具尸体，叹了口气。"三江鹰"问道："又是那异兽咬的？"金十三点了点头，心想浓雾之中可能还有别的

尸体，只是看不到而已。幸亏自己一行是在外面遭遇了那只异兽，要是在这浓雾之中受到攻击，想要全身而退就难了。

四人穿过了烟雾弥漫的火山岩区，来到了那堵绝壁之下。但见这绝壁巍然耸立、光滑平整，没有任何道路可以通行，竟是一块死地。

叶岚奇怪地道："难道杨八爷那些人是爬过去的不成？"

"三江鹰"摇头道："绝无可能！即便凭我的轻身功夫，空手也难以爬上这堵高达数十丈的绝壁，更不要说一般人了。"

金十三也说："大哥说的是。这绝壁之下定有隐秘的入口，而那杨成业应该是知道的。咱们找找看。"

四人分开寻找。这时天色已经完全黑下来，加上烟雾笼罩，四下里伸手不见五指。金十三从皮囊里拿出手电筒，这东西是花旗国发明的新产品，他特意叮嘱叶岚从洋行里购来，今天果然发挥了作用。他按下按钮，一束聚光冲开了眼前的黑暗。他沿着绝壁一路寻找，在一块巨大的黑曜石的侧面发现了一条裂缝。他用手扣住用力一掀，一块大条石倒了下来，露出一道狭窄的入口。他大喊道："在这里了。"

金十三持手电筒当先而入，其他三人紧随其后。这道裂缝是向下延伸的，虽有手电筒的照射，却一点也看不到尽头，可见其之深。入口处虽然逼仄，但越往里走越宽。

一路上他们提心吊胆，生怕又有什么怪兽出现，但除了偶尔遇见一些蝙蝠、老鼠、虫蝎之类，倒也没有什么特别的发现。只是这里面的生物体积要比外面的大不少，金十三心中暗自惊讶。两个女孩子遇到更是不敢细看，闭着眼睛匆匆走过。

他们经过一个拐角，忽然，金十三手中的手电筒照到了一处岩壁下的两具抱在一起的枯骨。

在这地狱般的洞穴中忽然出现这么两具样子诡异的枯骨，饶是金十三和"三江鹰"胆子大，也不免吓了一跳。叶岚还算撑得住，但也吓得面色苍白，不敢往前挪动一步。杨如意更是大叫一声，脚下发软，捂着眼睛蹲在地上发抖。

金十三定了定神，走近前去查看。这两具枯骨都不完整，周围凌乱地散落着一些残肢断臂，主干部分也都受损严重，却仍然死死纠缠在一起。他们身上的衣物已经破烂不堪，有些地方只是挂着一些布条，但还能依稀辨认出来，一具枯骨穿的是鄂温克人式样的皮袍，而另一具枯骨穿的却是军服。"三江鹰"仔细辨认了一下，说他这身应该是日俄战争时期俄国军官的军服。

金十三看见两具枯骨上都嵌着不少大大小小的弹片，说道："这两人是抱在一起，同时被手榴弹炸死的。"

叶岚听说有一具枯骨是俄国军官，大着胆子凑近了观看，忽然从那具枯骨的眼洞中钻出了一条足有一尺多长的大蜈蚣，吓得她尖叫一声，连忙后退。

这条大蜈蚣浑身通红，两个如尖嘴钳般的大板牙一开一合。它爬出来后，不知是叶岚的尖叫刺激到它还是什么原因，它将身体的中段拱了起来，只听"啪"的一声，弹起有两尺多高，直向叶岚扑去。

叶岚万万没料到蜈蚣还能够"飞"，吓得都忘了躲避，眼睁睁地看着蜈蚣就要咬到她。忽然一道刀光一闪，那条蜈蚣被斩成了两截，掉落在地上，却没有死透，两截身体还在地上翻滚挣扎，看着让人心里发毛。

金十三将乌力楞送他的那柄猎刀插入鞘中，说道："这是长白山特有的'飞蜈蚣'，有剧毒，平时以捕捉虫蝎、幼蛇为食，甚至还能捕捉鸟类。它与其他蜈蚣不同的是弹跳力惊人，不熟悉它的人以为它真的能飞，因

此叫它'飞蜈蚣'。只是平时我们所见的此种蜈蚣不过七八寸长，而这条蜈蚣身长竟然将近是普通蜈蚣的两倍。如此巨大，实属罕见。"

"三江鹰"也说："岂止是这条蜈蚣，好像这条隧道中的所有生物的体形都大得异常。"

金十三点头说道："不管怎么样，我们得尽快走出这条隧道。在这狭小的空间内跟蛇虫鼠蚁相斗，我们占不到便宜。"

四个人继续前进。走了约莫半个时辰，他们眼前不远处出现了一圈微光，空气也变得清新起来。金十三心中一喜，知道已经到了出口了。

从出口处钻出来，四个人都愣住了。月色下，展现在他们面前的是一派奇特的景象。

此时绝壁之外的长白山，已是秋去冬来之际，寒冷干燥、万木萧索。这片山谷内却是温暖湿润、绿树成荫。到处是野花野草，还有各种各样的珍贵药材，棒槌也不少，其中不乏四匹叶乃至六匹叶的珍品。几道清澈的泉流不知从哪一处山壁中悄悄流出，汇聚成一条宽约四丈有余的小河，绕林而过。灌木花丛之旁，错落岩石之间，还散布着几个散发着热气的温泉。

用人间仙境、世外桃源这样的词语来形容这里，一点也不为过。

可大煞风景的是，他们在这个美丽的地方，竟然又发现了二十来具枯骨。这些枯骨身上布满了各种刀伤枪伤，有些还被劈开了脑袋、砍断了胳膊……可以想见，他们死亡的时候，现场是多么惨烈恐怖。这些枯骨身上的衣服虽然腐朽了，但还是很容易辨认出来，他们穿的是日俄战争时期俄国士兵的军服。看起来，他们应该是隧道中那名俄国军官的部下。至于这一小支俄国军队为什么会来到这隐秘的绝壁之后，又为何通通都死在了这里，金十三等四人就是想破了脑袋也猜不出来。

　　杨八爷等人踪迹全无，看样子早已经深入到谷内去了。四人从早上到现在，十多个小时水米未进，一路上又迭遇危险，早就是又累又饿，筋疲力尽了，便决定扎营休息。为了防备杨八爷的人或野兽突然袭击，金十三和"三江鹰"轮流警戒，而两个女孩子则准备晚餐。

　　杨如意平时对吃饭是很讲究的，这几天来只就着冷水吃了一些干粮、肉脯，五内不和，很想喝一碗热腾腾的鲜汤。这山谷中多的是野蘑、野菜和棒槌，只是没有器具熬煮。虽然地上有一口铁锅，但已经锈穿了，不堪使用。她见俄军士兵尸骨旁边散落着几个铝制的行军饭盒，虽然心中害怕又嫌弃，但抵不过美味的诱惑，还是拾起来，到河中仔仔细细刷干净了，放入肉脯、野蘑、棒槌，在火上慢炖。又在柴火边放上几块儿洗干净的石头，将干粮放在上面煨烤着。

　　不一会儿，几个行军饭盒中，一股奇妙的香气氤氲开来。原本冷冰冰的干粮也烤得两面微黄，热乎乎的勾人食欲。

　　"三江鹰"虽然在吃上面不怎么讲究，闻之也不禁大赞道："好香！妹子真是好手艺！"叶岚也笑道："想不到在这深山之中，我们还能吃到如此美味的食物，如意妹妹真是有心得很呢！不像我，什么都不会，只知道傻吃。哪个男人要是娶了妹妹这样的人，这辈子都享福了！"

　　杨如意淡淡一笑。她见火候差不多了，尝了一尝，便另取一个洗干净的行军饭盒，盛了半盒。不料叶岚却说："你们在这儿先吃。十三哥在那边值哨，我拿过去给他吃。"说着将这半盒汤提了，又拿了几块烤好的干粮，向金十三那边去了。

　　杨如意不说话，给自己盛了半盒汤，小口小口地喝着。"三江鹰"看了她一眼，心中暗叹，说道："妹子，万事自有缘法，如今别想那么多，该吃吃，该喝喝。你姐姐在泉下有知，也希望你活得开开心心的。"

杨如意对他勉强一笑，心中却想，这世上最虚无缥缈的就是这个"情"字，可偏偏最让人放不下的，还是这个"情"字。人一旦用情，开心由它，烦恼也由它，又岂容得自己做主？

　　叶岚不知道杨如意早已经对金十三情根深种，更体会不到她那种百转千回的愁思。她只知道自己喜欢金十三，想和他待在一块儿，想和他说话，这就够了。她把饭盒和干粮递给金十三，笑嘻嘻地说："这是如意妹妹熬的汤，你闻闻香不香？还有这烤馍。你也没发现吧？这丫头的手这么巧，这样的条件下还能做出如此可口的饭菜。"

　　金十三暗中苦笑了一下，有谁还能比他更知道杨家二小姐烹饪手段的高明？他闻了闻手中的饭盒，果然是异香扑鼻。正要喝，忽然一块石头飞来，将他手中的饭盒打落在地。

　　金十三猝然遇袭，却临危不乱，他立时向前卧倒，顺手也将叶岚一把拉倒在地上，同时德国"二十响"已经握在了手上。

　　但是，他很快就听到了一个熟悉的声音："金兄弟，是我！"

　　金十三惊喜道："是乌大哥！"

　　一个人影从树丛后走了出来，金十三立即上前，和他拥抱在一起。

　　金十三说："乌大哥，你这些日子上哪儿了？"

　　乌力楞却没有回答他，反而问道："金兄弟，你……还有这位姑娘，没有喝饭盒里的汤吧？"

　　金十三一愣，他想起刚才就是乌力楞用石头打翻了自己的饭盒，连忙问道："我还没喝呢，咋的了？"他转头看了叶岚一眼。叶岚忙说道："我也没喝。"

　　乌力楞长吁了一口气道："那还好。这饭盒里的汤有毒！"

　　金十三惊讶地说："怎么会？这是我们自己采了这山谷中的野蘑和棒

槌熬煮的汤。"

乌力楞说："我刚刚远远地就闻到了香味儿。你们这汤里放的野蘑，是这山谷内独有的'黄泉菇'。"

"什么'黄泉菇'？"金十三莫名其妙地问。

乌力楞道："在汉话里，'黄泉'自然是代表地狱的意思，这个名字还是我爹给取的。这种蘑菇，外表像极了榛蘑，但却含有剧毒。吃了它的不管是人还是动物，都会身体溃烂、头脑发狂，如僵尸一样攻击周边的任何一个人或活动的物体。"

金十三忽然大叫不好，转身飞快地向营地那边跑去。

"三江鹰"和杨如意见他和叶岚飞奔而来，身后还跟着一个如野人一般的高大汉子，诧异莫名，正要开口询问，金十三却飞起两脚，将两人手中的饭盒都踢飞了。

"三江鹰"丈二金刚——摸不着头脑，问道："兄弟，你这是干啥？"

金十三正要说话，身后的乌力楞却叹了口气。金十三回头看了看他，又看了看"三江鹰"和杨如意，只见他俩的脸色在火光的映照下，显露出一层青黑之气，知道他们一定已经喝下了汤，不由得呆住了。

"三江鹰"看他呆怔着不说话，又问道："兄弟，到底发生什么事了？你说话呀！"

金十三不回答他，转过头去问乌力楞："乌大哥，这种毒应该怎么解？"

乌力楞摇头道："无药可解。"

金十三抓住乌力楞的手，惊惶地道："不会的！不会的！天下万物相生相克，总有办法的，是不是？"

乌力楞长叹了一口气，说："金兄弟，你还记得跟我去猎野猪那回，

有两只山魈攻击我们吗？就在我们快招架不住时，其中一只山魈忽然发狂似的攻击它的同伴，我们才能趁机打死了它们。那两只山魈就来自这片山谷，发狂的那只山魈所食的，就是这'黄泉菇'。这'黄泉菇'毒性猛烈，却又很隐秘，吃了它的人根本感觉不到自己中了毒，只是脸色开始发青，身体却没有任何异样。一旦眼珠子转为红色，那就表示毒性已经入脑，他就会开始疯狂地攻击周围所有活动着的人畜。这时候任你什么灵丹妙药都救不回来。这么短的时间内，我们又到哪里去寻找能够克制'黄泉菇'的解药？你们看看那些人——"他指了指远处被金十三他们归置到一起的二十来具枯骨，说："他们也是吃了这'黄泉菇'后发了狂，互相砍杀而死的。"

金十三从来没有感觉到这样无助，只是翻来覆去地喃喃道："那怎么办？那该怎么办？"

"三江鹰"和杨如意听了那个"野人"跟金十三的对话，大致明白了意思。"三江鹰"惨笑道："既然如此，那趁着我还没发疯，不如先了结了自己。"他掏出枪来，顶在了自己的脑门儿上，问："打哪儿？这一枪轰得自己脑浆迸裂，就变不了僵尸了吧？"

杨如意却不说话，默默地掏出金十三送给她的那支"勃朗宁"手枪看了看，这是她亲爱的十三哥送给自己的唯一礼物。感谢上苍，能让她用心爱之人送的枪自尽，而且可以死在他的面前，这应该是她最好的结局了。她的脸上甚至露出了笑容，缓缓抬手，像"三江鹰"一样用枪顶住了自己的脑门儿。

叶岚大惊，要上前去抢她手中的枪。杨如意厉声道："别过来，会溅你一身血！"她对叶岚凄然一笑，说道："叶姐姐，你不救我也罢。我姓杨，杨成业就是我爹。你真要救了我，没准儿我会把十三哥从你身边抢走呢！"

　　叶岚脑子里一片混乱，茫然道："你……你说什么？"

　　杨如意却含笑不语。她缓缓地闭上了眼睛，就要扣动扳机。

第十八章

上文说到，金十三等人躲开了狼群，却又遭遇到异兽的攻击。金灵儿及时赶来，以自己的生命为代价，救了金十三一命。金十三杀死了那只异兽，带领大家进入绝壁之后，发现了一处世外桃源般的山谷。四人扎营休息，采摘谷中的野蘑、人参煮汤为食。不料乌力楞突然出现，告知他们汤中的野蘑实为剧毒的"黄泉菇"，食之者将失去所有意识，变成无知无觉的僵尸，疯狂地攻击周围的活物。这种毒无药可解。但乌力楞晚来了一步，"三江鹰"和杨如意已经误服了"黄泉菇"，两人为了不变成僵尸袭击自己的同伴，意图举枪自尽。

正在这时，金十三忽然大叫了一声："都等一等，我有话说！"

"三江鹰"一怔，放下了自己手中的枪。杨如意紧闭着的眼皮子动了动，虽然手中的枪并没有放下，但这一枪也没有开下去。

金十三等的就是她这一犹豫。他手中藏了一颗小石子，这一下掷出，正中杨如意持枪的手腕。杨如意手腕酸麻，持枪不住，掉在了地上。

金十三三步并作两步抢到她的身边，大吼道："杨如意，我告诉你，我不会让你死，更不允许你自尽！不管我和你爹的恩怨如何了结，我都要娶你，你听明白了没有？"

杨如意痴痴地看着他，目中有泪，泫然欲滴。

金十三又转头对"三江鹰"说："大哥，你也不会死。"说着，他打开贴身而藏的护身袋，从里面取出一颗鸽子蛋般大小的珠子。

"'神龙丹'！"乌力楞看见，眼睛一亮。

"三江鹰"和杨如意闻过"神龙丹"后，呕吐得昏天黑地。金十三又从珠子上刮下一些粉末，调水让二人服下。二人经此一番折腾，都昏昏睡去。金十三见他俩脸上的青黑之气逐渐消退，知道"神龙丹"确实有效，松了一口气。

他与乌力楞坐下叙话，把自己这一段的经历都跟他说了一遍。乌力楞说，半个月前，一支近二十人的队伍来到了长白山，并发现了他的"撮罗子"。此时已过放山之季，不会有放山人在这个时候进山。他见这些人都携带着枪支，其中还有几个人说日本话，从衣着和言行举止上看也不像是寻常进山打围的猎户，知道来者不善，便避开了。过了几天他才返回，在"撮罗子"里见到了金十三留下的记号，便一路寻来。当他发现金十三等人竟然进入了这片山谷，更是着急，不顾一切追了进来。

乌力楞指着那堆俄国兵的枯骨说："当年我只有八岁。那些人杀死了我的母亲，以我为要挟，逼着我爹给他们带路。我爹故意将他们引入这片山谷。他们吃了这里的'黄泉菇'，毒性发作，互相攻击。"他似乎又想起了那个血腥的夜晚，人间仙境变成了修罗屠场，脸上露出恐惧之色。

好一会儿，他神情悲伤地说："我爹趁乱带我逃走。在隧道里，那个俄国军官追上了我们。我父亲拖住了他，让我快走，并向'山神'起誓

永不再进入这片山谷。接着他便拉响了俄国军官身上的手榴弹，跟他同归于尽了。"

金十三惊道："原来隧道中那两具残破的尸骨，是你的父亲和……"

乌力楞点点头，说："这些年，我从未踏足这山谷一步。从小我爹就说，绝壁后的这片山谷，是'山神'的禁地，任何人进入，都会受到'山神'的惩罚。"

金十三跟乌力楞说，在他之前进山的那些人，就是杀害他义父的大仇人杨八爷一伙儿。他们也进入了这片山谷，为的就是要盗取"山神宝窟"。但乌力楞却从未听说过这里面还有一座宝窟。

金十三又跟乌力楞说起金灵儿为救自己而牺牲的事。乌力楞听他讲述了经过，惊讶地道："你说的那只像狐狸一样的野兽是'魍狐'呀！听我爹说，'魍狐'是萨满传说中黑暗之王耶鲁里豢养的妖兽。它生于万年冰窟之中，形似狐狸，但并非狐狸，行动如鬼魅一般，发出的声音如婴儿啼哭，能迷惑人的心智。它不吃肉，但喜欢吸血。被它吸过血的人畜，全身就如被冻僵了一样。我在长白山中这么多年，从未遇见过，想不到你却碰上了。"他皱了皱眉，又自言自语道："山魈、魍狐……这些怪物都在长白山中出现了，这山谷之中，到底发生了什么事？"

金十三自然不知道答案。但他想，如果找到了"山神宝窟"，也许一切疑问就都迎刃而解了。

夜已深，"三江鹰"和杨如意还在昏睡。叶岚躺在火堆旁边，却翻来覆去睡不着了。这一天经历了太多的折磨，可所有的折磨加起来，都比不上杨如意在举枪自尽前和金十三说的话对她的折磨。原来她是杨八爷的女儿，原来她跟金十三曾经是一对爱侣。十三哥说不管他与杨八爷的恩怨如何了结，他都会娶她，那自己算什么呢？今后将怎么办？

这个从未识得愁滋味的姑娘，在人生第一次陷入爱情之中后，也终于识得了。

第二天早晨，"三江鹰"和杨如意从昏睡中醒来了。金十三看他们的脸色已经完全恢复如初，彻底放下心来。"三江鹰"多年打熬的好筋骨，虽经这么一番折腾，倒也不觉得如何。杨如意却脸色发白，一副病恹恹的样子。金十三怕她身体撑不住，劝她留在原地休息，不要再跟着他们深入谷中。他原本想让叶岚留下来照顾她，话到嘴边，忽然觉得一阵尴尬，说不出口来。叶岚却毫不在意，笑着说："你们三个男人只管去，我留下来照顾如意妹妹好了。"

不料杨如意却不肯留下，坚持要一同去。金十三明白她的心思，无可劝阻，只好带着她一起进发。

他们沿着靠树林这边的河岸行走，河的对面，都是刀砍斧剁般的山崖峭壁。金十三和乌力楞一路探寻杨八爷留下的踪迹，这样走走停停，一直深入了谷中十多里，眼看着再往前走，已经到了山谷的尽头，迎面又是一堵绝壁，小河从绝壁下钻了进去。而杨八爷等人的踪迹到了此处，也消失不见了。

金十三抬头看了看眼前的这堵绝壁，高耸入云，人不可攀，心里琢磨着，杨八爷一定知道"山神宝窟"就在这片山谷之内的，要不然他们也不会来到这里。可问题是，自己一行追踪到此处，他们却像人间蒸发了一般，不知所踪了。金十三焦躁地向四处张望搜索，忽然脑子中灵光一闪，脱口惊呼："万木参仙！"

叶岚就站在他身侧，不解地问道："什么'万木参仙'？"

金十三说："我义父金不换曾教过我寻找参王之法——如果某一处的草木都向着一个目标弯曲，形似参拜，则该处必有参王临世。我原本并

未留心，刚才才发现，这山谷内的所有花草树木，都向着这一个地方弯曲，而且竟然绵延十几里都是如此。即便那日我与义父采得'神龙二炷香'时，也未见有如此惊人气象。"

众人都目瞪口呆，叶岚不敢置信地道："你是说……这处绝壁之中，会有比'神龙二炷香'更神奇的参仙临世？"

金十三点点头："也许比我们想象的还要神奇，说不定这里就是'山神宝窟'的所在。"

叶岚抬头打量了一下这堵高耸入云的山壁，狐疑地道："可山壁之上，除了石头，什么都看不到啊？况且我们又怎么上去找入口呢？"

金十三道："也许我们不用上去，只需下去。"

他身后的"三江鹰"惊奇道："你是说我们……下水？"

金十三叹了一口气，说："看来，我得冒一冒险了。这条小河既然钻入了山壁之中，那么只有顺着它我们才能进去。我猜测里面必有空间。我先潜水进去探查一下情况，如果真如我所料，你们再进去不迟。"

"三江鹰"慨然道："既然如此，那我先去。我水性好，平时在松花江打几个来回都不是个事儿，潜入水中捉鱼寻鳖也不在话下。我去更有把握一些。"

金十三略一踌躇，点头道："那就有劳大哥了。不过此处水流湍急，山壁之中又情况不明，我的皮囊中备有长绳，一头绑在树上，一头拴在你的腰间，一旦有所发现或者遭遇危险，你即刻拉动长绳，我们就将你拉出来。"

"三江鹰"依言行事，卸下身上装备，将绳头系于腰间，口中衔一柄防身用的匕首，钻入了水中。

外面金十三一干人等了约莫一炷香的工夫，正在忐忑不安的时候，忽然绳索绷直了一阵抖动，金十三等人立即拉动绳索。不一会儿，"三江鹰"从水里钻出来，爬上岸。他抹了一把脸上的水珠，对金十三说："你所料果然不差，这山壁之中竟然是空的。这条河进入山壁的入口很窄，而且只能潜水进入。里面的河道往下倾斜的坡度更大，水流也更为湍急。但只要潜进去四五丈远，就可以浮出水面。再有两三丈，便可以上岸。那里有一条暗道，不知通往何处。"

金十三大喜，料想那暗道必然通向"山神宝窟"，但他回头看了一眼杨如意，忧虑地说："如意，这河水森凉，你身子又……"

杨如意打断他的话说："既然到了这里，我还能一个人留下吗？我的身体已经好多了，不碍事的。"

金十三见她态度坚决，只好说："那你抱紧我，我带你游过去。"说到这里，他不自然地看了叶岚一眼。但叶岚却似乎没听到他的话，自顾自地做着下水前的准备。

除了武器是必须携带的之外，金十三将背来的两个皮囊又做了精简，只留下了绳子、手电、打火机、跌打药等不可缺之物，归到一个皮囊之中，准备随身携带进去。其他的就暂时丢弃了。那个装有"魍狐之心"的烧酒袋子他原本也想扔掉，但想了想，还是放进了要带进去的那个皮囊之中。

"三江鹰"仍然打头，先行潜进去，接下来是叶岚，之后是金十三和杨如意，乌力楞背负着扎紧封口的皮囊押后。金十三右臂抱紧杨如意潜下去，河水温度大概只有零上二三度的样子，冰冷刺骨。他体质特异，浑然不觉，但杨如意却在他怀中冻得直发抖。金十三见她双眼紧闭、脸色青白，心中着急，左臂加大了划水力度。好在正如"三江鹰"所说，潜游的距离不太长，河水的流速也快，他们不一会儿就能浮出水面。在

前面上岸的"三江鹰"和叶岚连忙将他俩拉了上去。

五人上岸之后，浑身都湿透了，坐下来大口喘气。金十三从皮囊中取出手电筒打开，只见这山壁之中空间阔大、怪石嵯峨，身边的暗河奔腾向下，流往未知的幽深黑暗之中。他感觉似有微风扑面，深吸了一口气，并不觉得窒阻，知道这山壁之中并非是全封闭的，必有外面的空气流通进来。

找到了"三江鹰"所说的那条暗道后，金十三说："大家刚从冰冷的水中出来，不能坐着休息，得赶紧起来走动，将寒气驱散出去。"说完，他当先朝那条暗道走去。

这条暗道的顶部和两壁俱是黑曜岩石，但颇为平整，明显有人工开凿的痕迹。墙壁上竟然还有供人取用的松脂火把。暗道向下，坡度虽不甚陡峭，却砌就了一阶一阶的石级。如此看来，这里是努尔哈赤藏宝的宝窟，还真不是空穴来风。

金十三从皮囊中取出打火机，点燃了松脂火把，交给他们拿着。一干人行不过一百余米，前面豁然开朗，来到了一处足有篮球场大小的洞室之中。

在火把的照耀下，金十三看到洞室的尽头，有一个约五尺宽、九尺长的石砌祭坛。两边的墙上，挂着各种铜质的面具，已经起了铜锈，一张张拧眉怒目，面相残破，如恶鬼一般。祭坛背后的墙上却是一幅彩绘的神像，鹰面人身，手中拿着法鼓、神杵，骑着一头麋鹿，裙裾飘飘。金十三认得，这是萨满传说中天母阿布卡赫赫的首席侍女卧勒顿。天母阿布卡赫赫打败魔头耶鲁里后，派卧勒顿来到人间，做了第一个女萨满。她将混沌的天穹抓下一大片，做成无敌的神鼓，并用耶鲁里的小恶魔做鼓槌。她拿起了鼓槌，敲了第一声神鼓，才有了青色的天；敲了第二声神鼓，才有了黄色的地；敲了第三声神鼓，才有了白色的水；敲了第四声神鼓，才点起了红色的太阳火；敲了第五声神鼓，才慢慢地生出了生灵万物与人类。

除此之外，洞室之中空空如也，没有任何宝藏。

不，不能说空空如也，因为还有祭坛前躺着的几具尸体。

金十三自进入暗道以来，知道很可能就要见到杨八爷一伙儿了，一直在小心防备着。现在猛然见到祭坛前的尸体，不知道他们是何缘故倒毙在这里，心里泛起一股难言的滋味。他回头看了一眼杨如意，见她的脸在跳跃的火光的映射下，阴晴不定。

他们走近那几具尸体。金十三忽然"咦"了一声，他不敢相信自己的眼睛，疾走几步，在一具尸体旁边蹲了下来。

他认出了这具尸体是自己的一个老熟人——"火烧天"。他上身的衣服被撕得支离破碎，胸膛上还有抓痕，脸上却带着一丝诡异的微笑。

金十三还没琢磨明白这是怎么一回事，忽然听到叶岚惊叫了一声"爹"，他侧头一看，只见叶岚已经伏在一具赤裸着上身的尸体上痛哭失声。那具尸体不是叶炳堂又是谁？

金十三忽然明白了，原来"火烧天"正是因为勾结上了叶炳堂，在他的怂恿下，才会去劫持杨如意，妄图以她来逼迫杨八爷交出龙凤双参。那日自己在叶岚的生日晚会上，见到一个熟悉的人影，一晃就不见了，原来就是"火烧天"。叶炳堂知道了杨八爷一伙人要到长白山来寻找"山神宝窟"的秘密，便带了"火烧天"等一干人偷偷跟来，想要来个"螳螂捕蝉，黄雀在后"，没想到却都命丧于此。

他见叶岚哀哭不止，叹了一口气，正要去扶起她，却见乌力楞拔出了身上的猎刀，指向了叶岚。

金十三直吓得魂飞天外，连忙抢上一步拦在叶岚的身前，大声道："乌大哥，你干什么？！"

乌力楞全身颤抖，眼中含泪，似乎正在极力压抑自己就要爆发的情绪。他嘶哑着声音问道："这位……叶姑娘，就是这个俄国人的女儿？"

金十三看了看叶炳堂的尸体，又看了看乌力楞，点了点头。

乌力楞说："金兄弟，你知不知道，这个俄国人，就是我的大仇人！"

众人都瞪大了眼睛。连叶岚都停止了哭泣，呆呆地望着他。

乌力楞长叹了一声，向大家说出了二十多年前的一段往事。原来死在这祭坛之下的俄国巨商叶炳堂，就是当日随败兵逃进长白山，想要强奸乌力楞的母亲，却被她刺瞎了一只眼睛的俄国士兵叶什尼诺夫。他开枪杀死了乌力楞的母亲，乌力楞父子也被俄国败兵要挟带路。结果整支队伍被引入绝壁之后的山谷中，误食了"黄泉菇"，互相残杀而死。而乌力楞的父亲为了掩护儿子逃跑，拉响了手榴弹与俄国败兵的首领同归于尽了。

众人听得惊心动魄。这段往事金十三昨晚虽然已经听乌力楞讲过一次，但他没有想到，叶岚的父亲竟然也在其中，而且还是杀死乌力楞母亲的罪魁祸首。不知道他当年是如何躲过了那一劫的。

其实叶什尼诺夫当时并没有吃到"黄泉菇"，又恰好昏死了过去，所以避过了"僵尸"们的攻击。当他第二天苏醒后，谷中所有的俄国兵都已经变成了尸体。叶什尼诺夫从原路钻出山壁，历经千辛万苦逃出了长白山。彼时俄军已经战败撤回国内，他就在关东流浪，不知怎么就发了一笔财，又娶了秦家的女儿为妻，从此改了个中国名字叶炳堂，成为了关东赫赫有名的巨商大贾。

金十三上前一步，攥紧了乌力楞持刀的手臂，恳切地说："乌大哥，我能理解你心中的愤恨。杀父之仇不共戴天。但是，乌大哥，杀害你父亲的是那些俄国兵，他们已经受到了'山神'的惩罚，去地狱了。而杀害你母亲的这位，如今也横尸于此，遭到了报应。虽然叶姑娘是你仇人的女儿，但当你们一家受到伤害的时候，她都还没有出生，不应该为此负责的。她跟她的父亲不一样，是一个纯洁善良的好姑娘，也是我的好朋友。乌大哥你无论如何要看在我的分儿上，不要伤害她。"

乌力楞沉默了。他在一阵激动过后，慢慢冷静下来，也知道这些仇怨跟叶岚无关。再说，对这样一个娇弱的女人，他还真难下得去手，何况她还是金十三的朋友。他的手臂不由得松弛了下来，锋利的猎刀缓缓垂下。

金十三松了一口气，放开了乌力楞的手臂。他正要对叶岚说话，忽然听"三江鹰"大喝一声："有人！"

金十三等人先是遇见了洞室中的尸体，以为是杨八爷等人毙命于此，放下了警惕之心。接着却发现死者竟然是"火烧天"和叶炳堂，而乌力楞又要杀叶岚，一连串令人震惊的变故让众人无暇他顾。"三江鹰"毕竟是老江湖，平时习惯的就是"眼观六路，耳听八方"，虽然身处变故当中，但仍然保留了一丝警惕，最先发现周围的情况不对。

十几个人已经在黑暗中悄悄地包围了他们，待到"三江鹰"喊出"有人"时，一个尖厉的声音阴恻恻地笑道："这里十几把枪对着你们，诸位别动，也别熄灭手中的火把，否则立时就会变成马蜂窝。"

金十三立时听出了他的声音——杨成业杨八爷。

他心中一阵悔恨，明知道杨八爷就在这附近，自己却昏了头，忘记了防备。如今自己几个人身在明处，杨八爷一伙人却在暗处，真要动起手来，现成的亏是吃定了。

他凭声音辨认着杨八爷的位置，心里琢磨着如何来个擒贼先擒王。不料杨八爷根本不给他机会，接着说："我数三声，你们先把枪都扔过来，咱们再说话。否则我立时叫人开枪。一——"

忽然一个声音打断了他："爹，女儿在这里。"说话的正是杨如意。

杨八爷冷哼了一声说："我看到了。你真是跟你娘一样贱，吃里扒外。"

杨如意颤抖着声音说："爹，你怎么骂女儿都没关系，可你不能骂我娘。她有什么错？她身体不好，平日里大门不出二门不迈，直到去世。你凭什么说她吃里扒外？"

杨八爷又哼了一声，不答她的话，却对金十三说："陈十三，你小子行啊！你跟'三江鹰'两个人跑了也就罢了，却害死了我一个女儿，又拐跑了我一个女儿。今天咱们在这儿把账了结一下吧！"

金十三怒道："杨成业，你真是脸厚心黑的极品，亏你还有脸说这话。小爷我行不改名，坐不改姓，姓金名十三，是金不换老把头的儿子。你害死我父亲，夺走他的'神龙二炷香'。你不找小爷算账，小爷还得找你算账呢！"

杨八爷一愣，"嘿嘿"笑道："想不到你是金不换的儿子，那好得很哪！"

只听又一个声音说道："爹，甭跟他们废话！咱们十几把枪一起开火，打死了他们一了百了。"

杨如意上前一步，拦在金十三等人的前面，道："哥，你们要开枪，就先打死我！"

那声音怒道："如意，你现在赶紧滚过来，向父亲认个错，也就罢了，否则，你以为我不敢开枪吗？"

金十三也听出那声音是杨庭轩，说道："杨庭轩，你要开枪就开枪。

可是好像诸位到现在也没有打开'山神宝窟'吧？否则就不会跟我们在这儿磨牙了。"

杨庭轩恨恨地道："我们打不打得开关你屁事？老子先送你们上西天，再——"

杨八爷却打断了他的话，向金十三问道："莫非你知道？"

金十三说："那是当然。"他一靠近祭坛，就看到上面有一些凹纹，组成了一幅符箓状的图案，与他护身袋中桑皮纸上画的那个符箓一模一样。而在凹纹的东、南、西、北、中五个位置，分别有五个钱币大小的圆孔，应该就是放入五帝钱的地方。

杨八爷心想，这小子居然能够找到这儿来，说不定还真是有些门道。他用晴川秀木的五帝钱试了半天，祭坛没有丝毫动静，如今也只能把希望寄托在金十三身上了。他笑着说道："既然如此，小兄弟，那你就试试吧。"

金十三冷笑道："你都一把年纪了，怎么还那么天真？你觉得我会这么听你的话吗？我要现在打开它，下一刻就变成你的枪下鬼了。"

杨八爷听他出言讥讽，心中恼怒，嘴里却仍然笑呵呵地说："小兄弟太过虑了。我千里而来只为求财，要你的命干啥呢？找到了'山神宝窟'内的宝藏，我一个人这一辈子都花不完，咱们可以同享嘛！参行内放山的规矩，见者有份，大家都能分到，又何必动刀动枪呢？至于你爹金不换，他跟我是好兄弟，这是人人都知道的，我怎么可能杀他呢？我跟他商量好了的，他去放山，找到的参宝由我出钱收购。他被杀是现在躺在地上的那个'火烧天'干的，'神龙二炷香'也是他夺走的。过后这土匪却把一切都赖到我的头上，实在是冤枉得很哪！"

金十三不怒反笑，打了个哈哈道："杨成业，我倒真有点儿佩服你了。

瞎话张嘴就来，还脸不红、心不跳的。"

杨八爷叹了一口气，说："小兄弟对我的误会太深了，将来总有解释清楚的时候。你看，我的女儿现在就在你那里，我怎么会下令开枪？你把她拐走的事，我也不打算追究了。你喜欢她，她也喜欢你，这是很好的一桩姻缘嘛！咱们齐心合力，打开'山神宝窟'，共取财宝。下了山，我就替你们操办完婚，这岂不是一件两全其美的大好事？"

金十三冷笑道："你的这番好意我还真不敢领。杨大小姐和'三江鹰'的前车之鉴我一直不敢忘。在你眼里，谁不是你想用就用，用完就弃的棋子？别费口舌了，与其说那些恶心肉麻的话，不如谈谈价钱是正理儿。"

杨八爷哈哈一笑，说："好啊，我原本就是个生意人，你开价吧？"

金十三说："这把牌局，目前我是处于劣势，手中的筹码少了点儿。不如你送我一个筹码，咱们再继续玩儿吧？"

杨八爷"哦"了一声，问："你要什么？"

金十三说："你让杨庭轩到我这边来当人质，我便打开这座祭坛。"

杨庭轩怒道："王八犊子，你他妈想得美——"

杨八爷却大声说："好，我答应了！"

杨庭轩惊道："爹，你——"

杨八爷低声说："你去。我们这么多人端着枪在这儿呢，谅他也不敢伤害你。为今之计，是要先打开那座祭坛再说。"

杨庭轩还在犹豫，杨八爷瞪了他一眼，喝道："快去！"

杨庭轩无法，只好悻悻地走了过去，立即就被"三江鹰"给看住了。

杨八爷又大声对金十三道："小兄弟，我儿子已经在你手里了，这足见我的诚意了吧？就请你也兑现诺言吧！"

金十三"哼"了一声，走到祭台旁，看了一下，掏出护身袋，将五枚大五帝钱分别放入了五个凹孔之中。宋太祖赵匡胤属木，他将宋元通宝放入了东方凹孔；明成祖朱棣属火，他将永乐通宝放入了南方凹孔；汉武帝属金，他将汉武帝五铢钱放入了西方凹孔；秦始皇属水，他将秦始皇半两钱放入了北方凹孔；唐太宗属土，他将开元通宝放入了中央凹孔。

杨八爷远远地见到金十三手中也有大五帝钱，惊讶无比，转头看了晴川秀木一眼。

金十三等了半晌，却见祭台并无动静。他想了想，记起桑皮纸上的符箓是用人血画成的，右手抽出刀来，左手一把拉过杨庭轩，卷起他的衣袖，在他手臂上一划。杨庭轩大惊挣扎，但怎敌得过金十三力大。眼见他的鲜血淋漓而下，滴入了凹纹之中，杨八爷的人一阵骚动，纷纷看着杨八爷，等他下令动手。杨八爷却摆了摆手，沉着脸一声不吭。

不一会儿，血流满了凹纹，也流进了五枚帝钱所在的凹孔当中。金十三将杨庭轩推开。杨庭轩捂着手臂上的伤口呼痛，嘴里还喃喃地咒骂着。金十三看都不看他一眼，眼睛紧盯着祭台。杨如意不言声地走过来，用一块手绢替她哥哥包扎伤口。

血很快就从凹孔中流尽了，但祭台仍然没有任何反应。而且奇怪的是，不管是符箓状的凹纹中还是放钱币的凹孔中，一点血痕都没有留下，仿佛杨庭轩的血从来就没有滴在上面一样。

这一下，连杨八爷也沉不住气了，脸色变得极其难看。他将手扬了起来，随时准备发号施令。

金十三也感到意外，不知道是哪里出了问题。"三江鹰"在旁边道："早知道这机关如此难打开，我们应该带着炸药来，用爆破的方法试试。"

金十三摇了摇头，说："不行。这洞室在山腹之内，机关究竟是怎么

设置的我们不知道，少量的炸药不起作用，用大量的炸药爆破，很可能会把整座山都炸塌下来，那样谁都跑不了。"

他沉思了一会儿，忽然横刀在自己的胳膊上一划，将血滴入了凹纹之中。这一次，血流得很慢，而且在凹纹中留下了清晰的血痕。当他的血流入到五个放钱币的凹孔中后，将五枚大五帝钱都浸成了血色。

然后，他听见了一阵"嘎嘎嘎"的响声，整个洞室似乎都在微微地颤抖。接着祭台后面绘着卧勒顿女神画像的墙壁往上升起，露出了一条长长的地道。

"打开了！"杨八爷狂喜地大呼一声。他又死死地盯了金十三一眼，想不明白这个少年怎么会身具能够打开"山神宝窟"的大五帝钱。为何别人的血不行，只有他身上的血才有能够催发符箓的魔力。难道，这个少年跟那个人有着什么不寻常的关系？

这些疑问且留待日后再搞清，现在，极度的喜悦正充斥着杨八爷的内心。二十年了！二十年前，他曾经来到这里，却无功而返；二十年后，他终于能够再次进入墙壁后的世界，找到梦寐以求的"山神宝窟"。

他笑着对金十三说："小兄弟，你果然有些门道，竟然真的能够打开'山神宝窟'。就请你们先行吧！"

金十三没想到自己居然真的打开了"山神宝窟"，他对这里面是否藏有宝藏不感兴趣，但这座宝窟分明与自己的缘分极深，他急切地想进去一探究竟。虽然他知道杨八爷让自己打头是什么居心，但他傲然一笑，心想不管里面藏有什么毒蛇猛兽，自己也无所畏惧。

金十三举着手电筒刚要进入地道，忽听身后叶岚哼了一声，他回头一瞧，只见她眉眼含春，脸上露出一种迷醉的微笑，仿佛身上热得紧，正在用力撕扯自己的衣服。金十三大惊，连忙上前将她的双臂牢牢锁住。

叶岚挣扎了一会儿，忽然晕了过去，身子在金十三怀中慢慢软倒。

金十三急忙扶着她坐下，只见她全身没有任何异样，只是双颊之上一片酡红。叶岚的肤色极白，平时也不搽胭脂，更不饮酒，他从未见她脸颊之上出现过这种异样的红色。金十三忽然想起，方才看到"火烧天"等人的尸体时，他们也是上身衣不蔽体，或干脆赤裸，面带微笑，脸上同样也有这样一片酡红。当时他没有太留意到他们这怪异的死状。杨八爷一伙人出现后，他的注意力又都转到了杨八爷身上，心中自然认定叶炳堂、"火烧天"等人都是杨八爷下手害死的，并未细究。现在看来，他们都是中毒而死。方才叶岚伏在她父亲的尸体上痛哭，不知不觉就被传染上了。而这种毒，有一个很好听的名字——"胭脂醉"。

金十三回头怒视杨八爷道："这'胭脂醉'的毒，是你下的？"

杨八爷远远地瞧了一眼叶岚的脸色，叹了口气道："'胭脂醉'果然名不虚传，无色无味，中者如醉酒一般，在不知不觉中就去了西天极乐世界。这种毒还有很强的传染性，中毒者死后就变成了毒体，谁要接触到死者的身体发肤，也会中毒。金十三，我看你这么抱着她，恐怕也逃不过这一劫了。"

金十三知道"胭脂醉"这种奇毒，来自一种叫作"胭脂蔻"的豆蔻类植物。萨满教的巫医将它的红色果实用秘法进行炼制，既可以作为女人美容之物，又有极强的催情效果，服之者全身发热、血脉贲张，可以促进男欢女爱，起到让部族繁衍生息的作用。也有些男人会用它来对付不听话的女人，所以此物也被称为天下"淫药"之首。但后来不知哪位巫医在炼制的过程中加入了"尸参"，原本他是想炼出一味能够起死回生的药的，却意外将"胭脂醉"变成了杀人于无形的剧毒。

金十三冷笑道："想不到堂堂杨八爷，竟然还要用到下毒这种卑劣的

手段去害人。把解药拿出来吧，否则我对你不客气！"

杨八爷笑道："这回你还真是冤枉我了。这'胭脂醉'的毒不是我下的，而是那祭坛之上原本就布下了的，我哪里有什么解药？想来努尔哈赤将财宝藏于此地，必然担心有人进来盗取，故而暗中布下此毒，不知情者一接触祭坛，就会染上。嘿嘿，叶炳堂派卧底潜入我杨家参号打探消息，以为我不知道吗？我故意将他们引到这里，就知道他们会去动那祭坛，结果自寻死路，不费我吹灰之力，哈哈！"

这杨八爷心机之深、心计之毒，真是令人叹为观止。金十三掏出护身袋中的"神龙丹"，先给叶岚闻了催吐，再用刀刮下粉末，"三江鹰"急忙取出水袋给他，喂水让叶岚服下。至于金十三自己，吞过"神龙"胆，饮过"神龙"血，又贴身佩戴着"神龙"内丹，向来百毒不侵，倒也不怎么担心。

这"神龙"的内丹果然是能解百毒的圣药，不一会儿，叶岚便醒了过来，虽然精神上有些委顿，但行动却无碍了。

杨八爷见了，啧啧称羡，道："想不到你一身是宝啊！这颗珠子又是什么玩意儿？"

金十三不再搭理他，率众人进入地道之中。这地道仍然是往下延伸的，很狭窄，仅供一人将就通行，有些地方甚至需要人俯身爬行方能通过。众人行了约有二里多地，只觉得越往深处走越热，身上大汗淋漓。

转过一道弯，前面就是地道的出口，那里竟然是一片红光。众人心中均感诧异，待得出来，人人都目瞪口呆，看着眼前的一片奇景不作声。

这片山腹的空间巨大得令人不敢想象。往上看不到穹顶，往下看，几十丈的深渊之下，是一条蜿蜒流动的岩浆之河，映照得山腹的两壁一片通红。山势嵯峨、怪石嶙峋，众人到了此处，感觉就好像到了地狱一般。而深渊之上，有一道天然的石梁飞架两端。石梁长度有五六十丈，宽处能让两到三人并排而行，而靠近石梁那一端的最窄处，却只够一人勉强通过。而对岸的岩壁之下，又有一个深幽的洞口，在周围怪石的映衬下，就如一头巨兽张开了大嘴，正等着众人送上门去。

这里的环境如此险恶，而石梁架在深渊之上，看起来也很单薄，飘摇不已，不知道走上去后哪一处会不会突然断了，又或者一个不小心失足跌落，那就真是万劫不复了。不少人在心里不由得打起了退堂鼓。但一想到宝藏就在前方，只要冒一冒险，这一辈子甚至几辈子的荣华富贵就到手了，又鼓起了信心。

金十三回头对杨八爷说："怎么样，是我们先过还是你们先过。到了这地狱一般的所在，咱们就先把往日的恩怨放在一边，找到了宝藏再说吧？"

杨八爷略一踌躇，一个留着小平头、八字胡的矮壮男人过来跟他嘀咕了几声，金十三猜他就是那个日本人晴川秀木。

杨八爷对金十三道："要过这道石梁，可不是什么易事。谁要掉进底下的岩浆之中，连渣都剩不下。如今是你防着我，我也防着你，不如这样，将咱们双方的人拆开，一个间隔一个通行，谁也别想在半路上使什么坏心眼儿，否则要死大家一起死。"

金十三点点头，说："好，就这么办。咱们要拼个你死我活也不急在这一时。你打头先行，然后是乌力楞大哥，再是杨庭轩，再是'三江鹰'大哥带着如意，然后再跟着你的人。我带着叶岚走中间，这个小日本带着其余的人跟在我后面。"

杨八爷和那日本人又嘀咕了一阵，说"行"，然后他当先上了石梁。

众人鱼贯而上，互相间隔有五六步的样子。金十三既担心走在前面的杨如意，又担心身后的叶岚。眼看着杨八爷和乌力楞已经安全到达了石梁的那一端，而杨如意也在"三江鹰"的照顾下过了最危险的一段，他心里略松了一口气。

正当他回头招呼叶岚跟紧一些时，忽然听到后面传来了一片惊呼。

第十九章

    上文说到，金十三一行人从暗河潜入了山壁之中，在一座萨满祭坛前，发现了叶炳堂和"火烧天"等人的尸体。这时候杨八爷带着人突然出现，包围了他们，逼使金十三破解祭坛的机关，打开了通往"山神宝窟"的通道。他们来到了一处底下流淌着火热岩浆的深渊之上，正要通过架设于两端的一道石梁时，队伍后面忽然发生了变故。

    金十三往后一看，只见石壁之上有一头巨兽正从十几丈高的地方爬了下来。

    这头巨兽嘴脸和身形似犬，体积却比东北虎还要大了一倍，头上长有短角，浑身长满了鳞甲。最为奇异的是，它全身都仿佛被一团火焰包裹着，散发着炽烈的光芒，令人不敢逼视。

    那巨兽在陡峭的石壁上如履平地，缓缓地向底下的众人逼近。石梁上的队伍一时大乱，杨八爷的人纷纷举枪向它射击。

    巨兽忽然一跃而下，将队尾一个杨八爷带来的炮手摁在了脚下。那

人身上立时燃起了熊熊的火焰，挣扎了两下就不动了。

金十三拉起叶岚就跑。他身后喊叫声、开枪声，乱成一片，还有人被争相逃命的人挤下了石梁，拖着凄厉的惨叫声摔入了深渊。金十三和叶岚充耳不闻，只顾奔跑。眼见只有四五丈就到了石梁的那端，但前方也正是石梁最窄的一段。此段约有三丈远近，却只有不到一尺宽，人走在上面稍有不慎就会摔下去。

叶岚心慌意乱下手软脚软，有点儿不敢过去。这时候金十三感觉身后越来越热，知道那头火焰巨兽距他已经不远了。他见"三江鹰"正从石梁的那端跑回来接应，情急之下一把抱起叶岚，大喝一声，一身神力发挥到了极限，将她向"三江鹰"抛了过去。

这一掷足有三丈多远，"三江鹰"瞅准叶岚来势，沉腰坐马，张开双臂接住了她，同时身子向后翻倒，卸下了她身体撞击的力道。

金十三见两人都安全，松了一口气，刚要自己过去，忽然被人从后面一推，身子往前扑倒，眼看就要从石梁上滚落。

他闪眼见晴川秀木从他的身边飞快地跑过，也顾不上咒骂，百忙中双手乱抓，右手总算抠住了石梁侧面一块突出的石头，身体悬在了半空。

这时候，一团火焰缓缓逼近，金十三知道那巨兽就在自己头顶的上方。他正没做奈何处，忽然听到石梁那端的乌力楞喊了他一声，接着一根长绳抛了过来。金十三松手往前一扑，在千钧一发之际攥住了绳子，从空中荡了过去。绳子的另一头缠在乌力楞的腰间，他高大粗壮的身躯往地上一坐，身体后仰，握紧长绳的双臂肌肉块块绽起，一双脚死死抵住一块凸起的岩石，抵抗着金十三身体下坠的巨大拉扯力道。待得金十三附在岩壁上稳住了身躯，他使劲儿拉动长绳，将他拉了上来。

金十三爬上岩壁，回头见那火焰巨兽在四五丈外停住了脚步。它的身躯毕竟过于庞大，这么窄的石梁难以过来。而它的身后，原来处在队伍后半段的杨八爷的七八个炮手，还有几个随晴川秀木来的日本人，都没了。

现在，自己这边人都齐整，而杨八爷那边，只剩下了他们父子二人和两个炮手，以及日本人晴川秀木还活着。

晴川秀木很悲痛。死的那几个日本人都是"黑龙会"的骨干，其中一个还是他的亲弟弟。而他本人就是"黑龙会"在奉天的头目。

我们现在很多人可能只知道日本最大的黑帮"山口组"，却不知道一百多年前，日本有一个由贫民、商贩、下级武士等组成的黑社会组织"玄洋社"。"玄洋社"为当时的日本军部和特务机关所支持，在本国壮大后，便向朝鲜及中国渗透，提出了"协助军部击退占据中国东北三省的俄国势力，进而吞并中国东北三省、蒙古和俄国的西伯利亚"的目标，并以这一区域内著名的大河"黑龙江"为名，改"玄洋社"为"黑龙会"。该会也由此成为了日本帝国侵略中国的急先锋。1904—1905 年发生的日俄战争，虽然日本取得了最终的胜利，但俄国的势力并不甘心退出中国东北，双方在关东这片土地上的博弈从未停止过。而杨家不但在官面上有杨宇霆一派势力的力挺，背地里还有日本"黑龙会"的长期支持，在与俄国人叶炳堂之间的争斗中大占上风，也就不足为奇了。

这一回，晴川秀木跟杨八爷一起到长白山来寻找"山神宝窟"，当然是因为觊觎努尔哈赤的藏宝，意图将之起出后，一部分捐献给帝国，一部分作为"黑龙会"在东北活动的资金。杨八爷一来慑于"黑龙会"的庞大势力；二来大五帝钱在晴川秀木的手里，不得不与他合作。

可现在，宝藏的一根毛都还没见着，自己的人却都被那头不知从哪里钻出来的火焰巨兽给杀死了，因此晴川秀木很悲痛，也很愤怒。愤怒

的结果是，他拔出身上的"南部十四式"手枪，向那头巨兽连连射击，打得它步步后退。

金十三知道，对于体型庞大、皮糙肉厚的猛兽，如野猪、熊瞎子、东北虎等，除非正好打中要害，否则即便是像"南部十四式"这样的日本陆军制式手枪，也很难对它造成致命性的伤害，反而会激发野兽的凶性，不干死你誓不罢休。这也是有经验的猎人轻易不会用猎枪去猎杀大型猛兽的原因。尤其像这头体型异常巨大，又全身长满鳞甲的火焰怪兽，金十三估计自己的德国"二十响"也只能在它的身上蹭破点儿皮，就更别提穿透力很弱的"南部十四式"了。

那头巨兽往后退了好几步。金十三叫道"不好"，他看出它并不是害怕晴川秀木射出的子弹，而是被激发起了凶性，准备不顾一切地发动攻击。

果然，那头巨兽助跑了一段距离后，忽然腾空跃起，飞过了足有三丈的距离，直向晴川秀木扑来。

晴川秀木怪叫一声，扔掉已经打空了子弹的手枪，抽出一柄"胁差"（日本武士一般身配两把刀，长的叫"打刀"，也就是我们常说的武士刀，短的叫"胁差"，刃长约30～40厘米，用以近身肉搏，当然也可以用来切腹），迎着火焰巨兽的来势，照着它的左眼直捅了进去。那巨兽负痛，大吼一声，张开血盆大嘴，一口就将晴川秀木的整颗头都咬住。

众人大惊失色，纷纷往山洞中跑去。那巨兽摇头一甩，将晴川秀木燃起火焰的尸身抛进了身后的深渊，紧接着又是一纵，越过众人的头顶，将最先跑到洞口的两名杨八爷的炮手扑倒在地。那两人立时被一团火焰包裹住，很快就烧成了一堆焦炭。它转过庞大的身躯，又摇了摇头，将插在它左眼中的那把"胁差"甩了出来，然后用剩下的一只右眼恶狠狠地盯着剩下的几个人。

众人紧张得连呼吸都仿佛要停止了。这火焰巨兽近身碰不得，隔远用枪打也不行。

杨庭轩声音颤抖着问杨八爷："爹，这……这到底是个什么怪物啊？"

杨八爷铁青着脸道："它叫日焱，是一种上古神兽，寄居于地层深处，与岩浆为伴，全身炽热，足迹到处裂地焦土，触者全身即燃。"

金十三想不到他识得这怪物，不由得看了他一眼。

那怪物一步一步往前逼近，众人纷纷后退。杨庭轩忽然发一声喊，转身向石梁之上奔逃。那叫日焱的巨兽向他猛扑过来。杨庭轩只觉得身后热浪袭人，吓得一个趔趄往前扑倒，在地上连打了几个滚，却也避过了日焱的这一扑。他刚刚站起身来，还没来得及喘口气，没想到日焱身躯虽然庞大，动作却很灵活，一扑空后立即折转身体，又向他扑来。杨庭轩眼看躲闪不及，见杨如意就在他身侧，随手一把将她拉过来，向日焱推了出去。

金十三和"三江鹰"都吓得魂飞天外，不顾一切地冲了过去，可终究晚了一步，杨如意全身都化成了一团火焰，就此香消玉殒。

金十三目眦欲裂，大叫一声，手中的德国"二十响"不间断地向日焱吐出火舌。"三江鹰"和叶岚、乌力楞等人手中的枪也都打响了。日焱近距离下连中数十弹，虽然甲厚肉粗，不至于倒下，但也承受不住这样的攻击。它低吼了一声，转动身躯想要逃开。但金十三已经冲到它的跟前，抽出猎刀，一刀又从它的右眼中捅了进去。

日焱的双眼俱瞎，发出一声惊天动地的怒吼，头一晃，正撞在金十三的胸前，将他撞飞了出去。

金十三直跌出两丈多远，摔得七荤八素，武器也脱手飞出。他全身

骨头都像散架了似的，胸口更是一阵灼痛。他低头一看，那处的衣服都已经燃烧了起来，急忙用手扑打。日焱不顾其余的人开枪阻止，辨准金十三跌落的位置，又扑了过来。

金十三赤手空拳，身躯也一时难以挪动，情急之下，想随便找个什么东西先抵挡一下。他侧头恰见乌力楞背来的皮囊就在身旁，里面的东西都散落了出来，其中就有那个装有"魍狐之心"的烧酒袋子。

金十三忽然灵光一闪，这日焱至热至阳，而魍狐却至寒至阴，说不定能够互相克制。眼见日焱张开的血盆大嘴离他只有一尺多远，烈焰滚滚，连他的头发和眉毛都被灼得枯黄卷曲，马上就要烧着了。他来不及多想，顺手抄起装有"魍狐之心"的烧酒袋子，塞进了日焱的嘴里，然后挣扎着爬开。

那日焱毕竟是个兽类，又瞎了双眼，也不管自己咬到的到底是什么，仰头就吞了下去。待它发觉不对，低头再要咬金十三时，已经失去了目标。

这时叶岚等人的子弹仍然在往它的身上招呼。日焱目中剧痛，身上也是伤痕累累，心中焦灼，疯狂地往四处乱扑乱咬。叶岚等人顾不得再开枪，纷纷奔走躲避。日焱茫无目的地扑咬了一阵，忽然停了下来，四肢跪倒在地，嘴里发出痛苦的呜咽声。紧接着，众人惊奇地发现，它身上原本散发着的光焰逐次熄灭了，反而有一层白色的冰霜在它的躯体上蔓延。渐渐地，冰霜爬满了它的全身，它连呜咽声都停止了，整个身躯僵卧不动，变成了一具白色的冰雕。

金十三看得目瞪口呆，想不到"魍狐之心"的力量竟然如此神奇。他挣扎着从地上爬起来，身子摇摇晃晃，叶岚急忙过来扶住了他。

金十三往四周一看，"三江鹰"和乌力楞都安然无恙，但杨八爷和杨庭轩都不见了。原来他俩趁着金十三一干人与日燊搏斗，早已逃进了山洞之中。

金十三想起杨庭轩为了活命，竟然将自己的妹妹作为挡箭牌，推向了日燊，以致她惨死在烈焰之下，心中愤恨欲狂。他捡起猎刀，脚步蹒跚地直奔山洞而去。

叶岚等人知他心意，纷纷跟着他进了山洞。

山洞幽深而狭长。金十三的手电筒已经失落，众人原来手持的火把也早就烧没了，只能借着外面的一点微光摸索着前进。往里走了一段后，温度竟然逐渐降低了，燥热的空气也变得湿润起来。

前方的洞壁上，闪烁着一些微弱的绿光，金十三走近一看，是一些鳞皮扇菇。这种菇在长白山上偶尔能够见到，一般伴随着腐叶朽根生长，晚上会发出绿光，直接食用会中毒，但如果用来外敷，则有很好的凝血作用，是放山人受伤后经常会用到的止血药。

鳞皮扇菇还是放山人的引路者。因为它的习性几乎和棒槌一样，喜寒喜阴喜湿，对土壤的要求高，善于从其他草木中吸取营养。因此，有鳞皮扇菇生长的附近，往往能发现大棒槌。只不过，这种菇在长白山上同样稀少，而且只有在黑暗的环境下才会发出微弱的光芒，并不容易被放山人见到。

但岩石之上怎么会长出这种鳞皮扇菇来呢？金十三仔细一瞧，原来这里的洞壁已经不是岩石，而是黑色的泥土。看着看着，他忽然惊叫起来："棒槌！这里有大棒槌！"

叶岚忙走过来看，洞壁的泥土中确实长出了不少棒槌的枝叶，从匹叶和参籽上初步判定，这些都是至少四匹叶以上的大棒槌，而且密度很大，几乎一丈之内就有五六株，连地上都是。金十三伸出手想要去摸其

中的一枝"六月雪"，但奇怪的是，那枝棒槌还没等他的手靠近，就缩入了泥土中不见了。

越往里走，洞壁上和地上的鳞皮扇菇越多，到后来简直将众人映照得通身碧绿。而出现的大棒槌也越来越多，其中有几株甚至达到了"七仙女"和"笑八仙"的品级。但跟刚才的情况一样，只要有人靠近，它们就都消失在了泥土里。

金十三心中诧异，这样的事情他从来没有见过。虽说放山时常会有"走了棒槌"的事，但地表之上的部分是不会走的。往往要等人挖开了，才发现只有一些参皮断须，而棒槌却不见了。像这样整枝棒槌连枝带叶全都消失不见的情况绝无仅有。

当他们终于来到山洞的尽头，展现在他们眼前的，是一幅他们永远也想象不到的奇景。

这里是一个巨大的洞穴，足有一个足球场大小，最高处有七八层楼那么高，到处长满了鳞皮扇菇，一室皆碧。各种各样的大棒槌肆意生长，即便是"二层楼"这样的参中极品也是屡见不鲜。可以说，数百年来，所有的放山人在长白山采到的大棒槌加起来，也不及这洞中的十分之一。如果要将这些棒槌的价值估算一下，金十三得不出具体的数字，只知道当今关东六大富，什么参王杨成业、金王马殿臣、玉王刘金海、皮王张宝山、马王郑四喜、酒王赵良多，他们的所有财富都合在一起，也抵不过这一洞窟的棒槌。

洞窟的中间，矗立着一株十分巨大的棒槌，光露出地面的部分就高达数丈，茎长叶茂，芦头能有一人合抱那么粗，而露出地面的一截参体更是需要三四个人才能合抱得过来。它身上的苧根、参须多得数不清，而且像活过来一般盘旋着、扭动着，看起来十分诡异。最令他们感到惊恐的是，这些苧根和参须上，竟然还缠卷着不少人的尸体。这些尸体又黑又干，仿佛是被什么吸走了水分和血肉一般，只剩下一层死皮包着骨头。

金十三看得心旌神摇，暗想莫非这株巨参就是所谓的"山神"？可这"山神"看上去也太可怕了。

忽然，"三江鹰"叫道："那是杨家父子！"

金十三顺着他手指的方向看去，果然看见了杨八爷和杨庭轩，他父子二人分别被两根碗口粗的参须卷在半空当中，正在拼命挣扎。

杨八爷被缠住右腿，整个身体倒吊在空中晃来晃去。他手里挥舞着一柄长刀，正在拼死抵抗其他参须对他的攻击。而杨庭轩更惨，整个身躯被参须牢牢地缠了好几圈，参须的尖端已经插入了他的胸口，正在吸取他的精血。他的手臂想要掰开参须，可完全没有办法。参须反而越缠越紧，箍得他眼睛鼓出，嘴大张开，只有出气没有进气。

见金十三他们来到，杨八爷厉声大呼："快，快救人！"他这稍一分神，一根参须穿过他长刀的防御，直插到他的胁下，将他的身躯缠绕了起来。

金十三叹息道："看来，已经不需要我们动手了。"

他的话音刚落，忽然听到叶岚一声尖叫，只见从她所站之处的地底下，钻出了一根硕大的参须，缠住了她的右腿，将她倒拖在地上就走。金十三急要抢时，已经慢了一步。

"三江鹰"的轻身功夫一流，身形一纵，瞬间追上了那根参须，手起刀落，将那参须斩断。他将叶岚抱起，刚要回来，地底忽然又钻出了两根参须，一前一后向他急缠而至。

好一个"三江鹰"，将叶岚往金十三一抛，身体一扭，不可思议地横

着飘开了几尺，堪堪避开了参须的缠卷。

金十三将叶岚接住，刚喝了一声彩，忽然，"三江鹰"脚下的土地开始剧烈地颤抖，紧接着，无数的参须破土而出，像一条条巨蛇，向他席卷而来。"三江鹰"左右腾挪、纵高伏低，将轻身功夫发挥到了极致。奈何参须实在是太多了，组成了一个绵密的网阵。他的身体为躲开一根横扫而来的参须，刚刚纵起五六尺高，又有两根参须如影随形，急向他卷到。"三江鹰"身在半空，避无可避，挥刀斩落了一根参须，但还是被另一根参须缠住了双腿。紧接着，又有一根参须缠住了他握刀的手。"三江鹰"的刀把持不住，掉落到地上。他的上半身随即被那参须缠得紧紧的，再也动弹不得。

金十三不顾一切地冲入了参须组成的网阵之中，挥刀狠砍，想要救下"三江鹰"。叶岚和乌力楞又怎能坐视他一个人以身犯险？都冲了过来，用枪打、用刀砍，拼命与这些怪异可怖的参须搏斗。可他们又怎么抵挡得住数都数不清的参须的攻击？不一会儿，也都相继被参须缠住，卷到了半空之中。

金十三连手脚带身体都被缠得严严实实。他感觉到参须的尖端已经从他的衣服底下钻了进去，就要开始吸取精血，不由得闭上双眼，心中暗叹我命休矣。

可那参须却没有刺破他的皮肤，反而又悄悄地收了回去。一个低沉浑厚的声音响起："你身上的护身袋是从哪儿得来的？"

金十三一怔，睁开眼睛，往四周张望了一下。但他除了看到叶岚、三江鹰、乌力楞和杨八爷还在参须的缠卷下挣扎外，并没有看到其他人出现。不知道刚才这个声音是从哪儿发出来的。

那个声音再次响起："快回答我！"

金十三怒气冲冲地道："这是小爷我自己的东西，你管得着吗？你又是什么人？他奶奶的装神弄鬼的算什么东西！有种出来让小爷瞧瞧！"

反正是个死，他豁出去了！他倒想看看，是什么人或者怪物在作祟。

可还没等这个声音回答，他就听见正在垂死挣扎的杨八爷惊恐地大叫起来："你，你是元宝大哥？！"

金十三又是一怔，想不到杨八爷竟然认得发出声音的这个人。只听那声音冷笑道："杨成业，想不到二十年后，咱们又见面了。当年你是我最好的兄弟，随我们夫妇来长白山寻找'山神宝窟'。你被那只日犾攻击，如果不是我将它引走，又设置五行阵将它暂时困住，你早就死在它的烈焰之下了。可到了这宝窟之中，见到了这满窟的棒槌，你却利欲熏心，妄图害死我夫妻二人，夺走五帝钱，独占这座宝窟。你差点儿就得逞了，可这株生长了不知道多少年的巨参突然破土而出，将你卷走。晏芷一直视你为亲弟弟一般，不忍见你就这样惨死。她去救你，你反而让她陷入了巨参的围困之中，自己脱身逃走了。我顾不上去追你，舍命救下了她，自己却被巨参牢牢缠住，吸取精血。当时晏芷已经怀有身孕。我让她别管我，赶紧逃出去，用五帝钱放下断龙石，永远也不要再回来，今后把孩子生下来，好好抚养成人。晏芷只好含泪听从。可谁也没想到，我的肉身虽然被巨参吸收了，却用精神控制住了它，现在，巨参就是我，我就是巨参。"

金十三这才知道，这株吸人精血的巨参，原来竟然与那位被杨八爷称为"元宝大哥"的人"参人合一"了。这真是一位奇人！

叫元宝的人，或者应该叫他巨参，继续对杨八爷说道："二十年后，你居然又来到这里。想必你仍不甘心，还要来夺取这些参宝。不过你能够打开祭坛，进入宝窟，这倒是奇了。难道是晏芷落到了你手里？你夺

走了她手中的大五帝钱？"

金十三大叫道："这大五帝钱有他杨老贼什么事儿？没有小爷我，他只能在外面干瞪眼！"

元宝忽然声音激动地问道："你……孩子，你说是你打开的祭坛？你叫什么名字？你娘亲是谁？"

金十三忽然觉得身体缓缓下降，落在了地上，接着四肢和身躯一松，原本缠着他的两根参须都收了回去。他不知道巨参元宝为什么放过了他，眼见自己的同伴们都还被参须缠卷着，便道："除了那杨老贼，你把我的朋友都放了，我就回答你。"

很快，叶岚、"三江鹰"、乌力楞都安全地落在了地上。金十三跑过去，见叶岚、乌力楞都没事，只有"三江鹰"昏迷了过去。他转头怒视巨参元宝。元宝说："抱歉，我吸走了他身上的一些精血。不过刚才我已经度了一些元气给他，不碍事的，他一会儿就会醒来。孩子，说说你的来历吧！"

金十三说："我是个孤儿，既没见过我的亲生母亲，更没见过我的亲生父亲。我叫金十三，我的义父便是放山把头金不换。"

元宝惊讶地说："哦？原来你是金不换的义子！"

金十三也惊讶地反问："你认识我义父？"

元宝说："二十多年前，我还在大清皇家官参局当差时，不换兄弟就跟我相交莫逆了。那时候，他在给一位皇家参商当保镖。后来我拉起一支队伍去放山，这个杨成业，还有你的义父金不换，都是我最好的兄弟。我们三人一起打天下，建立了'长白参帮'。"他叹了一口气，说："可是后来因为一件事情，我对你义父产生了误会。他是个性直之人，不想让我为难，也不为自己辩解，不声不响就离开了'长白参帮'。如今想来，这是杨成业使的手段，暗中离间我二人，就是要把他排挤出帮。"

金十三这才知道义父金不换原来也是"长白参帮"的创始者之一，跟元宝、杨八爷还有这么一段渊源。他哼了一声，说："这位杨成业杨八爷，后来当上了'长白参帮'的帮主。而我的义父金不换，也因为一枝'神龙二炷香'，死在了他的手里。"

元宝说："难怪，难怪！不换兄弟与我相交，我于他来说算是半师半友。如果说这个世界上除了我还有谁能采得'神龙二炷香'，也只有他了。可要论心机深远，我二人谁也比不过杨成业。可惜我那时正沉迷于探索'山神宝窟'的秘密，没有看穿他。"

金十三心想，义父从未跟自己提过"山神宝窟"，这大概是他离开元宝之后的事。

元宝又问："你是什么时候被不换兄弟收为义子的？"

金十三便将母亲难产生下自己后死去，自己被人收养的身世详细地说了一遍，也说到了这个护身袋是亲生母亲留给他的遗物。他把袋子里面的东西都拿出来给元宝看，包括大五帝钱和那张画了血符、记载了他生辰八字的桑皮纸。

杨八爷忽然怪叫了一声，说："原来你就是元宝和秦晏芷的儿子！我把整个韩家堡子都铲平了，没想到还是让你漏了网！"

金十三脑子中轰的一声，人都呆住了，茫然地问道："你说什么？"

元宝的声音再次响起，明显带着颤音，说道："儿子，你，你就是我的儿子。这个护身袋和里面的东西，就是我给你娘的呀！"

他忽然哈哈大笑，又嘶声大哭，说道："感谢山神，不但将我的仇人送上门来，还让我能见到自己的儿子！不错，不错，你的生辰是三月十六子时，跟我一样，难怪你的血能够破解那道符咒，打开祭坛。"

他忽然声音转怒，参须缠得更紧，对杨八爷道："杨成业，说！你把晏芷怎么了？"

杨八爷说："我没把她怎么着。我偶然得知她还没有死，便去找她。当时她已经要临产了，我想把她接回去，让家里人好好照顾她的。可她却逃走了。"

金十三冷笑道："到现在你还大言不惭地扯谎，可惜刚才你震惊之下已经不打自招。你知道我娘没死，又怀有身孕，一来想看看她究竟从宝窟中带了什么秘密出来；二来为了斩草除根。她只要活着一天，你就食不甘味、夜不能寝。你最后还是找到了她被我养母埋葬的地方，挖出尸身，发现她已经生产，孩子却不见了。而破庙的附近只有韩家堡子，你料定必是堡子里的人收养了我。你为了除掉我，不惜让人扮作土匪，将整个堡子都铲平，人都杀光。可惜天可怜见，不灭我金十三，反倒让我能够在这里见证你的灭亡。"

他这一番推论有理有据，杨八爷哑口无言。元宝怒哼一声，将参须插入了他的胸口，杨八爷嘶声惨叫，不一会儿就无声无息了。他的身躯渐渐变得枯干，其状惨不忍睹。

金十三呆呆地看着眼前这株诡异的巨参，不知道该叫它什么。父亲？还是参仙？

元宝悲伤地道："孩子，我对不住你们母子。如果不是我贪图这'山神宝窟'中的藏宝，就不会害得你娘被杨成业追杀，害得你成为孤儿，四处飘零，自己也不会变成现在这人不人、鬼不鬼的样子。"

金十三黯然道："你……跟我说说，我娘到底是个什么样的人？"

元宝叹息了一声，说："你娘当然是这世上最好最好的女人。她美丽、聪慧、善良，更出身于咱们参行的名门，是哈尔滨秦五爷秦长青的长女。"

金十三和叶岚如雷轰顶，同声惊道："什么？！"

元宝讶然道："怎么了？"

叶岚声音颤抖地说："你说的这位秦……晏芷，是……是我的大姨啊！"

元宝惊疑地道："丫头，你是什么人？"

金十三说："她……她就是哈尔滨秦家的人。她母亲叫秦汀兰。"他回想起自己见到叶岚母亲时的情景，一下子明白了，为什么当时她看到自己时会有那种异样的表情，为什么她有些话说起来奇奇怪怪，让人摸不着头脑。她知道"五帝钱聚，山神临世"，并说别人说的可能是无稽之谈，可有一个人说了，那就一定是真的。她说的这个人不就是元宝吗？

元宝仿佛也惊呆了，过了好一会儿，方才叹道："唉，这都是命数因缘啊！你母亲……她还好吗？"后面这一句，问的是叶岚。

叶岚点了点头，又摇了摇头，心中一片茫然，不知道该怎么回答。母亲好吗？她安享富贵，锦衣玉食，在外人眼里看来自然很好。可叶岚从小就觉得母亲很不开心，而且心思奇怪，经常说一些莫名其妙的话，做一些莫名其妙的事。以前她不懂，可现在，她隐隐约约觉得，这些跟眼前的这位已经化作巨参的元宝，以及她从未见过的大姨秦晏芷之间，应该有着千丝万缕的关系。

金十三还没从巨大的震惊中回过神来。他想不到，自己的母亲竟然是秦家的人，和叶岚的母亲是亲姐妹。那自己跟叶岚岂不应该是表兄妹？这时候，"三江鹰"也已经醒了过来，他听到元宝的声音，愣了半晌，忽然情绪激动地叫道："你……你是元宝大哥？你真是元宝大哥！我是卫鹰啊，你还记得我吗？"

金十三再一次目瞪口呆，没想到"三江鹰"居然也认识元宝，而且

称呼他为大哥。只听元宝奇道："你是卫鹰兄弟？你……你怎么变成了这个样子？"

"三江鹰"摸了摸自己的脸，惨笑道："我这张脸，就是被那杨家父子……"他看了一眼杨成业和杨庭轩尸身悬挂之处，惊奇地回过头，用询问的眼神看着金十三。

金十三点了点头，说道："他们，都已经被这位元……元……吸干了。"接着，他把元宝就是自己的父亲，以及元宝夫妇、金不换与杨八爷之间的恩怨纠葛简单地说了一下。

"三江鹰"当年欲盗元宝身上的大五帝钱，却不打不相识，两人结为兄弟。后来元宝在江湖上失去了踪迹，"三江鹰"多方寻觅而不得，心中惆怅不已。如今他看着眼前已经变成了巨参的元宝大哥，又知道了他与金十三之间的关系，心中震惊，不知道说什么好。

金十三将自己想为义父报仇，却中了杨八爷的圈套，在狱中结识了"三江鹰"，后逃出监狱，来到奉天，又认识了叶岚和她母亲，并通过她父亲派出的奸细打听到了杨八爷要和日本人晴川秀木来长白山寻找"山神宝窟"的消息，随之追踪而来等事情，都向元宝说了一遍。元宝感慨地说："唉，想不到，今天我不但见到了自己的儿子，还听到了这么多故人的消息。二十年啊！二十年白云苍狗，却已物是人非了！"他忽然对金十三说道："孩子，你们快走吧！这地洞里的参宝，绝不可取。因为，它们本来就是不存在的。"

金十三一愕，说道："什么？"

元宝说："你再看看这洞窟四处。"

金十三往四周一打量，忽然惊呼出声："那些棒槌都不见了！"

众人也随着他四处张望，果然，原本到处长满了大棒槌的壁上、地上，所有棒槌都消失得无影无踪，只剩下满窟的鳞皮扇菇，还在闪着绿色的光芒。

众人不解地望向元宝。

元宝怅然一叹，说："一句'五帝钱聚，山神临世'，不知道引得多少人为了这'山神宝窟'的秘密而神魂颠倒。可这满洞满窟的参宝，不过是巨参投射出来的幻象而已。"

幻象？！众人面面相觑，简直不敢相信。

元宝又道："其实这个所谓的山神临世，是来要人之命的。这株巨参非兽非禽，也非草非木，更非什么山神。它和外面的日焱、魍狐、山魈等，都是来自上古时代的怪物。跟那些怪物每隔五个甲子就会出现一次一样，它也是每隔五个甲子，就会破土而出一次，并在这洞窟内待上一甲子的时间。它在这洞窟中投下满窟参宝的幻象，并在世间留下所谓'山神宝窟'的秘密，就是为了吸引人来到这里，供它吸取精血。这些参须上挂着的，以及你们脚下土里埋着的干尸，就是被吸引而来的夺宝之人。能够逃出去的人，也不过是它故意放出去的，以便在世上留下消息，继续吸引人前来送命。这个世界往往如此，诱惑越是神秘，越能勾起人的强烈欲望，像中了邪一样，深信不疑。而且人越聪明，反而越容易落入它的陷阱。"

说到这里，元宝忽然"嘿嘿"冷笑了一声，语带自嘲地说："你们看，我和杨成业不都是这样吗？"

顿了一顿，他继续说道："三百多年前，清太祖皇帝努尔哈赤还只是一个部落小酋长的儿子，为继母所不容，被赶出了家门，靠放山采参过活。后来，他拜在了辽东守将李成梁的门下，充当他的侍卫。有一回，他偶然从李成梁那里得知了'山神宝窟'的秘密，从此念念不忘。不久

后，努尔哈赤起兵反明，并一统女真各部。他带了一支军队来到长白山，寻找'山神宝窟'。他们分别遭到了山魈、魍狐和日飙的攻击，死伤无数。剩下的人终于进入到宝窟内，却又被这巨参几乎吸收殆尽，连宝藏的一根毛都没捞到。努尔哈赤在几个卫兵的拼死掩护下逃了出去。后来，他就在这地洞外面修建了一座萨满祭坛，并请大国师阿穆尔用三月十六日子时所生婴儿之血施下血咒，想要镇住地洞里的日飙和巨参。为了防止其他人来盗宝，他还在祭坛上布下了'胭脂醉'奇毒，沾人必死。但努尔哈赤仍然希望自己将来还有机会进来，得到这满窟的参宝，就以五行之法，在神坛后布下了机关。而解开这个五行之法的关键，就在于大五帝母钱。此大五帝母钱据我所知，世间仅此一套。努尔哈赤也是从他的原主人李成梁处盗来的。他又将所有参与其中的人全部暗中处死，这个秘密就只有他自己知道了。

"过了不久，努尔哈赤在宁远城被明军的红衣大炮炸成重伤，回到赫图阿拉后就死了。临死前，他将这个秘密传给了最疼爱的儿子多尔衮。由此这个秘密就在睿亲王多尔衮这一支中沿袭相传。但多尔衮死后，被顺治帝以谋逆之罪削除了爵位，他的后人也受到了牵连，圈禁的圈禁，发配的发配，整个睿亲王府都败落了。虽然乾隆时期他们这一支终于平反还爵，但这个秘密也因此传得模模糊糊，语焉不详。年深日久后，这个秘密更是变成了一个光怪离奇的传说，无人敢信。

"光绪年间，我在官参局当差，那一代的睿亲王是中铨的父亲德斌。他兼着官参局主办的差使，正是我的顶头上司。其实像他这样的贵胄子弟兼差，不过是个坐纛儿（纛是古代军队中的大旗。坐纛儿的意思就是名义上的最高领导）的，具体的事都是由我管理经办。我因为经常出入睿亲王府，机缘巧合下获知了'山神宝窟'的秘密。其实我在一些历史古籍中就曾看见过所谓'山神宝窟'一鳞半爪的记载，原以为不过是古人的臆测想象，但在睿亲王府中再次听到这个秘密后，我就来了兴趣。我精通满文，便到满文老档里去寻找它的蛛丝马迹。我将所有信息拼在一起，再加上自己的揣摩，逐渐形成了完整的线索。

"这时候已到了庚子年，八国联军打进了北京城。睿亲王府一片混乱，中铨这个败家子儿将那套大五帝母钱偷出来，以一万两白银的价格卖给了我。他怕父亲发现责罚，又不知从哪里淘换了一套大五帝子钱放回去。所以你说的那个日本人后来买到手的大五帝钱根本就不是母钱而是子钱。他和杨成业又不知道破解'血咒'之法，自然打不开祭坛后的地洞。

"我得到了这套大五帝母钱后，欣喜若狂，便主动辞去了官参局的差使，从此就拉了一支队伍到长白山放山。在这个时期，我结识了晏芷。唉，那是一段多么美好的日子啊！可惜，失去了我才知道自己真正想要的是什么。"

元宝说到这里，长叹了一口气，似乎追悔莫及。

过了好一会儿，他才接着说："我采得过不少大棒槌，甚至包括'凤凰单滴泪'这样价值连城的参宝。当然，晏芷给我的助益良多。我还一手创立了威名赫赫的'长白参帮'。这时候的我，有娇妻为伴、兄弟相助，无论声望还是财富，都可说是达到了顶点。但我仍然贪心不足，念念不忘'山神宝窟'。晏芷也曾劝过我，说她跟着我不是为了钱财这些身外之物，只想能跟我安安稳稳、欢欢喜喜地过一辈子。可我就是听不进去。终于，我推断出了'山神宝窟'的具体位置。除了妻子晏芷外，我只带上了帮里我认为最能信任的人——杨成业。"他忽然苦笑了一下，对金十三说："当然，在帮里，我最信任，也最看重的人其实还是你的义父金不换。可因为我的自私和猜忌，他早已经离我而去了。"

他长出了一口气，说道："接下来的事情，就不必细说了。我失去了最爱的妻子，自己也被困在这洞窟中二十年。这株巨参如今在这里已经快一个甲子了，它会再次沉入地下，等待下一轮的破土而出。可是，我不会再给它这个机会了。"

金十三听到这里一惊，道："爹，你是说……"

元宝哈哈一笑，说："能听到你叫一声爹，我已经心满意足了。是的，你猜到了，当我沉入地底的时候，我就会用精神控制这株巨参，让它自我毁灭。当然，这同时也是毁掉我自己。这个山腹内藏着一座活火山，我刚才探查了一下，似乎有提前喷发的迹象。到时候这整座山壁都会崩塌下来。你们赶快出去吧！"

金十三好不容易才到这里，见到了亲生父亲，解开了自己的身世之谜。虽然父亲的身体不存在了，但是他的精神还在，声音还在，还能跟他说话，听他教诲。对于一个身世飘零的孤儿来说，这样的时刻是多么珍贵啊！他舍不得离开。

但是元宝发怒了，催着他快走。见金十三仍然恋恋不舍，他带着所有参须上的干尸，包括杨成业父子，慢慢往地底下沉去。

"三江鹰"拉起金十三，乌力楞拉起叶岚，往洞窟外跑去。

当他们跑上石梁时，整个山壁已经开始抖动起来。金十三往深渊下面一看，那条原本缓缓流动的岩浆之河，变得十分凶猛暴烈。元宝说得没错，这座火山确实要喷发了。火红的浆水澎湃着、激荡着，热浪滚滚而上，差点儿将他们掀下石梁。

他们跑过石梁，钻进了通往祭坛的地道，一路走得跌跌撞撞，狼狈不堪。忽然，金十三耳听得前方传来一阵"嘎嘎嘎"的响声，大叫道："快快快！地道口的断龙石可能被震松了，随时会掉下来！"

众人吓得拼了命一般地奔跑。金十三跑在最前，眼看离地道入口只有一丈远近，忽听得后方山腹里传来一阵闷雷般的响声，整座山都剧烈地摇晃起来。岩浆开始喷发，他们身后一片红光耀眼，离他们越来越近。

地道口那块重达千斤以上的断龙石也猛然晃了一下，缓缓地往下降落。

金十三急忙蹿前几步，转过身子一拱，将断龙石顶住。那断龙石稍稍一顿，仍然不由抗拒地往下降落。金十三虽然吞过"神龙"胆，喝过"神龙"血，力气远远大于常人，但又怎么能跟这么重的断龙石对抗？直被压得弯腰驼背，一条腿都跪在了地上。但他大喝一声，逼发出全身的潜力，拼命坚持着，希望能延缓一刻就是一刻。

这时候乌力楞和"三江鹰"也赶到了，两人一左一右，帮助金十三撑住断龙石，让随后赶来的叶岚通过。金十三眼见得叶岚后面不到三四丈，就跟着一道火红的岩浆，将她的整个身体映照得通红，嘶声大喊让她快跑。待得叶岚从他身旁钻出了断龙石，那道岩浆离他也不到两三丈远了。

金十三让"三江鹰"和乌力楞先撤。他原本想要拼尽全力将跪着的那条腿站起来，将断龙石往上顶出一点儿空间，然后迅速往后撤身。可是断龙石的机关此时已经全部震松了，整块大石的重量全部压在了他的身上，真是力压千钧。他不但站不起来，连另外一条腿都被压得跪了下去。

这个时候，火热的岩浆离他只有不到一丈远了，热浪灼得他眼睛都睁不开，连头发也散发出一股焦煳的味道。

金十三正闭目待死，忽然腰间一紧，已经被一圈绳子系住，接着一股大力传来，他的身体被拖得往后飞跌出去。断龙石在他身前不到三尺

的地方轰然落地。

　　幸亏乌力楞身上一直带着长绳。在山上放山、打猎的人都知道，绳子是最重要的工具，往往在关键的时候能助你脱险，甚至救你一命。乌力楞和"三江鹰"就是用这根绳子，将金十三从鬼门关的边上拉了回来。

　　岩浆虽然被断龙石阻在了地道内，但断龙石外的洞室同样在不停地摇晃。众人不敢停下来，一直往外跑到了那条暗河的边上。他们的头上不停有碎石掉落，而四周的岩壁抖动得越来越剧烈，眼看着很快就会崩塌下来。金十三对其他三人说道："现在咱们已经无法从原路往上游出这座山壁了，只能赌一赌，顺着这条暗河往下漂。这条暗河水流很急，能够迅速带我们离开这里。而且它总归是要流出去的。只要到了山壁外明河的一段，我们就能出来。卫大哥，你水性最好，还是打头。叶岚你跟着我。乌大哥押后。"

　　四人刚下到水里，后面的岩壁果然也在一片震耳欲聋的巨响中开始崩塌了。

　　水流很急，金十三托着叶岚漂在水面上，跟紧了"三江鹰"，眼睛警惕着前方有无急弯或者横伸到水面上的石棱。好在一路漂下来有惊无险。四人漂了五六里的样子，眼见前面出现了一圈光亮。金十三心中一喜，知道暗河到这里已经流出了山壁。

　　"三江鹰"最先漂到出口，他忽然回头喊了一声什么，身子猛然一沉，就不见了。

　　金十三大惊，来不及想这到底是怎么回事儿，就听到了一阵轰隆隆的响声。

尾 声

四个人从水潭里面挣扎着爬上岸，已经是筋疲力尽，躺在地上一动也不想动。

金十三仰望着眼前飞流直下的瀑布，感慨万千。

这里是"青龙吐水"的所在。当初他和义父金不换就是在这道瀑布的后面，采得了那枝"神龙二炷香"。从此，他的人生发生了翻天覆地的变化。

隐隐约约，他们还能听到闷雷一般的响声持续传来。远处的那片天空，已经被一片厚厚的浓烟灰尘遮蔽住了。"山神宝窟"已经永远消失在了火山喷发中。

大自然在用它的方式处理问题，维持着世间万物的平衡。

一切都结束了。

可真结束了吗？

乌力楞还会在这长白山上一直住下去，他本就是个好猎人。

"三江鹰"已经厌倦了江湖飘零的飞贼生涯。他想开一家茶叶铺，做一个普普通通的生意人。有时间就到杨真意的坟前，陪她喝喝茶、说说话，平平淡淡地度此余生。

　　叶岚不知道该怎么办。父亲死在了这里，而自己心爱之人忽然变成了表哥。她想回去问一问母亲，这里面究竟发生了什么。

　　金十三呢？